U

SUZANNE ROBINSON

UNA DAMA PELIGROSA

Titania

ARGENTINA - CHILE - COLOMBIA - ESPAÑA
ESTADOS UNIDOS - MÉXICO - URUGUAY - VENEZUELA

Título original: *Lady Dangerous*
Editor original: Bantam Books, Nueva York
Traducción: Carmen Carmona Mencía

© 1994 *by* Lynda S. Robinson
© de la traducción: 1999 *by* Carmen Carmona Mencía
© 1999 *by* Ediciones Urano, S. A.
    Aribau, 142, pral. - 08036 Barcelona
    www.titania.org

ISBN: 84-95752-48-4
Depósito legal: B- 287 - 2004

Fotocomposición: Ediciones Urano, S. A.
Impreso por Romanyà Valls, S. A. - Verdaguer, 1 - 08786 Capellades (Barcelona)

Impreso en España - *Printed in Spain*

Pocos hombres poseen todas estas cualidades:
creatividad, humor y perspicacia,
todo ello combinado con
una gran dosis de inteligencia.
Uno de ellos es Russ Woods,
a quien está dedicado este libro.

Capítulo *1*

Londres, 1857.

Si la descubrían espiando en casa del vizconde, acabaría en la prisión de Newgate. ¿Estaba loca por haberse introducido en la casa de un hombre como el vizconde Radcliffe? Su reputación evocaba la imagen del fuego del infierno y del azufre, de cavernas oscuras que resplandecían bajo la incandescencia de la lava y resonaban con los gritos de los condenados. Se decía que se alimentaba de inocentes. ¿Pero tenía otra elección? La Policía Metropolitana londinense no había dado crédito a sus sospechas de que había matado a dos hombres.

Liza atravesó con paso quedo el vestíbulo en dirección a la alcoba del señor, llevando dos cubos cargados de carbón, y echó un nuevo vistazo vestíbulo abajo hacia la puerta del servicio. Desierto. Quizá tuviera tiempo de registrar sus habitaciones esa misma tarde. Debía conseguirlo con prontitud, ya que él no tardaría en regresar de América.

Acababa de depositar los cubos y de agarrar el pomo de la puerta cuando un golpe le indicó que Tessie había dejado caer una lámpara en la escalinata de mármol. Un lamento confirmó las sospechas de Liza, seguido de un rugido violento de Choke, el mayordomo. A continuación el ruido creció. Parecía que, desde el limpiabotas hasta el ama de llaves, todo el mundo murmuraba y corría de un lado para otro. Se oían portazos y el estrépito de botas sobre los suelos de madera y mármol.

Liza vaciló ante el umbral de la alcoba del señor. El carbón no estaba destinado para estas habitaciones, ya que el vizconde estaba ausente. Todo lo que había visto de él hasta el momento se reducía a un retrato que se encontraba en el salón azul. No le gustaba aquella pintura, porque el hombre allí retratado rezumaba la belleza fría de un aristócrata y la miraba con ojos verdes como de gato sin alma.

Quizá había perdido el alma en algún lugar del Oeste estadounidense en uno de esos tiroteos de los que había oído hablar. Por alguna razón, el vizconde prefería la frontera al mundo civilizado. Había pasado varios años en Tejas y California después de su formación militar. Liza no conocía a ningún otro miembro de la nobleza que estuviera tan ansioso de abandonar la civilización por el salvajismo de los territorios indios y los desiertos. La reputación de hombre temerario se equiparaba a su fama de conquistador entre las damas de la alta sociedad.

Le guardaba rencor únicamente por esa reputación. Era uno de esos hombres que parecía no estar nunca sin la compañía de una mujer, aunque jamás con una que retuviera su afecto. Sledge había comentado que el vizconde rara vez pasaba una noche sin una mujer. Liza hizo un gesto de desprecio al enterarse. Algunos hombres eran realmente como animales. Tessie decía que no sólo tenía una amante entre la nobleza, sino varias, porque la compañía de una mujer le aburría. ¿Cómo se atrevía a poseer un título, riqueza y belleza, y valorar más a su limpiabotas que a las mujeres a quienes hacía el amor? Liza odiaba a los hombres egoístas.

Odiaba especialmente a éste por partir hacia Tejas dos días después de que el hermano de Liza fuera asesinado. Había tenido que esperar once meses completos a que regresara.

Se sobresaltó con el sonido de pies corriendo. Si alguien la veía, había planeado excusarse diciendo que se había equivocado de camino. Como desde el primer momento había fingido que carecía de inteligencia, la excusa podía tener éxito. Sus planes se arruinaron, sin embargo, cuando la cabeza grisácea y delgados hombros de Choke aparecieron por la escalera principal.

Liza se lo quedó mirando fijamente, dado que nunca lo había visto correr. Choke se movía normalmente con la majestuosidad y el cuidado de una debutante en su presentación ante la sociedad. El mayordomo iba a toda prisa por el vestíbulo, gritando los nombres del ama de llaves y de las dos criadas de la parte superior. Pasó zumbando junto a Liza, y las resbaladizas suelas de sus botas patinaron sobre las baldosas enceradas del suelo mientras intentaba detenerse y girar para colocarse frente a ella. Su rostro, normalmente pálido como la harina de cocinar, se había tornado rosado. Choke exhaló varios suspiros profundos al tiempo que un sirviente y una criada subían a la carrera por las escaleras llevando consigo ropa limpia y en dirección al aposento del señor. Liza oyó el frenético susurro de la seda y el damasco.

—¡Está de vuelta! —Choke recobró finalmente el aliento—. ¡Rápido, jovencita, lleva esto dentro y enciende los fuegos!

Antes de que Liza se pudiera mover, apareció un extraño en la parte superior de la escalera. No hubiera pensado que fuera posible que existiera una persona con mayor dignidad y serenidad que Choke, pero este hombre tenía el porte de un papa. Se las arreglaba para intimidar, aunque poseía una ligerísima barriga y una altiva frente resplandeciente rodeada de cabello castaño. Choke gimió al percibir al extraño.

—Loveday, ¿no me digas que ya está aquí?

—Dentro de cinco minutos —le llegó la respuesta con serenidad.

—¡Cinco! —Su voz se alzó con estridencia, luego vociferó con toda la fuerza de su demacrado esqueleto—: ¡Dos minutos, todo el mundo alineado en la entrada dentro de dos minutos!

El sirviente que había traído la ropa limpia echó a un lado a Liza con el hombro al abandonar la habitación del dueño, y dio un respingo al oír el bramido de Choke. Sin embargo, Sledge era un hombretón, joven y orgulloso de sus cualidades físicas. Practicaba el boxeo, y estaba constantemente dispuesto a aprovechar cualquier oportunidad de demostrar su talento en los pubs y en las calles pendencieras del este de Londres. Por lo tanto, cuando Liza vio que Sledge palidecía, tragaba saliva y agachaba la cabeza, comprendió lo temible que debía ser el vizconde. Escuchó las voces del servicio: en el ambiente reinaba un pánico tan tangible que la casa misma parecía temblar de aprensión.

Se le secó la garganta y tragó saliva. Dios santo, ¿cómo iba a sobrevivir disfrazada en una casa como aquella? Se le heló la piel a pesar del vestido y el grueso relleno del corsé. Una gota de sudor se deslizó por debajo de la cofia que le ocultaba el cabello. Justo en ese momento, el hombre llamado Loveday apareció frente a ella y agarró los cubos de carbón como si estuviera retirando las joyas desechadas de una reina.

—Yo los llevaré dentro. Apresúrate, muchacha, y prepárate para presentarte ante su señoría.

Liza hizo una reverencia, dio media vuelta y bajó corriendo por las escaleras de atrás. Se precipitó en la trascocina, esquivó a una Tessie llorosa y al limpiabotas y se miró en el viejo espejo colgado en una esquina oscura. Se metió el cabello rebelde bajo la cofia, echó una mirada furtiva alrededor y se levantó el vestido por completo para colocarlo mejor sobre los hombros.

La prenda estaba revestida con capas de estameña de algodón para darle una apariencia rellenita. Se aseguró de que los botones de las muñecas estuvieran bien sujetos. No era conveniente que nadie reparara en el tamaño de sus muñecas en comparación con los brazos. Encontró su capa e introdujo los brazos por las mangas. Al grito del ama de llaves, se unió a la estampida de sirvientes que corrían escaleras arriba en dirección al vestíbulo de la entrada. Quedándose atrás, permitió que las criadas de la cocina y las lavanderas la adelantaran mientras salían de la casa y bajaban con estrépito las escaleras de piedra blanca.

Era una de esas noches húmedas de enero que hacían que las prostitutas de Whitechapel temblaran en las calles. La humedad goteaba desde la verja de hierro negro que rodeaba la casa. En el interior de la valla, la niebla amarilla se arremolinaba sobre los troncos de los árboles que formaban una barrera protectora entre la calle y la casa. Se extendía insana y nauseabunda, y se alzaba a la altura de las rodillas mientras la plantilla se alineaba bajo el porche de carruajes, según el orden de preferencia, al pie de la escalera de entrada. Permanecían de pie junto a la luz de las grandes lámparas de metal a ambos lados de las puertas, temblando y esperando. Junto a ella, una doncella de la cocina inhaló la neblina cargada de hollín y tosió.

Choke, con una lámpara de cristal en la mano, marchaba a lo largo de la hilera de sirvientes. Reprendió al limpiabotas para que se abrochara el abrigo, y a continuación ocupó su lugar junto al ama de llaves a la cabeza de la línea. La lámpara de cristal repiqueteaba en sus manos, y Liza estaba segura de que la causa del temblor no era el frío.

Atravesando el césped, unos criados abrieron la verja. Para sorpresa de Liza, dos hombres con abrigos largos y chisteras avanzaron por el camino circular de entrada. Se acercaron, y Choke dio un paso hacia delante.

—Su excelencia —dijo el mayordomo.

—Aún no ha llegado. Bien. Yale, esperaremos dentro hasta que llegue el carruaje.

Liza se atrevió a girar la cabeza menos de un palmo para vislumbrar a los recién llegados. ¡El duque! El padre del vizconde, el duque de Clairemont, había venido para darle la bienvenida a casa a su hijo que llegaba de América. Su único consuelo era que el duque vivía cerca en Grosvenor Square y no se quedaría a pasar la noche. El otro caballero sería lord Yale Marshall, hermano del duque. ¿Pero dónde se encontraban las damas, la duquesa y su hija, lady Georgiana?

El noble desapareció en el interior, y el personal siguió esperando en la desapacible calma. La niebla continuaba elevándose en un remolino, sus helados zarcillos se deslizaban hacia arriba por sus faldas. Oyó el maullido de un gato, y a continuación, un silencio. Liza escondió la nariz bajo el cuello de su abrigo. Era una hora tardía y la casa apartada de la calle aparecía como una isla de piedra blanca en medio de la oscuridad. Finalmente, cuando pensó que tendría que meterse los dedos en los oídos para eludir el desagradable silencio, oyó el trapalear hueco de los caballos en la distancia. El sonido repercutió en las murallas de piedra y bordillos; incorpóreo y misterioso en las calles desiertas que rugían normalmente de vida.

El hierro rechinó contra el hierro mientras los criados abrieron de nuevo las verjas. Aparecieron unos caballos negros al trote, una pareja, tirando de un carruaje pintado de negro. Liza se agitó incómoda al percibir que el vehículo, los arreos y el cochero iban todos de un negro monótono. El único contraste lo proporcionaban los fanales y algunos accesorios de brillante latón.

El carruaje se detuvo ante la casa; los caballos golpearon el suelo y resoplaron bajo el frío. El cochero, envuelto en un abrigo de conducir y enfundado en una bufanda negra, no emitió sonido alguno mientras controlaba la amenaza malhumorada de sus animales. Ella no pudo evitar el inclinarse un poco hacia delante, a pesar de su creciente temblor. Quizá se tratara de la noche extraña, bañada por la niebla o de la desconcertante aparición del brillante, negro y silencioso carruaje, pero nadie se movió.

Entonces lo vio. Una bota. Una bota negra distinta a cualquiera de las que hubiera visto jamás. De tacón alto, punta estrecha, estropeada, sobresalía por la ventana del carruaje. Su dueño debía de estar recostado. Al cerrar la boca, que se le había quedado abierta, Liza vio una bocanada de humo salir ondulante del interior. Se encontraba tan espantada por aquella poco ortodoxa llegada que no oyó al duque y a su hermano bajar las escaleras para colocarse junto a ella.

Los caballos comenzaron a encabritarse y a sacudir las cabezas, haciendo que los criados se abalanzaran para agarrar las riendas; la bota permanecía aún en la ventana. El único sonido era el de las inquietas bestias negras. De repente, la bota se retiró. El criado a la cabeza saltó de inmediato hacia delante y abrió la puerta del carruaje. Las lámparas del interior no habían sido encendidas. De la oscuridad emergió un hombre tan alto que tuvo que doblarse casi por la mitad para evitar que su sombrero golpeara el techo del vehículo.

El sirviente se retiró una vez que el hombre se hubo erguido. Liza contuvo la respiración, y una sensación de irrealidad inundó el resto de sus sentidos. El hombre que se encontraba ante ella llevaba una ropa tan oscura que parecía formar parte de la noche y de la penumbra del carruaje que lo había traído. Un sombrero de copa baja y ala ancha le ocultaba el rostro, y llevaba puesto un abrigo largo que se ensanchaba por el cuerpo. El abrigo estaba desabrochado, y su dueño echó uno de sus bordes hacia atrás, dejando entrever unos pantalones, un chaleco, un cinturón negro caído de cintura y una pistolera que sujetaba un revólver resplandeciente.

Se detuvo, impávido ante la conmoción que había creado. Liza recordó de repente un folleto que había visto del Oeste americano. Ahí era donde había visto un hombre como aquél. No en ningún sitio de Inglaterra, sino en ilustraciones de las tierras salvajes de América.

Al fin el hombre se movió. Frotó una cerilla en el cinturón y encendió un delgado cigarro. El extremo resplandeció, y por un momento su rostro quedó iluminado por la luz de la cerilla. Liza vislumbró un cabello negro, negro, tan oscuro que daba la sensación de absorber la llama de la cerilla. Unas pestañas espesas se alzaron para revelar el destello de unos ojos verdes de gato, una nariz recta, y un mentón que reflejaba una barba incipiente de un día. La cerilla se extinguió y fue arrojada a un lado. El hombre enganchó los pulgares en el cinturón y recorrió con paso lento la hilera de sirvientes sin prestarles la menor atención.

Se detuvo ante el duque, dio una calada al cigarro y miró fijamente al viejo. Siguió otro silencio intimidatorio mientras Choke corría tras el hombre. Cuando Choke se detuvo detrás de él, éste dio una última calada y envió una bocanada de humo en dirección al duque. Lentamente, una sonrisa fingida se dibujó en su rostro. Se retiró el cigarro de la boca, se echó el sombrero hacia atrás y habló por primera vez.

—Bueno, bueno, bueno. Buenas noches, padre.

Aquel acento era tan extraño… con un deje obstinado, fuerte, combinado con regocijo frío y malévolo. Este hombre se tomaba su tiempo con las palabras, las acariciaba, las saboreaba y hacía que sus enemigos esperaran con aprensión a que las completara. El duque se erizó, y su blanca cabellera casi se puso de punta como la melena de un león mientras miraba fijamente a su hijo.

—Jocelin, te olvidas de quién eres.

El cigarro voló hasta el suelo y chasqueó al chocar contra el pavimento mojado. Liza ansiaba escapar de la perversidad repentina que manaba de los ojos del vizconde. El recién llegado sonrió de nuevo y habló con suavidad, con deleite y regocijo perverso. El deje desapareció para dar paso al seco acento aristocrático.

—No me olvido. Nunca me olvidaré. El olvidar es

vuestra vocación, aquella que habéis elevado a pecado, de lo contrario no llevaríais a mi querido tío allí donde yo pudiera echarle las manos encima.

Todas las miradas se precipitaron hacia el hombre que se encontraba de pie detrás del duque. Aunque era mucho más joven que su hermano, Yale Marshall tenía la misma cabellera espesa, negra como la que su hermano tuvo en otro tiempo, únicamente grisácea por las sienes. De la misma estatura que su sobrino, le recordaba a Liza las ilustraciones de caballeros en *La muerte del Rey Arturo*, porque personificaba la belleza malhadada y la caballerosidad. Poseía los mismos sorprendentes ojos verdes de su sobrino, y miró al vizconde con tristeza al tiempo que el joven le plantaba cara.

Yale murmuró a su hermano.

—Te dije que yo no habría debido venir.

Con dignidad de caballero se echó a un lado y este movimiento le llevó más cerca de su sobrino. La mano izquierda de Jocelin tocó el revólver en su cadera cuando su tío se volvió. El duque pronunció su nombre con un silbido, y Jocelin dejó caer la mano a su costado. Luego encendió otro cigarro.

A una mirada de su excelencia, Choke se puso en marcha. Corrió escaleras arriba para abrir la puerta. El duque marchó tras él, dejando que su hijo le siguiera, con lentitud, después de dar unas cuantas caladas placenteras al cigarro.

—Bueno —murmuró—, siempre puedo matarlo más tarde.

Liza intercambió miradas de horror con el limpiabotas. En el instante en que el noble desapareció, Choke lanzó la lámpara de cristal a uno de los sirvientes y dio unas palmadas.

—Rápido. Cocinero, la cena no debe retrasarse. Sledge, el equipaje de su señoría. —Choke se volvió hacia el limpiabotas y hacia dos sirvientas de la trascocina que conversaban excitadas—. ¡Silencio! ¡Id abajo enseguida! ¡Y tú!

Liza dio un respingo cuando Choke le gritó.

—Gamp. Ese es tu nombre, ¿verdad? Gamp, enciende esas chimeneas. No te quedes ahí mirándome, muchacha. —Choke descendió hasta ella y la sacudió por los hombros—. Corre. Y sal de allí antes de que su señoría vaya arriba.

Recogiéndose las faldas, Liza se retiró a toda prisa asustada. En su premura tomó las escaleras principales. La mano de Robert Adam había pasado por la casa del vizconde, dejando tras de sí una elegancia etérea y delicada. El vestíbulo de entrada estaba dominado por la escalera de mármol, que se elevaba en un amplio tramo central y a continuación se dividía y ascendía hacia la derecha e izquierda. Sus botas resonaban con estrépito sobre el mármol de color marfil y negro, Liza giró a la izquierda, se apresuró vestíbulo abajo hacia la puerta doble de las habitaciones del señor e irrumpió en la salita. En otro tiempo una antesala, servía ahora de estudio al vizconde.

Liza agarró sus cubos de carbón, depositó uno frente a la chimenea de la salita y corrió a la alcoba para colocar el otro en la chimenea de allí. Sus ojos se fijaron en la cama a medio hacer.

—¡Cielos!

No había tiempo para ir en busca de Tessie. Apartó las colgaduras y se enterró bajo el colchón, remetiendo las sábanas por su sitio. Su corazón se aceleró al darse cuenta de lo mucho que se estaba retrasando. Sencillamente, la gente no llevaba pistolas en el civilizado Londres: el Londres de Su Majestad la Reina Victoria. La gente no las llevaba, ni siquiera los peores criminales. Sin embargo, él sí. Extendió el último cobertor y retrocedió para revisar su trabajo. Intentó no pensar en el hombre que se encontraba en la parte inferior de la casa.

Los atavíos de la cama hacían juego con los de la habitación, de un gris perla tornasolado con hilo de plata. El mismo brocado cubría las paredes y adornaba el borde de las altas ventanas que hacían que la habitación pareciera incluso más grande de lo que era. El techo enlucido en blanco y plata remataba la apariencia fría con un diseño oval foliado. Liza se estremeció y advirtió que aún tenía que encender el fuego.

Volvió corriendo al estudio, arrojó el carbón a la chimenea, y se dispuso a apilarla correctamente. Sus manos, vestido y cara estaban negras cuando terminó de encender el carbón y se precipitó en la alcoba. Oyó el tintineo de un servicio de té de plata. Tessie entró y colocó la bandeja sobre una mesa entre la ventana y el fuego.

—Deprisa —siseó la doncella al tiempo que salía deslizándose de la habitación.

Liza se arrodilló ante el mármol blanco de la chimenea y esparció el carbón en el interior. Sus manos se movieron con rapidez, disponiéndolo en un montón compacto. Tuvo que entrecerrar los ojos, ya que la única lámpara que había encendido se encontraba sobre la mesa junto a la tetera de plata. Fue engullida por las sombras.

Tras echar el último carbón en la pila, Liza se sentó sobre los talones y tentó en la oscuridad para recuperar el cepillo y recogedor. Escuchó un sonido repetitivo, un taconeo peculiar y se detuvo. Giró la cabeza con rapidez y se sobresaltó ante la visión del vizconde que se dirigía lentamente desde la salita hacia la alcoba. El sonido correspondía a los tacones de las botas de él al avanzar desde la alfombra hasta el suelo encerado de madera.

Volvió de nuevo a la alfombra. Sin mirar hacia donde se encontraba ella, anduvo hasta la ventana junto a la mesa de té. Se había quitado el abrigo abajo. A la luz de la lámpara pudo ver el reflejo de una tosca camisa blanca bajo el chaleco y el ante ajustado que se ceñía a sus muslos. Tenía la misma expresión que momentos antes cuando bajó del carruaje: una expresión que no era expresión en absoluto. Alargando una mano bronceada, apartó la cortina para echar un vistazo a la noche. Empañado por la humedad, el cristal sólo revelaba la niebla y la rama negra y esquelética de un árbol.

Dejó caer la mano y mientras ella estaba allí sentada, petrificada, él suspiró. Ella se sobresaltó otra vez, porque no había esperado que hiciera un sonido humano semejante. Él pertenecía a un mundo de salvajismo en el cual los suspiros no entraban en juego. A continuación hizo algo que provocó que la mandíbula de Liza cayera abierta. Se giró hacia la mesa de té, ofreciéndole por primera vez una visión completa de su rostro, de cejas rectas y oscuras, rasgos severos suavizados por la delicadeza de la piel que se estiraba sobre los afilados ángulos. Para su sorpresa, sus largos dedos se deslizaron alrededor del asa de la tetera de plata con una destreza y gracia propias de una gran práctica. Reposando la mano libre sobre la empuñadura del revólver, levantó la tetera y se sirvió del té humeante en una taza china con bordes de plata.

El líquido humeante marrón fluyó dentro de la taza hasta justo la medida exacta. Enderezó de nuevo la tetera y la depositó sobre la bandeja. La escena al completo se sumó a su sensación de irrealidad. Aquel hombre que llevaba consigo una pistola en una ciudad donde nadie las llevaba, aquel hombre que vestía con pieles de animal, servía té como el hijo de un duque. Un hombre que servía el té de ese modo no podía ser un asesino, ¿no era así?

Estaba a punto de aclararse la garganta para anunciar su presencia mientras la mano del vizconde se dirigía hacia la taza de té. Antes de que pudiera recobrar la serenidad, vio un movimiento borroso y escuchó un chasquido metálico. Se sorprendió a sí misma mirando fijamente al agujero pequeño y redondo del extremo del cañón de su revólver. Liza jadeó, su mente retardada por la conmoción, y levantó los ojos hacia Jocelin Marshall, quien debía haberla escuchado, aunque no dejó entrever su sorpresa. Meneaba el cañón de arriba abajo.

—Sal a la luz, despacio —le dijo con tranquilidad.

Liza colocó su relleno semilevantado y dio tres pasos. Él entrecerró los ojos al bailar la luz sobre su delantal sucio y sobre la voluminosa cofia. El músculo de su mandíbula se contrajo, pero el revólver no se movió, continuaba apuntándole al estómago.

—No te muevas.

Ahí estaba de nuevo, ese deje lento y agresivo. Continuó hablando.

—Puedo desenfundar, apuntar y disparar con un solo movimiento, sin pensarlo. Lleva años de práctica. Agarras la pistola por la empuñadura con la muñeca doblada hacia abajo mientras tus dedos van al gatillo y el dedo pulgar llega al percutor. Una maniobra incómoda, pero si la haces con cuidado, es certera. Tienes que aprender a dar en donde apuntas a la primera vez, porque el humo oscurece la visión del siguiente disparo. —Enfundó la pistola sin apartar la mirada de ella—. A esta distancia, no necesitaría un segundo disparo.

Ella se había quedado inmóvil por el miedo. Mientras la sermoneaba con ese acento perezoso y grosero, Liza recobró el sentido, y entonces lo perdió por la furia.

—¡Ha estado a punto de matarme! —Demasiado tarde recordó su propio acento. Afortunadamente no había hablado mucho. Frotándose sus sucias manos, se lamentó—. Me ha dado un gran susto, milord. Me he puesto muy nerviosa, discúlpeme, milord.

Ante sus gimoteos el vizconde pareció despertar de un sueño desconocido. Pestañeó con rapidez. Apartó la mano de la funda. Mientras ella lo observaba a través de las manos, se produjo un cambio en él. La caída indolente de sus hombros desapareció al tiempo que su columna se enderezaba. Unos hombros amplios estiraron las costuras de la camisa cuando los cuadró. Su barbilla se elevó de forma que miraba hacia abajo desde una altura incluso superior a la de antes, y una de sus manos se cerró en un ligero puño, que colocó por detrás de la espalda. De un modo misterioso, Liza casi pudo escuchar en su voz el redoble de un tambor y gaitas, y el sonido del desfile de la Guardia Montada.

—No permitiré que me reprenda una criada para todo, regordeta y quisquillosa. —El desprecio aristocrático apareció de nuevo.

Ella se llevó los dedos a la boca, horrorizada por el hecho de que su celo por proteger su identidad la hubiera llevado casi al despido. Entonces retrocedió cuando de repente él comenzó a avanzar en su dirección con paso airado.

—Te he dicho que no te muevas. —Se detuvo a menos de dos pasos de ella y frunció el ceño—. Estás sucia y temblorosa. ¿Te han enviado aquí arriba sin permitirte que te calientes? Sin duda has estado plantada ahí fuera con esa condenada niebla durante una hora. Márchate.

—El… el fuego, milord.

—Yo me encargaré de ello. —Volvía a hablar con su acento seco de universitario—. Si soy capaz de encender una fogata en medio de una tormenta de nieve en el desierto, bien puedo encender una chimenea. Fuera de aquí, señorita.

—Pero, milord…

—¡Maldita sea!

El sonido de una garganta aclarándose interrumpió la maldición al estilo americano del vizconde.

—¡Ejem… Milord!

Jocelin tocó con los dedos la funda de la pistola e hizo un gesto para que Loveday entrara. El ayuda de cámara se deslizó hasta él silencioso.

—Parece ser, milord, que nuestro otro par de botas de montar ha sido estropeado por el nuevo joven limpiabotas.

—¿Ya?

—Sí, milord. Tendremos que ponernos las nuevas. El limpiabotas les ha aplicado betún negro en vez de marrón. Me temo que nuestra reputación nos ha precedido y ha provocado un ligero desconcierto en el muchacho.

La preocupación de Liza se despertó de nuevo cuando, en lugar de lanzarse en un arrebato de malhumor, el vizconde se encogió de hombros y se dio la vuelta. Sus manos cayeron sobre el cinturón. La piel crujió cuando él la aflojó y cayó de sus caderas, deslizándose sobre unas nalgas firmes que atraparon los ojos de Liza. Un calor inesperado estalló en su interior cuando el vizconde se acomodó en la silla junto a la mesa de té y los pantalones de ante se ciñeron sobre sus muslos. Su mirada parecía inamovible, clavada en el nudo de músculos de la parte superior de la rodilla.

—Llévatela de aquí —dijo con cansancio. Sin mirarla, dejó la pistolera y el revólver junto a la tetera de plata y levantó la taza china.

Liza sintió cómo un codo la apremiaba en el brazo. Loveday le dio de nuevo con el codo. Retrocediendo, Liza se giró y se escabulló. Corriendo a través de la puerta de la servidumbre, se apresuró escaleras abajo como si fuera perseguida por perros rabiosos. Una vez en la antecocina, buscó agua y se lavó. Por primera vez advirtió que sus manos temblaban. Nunca había visto a nadie como Jocelin, el vizconde de Radcliffe: mitad pistolero, mitad noble. Lo que era peor, tan bárbaro como parecía su lado americano, ella estaba empezando a darse cuenta de que su lado aristocrático podía ser igual de peligroso, y con toda certeza más siniestro.

Capítulo 2

*J*ocelin se recostó en la silla Luis XVI con las piernas cruzadas por los tobillos, y escuchó a la pequeña criada regordeta salir corriendo de la habitación. Lamentaba haberle apuntado. Pero, maldita fuera, ella debería haberle hecho saber que se encontraba allí.

Había estado en el Oeste durante demasiado tiempo. Había hecho el viaje a California y la vuelta por Colorado y Tejas para olvidar la guerra, para borrar de su mente Balaklava y Scutari; y por otros motivos menos benignos. La cura había tenido éxito, en tanto había estado en América, pero la cura tenía su precio. La tensión había impregnado su cuerpo y mente durante las innumerables semanas en el camino. Sus sentidos se habían acentuado. Oía cada gota de lluvia en medio de una tormenta, olía los fuegos de los campamentos a través de las cadenas montañosas, sentía la presencia silenciosa de un comanche. Y por eso apuntaba sobre pequeñas criadas arrodilladas ante la chimenea en su propia casa de la ciudad.

Removiéndose incómodo, sacó unas esposas niqueladas del bolsillo trasero y las arrojó sobre la mesa de té. El ruido metálico atrajo la mirada de Loveday. Jocelin le obsequió con una sonrisa amarga, pero se negó a reaccionar ante la expresión de «algo me huele mal» de su ayudante de cámara. Rebuscó en el bolsillo de su chaleco y sacó la llave de las esposas y una boquilla de piel.

Loveday se acercó con paso ligero y grácil a la mesa y recogió las esposas con la punta de los dedos, sujetándolas a una distancia de su cuerpo.

—¿Puedo guardar esto junto al resto de nuestras pertenencias, milord?

Jocelin dio un gran trago al té y gruñó.

—He observado que Mr. Tapley no ha regresado con su excelencia.

Recostándose de nuevo sobre la silla, Jocelin cruzó los brazos sobre el pecho y cerró los ojos.

—Ah, sí, Mr. Tapley. El pobre Tapley enfureció a los comanches cuando tomamos la diligencia de Tejas a California. ¡Maldita vergüenza! También le advertí de lo peligroso que era cuando le conté todo sobre el oro de California. Una verdadera pena. Se rompió un rueda de la diligencia, y nos quedamos embarrancados en el camino durante la noche. Se alejó deambulando del campamento. Le advertí que no se fuera en busca de diversión solo.

—¡Qué locura por su parte, milord!

Jocelin abrió los ojos y se tropezó con la mirada bien aleccionada de Loveday, impávida.

—¡Bueno, una locura…! Tuve que hacerlo, Loveday. Era el único modo de apartar al bastardo de sus víctimas.

Aún balanceando las esposas, Loveday asintió y sacó un sobre cerrado del bolsillo de su chaqueta.

—Nuestra correspondencia ha sido clasificada, milord, y puede esperar hasta que hayamos descansado de nuestro viaje, pero vi ésta.

Tomando el sobre, Jocelin se sentó y acercó la lámpara. Echó un vistazo al sello. Llevaba impresa una guillotina estilizada. Nick tenía un gusto macabro. Rompió el sello y leyó la carta adjunta, luego ojeó la hoja detrás de la misiva. Su mirada recorrió una lista de cinco nombres y direcciones. La fría humedad de la niebla del exterior pareció adueñarse de su cuerpo. Como la carga de un esclavo, la pesadilla de su propia existencia cayó de nuevo sobre sus hombros.

Loveday había encendido el fuego. Jocelin le entregó la carta y el ayudante de cámara la acercó a un trozo de ascuas ardiendo. Levantándose con brusquedad, Jocelin comenzó a enrollar la lista en un cilindro al tiempo que abandonaba la habitación.

—¿Mi baño? —Se escuchó a sí mismo pronunciar la palabra con el acento adquirido en Sandhurst. Se estaba despojando un poco del Oeste.

—Los sirvientes no tardarán en traer el agua, milord.

Se dirigió a la salita, ignorando la delicadeza simétrica del estuco plateado y gris. Anduvo hacia la chimenea. Sobre la repisa había tres vasijas. Una urna Wedgwood, una copa de beber Jacobea de concha de nautilo, y un frasco con pedestal tallado en lapislázuli. Era una antigüedad del Renacimiento italiano, que en otro tiempo perteneció a Francisco de Médicis. Agarró el frasco; estaba decorado en oro, y tenía un cuello estrecho y una tapadera con bisagra. Lo abrió y deslizó el cilindro de papel en su interior. Cerrándolo, colocó otra vez el recipiente sobre la repisa y se dirigió al escritorio.

Nunca le había gustado su escritorio porque estaba cargado con una decoración elaborada, desde la taracea pictórica hasta los engastes dorados de oro en polvo. Sin embargo, era lo bastante grande para albergar toda su correspondencia…, o al menos, su correspondencia corriente. Abrió el cerrojo y echó hacia atrás la parte superior, y luego escogió una pluma y papel en blanco.

Cuando llegaron los criados con el agua para su baño, él había terminado de contestar al escritor de la lista. Entregó el sobre a Loveday para que lo enviara y despidió a su ayudante por aquella noche. Fue a la sala del baño y se desnudó. No atreviéndose a permanecer en el agua caliente por temor a quedarse durmiendo, se salió y se fue a la cama pronto. Intentó dormir, pero no podía, a pesar de su cansancio. En un momento de desesperación retiró el revólver del armario y lo deslizó debajo de la almohada.

Aun así, no pudo relajarse. No esperaba haberse encontrado a su padre allí cuando llegó. Y con toda certeza no esperaba encontrar a Yale. No había visto a su tío en más de un año, y antes de esa fecha, raras veces. No, desde los cartoce años. Con rapidez sus pensamientos recorrieron de pasada los recuerdos de los catorce. Los había extirpado y lanzado en lo más profundo del abismo de su mente donde guardaba otros recuerdos que le ocasionaban dolor o vergüenza.

En su lugar, se concentró en sus deseos de ver a Asher. Su querido amigo Asher se estaba preparando para presentarse al Parlamento. Ahora que Jocelin ya estaba de vuelta, ambos podrían reanudar sus reuniones políticas. Sin duda Asher había reclutado a varios aliados más, quizás incluso había convencido a ese viejo sinvergüenza de Palmerston. Con Asher en la Cámara de los Comunes y él mismo en la de los Lores, podrían ganar mucho.

Comenzaba a quedarse dormido cuando oyó unos golpes en una de las ventanas. Puso instantáneamente la mano sobre el revólver. Echó hacia atrás el cobertor. El aire helado erizó el vello de su cuerpo desnudo. Se puso con rapidez un batín de seda forrado de piel y apartó las cortinas de la ventana. Una cara pálida flotaba en la neblina del exterior. Jocelin maldijo y abrió la ventana. Un par de botas mojadas la atravesaron y aterrizaron en la alfombra.

Jocelin tembló al cerrar la ventana.

—¡Maldita sea, Nick! He recibido tu mensaje. No tenías que venir.

—¿Está muerto?

Jocelin inspeccionó al joven que estaba plantando sus sucias y mojadas botas sobre su alfombra francesa de Aubusson. Un empapado cabello castaño sobresalía por debajo de una desgastada gorra vieja. Su cuello y barbilla estaban ocultos por una bufanda de lana rasgada, sobre la cual brillaban unos pálidos ojos azules. Recordó cuando encontró a Nick, hacía años, en Houndsditch. Había tropezado con algo que pensó era un montón de harapos y huesos. Era Nick, que había enfurecido a un procurador en un bar de alterne. Ahora Nick trabajaba con él.

—Bueno, ¿está muerto?

Desde el principio Nick nunca le había llamado milord.

—Sí.

—¿Recibiste mi mensaje? Bien. Vengo a… vine para… ver si querrías dar una vuelta.

—Adquiriendo educación, ¿verdad? —preguntó Jocelin mientras regresaba a la cama.

—Estoy precisando… mi gramática. Ahora tengo un montón de dinero, debo actuar en consonancia.

Arrojando el batín a un lado, Jocelin se deslizó bajo un montón de mantas.

—¿Y vistes como un vendedor ambulante?

—Sabes que he estado haciendo una ronda. Me ha llegado un rumor sobre un lugar de Spitalfields. Montones de jóvenes para la nobleza. Carruajes de lujo, bufandas de seda blancas, y condenados degenerados. Justo tu tipo de sitio, querido.

—¡Maldito seas, acabo de llegar a mi casa! Estaba intentando dormir.

—Bien, ambos sabemos cuantas veces lo haces.

—Esta vez no tendré ningún problema. Ahora vete.

Nick se encogió de hombros y se dirigió con paso lento a la salita.

—¿No regresas por la ventana? —preguntó Jocelin.

—No. Demasiado complicado, y necesito practicar mis tácticas furtivas dentro de casas grandes. No quiero perder… mi sello. Nunca se sabe cuándo podría necesitar robar algo. ¡Gracias, querido!

Jocelin gruñó y se enterró entre los cobertores hasta que le ocultaron la cabeza. Esperó escuchar un alboroto por parte de los sirvientes, pero nunca llegó. Se dejó llevar por el sueño y soñó con Nick subiendo por los muros de su casa, y con una criada rellenita y quisquillosa.

Aún era de noche cuando se despertó. Tumbado inmóvil, reconsideró su situación. Estaba tendido sobre el estómago, con los brazos y piernas extendidos a través de la cama. ¿Qué le había despertado? Un crujido. Lo oyó de nuevo, junto a la cama. Cerca de donde había dejado caer las botas que llevaba puestas la noche anterior. Esperó hasta que el crujido cesó, agarró el revólver y salió veloz de entre las mantas como un dragón que se lanzaba fuera de su caverna. La mano libre agarró precipitada algo mientras amartillaba el arma y apuntaba al intruso.

Escuchó un leve grito y gruñido. Arrastrando a su prisionero más cerca, escudriñó en la oscuridad y descubrió la mirada aterrada de la criada rellenita. Se miraron atontados el uno al otro, nariz con nariz. Él la controlaba por la muñeca. Su dedo pulgar presionaba contra un hueso pequeño mientras sus otros dedos se hundían en carne blanda.

—¡Maldita seas, mujer! ¿Qué estás haciendo aquí?

—Los... los fuegos. Avivo los fuegos. Y, y sus botas, milord —levantó las botas ante la nariz de él—. Tengo que limpiar sus botas. El señor Choke me envió especialmente a mí, ya que el chico limpiabotas arruinó las otras de su señoría.

Lanzó la muñeca de la criada a un lado. Tras desmontar el revólver, lo dejó a un lado y ahuecó la almohada. Furioso por cómo había sido cogido por sorpresa y obligado a actuar como un bárbaro, se recostó, dejando que los cobertores cayeran sobre sus caderas. Colocó los brazos detrás de la cabeza y observó cómo ella se sonrojaba. Irritado por haber sido despertado de esa forma, hizo un gesto de asentimiento.

—Continúa. Haz este fuego primero.

Se estaba escabullendo hacia la salita cuando él le habló. Se volvió y clavó sus ojos en él.

—Enciende la lámpara.

Después de obedecerle, él obtuvo una visión clara de ella. Tenía un pequeño rostro moreno, ovalado, y una frente despejada. Sus labios apretados hacían que aparecieran más finos de lo que eran; ella mantuvo la mirada apartada de la de él. Aun así, Jocelin percibió el destello de unos ojos de un color extraño, impreciso, entre marrones y gris azulado. Remolinos de cabello castaño claro serpenteaban su frente y sienes. Esperó mientras ella preparaba y encendía el fuego. Estaba casi en la puerta cuando él la detuvo.

—Olvidas algo.

Casi sonrió ante la vacilación que dejó entrever ella para girarse. Pudo leer sus pensamientos. Estaba enfadada por el tratamiento recibido y furiosa por no poder mostrarlo. Sus diminutas manos estaban cerradas en un puño. Algún perverso diablo le incitaba a provocarla y a irritarla. En el momento que se volvió, él se sentó, permitiendo que las mantas se deslizaran de modo que apenas cubrían la ingle. Se incorporó sobre la cama, mostrando una cadera desnuda, y levantó las botas. Sujetándolas en alto ante la mirada de ella, sonrió.

—Ven y recógelas.

Podía percibir el rechinar de sus dientes posteriores. Liza echó una mirada al atizador de hierro de la chimenea, lo que provocó que la sonrisa irónica de Jocelin se extendiera. Avanzó con paso airado hacia la cama. Al alargar la mano para recoger las botas, él las movió de forma que fue obligada a incorporarse sobre él para agarrarlas. Acto seguido él deslizó el brazo alrededor de su cintura y tiró de ella. Perdió el equilibrio y cayó sobre él. Dejando caer las botas, la abrazó y rió.

Liza intentó golpearle en la entrepierna, luego jadeó ante su propia audacia.

—¡Suélteme! Quiero decir, por favor, milord, déjeme marchar.

—¡Maldita seas, mujer! ¡Podrías haberme castrado!

Apretando los dientes ante el dolor próximo a sus partes sensibles, Jocelin luchó con ella mientras ésta le empujaba por el pecho. Sus manos ennegrecidas estaban frías en contraste con el calor de su carne. La obligó a levantar la barbilla con una mano y se cruzó con su mirada horrorizada.

—La próxima vez que entres a hurtadillas en mi habitación, pagarás por ello.

—No he entrado a hurtadillas. ¡Tengo que encender las chimeneas, ¿no?!

Las cejas de Jocelin se fruncieron al tiempo que estrechaba su cuerpo blando. Podía sentir su pecho, pero tenían una consistencia extraña. Antes de que pudiera hacer ningún comentario, ella se liberó de su control. Dejó que se soltara, habiendo conseguido su propósito. La rodilla de Liza se hundió en su muslo. El hueso machacó su carne, y Jocelin vociferó. Ella retrocedió de un salto apartándose de la cama y arrastrando los cobertores con ella. Lo miró, emitió un grito agudo y se volvió de espalda. Jocelin se frotó el muslo, pero su mueca de dolor se transformó en una sonrisa al tiempo que tiraba de una sábana hasta las caderas.

—La próxima vez dígale a Choke que envíe a un sirviente.

En esta ocasión salió corriendo. Él escuchó cerrarse de golpe la puerta de la salita. De repente, el volver a casa no resultaba tan desolador. Combatir con pequeñas criadas rellenitas hacía maravillas en los espíritus melancólicos. Se irguió, la cabeza ladeada como si estuviera escuchando, mientras examinaba sus sentimientos. Sin precedentes. Su cólera, siempre oculta tras sus emociones, se había desvanecido en un murmullo localizado en algún lugar en lo más profundo de su pecho.

¿Dónde se encontraba ese sentimiento de malicia enrevesada? La pequeña criada rellenita se lo había llevado consigo. Jocelin sonrió; una sonrisa sincera, exenta de burla y rencor. Estaba aún riendo cuando Loveday entró con la bandeja de su desayuno. En lugar de quedarse rezagado en la cama, ardiendo y divagando con pensamientos serpentinos, se lanzó a su aseo matinal.

El vestirse transcurrió en un silencio distendido, ya que Loveday había estado con él desde que se marchó al colegio militar en Sandhurst, el Royal Military College. Su padre lo había enviado allí siendo joven, a los dieciséis años, y no porque Jocelin hubiera sido precoz, que sí lo era. El duque quiso quitar a su hijo de en medio. La única concesión a un chico solitario y turbado fue contratar a Loveday como una mezcla de ayuda de cámara y guardián. No había previsto que el sirviente tomara bajo su propia iniciativa las responsabilidades de una fanática e inteligente dueña.

Mientras cepillaba el abrigo de Jocelin y hacía la raya a los pantalones, Loveday levantó una ceja.

—¿Debería comunicarle a Mr. Choke que le espere para almorzar, milord?

—¿Qué? ¡Ah, no! Voy a visitar a Asher Fox, y a unos cuantos más. Estaré en casa hacia las tres —Jocelin tomó los guantes y el sombrero de copa que le entregó Loveday—. Loveday, ¿has…?

—Si he averiguado si lady Octavia está en casa, milord. Sí. Así como lo están la honorable Miss Birch y lady Alberta. El marido de lady Octavia, desafortunadamente, ha sido llamado a Francia para asuntos relacionados con el Ministerio de Asuntos Exteriores.

—Gracias. Entonces iré a visitar a lady Octavia después de ver a Asher, y es posible que a mi gran amigo Buggy Winthrop también.

—Muy bien, milord.

Descendió las escaleras, con su buen humor animándole aún. Se detuvo en el vestíbulo de entrada para retirar un bastón de paseo del paragüero junto a la puerta. Su mirada fue atrapada por el destello de la bandeja de plata de las tarjetas de visita sobre la mesa junto al paragüero. El escudo ricamente adornado de su padre le llamó la atención y su ánimo cayó por los suelos. La llegada de la noche anterior… No estaba preparado para la estupidez de su padre. El anciano lo había arrinconado en la biblioteca, aprovechando la pérdida de compostura de Jocelin al verse obligado a permanecer en la misma habitación que Yale. Apenas recordaba la conversación. Los detalles habían estallado, explotado a modo de estrella, a causa de su casi incontrolable odio.

Todo lo que recordaba era que el duque había hecho una cantinela sobre la inexistencia de herederos por su parte, sobre sus costumbres disolutas y sus amantes. Intercalado con estas críticas estaba el consejo de alejar esos imaginarios motivos de pesadumbre a favor de la caza, pesca y de la asistencia a la iglesia. Esos, le aseguró el duque, eran los pasatiempos de un correcto caballero inglés.

Recordaba poco más de la conversación de su padre. Lo que sí recordaba era aquella sensación inconexa de irrealidad. Era como si el verdadero Jocelin no existiera; al menos no para su padre. En la biblioteca, toda la fealdad y violación se traspasaron de él a la persona de su tío, pero el duque lo ignoraba prefiriendo castigar a su hijo. Después de una larga ausencia Jocelin siempre olvidaba cómo era su padre.

¿Por qué no podía rendirse ante la esperanza de que su familia cambiaría? Oyó un fuerte crujido, que sonó aún más en el vestíbulo de entrada de mármol y piedra. Bajó la vista a sus manos: cada una sujetaba un trozo astillado de su bastón de paseo. Clavó sus ojos en ellas, sorprendido, pero echó un vistazo sobre el hombro al oír otro sonido. Se trataba de un ligero murmullo de faldas seguido de un taconeo. Con cuidado de no armar un alboroto, colocó las piezas del bastón en el suelo y se apresuró hacia la puerta situada detrás de la escalera y que conducía a la zona de la servidumbre, y mediante una escalera descendente hacia la cocina.

Como lo sospechaba, la puerta estaba semientornada. Agarró el pomo y la abrió de golpe. No encontrando nada excepto sombras, se deslizó en el interior. Aceleró el paso a través del vestíbulo hasta la siguiente puerta. Abriéndola de un tirón, encontró un guardarropa vacío. La siguiente puerta estaba cerrada con llave, el cuarto de la plata. Estaba a punto de abrir una tercera cuando divisó el borde de una falda almidonada desaparecer por la esquina hacia las escaleras que descendían hacia la cocina y la antecocina. Se precipitó tras ella.

Jocelin giró por la esquina y chocó con una criada. Echó el pie sobre el bajo de su uniforme. Se desgarró. Ella gritó y dio un traspié, sus brazos se agitaron al tiempo que se inclinaba sobre el peldaño más alto. Jocelin agarró la barandilla y el cuello del vestido de la sirvienta. La tela se rasgó, y la mujer jadeó mientras él tiraba de ella para ponerla a salvo en el rellano. Vislumbró una piel blanca, la elevación de un pecho, antes de que ella agarrara los extremos de su corpiño y se volviera contra él.

—¡Maldito idiota… milord!

Mientras él se tiraba de su abrigo y se apartaba un mechón de pelo negro del rostro, frunció el ceño a la criada rellenita.

—¿Estabas en el vestíbulo?

Liza cuadró los hombros, echó hacia atrás la cabeza para mirarle de frente y lo miró con desdén.

—¿Le pido disculpas, milord?

—No me mires como si fuera un pilluelo con viruela. Respóndeme. ¿Estabas en la entrada hace un momento?

—No, milord. Si su señoría recuerda, mi tarea esta mañana es encender el fuego y limpiar botas.

Su tono dejaba claro que pensaba que él no tenía ninguna idea sobre cubos pesados de carbón y limpieza de botas. Permaneció allí de pie, tan rígida y ofendida en su virtud como una mártir en una orgía, esperando a que se disculpara. La maldita molestia estaba esperando a que se disculpara.

—Eras tú —le espetó él—, lo sé.

—Le ruego que me permita contrariar a su señoría.

Comenzó a andar hacia ella. En la oscuridad del pasillo, ella permaneció allí con los pies clavados mucho más tiempo de lo que él creía, pero al final, cuando su bota tocó el bajo descosido de ella, se echó hacia atrás. Él la siguió, y su espalda chocó contra la pared. Su hombro estuvo a punto de descolgar el retrato de algún mayordomo muerto hacía tiempo y fiel a los Marshall. Jocelin alargó el brazo y aseguró la pintura. Ella lo esquivó por un lateral para evitar su brazo, pero él extendió la mano que tenía libre contra la pared de modo que ella no pudiera esconderse en la esquina.

Incorporándose sobre ella de tal forma que podía distinguir su rostro, le dijo con tranquilidad.

—Se supone que los sirvientes tienen que ser invisibles, especialmente las criadas para todo.

—Sí, milord. Si me disculpa, me haré invisible.

El lord aplastó la otra mano contra la pared cuando ella se movió hacia las escaleras.

—Demasiado tarde. —Con satisfacción observó cómo ella intentaba fundirse en la pared a sus espaldas—. Me estabas observando —le dijo.

Lo miró airada.

—No lo hice, usted… milord.

—Tengo mucho tiempo libre para esperar tu confesión.

Tocó uno de sus finos rizos de la sien, ella se sobresaltó. No se había dado cuenta de lo cerca que se había aproximado a ella hasta que olió a limón. Esta criada para todo, con las manos sucias de carbón y el cabello desaliñado, olía a limón. Estaba acostumbrado al hedor del sudor de los caballos y a los proyectiles de la artillería cuando explotaban, acostumbrado a la compleja fragancia de los perfumes parisinos. Por tanto, cuando aspiró casi hasta el límite de estallar para atrapar una bocanada de limón de la criada quisquillosa, Jocelin se sorprendió desprevenido.

Sin pensarlo, estrechó su cuerpo contra el de ella. Liza contuvo la respiración. Agarrando aún con una mano el cuello de su vestido, presionó la otra contra el pecho de Jocelin. El polvo del carbón dejó huella en la limpia blancura de su camisa. Él le dedicó una sonrisa cuando ella se dio cuenta, apartó la mano como si quemara, para luego volverla a poner a medida que se acercaba.

—Admite que me estabas observando —inhaló aire junto a sus labios—. Hueles a limón.

Liza se había quedado en silencio y rígida. Al menos él había conseguido eso.

Sus labios casi se rozaban y él le susurró:

—Me estabas observando. Otras mujeres lo han hecho, así que no te avergüences. Yo también te deseo.

Entonces la besó, porque el olor a limón le atraía, al igual que su temblor y su resistencia. Sus labios tocaron los de ella. Dóciles se abrieron y él la saboreó. Acto seguido ella le dio un pisotón.

—¡Maldita sea! —Retrocediendo con rapidez, cayó contra la pared y la agarró al mismo tiempo.

Ella se escabulló por debajo de su brazo, se giró y escapó por las escaleras. Aún perjurando, Jocelin dejó caer su peso sobre el pie dañado e hizo una mueca de dolor. Se quitó la bota y lo examinó. Vislumbró en la punta la huella de su tacón.

—¡Maldita sea!

Una puerta se cerró de golpe en algún lugar en las entrañas de la antecocina. Jocelin volvió por donde había venido cojeando. Sus pasos sonaban extraños, debido a que andaba apoyándose en un pie con bota y en otro con calcetines. Se maldijo una y otra vez a sí mismo en todo el trayecto hasta su dormitorio.

Loveday tenía la costumbre de aparecer por arte de magia, igual que un genio. Así lo hizo en ese momento. Jocelin lo esperaba, porque el hombre parecía tener la habilidad de saber exactamente cuándo sería requerida su presencia, no importaba lo que estuviera haciendo su señor.

Arrojando la bota en el suelo, Jocelin avanzó con paso enfadado hacia un sillón junto a la chimenea y se sentó.

—Hielo, Loveday.

—¿En serio, milord?

—Me he herido el pie, Loveday.

—¡Qué infortunio, milord!

—No sólo para mí, Loveday.

—Sí, milord.

—Voy a estrangular a esa doncella, Loveday.

—¿Qué doncella, si me permite preguntarle, milord?

—La rellenita, con olor a limón, Loveday.

—¡Ah, Miss Gamp, milord!

—¿Gamp? ¿Gamp? ¿Gamp, Loveday?

—Sí, milord. ¿Me permite preguntarle si su excelencia desea que sea despedida la doncella?

Jocelin se puso en pie de un salto, gruñó cuando dejó caer el peso sobre el pie hinchado y se sentó de nuevo.

—No, no, no. Si te deshaces de ella, no puedo vengarme, Loveday.

—No, milord.

—Y no digas «No, milord» con ese tonito de desaprobación de institutriz.

Loveday arrastró una otomana hacia el sillón de Jocelin.

—Si se me permite, no ha sido nuestra costumbre flirtear con las doncellas a nuestro servicio. Nos hemos enorgullecido de esta pequeña virtud.

Jocelin enrojeció y apoyó el pie sobre la otomana.

—Bien, Loveday, ya no podemos enorgullecernos de nuestra virtud.

—¿No, milord?

—No.

—Iré a por el hielo, milord.

—Huele a limón, Loveday.

—Realmente, milord. Una de las frutas más saludables, el limón.

Con este comentario Loveday dejó a Jocelin repantingado en el sillón, mirándose fijamente el pie y deseando tomar una humeante taza de té… con limón.

Capítulo 3

*A*garrando con fuerza el cuello de su vestido, Liza bajó las escaleras corriendo. Al avanzar con paso ligero sobre la fina alfombra fijada con tachuelas a las contrahuellas, intentó escuchar los pasos del vizconde, pero no oyó nada. La aterraba que pudiera seguirla. Los tacones de sus botas resonaban sobre el suelo de madera pulida de la cocina. No se advirtió nada, excepto el grito que subía de la sala del mayordomo.

—¡Té! —gritaba Choke—. ¡Té, Mrs. Eustace! ¡Enseguida!

Liza entró de puntillas en la antecocina, pasó junto a la criada que frotaba el suelo de rodillas y salió por la puerta trasera. Entró de nuevo en la casa por una puerta lateral, alcanzó las escaleras posteriores y subió al ático, donde compartía una habitación con la tercera doncella. Llegó sin respiración y temblando aún a causa de su encuentro con ese incivilizado aristócrata. Choke pensaría que todavía estaría ocupada con las alcobas, así que tenía unos cuantos minutos para reparar el daño en su disfraz.

Los bordes rasgados de su vestido se abrieron revelando el relleno cosido a él. Se había desesperado en ocultar ese relleno y el del corsé cuando el vizconde le rompió el vestido. El hombre era un loco. No, loco no, sino demasiado inteligente. La había descubierto observándolo, y ahora lo había alertado a propósito de su interés. Afortunadamente poseía la vanidad de la mayoría de los hombres y creía que se interesaba por su gloriosa persona.

Se quitó el vestido y se dispuso a enderezar el corsé. Normalmente su compañera de habitación y ella se vestían en la casi absoluta oscuridad por la mañana temprano y tarde por la noche, lo que evitaba que desvelara su relleno y le permitía esconder su cabello bajo una cofia. Sin necesidad de esconderse, Liza se quitó la cofia.

Una cascada de cabello se desbordó hacia delante. Liza pensaba de él que era del tipo «ni chicha ni limonada», ya que no era tan claro para considerarlo rubio, ni tan oscuro para ser moreno. Era de un gris oscuro desagradable, que oscureció con una pomada para completar su disfraz de Miss Gamp. ¡Qué horror si el vizconde le hubiera descolocado la cofia!

Liza sacó un vestido limpio del baúl cerrado bajo llave al pie de su cama y se lo metió. Arrastrándolo hasta la altura de la cintura, descubrió que sus manos temblaban aún. Había sido una descuidada al dejar que él la oyera, pero había deseado tanto ver si se marchaba.

Había buscado por toda la casa excepto en sus habitaciones. Esa mañana pudo examinar la última de las habitaciones sin ocupar. ¡Vaya una mala suerte el que hubiera regresado antes de lo esperado!

Sus dedos estaban tan fríos y temblaban tanto que encontraba difícil abrocharse los botones del vestido.

No era la primera vez que agradecía el que el relleno hiciera que su cuerpo estuviera más cálido de lo que debería. Sus dedos abrocharon con rapidez un botón, y se hundió en la cama para inhalar varias bocanadas profundas de aire.

Si al menos la Policía Metropolitana le hubiera creído, sin embargo, la habían despedido con sonrisas condescendientes y risas escondidas. No le importaba. Los hombres se habían reído de ella antes y había sobrevivido.

No le importaba lo que dijeran. William Edward no había sido el tipo de hombre que se escabullera por burdeles y tabernas de Whitechapel y se hiciera estrangular. Recordó haber pensado eso mismo cuando la policía acudió a ella para que lo identificara después de haber encontrado su tarjeta de visita en el bolsillo del chaleco de Edward. En su desolación le había llevado meses obligarse a sí misma a enfrentarse a la verdad de sus sospechas. Se había desperdiciado mucho tiempo en intentar que la Policía Metropolitana viera su punto de vista. Nunca lo hicieron. Hubiera sido inútil también intentar convencer a su padre, ya que había adoptado la misma opinión de la policía. Finalmente ella misma había comenzado a indagar en las circunstancias de la muerte de William Edward; tarde pero con determinación.

Liza cerró los ojos al recordar el rostro hinchado de su hermano. Su lengua había sido… no. No, no vería su rostro nunca más. Se lo había prometido a sí misma.

En su lugar retrocedió a la noche del febrero pasado, la noche en que William Edward había sido asesinado. La había visitado inesperadamente. Después de abandonar su casa, Liza se había mantenido en contacto con él y con su madre en secreto, a causa de su padre. Éste no quería tener nada que ver con una hija que había repudiado por su terquedad impropia de una señorita y naturaleza temperamental. Su padre odiaba el que ella no hubiera vuelto a él de rodillas después de haberla expulsado de su casa. Estaba furioso de que se hubiera independizado con su propio negocio. Así que William Edward la había visitado en secreto en su casa que le servía a su vez de oficina, la Agencia de Servicio Doméstico Pennant.

Se encontraba nervioso aquella noche, y William nunca se ponía nervioso. En parte su excitación se debía a su admisión en el comité político de Asher Fox.

—Conseguirá que se hagan muchas cosas, Liza —le había dicho William—. Deberías haberlo visto en Crimea. Era el mejor teniente coronel de todos los regimientos. Le salvó la vida a ese condenado de Marshall, y la mía también. ¡Dios santo, ese idiota de Raglan nos tenía cargando la artillería!

—Pero en tus cartas —dijo Liza— decías que Marshall te odiaba.

William Edward enrojeció.

—Quería que nos vistiéramos como salvajes. Éramos oficiales, los oficiales de la propia caballería de Su Majestad, no unos malditos indios. ¡Quería que nos pusiéramos mugrientos pantalones de ante, ya te digo, y que nos arrastráramos sobre nuestros vientres… para espiar! Pero…

—¿Cambiaste de opinión?

William trazó con los dedos el dibujo del encaje de la cortina en la sala de visitas de su oficina, a continuación se aclaró la garganta.

—Yo estaba con él cuando salió con una lancha de reconocimiento un día poco antes de lo de Balaklava, y nos tropezamos con una tropa rusa por sorpresa. Estábamos aislados, heridos gravemente. Aquel loco de Cardigan no estaba donde se suponía que debía estar con sus hombres. Marshall, yo y el sargento Pawkins escapamos. Pero únicamente fue porque nos obligó a quitarnos nuestras casacas rojas y galones y revolcarnos por el barro. Había pasado demasiado tiempo en Tejas y California, y había adquirido los comportamientos más indignos de un caballero hacia la guerra. Deberías habernos visto, Liza. Hizo que nos colgáramos de nuestros caballos por los laterales y cabalgáramos a través de los rusos. Deberías haber visto sus caras.

Avanzando para sentarse en el borde del escritorio de ella, su hermano bajó la vista hacia ella con ojos fascinados.

—Aquel día aprendí a cabalgar a pelo y a arrastrarme hasta un centinela ruso sobre mi vientre y degollarle por la espalda. Me ordenó que lo hiciera, o de lo contrario él mismo me mataría, ya que no estaba dispuesto a morir por el simple hecho de que la lucha verdadera no fuera la «moda» entre los oficiales de caballería.

—Ese hombre te hizo arrastrarte por el fango con un cuchillo entre los dientes y… y…

—Y ahora estoy vivo. Pero sigue siendo un bastardo, Liza. No sabes cómo es. El decoro no me permite hablarte de sus costumbres. Cuando pienso en cómo un hijo de un duque puede llegar a convertirse en un salvaje asesino como él… ¿Sabes que la mayoría de los DeBrett está arruinada? No creo que se puedan contar con los dedos de una mano las familias nobles a las cuales les quede un heredero. Y hace dos semanas mi querido amigo Harry fue asesinado.

William Edward jugaba con el abrecartas de marfil al tiempo que bajaba la voz.

—¡Pobre querido Harold Airey! Harry Airey, solíamos llamarle. Siempre cayéndose del caballo en los entrenamientos. Nunca en la revista, pero siempre en los entrenamientos. Sobrevivió a Balaklava para después acabar estrangulado, posiblemente para robarle. En Whitechapel. No creía que el apreciado Harry Airey supiera dónde estaba Whitechapel.

—Algunas de mis mejores sirvientas nacieron en Whitechapel.

William Edward agitó una mano.

—Bueno, los sirvientes, sí, pero no Airey. Se trataba de un oficial de caballería, Liza, un oficial de caballería.

Dijo aquellas palabras como si ellos fueran tan sólo ligeramente menos honorables y nobles que «Su Majestad». Liza comprendía a William Edward, sabiendo que nunca podría hacerle entender la pobreza absoluta de los suburbios de Londres, el hedor sofocante de las alcantarillas y el aire cargado de hollín. Que existían niños que dormían en los umbrales de las casas y terminaban su corta existencia en la cuneta.

Ella había leído acerca de ellos en *The Times* y en los panfletos que guardaba en secreto en su dormitorio donde su padre no pudiera encontrarlos. Su padre no aprobaba que las mujeres leyeran sobre tales cosas. Solía pasar a su esposa las porciones del periódico que hablaban de temas de sociedad, y su madre se las pasaría a ella. Liza conseguía los periódicos atrasados del mayordomo, que era susceptible de soborno. Los periódicos eran una de las pocas vías de escape del aburrimiento diario. Ya nunca se aburría.

Liza se puso en pie de un salto. ¿Qué estaba haciendo allí sentada, perdida en el pasado? Choke advertiría su ausencia si no se daba prisa. Se puso la cofia en la cabeza y remetió sus largos rizos en ella.

El recuerdo de su última conversación con William Edward aún la perseguía. Si no hubiera sido por ese comentario fortuito sobre el hecho de que Harry Airey había sido estrangulado, nunca podría haber sospechado de la propia muerte de William Edward. Pero él había dejado su casa para dirigirse a una reunión política en casa del vizconde, a quien guardaba rencor y con quien había discutido, y nunca regresó.

Murió exactamente del mismo modo que el honorable Harold Airey, y en la misma desagradable área de la ciudad. Se suponía que William Edward había estado en una reunión política, no en Whitechapel. Dos hombres del mismo regimiento, que asistían a las mismas reuniones, murieron del mismo modo. La similitud era demasiado grande para ser una mera coincidencia. Estaba segura de ello. E iba a demostrarlo.

William Edward había sido el más brillante y adorable de los hombres. Cuando su padre se enfurecía con ella por decir lo que pensaba a sus pretendientes en lugar de fingir tener un florero por cerebro, William Edward lo distraía con historias de los entrenamientos del cuerpo de caballería. William Edward la amaba a pesar de ser diferente al resto de las jóvenes.

«Basta de meditación.» Liza dio unos golpecitos en la cofia, a continuación introdujo el vestido roto en el baúl y lo cerró con llave. Entró a hurtadillas en la cocina, atravesó la trascocina hacia la pequeña habitación donde el limpiabotas sacaba brillo a las botas y se enfangaba en otros menesteres. Aún le quedaban por limpiar las botas del vizconde. Si acababa con esta tarea, tendría una excusa para regresar a sus habitaciones.

Después de lo que acababa de ocurrir, necesitaba buscar pistas sobre su culpabilidad y escapar de la casa con rapidez. Otro encuentro con él era impensable. ¡Cuánto hubiera deseado escapar de la mirada aguda de Choke antes de que llegara el vizconde! A pesar de estar ausente el dueño, tanto Choke como el ama de llaves habían tenido tiempo de observar a todos los sirvientes de cerca.

Liza se detuvo mientras aplastaba el periódico sobre el cual había limpiado las botas de barro. Él la había atacado en la oscuridad, la había arrinconado. Pero, sin embargo, cuando debería haberse sentido atemorizada, había sentido también algo más: atracción hacia él.

No era como había anticipado. A pesar de su reputación de loco y avaro, ella no esperaba que poseyera una gran belleza física. Los hombres seductores normalmente no la tenían. Incluso podía llevar pantalones de ante y algodón y hacer que la espina dorsal de una mujer se convirtiera en melaza.

Debería avergonzarse de sí misma. ¿Qué le ocurría cada vez que se encontraba en su presencia? En un principio había achacado su nerviosismo al miedo de ser descubierta, pero ahora, ahora lo sabía mejor. Sólo tenía que mirarlo, y su mente dejaba de funcionar. En varias ocasiones había olvidado su papel y casi lo había insultado.

Siempre se había enorgullecido de su buen juicio. No iba con ella la estupidez y insulsez de otras jóvenes, ni la amabilidad frívola de otras solteronas. Y ahora se miraba a sí misma. Limpió con precipitación las botas. En el momento en que estaba lista para llevarlas arriba, Tessie entró en la cocina con una bandeja de té y sorbiéndose las lágrimas. La tetera tintineó contra la bandeja cuando la dejó sobre una de las mesas grandes en medio de la habitación.

—¿Por qué estás gimoteando ahora, Tessie? —preguntó Cook al pasar Liza.

—Él... él me ha gritado.

Cook levantó los ojos al techo y cruzó los brazos.

—¿Qué has hecho?

—Nada —gimoteó Tessie—. ¡Quería limón, y no había limón en la bandejaaaaa!

Liza vaciló, mirando fijamente a Tessie mientras la mujer sollozaba contra el pañuelo. Una voz baja y arrastrando las palabras le susurraba en el oído: «Hueles a limón. Yo también te deseo. Hueles a limón. Te deseo».

Temblando posó su mano sobre el brazo de Tessie.

—¿Se ha ido?

—Sí. Se ha hecho daño en un pie no sé cómo. Loveday se lo ha vendado y se ha marchado. ¡Gracias a Dios! Nunca se ha comportado así. Hablaré con Mr. Choke. Si su excelencia continúa así, me buscaré otra casa. ¿Oh, va arriba, Miss Gamp? ¿Le importaría subir sus camisas? Las he planchado, pero sencillamente no puedo volver allí arriba.

—Me complacería mucho hacerlo. Y arreglaré la habitación para que no tengas que hacerlo tú tampoco.

Siguió a Tessie hasta el cuarto de la plancha. La criada colocó una montaña de camisas planchadas y dobladas en sus brazos. Se enganchó en el codo un cubo de carbón llenó de cepillos, trapos y un recogedor.

Cargada con el cubo, la seda, la delicada lana y un par de botas colgando de los dedos, Liza se encaminó escaleras arriba. Se cruzó con Loveday que salía, con guantes y sombrero en mano. Al fin la suerte estaba de su parte. Necesitaría una hora para indagar en las habitaciones del vizconde.

Dejando a un lado su carga, cerró la puerta de entrada. No se atrevió a cerrarla con llave por miedo a levantar sospechas en caso de que otro sirviente tuviera algo que hacer en la habitación. Se deslizó con rapidez en el baño y el vestidor y los registró. Como intuía que eran los lugares menos propicios para esconder algo, quería empezar por ellos.

Encontró un baúl estropeado que había llegado con el vizconde. Lo abrió y sacó una cuerda de crin marrón, una bolsa extraña, adornada con abalorios que contenía plumas de águila sobre una banda fina también adornada con abalorios, y un par de polainas de ante. Cuando las desdobló, le sobrevino una imagen de Jocelin Marshall atándolas alrededor de sus muslos. «Déjalo ya.»

Colocó las polainas a un lado y hundió la mano de nuevo en el baúl. Esta vez retiró un cinturón del vizconde, la pistolera y el revólver. El olor a piel recién limpia y al metal del arma le recordó a él. Recorrió con los dedos el complicado grabado de la hebilla del cinturón, recordando dónde había descansado sobre sus caderas. «Elizabeth Maud Elliot, deja esa depravación enseguida.» Con premura buscó entre el resto de ropas y se contuvo de tocar una pistola de doble cañón y la munición. Después su mano tocó algo de piel.

Asomándose dentro del oscuro baúl, agarró la piel de un animal con pelo negro. Cuando la sacó, sus ojos captaron un destello de metal. Una caja con bisagras de metal. Estaba cerrada con un candado. Unas letras descoloridas sobre la tapadera decían: Wells Fargo. Liza sintió una explosión de satisfacción al tiempo que la arrastraba afuera y la colocaba en el suelo del vestidor.

Del bolsillo del delantal sacó una herramienta fina de metal adquirida de manos de Toby Inch. Inch era el ladrón convertido en mayordomo que había contratado para hacerse pasar por el respetable Mr. Pennant cuando en un principio abrió su agencia de servicio doméstico. Hasta el momento ella no había necesitado de la experiencia delictiva del hombre.

Deslizó la herramienta en la abertura del candado y trasteó con lentitud. Tras unos minutos agonizantes, la cerradura cedió con un chasquido. Liza abrió la caja y gruñó. Estaba llena de cigarrillos oscuros y finos.

Frustrada, colocó de nuevo el contenido en el baúl y buscó con rapidez por armarios y baúles llenos de ropa de caballero. Encontró pajaritas y repuestos, camisas y cuellos, chaqués, levitas, fracs y abrigos. Sorteó docenas de botas de caña baja, militares, zapatillas sin estrenar. Abrió cajones llenos de relojes y cadenas, alfileres de corbata, gemelos y anillos. Y no encontró nada.

A continuación intentó en la alcoba, buscó incluso entre los colchones y la estructura de la cama. Nada. Liza apretó los dientes por la frustración, acto seguido echó un vistazo en el escritorio de la salita. Con toda seguridad no escondería nada en ese recargado vagón de mercancías. De todas formas tenía que registrarlo. Hurgar en cada uno de los cajones y rendijas le llevó su tiempo, y echar un vistazo a todas las cartas incluso le llevó más.

Hubo un momento en que escuchó pasos en el rellano, pero se desvanecieron. El grueso de su correspondencia estaba relacionado con sus posesiones, con los intereses de sus negocios y con acuerdos políticos con hombres del gobierno. Para un hombre con fama de disoluto, estaba sorprendentemente preocupado por las reformas en el ejército y la controversia levantada cuando la Reina intentó otorgar al Príncipe Alberto, nacido en el extranjero, el título de rey. Liza dobló una carta y la colocó de nuevo en una rendija. Había hurgado y empujado para encontrar compartimientos secretos en vano.

De mala gana cerró el escritorio, se levantó y alineó la silla frente a él. Con lentitud se giró describiendo un círculo, inspeccionando la sala. Se fijó en los sillones del siglo dieciocho, en las curiosas vitrinas que ofrecían una visión un tanto siniestra de la porcelana Ming; en la blanca repisa sobre la chimenea, en un secreter antiguo demasiado pequeño para tener utilidad alguna excepto como objeto de decoración.

Esperar que un asesino guardara algo que pudiera inculparle por sus delitos había sido una locura. Se daba cuenta de ello ahora, después de que todos sus elaborados planes fallaran. Desalentada, Liza recogió el cubo de carbón, los cepillos y paños y se dirigió a la puerta. Se giró y echó un último vistazo a la salita. De elegancia fría, de color gris plateado, clásica, escuetamente decorada excepto por unos cuantos ornamentos como aquel objeto azul sobre la repisa de la chimenea.

Liza tenía la mano en la puerta. Se detuvo a medio girar el pomo, ladeó la cabeza y fijó la vista en la vasija azul de la chimenea. Colocó el cubo en el suelo, extrajo de él un paño limpio y se precipitó hacia la repisa. Pasó el paño a lo largo hasta llegar a un artilugio de concha de nautilo. Canturreando para sí, asomó la nariz en el interior. Vacío. Dio una pasada a la superficie y lo colocó de nuevo.

El trapo se deslizó por la repisa hasta la altura de una pieza Wedgwood. La inclinó e introdujo tres dedos en el interior. Giraron alrededor en el vacío. Refunfuñando dio unas pasadas a lo largo de la repisa. Se detuvo para examinar la siguiente vasija. El recipiente azul parecía un matraz. Tenía una base pequeña. Tendría que sujetarlo con ambas manos para evitar que se volcara. Iba acercando poco a poco el paño con pequeñas sacudidas al objeto azul. Levantó las dos manos.

—Loveday me dijo que debería despedirte.

Liza dio un salto y emitió un grito estridente. Girándose veloz, atisbó al vizconde allí de pie en el umbral de la puerta. Estaba apoyado en un hombro y tenía la levita sobre el otro enganchada en un dedo. Ante su grito, él esbozó una sonrisa burlona, entró y empujó la puerta para cerrarla mientras ella lo miraba boquiabierta.

—Tiene razón —continuó el vizconde—. Nunca me he aprovechado de mis sirvientas. Serían malos modales. —La levita voló por el aire y aterrizó en un sillón al tiempo que avanzaba con aire majestuoso hacia ella—. Es extraño cómo nunca me he percatado de las doncellas antes de que viniera. Loveday dice que eres nueva aquí.

Liza se escabulló hacia un lado y otro al tiempo que él la rondaba, cambiando de dirección cuando ella lo hacía. Retorció el paño entre sus manos, retrocediendo a medida que se aproximaba. Sus piernas chocaron contra algo sólido y cayó sobre el sillón junto a la chimenea. El vizconde rió entre dientes y se inclinó con rapidez para colocar las manos sobre los brazos del sillón.

Su cuerpo revoloteaba sobre ella. Liza podía sentir el calor que emitía. Tenía la cabeza agachada en un ángulo de forma que podía mirarla a los ojos. Morena, su tez era morena, no pálida como la de la mayoría de los caballeros ingleses, que pasaban sus días encerrados. ¿Tenían todos los pistoleros la piel morena? ¡Santo cielo, estaba de nuevo temblorosa! La había pillado husmeando, y en lo único que podía pensar era en su piel.

—No es necesario que te retuerzas de ese modo. No voy a hacerte daño.

—Tengo que continuar quitando el polvo, milord.

—Te he visto.

—¿Milord?

—Te he visto quitando el polvo con diligencia. Olvídate de la limpieza.

Sus labios se iban acercando cada vez más. El valor de Liza se desvaneció. Incorporándose casi por completo, metió la cabeza por debajo de su brazo y saltó para liberarse. Lo hubiera conseguido de no ser porque él se giró veloz, deslizando un brazo por su cintura.

Con sonrisa burlona, la tomó en brazos y giró en círculo. Liza soltó un grito penetrante y cerró los ojos para evitar ver cómo giraba la habitación. La rotación cesó, pero estaba volando en el aire. Gritó de nuevo, temiendo un duro aterrizaje contra el suelo, pero su cuerpo aterrizó sobre cojines.

Sus ojos se abrieron de golpe, se encontró estirada en la cama junto a las ventanas. Una rodilla se plantó al lado de su muslo. Un trozo de camisa blanca le bloqueaba la visión mientras la otra rodilla se metía entre sus muslos. El aire se precipitó fuera de sus pulmones cuando Jocelin Marshall se tumbó sobre su cuerpo. Demasiado sorprendida para moverse, Liza levantó los ojos mirándolo fijamente.

Recobró la voz y le espetó como si se tratara de un perro desobediente.

—¡Quítese de encima enseguida!

Él no se molestó en contestarle. Tenía la mirada clavada en su pecho, que sobresalía con la ayuda de todo el relleno que lo rodeaba. Iba a tocarla. ¡Dios santo, tenía que detenerlo antes de que se diera cuenta de que era toda relleno!

—¡Me dijeron que era un maldito degenerado! —gritó ella al tiempo que comenzaba a empujar para apartarlo—. No va a cometer ninguna perversión conmigo.

Su cabeza se levantó en ese momento. Todo rastro de humor desapareció, apretó la espalda de ella contra el colchón por el peso de su cuerpo. Agarrándola por las muñecas, redujo sus movimientos y pegó el rostro al de ella.

—Así que has estado cotilleando sobre mí con los otros. ¿Qué te dijeron? ¿Te han hablado de mis mujeres? ¿Te han dicho cuántas hay?

—¡No!

No estaba escuchando, podía asegurarlo. En menos de un segundo el vizconde se había desvanecido. Sabía cuándo había sucedido, ya que después de su negativa, su mirada había cambiado. No más divertimento, no más bromas. El pistolero había vuelto, con su mirada calculadora y desafiante. El silencio inundó la habitación, roto sólo por la respiración dificultosa de Liza. Temerosa de desafiarle de nuevo, esperó. No debería haberlo hecho, porque sus ojos cayeron sobre su pecho otra vez, y acto seguido dejó caer su peso sobre ella.

—Ha sido un largo, largo viaje, cielo.

—No.

Tampoco ahora la escuchaba, dado que volvió a meter la pierna junto a su muslo, presionando para apartar sus piernas. Verdaderamente asustada ahora, se encontraba atrapada entre el deseo de gritar para pedir ayuda y la necesidad de mantener intacto su disfraz. Él consiguió apartarle las piernas y se colocó entre ellas.

—Milord, no. Dijo que no lo hacía, que no lo hacía con las sirvientas, y yo no quiero.

—Querrás —le sujetó las muñecas con una mano y le tocó los labios con la yema de los dedos—. Una de las cosas que aprendes allí en el Oeste es que las buenas oportunidades para amar escasean. Tienes que aprovecharlas cuando las encuentras.

—¡No!

Su mano deambuló por su cadera, a continuación la arrastró hacia su muslo. Desgraciadamente, no había relleno para protegerla cuando deslizó la mano bajo las faldas. Su mano estaba caliente mientras le acariciaba el tobillo.

—Tienes unos tobillos pequeños para un cuerpecito tan rellenito.

Ella lo golpeó, apartando su mano, pero de nuevo él parecía no notar su falta de deseo. Entonces comprendió que él no iba a detenerse. El vizconde había olvidado dónde se encontraba, quién era. Podía percibirlo en su deje, por el modo que movía su cuerpo, totalmente relajado, como una serpiente, pero con deliberación.

Alzó la voz.

—Milord, debe detenerse.

—¿Por qué?

Sus miradas se cruzaron y ella descubrió crueldad alimentada por algo intenso y desconocido, algo que provocaba que la piel del vizconde ardiera y que sus caderas se movieran contra ella de un modo que nunca había experimentado. En ese momento supo que ninguno de sus razonamientos, basados como estaban en el decoro y el honor, importaban a este hombre. Si no podía detenerlo de cualquier otra manera, él podría tomar lo que quería. Lo había estado haciendo durante demasiado tiempo en lugares donde la civilización no era ni siquiera una palabra.

—Usted... usted no puede... —¿Dónde se hallaba su ingenio?

—Sí, sí puedo. Ahora cállate. Pronto ese gimoteo se transformará en gemidos. Entonces no me importará que haga ruido.

—¡Ejem!

Ella se sobresaltó al oír otra voz. Al mismo tiempo, Jocelin Marshall se despegó de ella con apremio, se echó las manos a las caderas, donde se suponía que tendría que estar su pistolera, y se volvió para mirar de frente a Loveday. Liza se escabulló de la cama a gatas. Loveday observaba a su señor con calma, llevaba las manos ocupadas con un cepillo y un resplandeciente sombrero de copa. Liza desvió incómoda la vista del hombre joven al mayor. El vizconde miró fijamente al ayudante de cámara, con el ceño fruncido.

—Nuestro traje de noche nuevo acaba de llegar del sastre, milord. Si tenemos que cenar en Grosvenor Square, debemos probarnos nuestra nueva vestimenta para asegurarnos de que tiene un buen corte.

—Grosvenor Square —repitió el vizconde como si nunca hubiera oído esas palabras.

—Naturalmente, milord. Lady Georgiana y su excelencia han enviado sendos mensajes. Lady Georgiana habló ella misma conmigo y me pidió expresamente que le rogara que no se retrasara, ya que ha echado mucho de menos a su excelencia.

—Lady... mi hermana.

Mientras Loveday hablaba, el vizconde parpadeó varias veces, acto seguido echó una mirada rápida a Liza. Su mano estaba cerrada en un puño. Se irguió, asumiendo una pose militar y colocó el puño detrás de la espalda.

—Gracias, Loveday. No tardaré.

—¿Supongo que Miss Gamp puede ir a ocuparse de sus otras obligaciones? —preguntó Loveday.

—Naturalmente.

Liza quedó prácticamente boquiabierta cuando el pistolero desapareció bajo el manto de un noble hastiado. Sin volver a desviar la mirada hacia ella, el vizconde dio la espalda y se dirigió al escritorio. Cuando Liza se marchó, estaba examinando distraído el montón de invitaciones que yacían sobre él como si su gran preocupación fuera saber si tendría tiempo de visitar su club aquella noche.

Capítulo 4

*L*a criada rellenita y quisquillosa se había desvanecido de los pensamientos de Jocelin. Su familia había conseguido tal hazaña, aunque durante unas cuantas horas no hubiera pensado que fuera posible ni siquiera para los Marshall. Sin embargo, allí estaba, escuchando el eterno murmullo titubeante de las faldas de su madre mientras abandonaba el comedor, seguido del taconeo de las zapatillas de Georgiana contra las tablas del suelo. Cuando se cerró la puerta, abandonó la pose de oficial, y repantingándose en su silla, abrió el abrigo, cruzó el tobillo sobre la rodilla y metió los pulgares por el fajín.

Irguió la cabeza y dirigió una sonrisa perezosa de tirador a su padre, quien le reprendía en silencio porque el mayordomo le estaba ofreciendo oporto.

Jocelin hizo un gesto negativo ante la licorera ofrecida.

—Whisky, por favor, Vincent.

Cuando Vincent se marchó, Jocelin se bebió todo el vaso de whisky de un sorbo.

—Bebida de borrachos —comentó el duque.

Jocelin se sirvió él mismo otro vaso y lo levantó en dirección a su padre.

—¡Por vuestro recién recuperado buen juicio al no invitar a Yale esta noche!

—Quería hablar contigo, no luchar para evitar que asesinaras a mi hermano delante de mí, señor.

—Como he dicho, buen juicio.

El duque agitó su cabeza plateada y miró airado a Jocelin. Tenía la nariz recta de los Marshall, tan apropiada para mirar por encima de los hombros a los demás. Con ese mismo gesto miró ahora a su hijo.

—No discutiré contigo. Te he hecho llamar porque ya he tenido suficiente con tus vagabundeos inútiles. Con… con Charles muerto, depende de ti el casarte y dar un heredero.

Jocelin alzó una ceja.

—¿Me mandó llamar?

—No seas más complicado de lo que debas —dijo el duque—. Envié una carta hace meses.

—¿Realmente piensa que he vuelto a casa porque así me lo ordenó? —Jocelin sonrió ante la preocupación de su padre—. Vine a casa porque acabé con mis asuntos en Norteamérica, y tenía otros que resolver aquí en Londres.

—¿Quieres decir que te cansaste de buscar tiroteos con bárbaros y de frecuentar la compañía de salvajes de piel roja?

Jocelin dio un sorbo de whisky e inspeccionó a su padre por el borde del vaso. Con lentitud colocó el whisky sobre el mantel de la mesa y recorrió el borde del vaso con la yema del dedo.

—Tenía un asunto que necesitaba atender aquí —dijo—, y no voy a casarme, nunca.

El duque se levantó y avanzó a lo largo de la mesa del salón para plantarse delante de Jocelin. Se inclinó sobre su hijo, mientras una de las manos agarraba con fuerza el respaldo del asiento de Jocelin.

—Pensé que dirías eso.

Los dedos de Jocelin se aferraron al vaso de whisky, incómodo por la expresión de satisfacción violenta de su padre.

—No tengo más que una respuesta para ti —dijo el duque. Se detuvo, prolongando el suspense. Finalmente continuó—. Si no cumples con tus obligaciones, el título ira a parar a Yale.

Se hizo de nuevo el silencio. Jocelin bajó los párpados y mantuvo la calma. Hielo más frío que el de las regiones donde el verano pasa de largo se instaló en el núcleo de furia que le servía de corazón. Intentó pensar con claridad. En su odio por Yale, nunca había considerado qué ocurriría si su tío heredaba el título, junto a la riqueza y el poder que éste conllevaba. Yale usaría esa riqueza y poder para explotar a otros inocentes. Indignado con la crueldad de su padre, se refugió aún más bajo el escudo de su papel de pistolero, pero el duque lo había cogido desprevenido. Apenas pudo conseguirlo.

Alzando su mirada ante los ojos verde pálido de su oponente, susurró:

—Puede que Dios le condene al fuego eterno del infierno.

—Me complace tanto que comprendas tu situación.

Jocelin dio otro sorbo al whisky y ofreció una sonrisa perversa a su padre.

—Yo lo comprendo, pero usted no. Yo la elegiré —recurrió a su deje característico—. Y piense únicamente en lo que voy a traer a casa, padre.

El duque se irguió y miró a su hijo por encima del hombro.

—Por esta noche me conformo con una victoria.

Jocelin no le respondió. Se levantó, agarró con rapidez el vaso y se dirigió con paso lento hacia la puerta.

—Nos esperan mamá y Georgiana.

—Te casarás, Jocelin.

Se volvió hacia el duque, quien retrocedió un paso al percibir la expresión de su rostro.

—Sois un ser tan temeroso de Dios. ¿No se estremece ante lo que el Todopoderoso podría hacerle por condenar a una mujer a casarse conmigo?

—Exageras.

Jocelin se rió.

—¿Lo hago? —Su voz se redujo al ronroneo de un gato—. Represento todo aquello que es corrupción, mi señor. Eso es lo que afirma la Reina. La perversidad y la depravación yacen conmigo cada noche. —Puso una mano sobre el brazo de su padre, se acercó inclinándose con ademán confidencial—. Si no me cree, pregúntele a Yale.

Cuando fue obvio que el duque no tenía respuesta, Jocelin le hizo una reverencia y permitió que su padre le precediera en la entrada al salón. Se encaminó en dirección a su madre que se estaba pasando un frasco de esencia bajo la nariz y dando unos toques en los ojos con un pañuelo de encaje. Le extendió una mano temblorosa.

—¡Mi querido niño, cuánto te he echado de menos!

—Yo también a usted, madre.

La recorrió con la mirada. Se preocupaba de mantener una complexión pálida, por tanto era difícil juzgar si la palidez era debido a su fragilidad o a los polvos. Lamentó abandonarla, porque necesitaba a alguien que saliera en su defensa ante el duque. Estaba aún de luto por su hermano mayor, aunque había muerto hacía tres años.

—Debes ayudarme a tratar con tu hermana —dijo la duquesa.

Jocelin desvió la mirada a Georgiana, que estaba hojeando las páginas del *Times* con tal premeditación que le advirtió de los problemas. Ella levantó la cabeza y lo miró por encima de la montura dorada de sus lentes. Habían heredado ambos el cabello negro de los Marshall así como los sorprendentes ojos verdes.

—No me sonrías con esa afectación, pequeña calamidad —dijo Jocelin—. ¿Qué has hecho?

—Nada, Jos, nada en absoluto.

—Será mi muerte, su presentación en sociedad —dijo la duquesa con un lamento mientras agitaba de nuevo el frasco de perfume por debajo de la nariz.

—Madre, es demasiado joven para ser presentada en sociedad.

El duque alzó su voz.

—Tonterías. El año que viene cumplirá dieciocho. La edad perfecta para casarse. No demasiado joven para tener algo de juicio, y no demasiado mayor para ser guiada por su esposo.

—No es por su edad —dijo la duquesa. Se llevó el pañuelo a los labios y las lágrimas empañaron sus ojos—. Se trata de lo que está planeando.

El duque sirvió una taza de café y se la acercó a su esposa.

—Bueno, bueno, Delia, no debes escucharla. Sólo dice esas cosas para hacerte temblar.

Jocelin avanzó hacia su hermana y se plantó junto a ella en el sofá. Arrebatándole el periódico de las manos, lo arrojó al suelo.

La giró para que lo mirara a los ojos y le dijo:

—Desembucha. ¿Qué estás tramando, pequeña calamidad?

—No quiero presentarme en sociedad, Jos. No quiero casarme y tener que obedecer a todos los caprichos de algún extraño, ir donde quiera ir, hacer lo que quiera, sentarme en casa mientras él se va de juerga a sus clubes y juega con... —Georgiana miró a su madre— otras señoras.

Jocelin miró fijamente a su hermana.

—¿Dónde has oído esas cosas?

—No me vengas con esas tonterías de superioridad varonil, Jocelin Paul Marshall —Georgiana se subió las lentes sobre el puente de la nariz y aspiró aire—. Las mujeres casadas no tienen derechos. Tan sólo mira a nuestra madre. Únicamente puede comprar cosas si nuestro padre lo aprueba, o leer aquello que él encuentra aceptable.

—Pero se trata únicamente de lo correcto el que sea guiada por su juicio —dijo Jocelin—. No sabría qué decisión tomar ante tales cosas por sí sola. Se marearía de tener que tratar con asuntos económicos y políticos. La mente de una mujer es una cosa muy delicada, no apropiada para tales menesteres.

Georgiana le dedicó una mirada de indignación.

—Sin embargo, he resuelto el problema.

—¿Qué problema?

—El problema de tener que casarme. Voy a casarme con un hombre mayor.

Jocelin sonrió con ironía.

—¿Cómo de mayor? ¿Veinticinco? ¿Treinta?

—No, simplón. De ochenta o noventa.

—Ochenta... eso no tiene gracia.

—No estoy bromeando —dijo Georgiana. Se inclinó y recuperó el periódico.

Jocelin observó cómo sacudía con tranquilidad el periódico entre sus manos para enderezarlo. Conocía a Georgiana. Una vez que decidía el camino que seguir, rara vez se la podía desviar. Aún ponía mala cara cuando recordaba el día que decidió montar su caballo del regimiento hasta la iglesia. ¡Mujeres! Las mujeres eran uno de los pocos asuntos en los que estaba de acuerdo con su padre. No quería pensar en cuánto significaba este pequeño punto de acuerdo. Desde el principio Jocelin había presenciado la dependencia de su madre con respecto a su padre, su desamparo frente a la rudeza del mundo exterior. Necesitaba protección. Las mujeres en general necesitaban protección, algunas veces contra su propia naturaleza impetuosa, como en el caso de Georgiana. Era una cuestión aparte el que un hombre se burlara de los convencionalismos, pero era diferente para una mujer. Lanzó una mirada suspicaz a su hermana.

—¿Y por qué precisamente te has metido esa idea en la cabeza de casarte con un hombre que podría morir en cualquier momento? ¡Ah!

Georgiana levantó la vista del artículo que estaba leyendo.

—Exactamente. Mientras viva, me adorará y me dará lo que quiera, y luego morirá. Seré una viuda y podré hacer lo que me plazca. Y no jugaré al papel de esclava de un marido y señor para mí.

—Harás que mamá tenga palpitaciones en el corazón otra vez.

—Mamá tiene palpitaciones cuando le viene bien. Le son muy útiles para conseguir que papá haga lo que quiere.

—Mamá no es así.

—¿Ah, no? —alzó las cejas y las arqueó ante él.

Siempre había detestado la actitud cínica de Georgiana con respecto a sus padres. Cuando su padre no le creyó en lo referente a Yale, su madre le había consolado. Aunque Georgiana no había sido capaz de enfrentarse a su padre en su nombre, Jocelin lo había entendido.

Le frunció el ceño a su hermana.

—Las mujeres son delicadas, Georgiana. Y no puedes hacerte una desgraciada a ti misma con un comportamiento tan poco escrupuloso.

Este comentario le hizo ganarse otra mirada de disgusto. Suspiró y se cuestionó a sí mismo sobre lo inteligente de discutir con Georgiana. Quizá debería esperar. Todavía no había sido presentada en sociedad. Él podría rondar a jóvenes candidatos y arrojarlos en el camino de ella al año siguiente. Sí, esa era una estrategia bastante más aconsejable. Discutir con Georgiana normalmente resultaba ser improductivo. La voz de su padre le sacó de su ensimismamiento.

—Jocelin ha recobrado el juicio, Delia, así que no necesitas preocuparte más. Va a hacer unas cuantas visitas y a echar un vistazo a la nueva remesa de la estación próxima. Puede empezar con estancias en la casa de campo de amigos. Nuestro estimado Clarendon se ha ido a su casa del norte. Tiene tres hijas, cada una de ellas con una dote de cincuenta mil y de buen linaje.

—Yo estaba pensando en Lucy Lyttleton —dijo Jocelin.

La duquesa suspiró y agitó su pañuelo ante su rostro. El duque enrojeció, le dio unas palmaditas a su esposa en el brazo y gruñó a su hijo.

—¡Cuida tu vocabulario delante de tu madre y hermana!

Jocelin se puso en pie, con una sonrisa burlona y se abrochó la levita sobre la camisa de etiqueta blanca como la nieve. Lucy Lyttleton era la viuda escandalosa de lord Lyttleton. Lo sedujo cuando tenía dieciséis años. Al menos eso era lo que ella creía. En realidad, él la había escogido y le permitía perseguirlo. Él estaba en Sandhurst, enfadado, desesperado por distraerse.

Avanzó y besó la frente de su madre.

—Debo marcharme, madre. Tengo una cita en la ciudad.

Georgiana le besó en la mejilla.

—Así que ambos estamos en la plataforma de subastas, puestos a la venta.

—¡Georgiana! —gritó la duquesa.

Jocelin rió, hizo una inclinación de cabeza a su padre y los dejó. Al entrar en el vestíbulo y hacer un gesto de asentimiento a Vincent para que le entregara su abrigo, apareció un criado escoltando a varios hombres por la entrada.

—Jos, me complace encontrarte.

Jocelin saludó con una sonrisa a Asher Fox, quien entregó su abrigo al criado. Estrechó la mano a Alex Stapleton y a Lawrence Winthrop. Como de costumbre, la nariz de Stapleton estaba encendida por la bebida. Winthrop, lord Winthrop, apretó los labios e inclinó la cabeza ante Jocelin como si se tratara de un juez instruyendo a un alguacil. Los condujo a la biblioteca, donde Stapleton fue derecho al mueble bar. Winthrop tomó asiento en la silla cerca del fuego como si fuera su derecho, pero Asher Fox estaba demasiado excitado para sentarse. Le dio unas palmaditas a Jocelin en al espalda.

—Palmerston me apoya finalmente, viejo amigo.

—¡Excelente! —dijo Jocelin mientras se sentaba en el borde del escritorio de su padre—. Ahora, si evita oponerse a la Reina, su apoyo significará un gran triunfo.

Asher se apoyó en el escritorio junto a él. Ambos tenían la constitución alta y musculosa que era requisito indispensable para ingresar en la caballería, pero Asher era el más alto por poco más de un centímetro. Siempre le había recordado a Jocelin un retrato del arrogante Carlos II con sus rizos color castaño, sus ojos de párpados pesados y espíritu de cruzado. Asher parecía estar considerando las palabras de Jocelin; acto seguido echó un vistazo a su alrededor, provocando que el vello de los brazos de Jocelin se erizara. Cuando Asher lo miraba de ese modo significaba que Jocelin iba a ser incitado a hacer algo que no quería.

—¿Qué? —preguntó Jocelin.

—Hablando de la Reina…

—¡Ah, no!

—Como hijo de un duque, puedes requerir una audiencia.

Jocelin se apartó del escritorio e hizo un gesto negativo con la cabeza.

Stapleton agitó una copa de brandy en su dirección.

—Escúchale, querido amigo.

—Sí —dijo Winthrop con tranquilidad desde su trono—. Escúchale.

—La última vez que me permitió presentarme ante ella, fue para acometer contra mí por mis costumbres pecaminosas —Jocelin pasó una mano entre su cabello—. Piensa que soy un sátiro con traje de etiqueta.

—Lo eres —dijo Stapleton con la nariz metida en la copa.

Jocelin levantó las manos.

—Me amenazó con negarse a recibirme.

—Bueno, Jos —dijo Asher con una sonrisa burlona—, tiene un trono que mantener, lo sabes. No puede aparentar que tolera el libertinaje, no nuestra decorosa y pequeña Reina alemana.

—Tú lo has dicho. ¿Lo ves? —Jocelin rebuscó en el mueble bar buscando whisky.

—La cobardía es impropia de ti —dijo Asher.

Jocelin miró a su amigo airado y con ademán descuidado se sirvió whisky en un vaso.

Asher continuó.

—No te lo pediría si pensara que no puedes hacerlo —se acercó a Jocelin y apoyó la mano sobre el brazo de su amigo—. Su Majestad no quiere admitirlo, pero se siente atraída hacia ti. Lo he percibido. Piensa, Jos, lo que debe ser para ella, atada a ese mojigato envarado que tiene por marido. No se da cuenta, pero una parte de sí anhela un poco de empuje y energía, saborear una minúscula parte de lo que nunca tendrá: cortejo y romanticismo.

—Me desaprueba —dijo Jocelin mientras apartaba la mano de Asher.

—No tanto como piensas —Asher bajó la voz con el objeto de que sólo le pudiera oír Jocelin—. Soy el único que sabe toda la verdad, amigo mío. Y siempre seré el único.

Jocelin desvió la mirada hacia su amigo unos instantes, incapaz de soportar durante mucho tiempo la compasión que se respiraba.

—No juegas limpio, Ash.

—No sé lo que quieres decir.

—Exactamente eso —dijo Jocelin en voz baja con

una sonrisa. Volviéndose hacia los otros, siguió—: Vincent os habrá anunciado ya, y mi madre se estará preguntando dónde estáis.

Winthrop esperó a Stapleton para que le abriera la puerta y ambos se marcharon. Asher se quedó atrás, con la mirada clavada en Jocelin.

—¿Lo harás? —le preguntó.

Jocelin se encogió de hombros.

—Sí debo hacerlo. Necesitamos gente como tú en el Parlamento. Y ahora debes disculparme. Tengo una cita.

—No será con ese amigo tuyo, Ross. ¡Dios santo, pensé que cuando volvieras de esas sangrías tuyas, te habrías purgado de todo eso, de esa necesidad!

—Nick Ross es un amigo.

—Pero en lo que estás metido no tiene nada que ver con la amistad.

Asher se acercó a él de nuevo. Jocelin no reflejó su sorpresa cuando el hombre mayor que él le arrebató el vaso de whisky de las manos.

—No puedes continuar haciendo esto —le dijo Asher—. Es más peligroso de lo que imaginas, no sólo para tu cuerpo, sino también para tu alma.

Jocelin se giró dándole la espalda.

—Eso lo perdí hace mucho tiempo. Vivo mis días en las noches oscuras del alma. Soy irredimible, Ash. Permíteme que me marche. —Tocó el timbre para que acudiera Vincent.

—Vas a hacer que te maten.

—Pero no me iré solo —dijo Jocelin al tiempo que Vincent entraba con su abrigo, sombrero y guantes.

Se puso el abrigo y cogió el sombrero y los guantes de manos de Vincent. Asher lo acompañó a la puerta y Jocelin le dio un golpe con los guantes.

—No me mires así —le dijo—, no me pongas esa cara de sensiblero. Si el ejército del Zar no pudo matarme, debo estar seguro en Londres.

Dejó a Asher mirándole fijamente con gesto preocupado, bajó los escalones de la calle corriendo y subió al carruaje sin mirar atrás. Odiaba el modo en que Asher parecía saber sin preguntar cuándo iba a ir al este de Londres. Odiaba hacer sufrir a su amigo.

Asher lo había acogido aquella noche hacía quince años, cuando huyó de la casa de Yale. Le había dado alojamiento, escuchado su confesión, y lo había aceptado a pesar de ello. Desde el principio hasta el final, en los momentos desagradables que siguieron, Asher había permanecido como su amigo. Como comandante de Jocelin en la guerra, había confiado más en él de lo que hubieran podido confiar la mayoría de los oficiales en un subalterno.

El carruaje se detuvo enfrente de una casa del centro de grandes proporciones. Jocelin permaneció en el interior unos minutos, ensimismado en los recuerdos. El interior estaba oscuro, pero una lámpara de la calle proyectaba un resplandor amarillo en medio de la neblina. Escuchó el repiqueteo de cascos de caballos al pasar un cabriolé. Redujo la marcha, pero continuó y giró la esquina.

Una vendedora de flores se acercó paseando, pero la expresión de Jocelin la advirtió y no intentó venderle su mercancía. Suspiró y agarró la manija de la puerta. Pasó una mujer junto al coche, una criada por la sencillez de su vestimenta. Vislumbró un delantal y una cofia.

Hubiera podido jurar haber olido a limón cuando pisó el suelo. Se giró con rapidez y dio dos pasos tras la mujer, pero acto seguido se detuvo. La imaginación, de eso se trataba. Tenía que controlarse. Loveday le había reprendido al modo de director de colegio con relación a Miss Gamp. ¡Maldita fuera! No podía estar más de cinco minutos a solas sin desear a la mujer, y aún le quedaba por verla con claridad a la luz del día.

Jocelin murmuró algo para sí al tiempo que viraba para no chocar y se plantaba ante la puerta principal de la casa de ciudad. Respondió una doncella, lo reconoció enseguida y lo condujo a un gran salón caldeado por un fuego demasiado intenso. Oyó a alguien bajar corriendo las escaleras y Nick Ross entró con paso majestuoso en la habitación, resplandeciente con un traje de etiqueta. Desde su levita de Sajonia elegantemente tejida hasta su chaleco de seda blanca, Nick podía pasar por un noble.

—Llega tarde, su excelencia.

—Asher me entretuvo.

—Ve haciendo esperar a esos borrachos y harán que tu pellejo flote en el río de madrugada.

—Estás que hierves porque no te gusta esperar.

Nick se puso el abrigo, a continuación introdujo la mano en un bolsillo interior. Sacando un revólver pequeño, lo abrió y lo examinó.

—Creo que este es el tipo que buscamos.

—¡Maldita sea! —dijo Jocelin en voz baja—. ¿Estás seguro?

—No, pero lo estaré una vez que me ponga... que ponga mis manos en *er*.

—Él, Nick. Tus «eles», recuerda, no es «er», es él.

—Sí, su al-l-l-lteza. Vamos, querido. Mi carruaje nos espera en la parte de atrás.

Jocelin presionó su mano contra el abrigo y palpó su

revólver. El gatillo se le estaba clavando en una costilla y se lo ajustó en el interior del bolsillo. El carruaje se introdujo en la calle detrás de la casa de ciudad de Nick en el momento que cerró la puerta.

Mientras se dirigían en dirección este, se acomodó echándose hacia atrás ante el largo camino que les esperaba hasta St. Giles. Pasaron por Notting Hill, Kensington y Hyde Park, a continuación se encaminaron hacia arriba por Oxford Street. Los edificios empezaban a ser más continuos y numerosos; perdió la esencia del verdor de Hyde Park con el hedor a alcantarillas rotas. Cuanto más se adentraban en St. Giles, el número de tabernas de cerveza aumentaba, hasta que las calles no parecían consistir en nada más, excepto pubs. El carruaje fue reduciendo el paso a medida que el tránsito a pie aumentaba. Allí los vendedores pregonaban a gritos sus pasteles de carne, los vendedores ambulantes ofrecían su fruta y verdura a peatones apresurados y desconfiados.

Giraron por una calle más abajo de adoquines rotos, con tres whiskerías y varias casas de huéspedes. Jocelin sacó su bufanda de seda blanca de debajo del cuello de su abrigo y se envolvió la mitad del rostro con ella. Nick hizo lo mismo. El carruaje redujo la marcha al paso al aproximarse a la esquina. La rueda trasera de la derecha se hundió en un bache y volvió a salir.

Jocelin miró por la ventana. La casa de huéspedes de la esquina era semejante a las dos de la acera de enfrente. Unas prostitutas se acercaron con paso lento, para ser ahuyentadas acto seguido por un portero de proporciones descomunales. Dos actores salieron dando un traspié del ruidoso pub de al lado y pasaron junto a la puerta zigzagueando. El portero los observó hasta que giraron la esquina, con la mano sobre un bulto en el bolsillo del abrigo.

Su carruaje se detuvo frente a la casa de huéspedes. Jocelin miró a los ojos del portero, que escupió en el pavimento desmoronado y sonrió irónico descubriendo una barrera de dientes partidos.

Jocelin echó un vistazo a Nick y murmuró:

—«¡Oh, Dios! ¡Que el pan sea tan caro, y la carne y la sangre tan baratos!». Es hora de comprar carne y sangre.

Capítulo 5

*L*iza iba meneándose y rebotando en el asiento del cabriolé, su impaciencia por ver el carruaje al que seguían era inmensa. Junto a ella, Toby Inch se apoyó en uno de los laterales y curvó su cuello para ver alrededor de los caballos y la calle iluminada con una única lámpara de gas.

Dio un tirón del abrigo de Toby.

—¿Qué camino han tomado?

—Han girado por Wigs Lane —de repente Toby vociferó—. ¡Mira eso, quítense de en medio!

Liza se atrevió a asomar la cabeza a un lado del carruaje. No lo había hecho antes ya que existía la posibilidad de que el conductor del coche al que seguían pudiera verla. Dos hombres irrumpieron en la calle cayendo a los pies del caballo del cabriolé mientras una mujer gorda y de aspecto desaliñado se plantaba vigilante delante de ellos, gritando a voz en cuello a los carteristas.

Toby salió de un salto del cabriolé y se abrió paso en la refriega mientras Liza se echaba hacia atrás y retorcía un pequeño bolso de tela entre las manos. Tenía frío, estaba cansada y frustrada. El día siguiente lo tenía libre, era el día de la semana que le pertenecía exclusivamente a ella. Después de haber sido arrojada en aquel sofá por Jocelin Marshall, había planeado usarlo como excusa para desaparecer de su casa. Eso fue antes de que le hubiera seguido la pista al vizco de desde que dejó su casa para ir a cenar a la residencia del duque, y ahora no estaba dispuesta a perderlo a causa de un ladrón.

Oyó un gran golpe, a continuación el sonido de pies arrastrándose. Toby reapareció, enderezándose la gorra y la bufanda de lana. De un salto entró en el coche y siguieron su camino. Liza le dirigió una mirada de agradecimiento. Siempre había estado detrás de ella, incluso en los momentos en que su propio padre no había estado. Ella recordaba esos tiempos demasiado bien y las circunstancias que los habían unido. Encolerizado por el hecho de que no hubiera resultado ser la personificación de las virtudes femeninas, frágil de mente y cuerpo, su padre se había ido enfureciendo cada vez más ante su negativa a comportarse como la señorita que él pretendía con el objetivo de que pudiera atrapar un marido con títulos. Liza sabía que lo que le pedía era imposible para ella. Cuando la amenazó, ella se negó a acobardarse. Nunca había respondido bien ante la intimidación; esto sólo la enfurecía.

Finalmente su padre decidió quebrantar su carácter. La repudió y la arrojó a la calle, burlándose de ella, diciéndole que volvería a él arrastrándose en menos de una semana. Sin embargo, su padre no había contado con la inteligencia de ella ni con su don para la estrategia. Antes de marcharse, había persuadido a su madre para que le diera unas referencias como si se tratara de una criada. Llevándose consigo las pertenencias de valor heredadas de su abuela, se marchó a Londres.

En Londres se encontraba Toby, quien le consiguió un puesto en la misma casa en la cual él servía como mayordomo. Un hombre alto, sin mucha corpulencia, daba la sensación de ser más frágil de lo que era en realidad, hecho que comprobó el hijo mayor de su señor cuando Toby descubrió que el joven había dejado embarazada a su hija.

A Liza no le gustaba pensar en aquellos días. Toby había sido condenado por asaltar al joven, y su hija acusada de prostitución. El servicio se disolvió y se despidió a los sirvientes.

En su desesperación por encontrar un empleo estable, creó la Agencia de Servicio Doméstico Pennant, un servicio de élite que respondía a las necesidades urgentes de la alta sociedad: ante la enfermedad repentina de un chef justo antes de un banquete, un error de cálculo en el número de criadas necesarias para un baile de puesta de largo. Después de cumplir con su corta sentencia, Toby se había dejado convencer para representar a Hugo Pennant, ya que Liza descubrió enseguida que la sociedad no tenía intención de hacer concesiones a una mujer, y en especial a una joven.

—No se mueva de aquí —le espetó Toby al tiempo que cerraba de un golpe la portezuela del carruaje—. Mantenga su naricita ahí dentro. No quiero volver a Pennant y tener que decirles a los demás que permití que nuestra señorita se hiciera golpear en la cabeza en St. Giles.

—¡Ahí está, Toby! El conductor, es él, el que se está apartando de la casa de huéspedes.

Al pasar el edificio, Liza estiró el cuello para ver en

el interior. La puerta estaba cerrándose cuando Liza pasó junto a ella, y todo lo que pudo ver fue un recibidor desprovisto de muebles. El portero cerró la puerta de golpe y le gruñó. Liza se escondió en el carruaje.

—¿Qué era ese lugar, Toby?

Toby cruzó los brazos sobre el pecho y se quedó mirando fijamente a las patas traseras del caballo.

—¡Ah! —exclamó Liza—. Observó las facciones apretadas de Toby y su cabello grisáceo—. Se trata de uno de esos lugares. Entonces, ¿por qué no se han quedado ahí? Podrías contestar al menos. Le preguntaré al conductor si no lo haces.

—No se han quedado, Señorita Curiosidad, porque han tomado lo que querían y ahora van a algún lugar más cómodo.

—¿Pero no dijiste que había… bueno, lugares agradables donde los caballeros iban en busca de pecados más refinados?

—A algunos les gusta adentrarse en la suciedad, por decirlo de alguna manera. —Fue todo lo que diría Toby.

Liza pensó durante unos instantes, acto seguido echó un vistazo al exterior.

—Nos dirigimos de nuevo al oeste.

Su curiosidad aumentaba a medida que seguían al carruaje al pasar por Hyde Park. El vehículo giró con brusquedad al norte hacia St. Mary Hospital. El tráfico disminuyó, y Liza comenzó a preocuparse de que pudieran descubrir su presencia. Hizo que el conductor redujera la marcha, y luego se detuvo por completo cuando el carruaje viró hacia una calle lateral sin iluminación. Tras decirle al conductor que los esperara, ella y Toby se aproximaron a la intersección a pie, mientras su amigo iba refunfuñando todo el tiempo.

—Espere aquí —le susurró—. Deje que me acerque primero.

Era muy tarde. Había pocos transeúntes, todos ellos acurrucados bajo sus capas y abrigos, sin prestarles atención en su precipitación por escapar del frío húmedo. Toby y Liza llegaron a la esquina y miraron con cuidado calle abajo, no era más que un callejón. El coche se había detenido. Mientras Liza se asomaba por encima del hombro de Toby, la puerta se abrió.

Un hombre con traje de etiqueta salió. Su rostro estaba cubierto por los pliegues de un fular de seda blanco, pero Liza reconoció el porte. Permaneció en la calle, colocó la mano cerrada en un puño detrás de la espalda, la columna estirada, al tiempo que se abría una puerta de la pared que se encontraba al lado del carruaje. Se giró de nuevo hacia la puerta abierta del coche.

A Liza le dio la sensación de estar conversando con alguien en el interior del vehículo. Se inclinó ante la puerta con medio cuerpo dentro, y aunque Liza no podía entender lo que estaba diciendo, oyó el tono adulador de su voz. Extendió la mano enguantada. Lentamente, con dolorosa vacilación, otra mano, desnuda, apareció y se rindió ante la enguantada.

Liza frunció el ceño, ya que el brazo que le seguía estaba envuelto por la manga parcheada de un abrigo. El vizconde gradualmente persuadió a su invitado a salir del carruaje.

Alzó la mirada ante Toby y pronunció con afectación:

—¿Es un niño?

Toby no le contestó, pero asintió una vez.

Confundida, Liza observó cómo el vizconde inducía al chico a abandonar el carruaje. Aunque iba vestido con ropa de lana hecha jirones, alguien le había echado por los hombros una capa de seda. Liza pudo distinguir sus facciones bajo la luz de las lámparas del coche.

Tenía el cabello castaño, espeso y suave, una tez inmaculada y unos pómulos fuertemente remarcados. El chico liberó su mano de un tirón y retrocedió hasta que chocó contra el carruaje. Su miedo llamó la atención de Liza.

El vizconde le habló con tono tranquilizador, pero el chico se estremeció cuando emergió del umbral de la casa una figura envuelta en una capa y encapuchada. La figura permaneció en la entrada, sin hacer ningún movimiento hacia el niño; sin embargo, el cuerpo del muchacho se encogió perdiendo su postura rígida. Sin advertirlo, se llevó las manos al rostro.

El vizconde se movió entonces, echándole el brazo sobre los hombros al pequeño y atrayéndolo hacia sí. El joven estaba tan perturbado, que no opuso resistencia alguna cuando el vizconde lo entregó a la figura con capa. Liza lanzó una mirada interrogativa a Toby, pero éste sacudió la cabeza en dirección al carruaje.

Otro hombre en traje de etiqueta salió con rapidez del coche. Sostenía una niña en los brazos. Llevaba un vestido de volantes y unos zapatos de charol brillante, sus labios eran también de un rojo demasiado, demasiado brillante. Fue entregada del mismo modo al personaje con capa, pero en el momento en que fue liberada, se enganchó con los brazos al cuello del chico y hundió la cabeza en su hombro.

El vizconde habló de nuevo al chico, tocándole el hombro. El chico se apartó encogiéndose del roce, pero asintió. Su cabeza cayó hastiada y con una última mirada de miedo a Jocelin, permitió que la otra persona lo introdujera en el edificio.

El vizconde permaneció mirando a la puerta cerrada. Su compañero le dijo algo y él sacudió la cabeza con un gesto negativo, se giró con brusquedad y subió al carruaje.

—¡Rápido! —dijo Liza mientras Toby y ella se apresuraban de vuelta al cabriolé.

Apenas habían cerrado la puerta tras ellos cuando el carruaje torció la esquina y pasó junto a ellos. Partieron de nuevo, esta vez en dirección a las afueras, más allá de Fulham.

—¿Qué era todo eso? —preguntó.

—No me gusta —dijo Toby, mordiéndose el labio—. Y no podemos seguirles fuera de la ciudad mucho más lejos sin que nos vean. ¡Diablos, señorita, este asunto apesta! ¡Tenga cuidado!

Liza fue sacudida hacia delante cuando el conductor tiró de las riendas, Toby echó el brazo por delante de ella.

—Creo que se han detenido de nuevo. No podemos ir más lejos sin ser vistos.

Toby abrió la puerta que se extendía ante sus piernas, se puso en pie y observó en la oscuridad.

—Sí, han parado.

Pasaron varios minutos mientras Liza esperaba ansiosa alguna señal de Toby. Incluso aunque se pusiera de pie, no era lo suficientemente alta para ver algo, ya que la carretera descendía hacia el otro lado de la colina y se sumergía en un bosque de árboles.

—¡Diablos! —sin advertirlo, Toby se sentó de un salto—. Regresan. Gire este caballo y vayámonos enseguida de aquí, muchacho.

Avanzaron con dificultad delante de su supuesta presa y consiguieron meterse en una calle bulliciosa de Fulham antes de ser adelantados por el carruaje. Envueltos en una maraña de carros de venta ambulante, coches de transporte público y carruajes, observaron cómo desaparecía el vehículo.

Liza se desplomó en el asiento.

—Vayámonos a casa, Toby.

Era bien pasada la medianoche cuando pagaron al conductor y entraron en la casa que servía de oficinas a la Agencia de Servicio Doméstico Pennant. Situada entre Kings Cross y Shoreditch, se encontraba cerca de la parte rica, aunque no tan lejos del este de Londres para que la gente trabajadora no pudiera llegar hasta allí. Pennant era la tercera de la fila de casas adosadas construidas al estilo griego con columnas alineadas una tras otra.

La casa estaba a oscuras. Toby encendió una lámpara en el distinguido salón de espera antes de atravesar la sala de recepción ficticia de Pennant hasta el verdadero centro de la agencia, la oficina de Liza. Nunca se admitía a los clientes en esta parte, donde podrían encontrarse con la verdadera propietaria. En realidad, no todos los empleados de Pennant sabían quién era Liza.

Liza, muy cansada, entró en la oficina mientras Toby encendía otra lámpara. Después de retirarse la capucha de la capa, se quitó la gorra y se frotó el rostro con ella. Sentía como si tuviera los ojos cubiertos de tierra y tenía la espalda condolida por donde se había retorcido para escabullirse de Jocelin Marshall.

Cayó rendida en un sofá y suspiró.

—Averigua qué era ese lugar de St. Giles.

—Un lugar desagradable —Toby permaneció de pie ante ella con los brazos cruzados.

—Está metido en algo —dijo ella—. ¡Maldito sea! No pude encontrar nada en su casa.

—Ya sabe usted que consiguió a esa pequeña y a ese

chico de St. Giles —Toby se aclaró la garganta—. Señorita, hay tejemanejes que es mejor que no conozca. Hay algunas cosas que las señoritas no deberían…

—No te molestes —le espetó Liza—. Las señoritas ignorantes son señoritas indefensas; indefensas e impotentes. A estas alturas deberías pensar que tendrías que olvidarte de instruirme en cuestión de delicadezas. Las mujeres no son delicadas, Toby, en caso contrario no sobrevivirían a los partos, ni a los suburbios, ni a los maridos que las abandonan y las dejan con los hijos. Bueno, no importa. Estoy demasiado cansada para discutir. Tan sólo haz lo que te digo.

—No es apropiado —gruñó Toby.

—Vete a dormir.

—Me voy. ¡Diablos, quién hubiera creído que una señorita con un padre tan rico como el rey Salomón se convertiría en una fierecilla marisabidilla y bruja!

Gruñendo, Liza se incorporó del sofá, cruzó la habitación y con cuidado se tumbó en el otro sofá más largo. Apoyó la cabeza sobre un almohadón bordado y se acurrucó bajo su abrigo. Se quedó mirando la pintura de un lago escocés colgada encima del diván.

¿Qué estaba haciendo Jocelin Marshall? Aparte de las tentativas de Toby por protegerla, ella había aprendido mucho desde que llegó a Londres para trabajar. Sabía que la mayoría de los hombres frecuentaban mujeres de escasa moral. Lo que la había sorprendido era aquella pequeña y el chico. Pero si el vizconde había tomado a aquellos dos niños de la supuesta casa de huéspedes, no lo había hecho con las mismas pretensiones que los otros clientes. ¿Por qué los había depositado como lingotes de oro en un lugar alejado de sus jefes, cuándo tendría que devolverlos?

Tales interrogantes tendrían que esperar para ser respondidos. Liza se puso de costado e hizo una mueca de dolor al sentir un pellizco en la espalda. Sí, estaba convencida de la depravación del vizconde, pero nunca hubiera imaginado que él concibiera una pasión por su personalidad cubierta de polvo de carbón y servil.

Ningún caballero nunca la había deseado. Incluso más increíble, sospechaba que se sentía excitada por ese interés. ¿Si no por qué no había escapado de él cuando avanzó hacia ella, cuando podría tratarse de un asesino? Incluso si no lo fuera, debería haber escapado.

«¡Elizabeth Maud Elliot, qué inapropiado para una señorita! ¡Qué conducta más impropia! ¡Qué desfachatez!» Liza suspiró y se colocó bocarriba para mirar al techo. Era una criatura desgraciada, una verdadera desgraciada. Si iba a sucumbir ante un caballero, bien podría haberse quedado en casa y haberse casado con una de las personas con título, aburridas, egoístas y de mente cerrada propuestas por su padre. Pero, hasta entonces, nunca había tenido dificultad en concebir una aversión hacia ninguno de ellos.

Jocelin Marshall, en cambio, era diferente. Sólo tenía que plantar sus pies en su presencia, y ella se quedaba fascinada. Tampoco podía aducir que su interés fuera debido a verse perseguida por él. Desde el momento en que su carruaje se detuvo ante la fila de sirvientes aquella noche, ella se había sentido atraída hacia él. ¡Cielos, había sido cautivada por sus botas!

No obstante, ella podía controlarse. Podía. ¡Dios santo, debía mantener sus sospechas acerca de él en la mente por su propio bien! Tenía la fuerza para hacerlo así. Era tan firme como una casa en sus resoluciones. Por tanto, no necesitaba abandonar la casa del vizconde con tanta precipitación. Después de todo, cualquier mujer se sentiría atraída por un hombre así. Exótico, maravilloso con su apariencia de gato perverso, peligroso; emitía una sombra sobre los hombres decadentes de la sociedad que ella conocía.

Tendría que ser más cuidadosa si regresaba. No limpiaría más su habitación. No iría más a la parte de arriba cuando él estuviera por allí. Parecía tener la habilidad de discernir dónde se encontraba y atraparla. Tomaría más precauciones. Eso era todo.

Habiendo resuelto la mayoría de sus dilemas, aunque no el misterio de la muerte de su hermano, se dirigió a la cama. A la mañana siguiente se encontraba en su oficina revisando los ingresos con Toby y su hija, Betty. Entre los dos se habían hecho cargo de Pennant mientras ella había estado ausente.

Liza se sentó en su sillón de piel tras el escritorio de madera de cerezo que había conseguido en una subasta. Betty sacó con dificultad el diario encuadernado en piel en el cual anotaban el programa de la semana. Mientras Liza mordisqueaba el extremo de una pluma estilográfica, ella le detallaba las actividades de las dos últimas semanas.

—¿Y tenemos el banquete del Duque de Lessborough la semana que viene? —preguntó Liza.

—Sí, y su secretario me ha estado acosando respecto a Monsieur Jacques. Le he asegurado que puede contar con Monsieur Jacques, pero aún está inquieto.

Monsieur Jacques —en realidad llamado Elihu Diver, expescador y cocinero de barco— era muy demandado. Estaba en demanda porque Liza había extendido el rumor a través de su madre de que sus recetas le habían sido traspasadas por el chef de María Antonieta.

—Muy bien —dijo Liza al tiempo que pasaba la hoja del programa—. Toby, escribe una carta de Pennant al secretario prometiéndole a Monsieur Jacques.

Liza echó un vistazo al reloj que llevaba enganchado en el hombro de su vestido. Las diez en punto.

—Es hora de recibir a la gente, Toby.

El resto del día pasó rápido, ya que había facturas por pagar y nueva gente que contratar. La reputación de Pennant se había extendido durante los tres años desde que empezó. Después de que su padre la echara de su único hogar y llegara a la casa de ciudad regentada por Toby, estaba convencida de que podría ser una criada para todo. ¿Qué dificultad podría revestir? Pronto aprendió que limpiar el polvo era algo más que pasar un trapo por la superficie de un mueble; que el servir era algo más que limitarse a poner con descuido unos platos sobre la mesa. El primer día, había intentado limpiar un centro de hojas secas y lo destrozó.

Toby pudo haberse librado de ella, sin embargo se apiadó de su ignorancia y desesperación.

Liza tenía la cabeza llena de conocimientos adquiridos por los libros. No podía vaciar la basura. Bajo su tutela, aprendió a vaciar cubos, a limpiar botas, el polvo, a barrer, a encender chimeneas, a limpiar baños, a limpiar la plata y a servir la mesa. Y todo lo había hecho por rencor a su padre.

Pensando en su vida antes de entrar en el servicio doméstico, Liza pudo recordar otros días en los cuales no sufría ni se enfadada. Hacía mucho tiempo, cuando era muy pequeña y William Edward era un bebé, en aquellos tiempos no tenía noción de resentimiento ni de animadversión. Su mundo se transformó, sin embargo, un día cuando tenía casi siete años.

William Edward se puso enfermo con difteria. Transcurrían los días en los cuales sus padres apenas abandonaban su habitación. Estaba aterrada y desconcertada. Ansiosa por ayudar, temerosa de abandonar su casa por miedo a perder también de cualquier modo a sus padres, se había escabullido del cuidado de la institutriz y se dirigió a la habitación de William Edward. Se deslizó con sigilo hacia la pequeña cama, se agarró de los barrotes y miró fijamente a sus padres.

Su madre estaba llorando, pero su madre lloraba mucho y Liza la había visto hacerlo con demasiada frecuencia como para asustarse ante la visión. Lo que la aterrorizó fue ver que su padre sollozaba. Ella vaciló, con miedo a quedarse, demasiado aterrada para marcharse. Entonces puso su mano en el hombro de su padre. Él levantó la cabeza y la miró fijamente. Liza retiró la mano al cruzar su mirada con la de él y encontrar por primera vez su resentimiento al descubierto y su furia.

—¿Por qué? —dijo su padre, secándose las lágrimas con el dorso de la mano—. ¿Por qué querría el Todopoderoso llevarse a mi precioso hijo en vez de a ti?

Cuando Liza se lo quedó mirando con la boca abierta, él hundió la cabeza entre las manos.

—Vete de aquí. ¿Dios mío, por qué no me diste un hijo en el lugar de ella?

Aquel día descubrió que no había sido deseada. Su madre complacía cada deseo de su padre y, bajo su dominio, lamentaba su fallo de no haberle dado un primogénito varón. No es que fuera ignorada. Había recibido la educación de toda una dama. Su padre, hijo de un carnicero, se había encargado de ello por su propio orgullo. Pero mientras no escatimaba gastos en enviar a

William Edward, a quien prácticamente había perdido, a Eton o a un viaje por Europa, y luego más tarde a Cambridge, no había sido tan solícito cuando se trataba de proveer para su hija.

Consciente de su situación precaria en cuanto a sus afectos, ella no se había quejado. Aun así, durante todo ese tiempo fue víctima de su propia convicción: saber que ella, y no William Edward, hubiera prosperado bajo las mieles de una educación así. Así que se enseñó a sí misma con la ayuda de una institutriz afectada por el mismo prejuicio que la había desprovisto de una oportunidad.

No se había quejado. No hasta que su padre envió a William Edward a Europa. William Edward tenía entonces sólo catorce años, era un estudiante poco brillante. Después de aquello, Liza sacó a flote su carácter y pidió lo mismo. Su padre se echó a reír. Cuando ella insistió, él se enfadó, despachando sus anhelos sin escucharla realmente. Así fue como permaneció en casa.

Al año siguiente, cuando cumplió los diecisiete, su padre descubrió un interés en ella: de repente se había convertido en algo útil. Habiendo gastado su vida haciendo una fortuna en bancos e inversiones, ahora quería algo más que riqueza. Quería entrar en la nobleza. Quería ser aceptado en la sociedad. Nunca satisfecho, se irritaba con la herencia deshonrosa de sus orígenes vulgares. Su padre quería que su hijo se casara bien. Quería que sus nietos tuvieran títulos. Quería que esto sucediera antes de morirse.

Con este fin, tendría que conseguir una novia apropiada para William Edward. Una maniobra de esta envergadura llevaría años conseguirla, ya que la nobleza inglesa no ofrecía sus hijas a los nietos de carniceros; ni aun siendo inmensamente ricos. Por tanto Richard Elliot ideó un plan. Su hija, con una dote espléndida, encabezaría su entrada en la sociedad. Había luchado con uñas y dientes para conseguir una fortuna usando su inteligencia astuta. Podría conspirar su adhesión a la nobleza utilizando a su hija.

Su error principal fue el no tener en cuenta a Liza. Ella era desconocida para él. La veía esporádicamente: en las comidas y después de la cena. Es decir, sabía que estaba por allí alrededor. Aparte de advertir su presencia y de pagar sus facturas, había dejado su educación a su esposa. Después de todo, ¿qué dificultad habría en enseñar a una joven a tocar el piano y a vestirse bien? Primero la lanzó ante la sociedad rural, como si se hubiera tratado de la botadura de una de esas máquinas de vapor en las cuales había invertido, sin sospechar nunca que su hija tendría algo que decir con respecto a sus planes. Y tenía mucho que decir.

Mientras él había estado absorto en educar y mimar a su hijo, Liza había sido dejada a su libre albedrío. Su madre también había estado embelesada con William Edward, siempre y cuando pudiese escatimar algo de su tiempo a la persecución del único y verdadero interés de su vida: ella misma. Dejada de lado, Liza exploraba el mundo a través del estudio, ya que no podía hacerlo en persona. Utilizaba su paga para comprar libros e ilustraciones. Leía periódicos y revistas.

Si se hubiera molestado en descubrir lo que estaba haciendo, su padre no lo hubiera aprobado. Tal y como estaban las cosas, el desagradable descubrimiento del carácter intelectual de su hija llegó en medio de su primera fiesta. A Liza le producía un placer perverso cada vez que recordaba aquella noche. Su padre se había puesto rojo al escuchar a su hija discutir con un buen partido, el hijo de un caballero del imperio, sobre las cualidades de la Ley de los Bienes de las Mujeres Casadas y de la necesidad de un proyecto de ley sobre el divorcio.

Bien que se lo merecía su padre. Pero entonces le llegó su primera presentación como joven en edad casadera, y el acontecimiento que le agrió aún más su desprecio por los hombres jóvenes con título. No se trataba de que odiara a los hombres. No era tan estúpida para pensar que todos los hombres eran tan avaros y tacaños con el amor como su padre. Únicamente era que ninguno de ellos parecía comprender que una mujer joven pudiera querer algo más que sentarse a sus pies y mirarlos con los ojos desorbitados por la adoración.

Su padre se había enfurecido con ella. La acusaba de ser «inteligente». Significaba la muerte social para una joven el ser considerada inteligente. Aun así había sido la culpa de él. Quizá si le hubiera dedicado un poco de su afecto, ella no hubiera insultado a un total de cinco jóvenes fanáticos durante el transcurso de un baile ni tampoco se hubiera condenado a sí misma al ostracismo de la sociedad. Decididamente, había sido la culpa de su padre. Después de aquello llegaron sus amenazas de repudiarla. Aún no se podía creer la facilidad con la cual la había expulsado, sin sentir una punzada penetrante de dolor en el pecho. Sí, todo aquel desastre era debido a su padre, sin embargo esta convicción no eliminaba el dolor.

Capítulo 6

Observó cómo Jocelin servía brandy en las tazas con café. Jocelin, el elegante; Jocelin, el hermoso; Jocelin, el peligroso. Él no debería haber venido aquella noche. Podía oler a la bestia que gruñía, que daba zarpazos, que quería salir al exterior. Durante el trayecto, en el carruaje casi había sacado por completo la cabeza por la ventana y rugido. Y ahora se encontraban hablando sobre la muerte de Stapleton en medio de una nube de humo de puros después de cenar. Stapleton se había bebido dos botellas de brandy sin respirar. Un hombre no podía hacer eso y seguir con vida, que era lo que había ocurrido.

La bestia se retorció en su interior, gruñó y resopló. Cuando se sentía de ese modo, veía todo como si se encontrara agachado, a cuatro patas, y percibía al resto de la gente o bien como depredadores o bien como presas. Sus dedos se curvaban como zarpas. Sus pensamientos quedaban empañados con instintos básicos, pero poderosos, con imágenes intermitentes de la lucha de una presa acorralada para ponerse a salvo, con una carrera, tras otra y otra a través de un campo de batalla. Su caballo se había ido. ¡Oh, Dios, su caballo se había ido!

A pie era hombre muerto. Alrededor de él estallaban las granadas. Trozos de sus hombres le salpicaban el abrigo. Gritaba. El teniente Cheshire cabalgó hasta él. Cheshire fue alcanzado y se deslizó por el cuello de su caballo. Él agarró al jinete que gritaba a medida que iba siendo arrastrado fuera de la silla de montar. Él se montó. Cheshire le agarró de la pierna y le suplicó. Él le dio un puntapié, y Cheshire salió despedido hacia atrás cayendo sobre la lanza de un ruso que avanzaba.

Espoleó al caballo y salió al galope. Oía los gritos de muerte de Cheshire, arrastrado por el sargento Pawkins, vio a Jocelin golpear su sable contra el de un oficial de caballería ruso. Galopó y galopó hasta que se encontró a salvo. Pero nunca estaría a salvo, porque alguien más aparte de Cheshire podría haber presenciado su cobardía. Alguien más podría saber lo que era.

La bestia levantó la cabeza, alzó el hocico hacia el cielo y rugió. Oyó un leve sonido en su propia garganta: un pequeño gemido mascullante. Aquel sonido lo sacudió al presente.

Jocelin había terminado de servir el brandy. Nadie parecía haber notado su lapsus. Sacudió la ceniza de su puro en el plato de postre. Estaba allí por el teniente Cheshire. La mayoría del grupo estaba allí, aquellos que habían sobrevivido. Eso era por lo que había venido, porque él apoyaba sus aspiraciones políticas. Podía observarlos, especialmente a Jocelin, quien era tan salvaje y en situaciones extremas, incontrolable.

Jocelin había estado convaleciente junto al sargento Pawkins en el hospital de Scutari. Jocelin deliraba cuando entró en la sala de urgencias aquella noche y abrumó a Pawkins. Jocelin no recordaba nada. Y si su amigo lo hacía algún día, él estaría allí, a su lado, vigilando, vigilando, vigilando.

Liza se recogió la falda y subió de puntillas las escaleras de la parte trasera. Había regresado a su puesto, resuelta a evitar al vizconde. No habiéndolo visto durante casi dos días, había decidido arriesgarse a deslizarse en sus habitaciones de nuevo para buscar por última vez. Estaba ocupado con sus reuniones políticas.

Había espiado a los invitados y su anfitrión desde detrás de una puerta mientras Choke y dos sirvientes recogían sus abrigos y guantes. Parecía como si todos hubieran llegado al mismo tiempo, nunca había visto una colección semejante de jóvenes brillantes. Debían ser más bien como sus caballos del cuerpo, todos ellos impecables, de músculos vigorosos y de espíritu resplandeciente.

Alcanzó la puerta del gabinete del vizconde y se deslizó por ella. Tras escuchar para detectar la presencia de Loveday, llegó a la conclusión de que el ayuda de cámara estaría todavía inmerso en los periódicos de la tarde en su propia habitación. En la chimenea ardía el fuego, era la única luz. ¿Dónde se encontraba cuando ese hombre horrible se precipitó sobre ella? ¡Ah, junto a la chimenea!

Liza avanzó en aquella dirección y extendió las manos para calentarlas. Los dedos rígidos hacen caer las cosas, y no se podía permitir tirar un Wedgwood ni cualquier otra cosa. Después de frotarse las manos durante unos segundos, agarró la urna Wedgwood. Vacía, como recordaba. El recipiente de concha de nautilo tampoco escondía nada, por lo tanto sólo quedaba el objeto antiguo de color azul y con una tapadera de bisagra. Tomó la vasija entre ambas manos y la levantó de la repisa.

Un cadena delicada de oro unía la tapa con el cuello del frasco. Tiró de la tapadera hacia atrás y miró en su interior, pero estaba oscuro. Con cuidado rozó con el índice la solapa, lo introdujo por el cuello con lentitud para evitar empujar cualquier cosa demasiado dentro y que no fuera posible sacarla después. Tocó algo con el dedo. Retiró el índice y metió el meñique. Enganchando el objeto, lo sacó.

Se trataba de un rollo de papel pequeño. Por fin. La excitación hizo que manejara con torpeza el objeto azul y estuvo a punto de caérsele de las manos. Jadeante, se sujetó el labio superior con los dientes y colocó el recipiente sobre la repisa de la chimenea. Acto seguido abrió el papel y lo leyó.

¡Qué decepción! Pero teniéndolo en cuenta, ¿había esperado encontrar una confesión? De todas formas, la lista debía ser importante, de lo contrario el vizconde no la hubiera escondido. Leyó los cinco nombres. Estaban dispuestos en dos grupos, uno de tres y el otro de dos. Los revisó una y otra vez con objeto de memorizarlos: Griffin Poe, Nappie Carbuncle, Frank Fawn; sir Morris Harter, Dr. Lucius Sinclair. Sus labios se movían al tiempo que los repetía. Más tarde le daría la lista a Toby para que indagara acerca de ellos entre el gran número de conocidos que tenía, tanto delincuentes como personas respetables.

Colocó de nuevo el papel enrollado en el objeto azul y lo enderezó sobre la repisa. A continuación se dirigió de puntillas hacia la puerta y la entreabrió. El vestíbulo estaba desierto. ¿Se atrevería a entrar a hurtadillas en la habitación contigua a la biblioteca? El vizconde y sus correligionarios se habían reunido allí, y de esa forma ella podría escuchar algo importante. Jocelin Marshall no era el único que tenía una estrecha relación con su hermano. Sencillamente era el sospechoso más convincente.

La noche en que murió, William Edward había acudido a una de esas reuniones políticas y había cruzado unas palabras con el vizconde. Se había marchado disgustado, si es que se debía creer la versión de la policía, y se había ido a beber a Whitechapel. ¿Ir a beber a Whitechapel el remilgado y esnob William Edward? Nunca.

El otro hombre, Airey, había muerto del mismo modo. Tales coincidencias no eran creíbles. Y ahora ese hombre, Stapleton, estaba muerto, el Honorable Alex Stapleton. Él también había sido miembro de este selecto grupo de exoficiales de caballería convertidos en aspirantes políticos. Stapleton, sin embargo, había bebido hasta morir. Demasiado alcohol en la sangre, decían los periódicos. Un hombre tan bebedor como él sabría controlar el brandy. Tres muertes extrañas. Tres muertes extrañas. La cadencia de esas palabras le trajo a la memoria una canción de niños: «Tres ratones ciegos, tres ratones ciegos. Mira cómo corren». Corrían o acababan con el rabo cortado.

Era tarde. Se suponía que debía estar ayudando a la criada de la trascocina con las cacerolas y las sartenes, pero ella había sido diligente con respecto al fregado durante dos noches y había hecho la mayor parte del trabajo en la trascocina. Su ausencia no sería tomada a mal.

Liza se escabulló por el vestíbulo y bajó por las escaleras principales después de comprobar que la entrada estaba desierta. Se introdujo como una flecha en el salón próximo a la biblioteca, se encerró en el interior y se dirigió en silencio hacia la puerta que comunicaba con la biblioteca. Esa misma mañana había engrasado las bisagras y el cerrojo.

Contuvo la respiración, giró la manivela y abrió la puerta con cuidado de modo que un diminuto haz de luz se introdujo en el oscuro salón. Dejó escapar el aire de los pulmones lentamente y esperó unos segundos antes de arriesgarse a mirar por la rendija. El movimiento no fue detectado, así que abrió un poco más el hueco de la puerta.

Allí se encontraban los cinco al completo, incluido Jocelin Marshall. Mientras examinaba al grupo arrellanado en la sala, Asher Fox parecía estar escuchando una discusión muda que encontraba desagradable. Los orificios de la nariz se le abrieron al tiempo que sus párpados abatidos caían para esconder una mirada que Liza había visto con frecuencia en una dama cuando se topaba con ella por casualidad mientras vaciaba la basura. Perteneciente a una familia de héroes militares, Fox era el nieto de un antiguo general, lord Peter Binghan Fox, cuya memoria era venerada por su participación en la Batalla de Waterloo. Su padre, el actual lord Peter, había servido en la Guardia Montada con honores. Un antepasado lejano había luchado en la restauración de Carlos II.

Liza había visto al hombre que se estaba calentando junto a la chimenea. Lord Winthrop, cuya barbilla y nacimiento del pelo se encontraban en una carrera para ver cuál podría desaparecer antes. Incluso Liza, a quien no le interesaban los temas de sociedad, sabía que su madre era fruto de una aventura de la hija de uno de los tíos de la Reina con el conde Mumford. Winthrop miraba airado a Arthur Thur-ston-Coombes, hijo de un simple burgués rico. A continuación estaba el conde, tirano del campo de instrucción y de los desfiles militares, Reginald Underwood, conde Halloway.

El conde se había instalado en el sillón opuesto a Winthrop. Halloway tenía fama de gran conocedor de las mujeres. Estaba inclinado hacia delante en su asiento, siguiendo todos los movimientos de Jocelin. Choke, en un arrebato esporádico de cotilleo, había comentado que Halloway se resentía por la atracción que despertaba Jocelin en las mujeres, en gran parte porque cierta Miss Birch lo había abandonado por el vizconde.

Liza los vigilaba y se asombró de que la apariencia de civismo que estos hombres cultivaban pudiera contener todos los resentimientos de cólera ocultos y debilidades personales. Su mirada se desvió con brusquedad de nuevo hacia lord Winthrop cuando éste resopló impaciente.

—Maldita sea, Coombes, ¿debes revelar tu falta de clase? ¡Retira la banda de alrededor del puro, hombre!

Thurston-Coombes, el más joven del grupo, se ruborizó, dio una calada al puro y le echó el humo a Winthrop.

—Siempre has sido un grosero, viejo carroza, pero ya no estamos en el regimiento, así que métete tus aires de grandeza en el culo.

Jocelin rió por lo bajo. Halloway abandonó su asiento y se dirigió hacia él. Removió el oporto que le quedaba en la copa.

—Te vi cabalgando ayer en el parque —dijo el conde. Los demás se quedaron en silencio y observaron a los dos. Jocelin bajó la mirada hacia Halloway, luego dio un sorbo al whisky.

—¿Siguiendo la pista de mis compromisos sociales? —le preguntó.

Halloway depositó con violencia su copa sobre la mesa de uno de los extremos.

—Tú, bastardo furtivo, te vi con ella.

Jocelin colocó con cuidado su vaso en la mesa y escogió un puro de una caja de la mesa.

—Mi querido Hal, nunca voy de furtivo cuando se trata de mujeres. Sin embargo, soy discreto. Y ahora cierra la boca, porque si lo que pretendes es mancillar la reputación de una dama, te sacaré la espina dorsal de tu trasero.

—¡Dios! —dijo el conde, poniéndose del color de un geranio—. Me gustaría ver cómo lo intentas.

Arthur Thurston-Coombes soltó una carcajada.

—Yo también.

—¡Al cuerno todos vosotros! —dijo Halloway mientras lanzaba una mirada airada a Jocelin y le daba un trago al oporto.

Asher Fox se apartó de la repisa donde había estado apoyado.

—Por favor, querido amigo, tan sólo te están azuzando, y tú se lo permites. Eres tan susceptible. Por favor, chicos, todos estamos con los nervios de punta por lo de Stapleton.

Halloway se encogió de hombros y le dio la espalda al grupo.

—¡Qué extraño que Stapleton se haya ido de esa manera! —dijo Thurston-Coombes—. De todas formas, los últimos días parecía preocupado por algo. Dándole a la botella más que de costumbre.

Halloway suspiró y se dio la vuelta de nuevo, su humor de perros desvanecido.

—Y no olvidéis que el año pasado perdimos a nuestro querido Harry Airey y al joven Elliot. Nunca hubiera pensado que se dedicaran a deambular por los tugurios. ¡Vaya una estupidez!

—No tenían sentido del decoro —dijo lord Winthrop al tiempo que extendía su copa hacia Jocelin para que la llenara—. Airey estaba medio loco, y Elliot, bueno, todo el mundo sabía que su familia no era de lo más apropiado.

Thurston-Coombes insultó a Winthrop.

—¡Jesucristo, cómo puedes llegar a ser tan bastardo!

Asher Fox recostó un brazo sobre los hombros de Coombes.

—Ya es suficiente. Creo que todos nosotros estamos un poco conmocionados con lo de Stapleton. Hemos terminado con nuestros asuntos, así que vayámonos a casa. Tenemos un gran trabajo por delante si es que queremos solicitar el apoyo entre los miembros del Parlamento. No es necesario que vayamos atacándonos los unos a los otros. Recordad cómo fue en Crimea. Estaríamos muertos si nos hubiéramos tratado de este modo.

Thurston-Coombes alzó su copa hacia el vizconde.

—No, nuestro querido Jos. Él se hubiera embadurnado con barro, hubiera entrado con sigilo en nuestras tiendas y nos hubiera cortado el cuello.

Jocelin lanzó una sonrisa burlona al joven.

—El tuyo el primero, muchacho.

—Me siento honrado —dijo Coombes inclinando la cabeza.

Liza se apartó de la puerta cuando los hombres se

levantaron y desfilaron por la puerta de la biblioteca. Avanzó hacia la puerta que daba al vestíbulo para comprobar que se marchaban. El vizconde se despidió de sus amigos, dio permiso a Choke y a los criados para que se retiraran y corrió escaleras arriba. Oyó cómo cerraba la puerta de su habitación. Se precipitó en una carrera a la planta baja, y llegó justo a tiempo de recibir las instrucciones de Choke para que ordenara la biblioteca.

Volvió tras sus pasos escaleras arriba con dificultad, comenzó a recoger vasos, copas y ceniceros. Mientras trabajaba, repetía la lista de nombres para sí. Balbuceando el último nombre, decidió apuntarlos. Un escritorio coronado con una vitrina de cristal biselado contenía papel y plumas. Tomó una hoja, hundió una pluma en el tintero y garabateó los nombres con rapidez. Cerró la parte superior del escritorio, dobló el papel y lo deslizó en el interior de la manga acolchada de su vestido.

Al bajarse el puño de la prenda hasta la muñeca, la puerta se abrió.

—Sabía que saldrías si esperaba el tiempo suficiente.

El vizconde se dejó caer contra el marco de la puerta y enganchó el pulgar en el cinturón. Se había soltado el nudo de la pajarita y llevaba los botones del cuello desabrochados. No se había cortado el pelo desde que había regresado del viaje y un mechón le caía sobre la frente. A pesar de haberse echado el resto hacia atrás, le caía hacia delante de nuevo, del color de la noche sin luna, suave, y resplandeciente como si hubiera sido rociado con la luz de las estrellas. Liza no se había movido desde que habló. En ese primer momento había temido que la hubiera visto escribir o haber escondido el trozo de papel, pero no hizo ningún comentario al respecto.

Por el contrario entró en la habitación, cerró la puerta de golpe y continuó andando. Eso era lo que había estado temiendo. A medida que avanzaba, ella se precipitó alrededor de una butaca orejera. Recogiendo con rapidez dos vasos, los puso en una bandeja. Estaba a punto de tomar la bandeja y echar a correr cuando él la atrapó.

De pronto se encontró tras ella. Un brazo la rodeó y empujó la bandeja de nuevo sobre la mesa. Liza la soltó y se apartó furtiva de él. La agarró del brazo, a continuación la rodeó por la cintura y la atrajo hacia sí. Empujando contra el pecho del vizconde, Liza se preguntaba cómo se podía sentir el cuerpo humano tan denso e inflexible. ¿Sospechaba que había estado husmeando? Aterrada, dobló las rodillas y se dejó caer, escapando de sus garras.

El vizconde llegó antes que ella a la puerta y apoyó la espalda contra la misma. Liza intentó tragar saliva, pero tenía la boca seca. ¿Por qué tenía que tener ese cuerpo tan perturbador? Ella no había esperado verle. Había sido pillada desprevenida. Sintió un hormigueo por la piel, y a pesar del miedo, una parte de ella, animal y descontrolada, le traía pensamientos locos a la mente. «No corras. Permite que te toque. Si él te toca, tú puedes tocarlo». ¡Santo cielo, ella quería hundir sus dedos en su carne desnuda! ¡No, qué infamia!

—¿Por qué quieres escapar?

—¡Eee..., hmm!

—¿Eee..., hmm? —el vizconde extendió la mano y atrapó las de ella—. ¡Vaya, estás temblando! ¡Por Dios, mujer, sólo quiero seducirte, no golpearte!

Liza apartó la mano con violencia.

—Soy una mujer respetable, milord. No le he dado ningún motivo para que lo dude, por lo tanto por favor, aparte sus manos.

Perjurando, el vizconde se cruzó de brazos.

—Nunca he conocido a una muchacha tan arisca.

—Está enfadado.

—No lo estoy.

—Sí lo está. Está hablando con ese acento que da la sensación de que desearía dispararme como a esos rufianes de América, esos, esos pistoleros.

—¿Pistoleros? ¡Demonios, mujer, todo lo que quiero hacer es besarte!

Liza resopló, su ánimo refortalecido por el hecho de que él no hubiera intentado capturarla de nuevo.

—¡Ya lo creo que besarme!

No debería haber sido tan despectiva. Los ojos del vizconde se entrecerraron, su mirada recorrió su cuerpo de arriba abajo. Cuando habló, la ligera ronquera de su voz la alertó de un nuevo peligro.

—¿Tienes algo en contra de hacer el amor, querida?

Liza se controló para no retroceder. No podía permitirle que notara lo fácil que era turbarla. Furiosa ante la idea de que pudiera desear a un hombre que probaba a las mujeres como si se tratara de sándwiches de merienda, alzó la barbilla.

—¿Hacer el amor, milord? Por favor, lo que usted desea no es hacer el amor. Ni siquiera me conoce, por tanto no puede amarme, lo que significa que lo único que quiere es tener relaciones conmigo. No soporto que me utilicen.

Él se mantuvo en silencio en un principio; acto seguido, sin que ella apartara la vista de la de él, Jocelin tiró de uno de los extremos de la pajarita que le colgaba por el hombro. La seda negra se deslizó por la camisa y se soltó.

—En ocasiones no hay cabida para el diálogo con una mujer.

La pajarita se balanceaba entre los dedos y ella se sorprendió mirándola fijamente. A continuación se precipitó hacia ella. Sorprendida, Liza no reaccionó a tiempo y él la atrapó. Se revolvió e intentó darle un puntapié, pero el vizconde la levantó en el aire y la estrujó. Su pecho estaba aplastado contra el de él. Jadeó en un intento por respirar, pero sus brazos se tensaron. Él avanzó en dirección a la orejera junto a la chimenea, la hizo girar en sus brazos y se sentó. Liza inmediatamente intentó escapar de un salto, pero la mano de Jocelin se aferró a su cintura. No podía escapar de su dominio y dejó de intentarlo cuando deslizó la pajarita alrededor de su cuello.

Quedándose rígida, dirigió la mirada al rostro de él en lugar de a sus manos. Ella estaba de espaldas al fuego, y la luz bañaba los rasgos de Jocelin. El vizconde había desaparecido, a pesar del traje de etiqueta y del sello colocado en el dedo. Sujetando la pajarita por ambos extremos, la fue atrayendo poco a poco hacía sí.

—Milord.

Se encontraba tan cerca que Liza podía sentir la respiración de él acariciar sus mejillas, y los ojos se le llenaron con la visión de sus labios.

—No hay ningún lord aquí ahora mismo, querida, así que no te preocupes —le dijo mientras sus labios rozaban los de ella.

«¡Qué impresionante! —comentaba Liza para sus adentros—. Sentir sus labios, son tan suaves; haz que se detenga; Dios mío, está introduciendo la lengua en mi boca; haz que se detenga; mi sangre va a hervir hasta evaporarse.»

El vizconde tiró de los extremos de la pajarita, obligándola a aceptar un beso más profundo, más penetrante. La rigidez del cuerpo de Liza se desvaneció. Él soltó la pajarita. Ahuecó una mano por detrás de su cabeza y con la otra presionó su cintura. A continuación, sin advertirlo, aspiró en su boca. Liza gimió, se escuchó a sí misma y le entró pánico.

¡Dios misericordioso! ¿Qué estaba haciendo? Abrió los ojos. Ni siquiera recordaba haberlos cerrado. Agarrando un mechón de cabello negro y suave, Liza dio un salto y se apartó de un impulso del sillón. El vizconde gritó y la sujetó. Ella se quitó de su alcance revolviéndose, se echó la mano a la cofia para arreglarla y corrió hacia la puerta. Jocelin se levantó con precipitación del sillón, pero se detuvo cuando ella abrió la puerta y dio un paso hacia el umbral.

—¡Vuelve aquí!

Liza hizo un gesto negativo con la cabeza y respiró hondo.

El tórax del vizconde palpitaba con fuerza.

—Si hace que la persiga, lo lamentará enormemente.

—Usted no es un ser civilizado, no lo es.

—Mira, querida. Acabo de regresar de un lugar donde escasean las mujeres. El hombre que no toma lo que desea acaba sin ninguna mujer.

Liza lo miró atontada al tiempo que se ataba el delantal.

—Esto no es la frontera de Estados Unidos, milord. Tengo una reputación que…

—¡Maldita sea tu reputación!

Se abalanzó sobre ella cuando ella aún tenía las manos por la espalda haciéndose un lazo. La rodeó con los brazos y plantó la boca contra la de Liza. La mantuvo así durante lo que pareció una eternidad, explorándola mientras ella intentaba inútilmente deshacerse de él. Acto seguido apartó los labios justo lo suficiente para susurrarle algo.

—¡Diablos, querida, olvida esa estúpida idea que tienes de proteger tu virtud! Dámela, y te llevaré a un lugar realmente agradable. Algún lugar donde puedas encender todas las luces y obtener finalmente una buena visión de ti misma.

La furia se apoderó de ella. Cuando bajó de nuevo los labios, tropezó con ellos y los mordió. El vizconde gritó y Liza aprovechó para empujarle por el pecho con toda la fuerza que pudo. Él salió despedido hacia atrás. Golpeó la puerta, se tambaleó y se cubrió la boca con la mano. Liza se giró con rapidez y se precipitó por el vestíbulo, rodeó las escaleras y atravesó la puerta que conducía hacia la parte trasera de la casa. Bajó como un rayo las escaleras, luego se detuvo para escucharle. Oyó sus pasos en el rellano que había por encima de su cabeza.

Atravesó corriendo la cocina a oscuras, abrió con torpeza el pestillo y se escabulló hacia el exterior. Mientras se precipitaba escaleras arriba en dirección al patio, lo escuchó.

—¡Espera!

Hizo un alto en el último escalón y se volvió para mirarlo. Le estaba sangrando el labio inferior. Para sorpresa suya, él le sonrió con ironía.

—¡Por todos los santos, cómo haces que me encienda!

Su acento inglés había vuelto. Liza se relajó y respiró con más tranquilidad.

El vizconde se echó hacia atrás un mechón de pelo que le caía por la frente.

—¿Sabes cuánto tiempo hace que no me rechaza una mujer?

Liza hizo un gesto negativo.

—Yo tampoco —la miró de pies a cabeza—. Nunca supe lo que me estaba perdiendo. No, no escapes otra vez.

—Si me vuelve a tocar, llamaré a gritos a Mr. Choke.

Él sonrió y apoyó el pie en el último peldaño.

—Lo haré —dijo ella.

—Lo sé.

Dio un paso más. Liza nunca conseguiría correr más que él.

Desesperada, Liza irrumpió con brusquedad:

—¡Llamaré a gritos a Loveday!

El vizconde se detuvo entonces y la miró airado.

—¡Gritaré más alto que la sirena de un barco de vapor, y Loveday vendrá y lo descubrirá!

—¡Mosquito astuto! —su mano se aferró a la barandilla de hierro forjado de al lado. La abarcó de nuevo con la mirada mientras se hacía el silencio. De repente, se giró y descendió con aire majestuoso las escaleras de vuelta.

»Esta vez ha funcionado —le espetó por encima del hombro—. Esta vez. No funcionará otra vez.

Desapareció. Liza suspiró al oír cómo se cerraba la puerta de golpe en el interior de la casa. Esperó un momento hasta que se aseguró de que no volvía, luego se fue a su habitación y comenzó a empaquetar sus cosas. Ahora no se podía quedar. Si permanecía allí, la encontraría de nuevo. De alguna manera ella provocaba una rudeza en él que ni siquiera él mismo quería controlar. No, no se podía quedar, porque en su corazón sospechaba que ella misma no se quería marchar.

Capítulo 7

*L*iza se sirvió otra taza de té de la tetera china que había sobre su escritorio mientras leía la información recopilada por Toby hasta el momento. Echando un vistazo por la ventana al jardín trasero, observó cómo caían los copos de nieve, luego bostezó. Había llegado tarde a Pennant la noche anterior, y no se tranquilizó lo suficiente para dormir hasta transcurridas varias horas después de su vuelta. El reloj de la chimenea dio las cuatro de la tarde, y se sumergió otra vez en la lectura.

Aquella casa de huéspedes era un prostíbulo, naturalmente. Los rumores que circulaban sobre él decían que los hombres que lo frecuentaban tenían unos gustos peculiares. También se decía que el gerente consentía tales gustos con el mayor de los entusiasmos, ya que coincidían con los suyos propios. El nombre del gerente era Frankie Fawn.

—Fawn.

Liza revolvió entre los papeles de su escritorio y encontró la nota donde había garabateado los nombres la noche anterior, y arrastró el dedo bajo uno de ellos.

—¡Frank Fawn, santo cielo! —saltó del escritorio y comenzó a andar de un lado para otro frente a él—. ¡Toby!

Toby, que en ese momento estaba despidiendo a un grupo de empleados comprometidos para el banquete militar de un conde, atravesó la casa con estrépito con sus botas para todas las estaciones. Al entrar en la oficina, colocó sus puños enguantados sobre las caderas y la examinó.

—Lo ha leído, ¿verdad?

Liza agitó la lista en su dirección.

—Ese hombre, el gerente o el proxeneta, o lo que sea, está en la lista.

—Eso es realmente curioso —dijo Toby—. El viejo Bill acaba de regresar del muelle. Dice que han encontrado otro flotando.

—¿Un qué?

—Un cadáver, señorita. Uno flotando en el río. Es nuestro Frankie, eso es.

Liza agarró el respaldo del sillón.

—Frank Fawn.

—Unos tipos lo vieron luchando con un caballero. Parece ser que nuestro Frankie lo atacó por la espalda con una navaja. Escogió al caballero equivocado, sin embargo, porque éste acabó con él para siempre. Frankie tropezó y cayó hacia atrás por el muelle. Debió darse en la cabeza con un poste. Puede que ese señor sea el que lo denunció a los polis, porque hicieron una redada en su local. No encontraron a ningún niño malo. Nada en absoluto. Sólo furcias corrientes.

—¡Dios santo!

La voz de Liza llegó apagada incluso a sus oídos. Se hundió en el sillón y apretó las manos en su regazo.

—Toby, está muriendo demasiada gente. William Edward, Airey, Stapleton, ese hombre Fawn.

—¡Bah! —dijo Toby mientras deshacía el nudo de la bufanda de lana que llevaba en el cuello—. Londres es una ciudad grande. Con tanta gente en un mismo lugar, es seguro que muera alguien, y las criaturas desgraciadas como Frankie son aniquiladas todos los días.

—Pero sus nombres no aparecen en listas escondidas en las casas de los hijos de duques.

Toby dejó de desabrocharse el abrigo.

—En eso tiene razón, señorita. Fue una buena idea el desaparecer de allí, o bien podría haber acabado como un flotador.

—Sencillamente no puedo dejar las cosas así.

Gruñendo, Toby avanzó agitando el dedo hacia ella le dijo:

—Ahora, escúcheme. Contrate a uno de esos caballeros que investigan los crímenes para otra gente.

—Ya hemos hablado de ello —dijo Liza—. Son demasiado caros y no voy a poner en juego la situación financiera de Pennant. Hay demasiadas mujeres y niños que trabajan para nosotros.

—Esa no es la cuestión.

—¿Ah, no?

Toby se irguió y entrelazó las manos por la espalda con un resoplido.

—Es por él. Y no me mire con esos ojos de inocencia. Desde la primera vez que lo vio, ha estado actuando de un modo bastante peculiar. He visto como su rostro se ponía tierno y su mirada nebulosa cuando pensaba en él. Tengo una hija, así que no piense que no sé lo que significa esa mirada. La ha trastocado, precisamente del modo que él pretendía, y sería mejor que se mantuviera alejada de él si no quiere acabar como mi Betty.

—¡Vaya, Toby, estás preocupado por mí y no puedo concebir de dónde has sacado tales conclusiones!

La repuesta de Liza fue dada con otro resoplido y una sonrisa sarcástica fingida.

—¡Vaya, es curioso, no puedo imaginármelo! —Y después de una breve pausa, continuó—: Además tengo otro plan.

—¡Demonios, otro plan, no!

Liza le lanzó una mirada ofendida.

—Es un buen plan. Mira, Toby, no podemos dejarlo ahora. No lo entiendes: hay niños de por medio.

—Los dos siguen todavía con la señora que vimos. No necesitan nuestra ayuda.

—¿Cómo sabes que esa anciana no es otra proxeneta? ¿Cómo sabes que ella no los está reteniendo con los mismos fines que Frank?

—Me pone enfermo, realmente lo hace, con su astucia y testarudez.

—Entonces estamos de acuerdo —dijo Liza. Colocó la lista sobre su regazo y se alisó la falda—. Lo cual es apropiado, porque necesito que envíes enseguida una carta por mí. Es para mi padre.

—¡Demonios!

—He descubierto el modo de estar cerca del vizconde Radcliffe y estar al mismo tiempo segura de que no…, ejem, no me perseguirá.

—No, si no lleva un vestido con relleno.

—Voy a ser yo misma, Toby, lo cual debería evitar cualquier otro tipo de interés.

Toby levantó las manos.

—¡Está chiflada! Yo que usted no me pondría en su

camino. Mujeres. Si un joven canalla va olfateando alrededor de usted siendo rellenita, olfateará del mismo modo siendo delgaducha.

—Mi padre quiere casarme bien, y especialmente ahora que William Edward ya no está entre nosotros. Quiere un nieto. Fingiré que Pennant no marcha bien y que he aprendido la lección. Eso es lo que mi padre ha estado esperando que haga. Voy a aceptar el ir a la caza de un marido, y entonces conseguir que invite a Jocelin Marshall a una estancia en la casa de campo. Cuando mi padre se dé cuenta de que quiero probar con el hijo de un duque, se pondrá loco de alegría.

—¿Que él visite a su padre? No lo creo.

—Lo hará si mi padre menciona que está pensando en apoyar a Asher Fox para que consiga un escaño en el Parlamento. El vizconde siente un gran afecto por Mr. Fox, y tiene también aspiraciones políticas.

Dejándose caer sobre sus rodillas, Toby le habló calmado.

—Escúcheme, señorita. No vaya poniéndose en su camino. Si ese tipo pretencioso es capaz de las maldades que creo, usted está en peligro.

Liza dio unos golpecitos en el brazo de Toby y se levantó del sillón.

—Si ha matado a mi hermano o ha hecho las cosas que dices, él también me encontrará peligrosa.

Jocelin se encontraba sentado ante su escritorio de la biblioteca nueve días después de haber refrenado el impulso de seducir a su criada rellenita. Durante la última semana había librado una pequeña batalla con sus escrúpulos y había perdido, por lo cual había mandado buscar al ama de llaves y a Choke. El ama de llaves se sentó en el borde de la silla. El encaje de la cofia se agitaba por su temblor. Choke se encontraba de pie junto a ella, impávido ante esta repentina convocatoria.

—Y ya que voy a dedicarme a buscar mi futura esposa, estaré más entretenido —dijo Jocelin. Estaba satisfecho con este razonamiento. Le había llevado un rato encontrarlo—. Por consiguiente, voy a necesitar más servicio en la parte superior. Quiero que hagáis que esa nueva criada, Gamp es su nombre, sea la doncella para servir y que contratéis a una nueva criada para todos los trabajos.

La cofia del ama de llaves tembló. Choke y ella intercambiaron unas miradas, al tiempo que el mayordomo se aclaraba la garganta.

—Su excelencia hasta ahora ha dejado los asuntos de la casa en nuestras manos. ¡Ejem! —Choke miró a su amo con expresión de reproche suave—. Y como su señoría ha tenido tantas citas a últimas horas de la noche y tantas reuniones políticas, no ha habido oportunidad de informarle de ciertos asuntos.

—¿Qué asuntos?

—Gamp, milord. Ha dejado su servicio. Con bastante precipitación, hace poco más de una semana. Dejó una nota informándome de que su tía de Liverpool había enfermado y que se veía forzada a acudir en su ayuda.

Jocelin bajó la mirada hacia la correspondencia de su escritorio.

—Se ha marchado, ¿no es así? ¿Adónde?

—Sí, milord y la he reemplazado —contestó Choke—. Puedo encontrar otra doncella para servir rápidamente, no obstante. La Agencia Pennant está siempre disponible, y…

—He preguntado adónde.

—No lo dijo, milord.

—No importa.

—Pero, milord, si está contemplando ofrecer fiestas, deberíamos empezar por contratar a gente enseguida.

—He cambiado de opinión. Gracias, Choke.

El vizconde hizo un gesto de asentimiento y se levantó del sillón. Sin otra alternativa, Choke y el ama de llaves desfilaron por la puerta. Cuando se hubieron marchado, Jocelin dio un puñetazo en el escritorio.

—¡Maldita sea!

Haciendo caso omiso del dolor en el puño, se metió las manos en los bolsillos y miró airado el retrato de Jorge III que colgaba de la pared junto a la mesa. A continuación tiró del cordón del timbre y mandó llamar a Loveday. Estaba repiqueteando los dedos contra la persiana del escritorio cuando el ayuda de cámara entró.

—¿Qué has hecho con ella? —preguntó Jocelin.

—¿Con quién, milord?

—Con la criada rellenita y quisquillosa, Gamp. ¿La has despedido?

La frente de Loveday se arrugó, haciendo que aparecieran unos pliegues en su desnudo cuero cabelludo. Luego se desvanecieron al comprender.

—Ya entiendo. No hemos sido capaces de sobreponernos a la tentación, y al mismo tiempo acabamos de descubrir la desaparición de Miss Gamp.

—Estamos furiosos, Loveday.

—Verdaderamente, milord.

—Pensé que se estaba escondiendo de mí allá abajo. ¿Dónde está?

—No lo sé, milord. Pero quizá su ausencia sea fortuita —Loveday lanzó una mirada significativa—. ¿Me permite serle franco?

—Adelante. Lo será de todos modos.

—Desde que encontramos a Miss Gamp, nuestros modales han estado exentos de cierto decoro. Hemos sido temperamentales con los sirvientes, lo cual es bastante impropio de nuestro usual comportamiento elegante cuando tratamos con aquellos que están a nuestro servicio.

Jocelin se puso en pie, puso las manos sobre el escritorio y se incorporó para desgranar sus palabras:

—No me importa. Si crees que he sido temperamental, sencillamente ten cuidado conmigo si no encuentro a Miss Gamp. Vamos a conseguirla, Loveday, y no nos importa cómo la consigamos.

—¿Sinceramente, milord?

Se hundió de nuevo en el sillón y se agarró la cabeza.

—Sinceramente, Loveday, estoy desesperado. Creo oler a limón por todos lados. Abordé a la criada de la trascocina de lord Quay en la calle porque pensé que era Gamp. ¡Por culpa de esas malditas cofias! ¡Cubren por completo la cabeza de una mujer!

—No es muy propio de usted, milord.

—Tengo que encontrarla —Jocelin se dejó caer con pesadez hacia atrás, enterró la cabeza entre los brazos y emitió un gruñido de frustración.

—Esa obsesión es probable que interfiera en nuestros esfuerzos por encontrar una novia.

Jocelin habló a través de la almohadilla de sus brazos.

—¡No puedo pensar con la polla dura como el rodillo de un cocinero! Lo siento, Loveday.

—Como le he dicho, milord, nuestro decoro se ha

desvanecido desde que conocimos a Miss Gamp —Loveday se inclinó sobre el escritorio para mirar a Jocelin—. Si me permite hacerle una sugerencia, milord. Podríamos valernos de los servicios de un investigador privado. Una persona así podría descubrir el paradero de Miss Gamp y ponernos en contacto con ella de un modo circunspecto. Una vez acometida dicha tarea, seríamos libres de recibir a la joven como nos es costumbre, con discreción.

—Eres un hombre perspicaz y de criterio, Loveday. Eres libre para ir a esa tienda extraña de libros que tanto te gusta. Escoje varios volúmenes que te atraigan, y haz que me envíen la factura a mí.

—Su excelencia es muy generoso —Loveday hizo una reverencia con majestuosidad—. Y ahora, si no me equivoco, Mr. Ross estaba justo llegando cuando entré.

—Lánzamelo aquí, entonces.

Jocelin se incorporó en el asiento, enderezó la pajarita y se pasó los dedos entre el cabello. Nick Ross entró deslizándose en la biblioteca, agitando el periódico de la mañana en su dirección. Sonrió con ironía, pero su sonrisa se desvaneció cuando habló su amigo.

—*Delenda est Carthago* —dijo altilocuente Nick—. *Morituri te salutamus.*

—¡Oh, Dios santo, has contratado a otro profesor!

—*Fas est et ab hoste doceri.*

—¿Es bueno aprender incluso del enemigo?

—¿Es eso lo que significa? ¡Qué listo soy! —Nick se lanzó sobre el sofá, puso las piernas en alto y agitó el periódico ante Jocelin—. ¿Lo has leído?

—Aún no.

—Han encontrado una parte de la lista de los clientes de Fawn.

Jocelin se volvió y miró a través de la ventana cubierta por la escarcha que se encontraba de espaldas al escritorio. Más allá de las cristaleras había una terraza, y más allá de ésta un jardín cubierto de nieve.

—¿Te ha contado el chico cuántos más hay?

—No. No quiere hablar de ello. Dale tiempo, Jos. No pienses en ello. Siempre te pones de mal humor conmigo después de que hayamos hecho una de nuestras pequeñas excursiones. No me molesta negarlo, porque he oído ese suspiro. —Nick saltó del sofá y adoptó una pose dramática—. No pienses en ello. Escucha esto:

Enséñame la mitad de la alegría,
que tu cerebro conoce;
qué armoniosa locura
brotaría de mis labios...

Jocelin metió la cabeza entre los hombros y se volvió para mirar horrorizado a Nick.

—Ese es Shelley. ¡Maldita sea, has contratado a un profesor de inglés también!

Nick colocó una mano sobre el pecho y mirando al techo citó:

—¡Ser o no ser: he aquí el problema!/ ¿Qué es más elevado para el espíritu:/ sufrir las tribulanzas de la insultante fortuna...

—¡No!

Jocelin se abalanzó sobre Nick y le tapó la boca con la mano. Nick la apartó de un manotazo.

—¡Cuidado, Jos!

—¡Por favor, Nick! ¡Hamlet fue asesinado ya una vez en la obra! ¡No lo hagas tú una segunda vez!

Nick enrojeció y apartó la vista de Jocelin. Se levantó, anduvo con aire majestuoso hacia la chimenea, colocó un brazo en la repisa y contempló las ascuas.

Invadido por el remordimiento, Jocelin tomó asiento cerca.

—Lo siento, Nick, querido amigo.

—Tengo que recibir educación de una forma u otra, ya que no tuve ocasión mientras tú hacías de las tuyas en Eton y en la academia militar.

—Soy una bestia, Nick. ¿Cómo puedo resarcirte?

—No puedes.

Jocelin alzó la vista hacia las facciones contraídas de Nick y decidió cambiar a un tema más inofensivo. Regresó al escritorio y revolvió entre el montón de invitaciones.

—Mi padre ha estado divulgando a son de trompeta que estoy en el mercado. He recibido un montón de invitaciones en el correo de la mañana.

—No aceptes ninguna.

Al escuchar el tono mordaz de sus palabras, Jocelin esbozó una sonrisa irónica.

—¿Te gustaría aceptarlas?

Nick le lanzó una mirada de disgusto.

—Tu gente no me aceptaría en sus establos y, menos aún en sus casas.

—Lo harán si yo quiero que estés allí.

—Jos, ni siquiera tú puedes arrancar el fango de St. Giles de mí.

—Entonces te daremos una nueva piel para cubrirlo. Te daremos un linaje. Nada sofisticado. Quizá la de un pariente lejano de alguna familia escocesa que haya emigrado a América.

Jocelin dejó caer las invitaciones sobre el escritorio y las removió.

—Aquí tenemos una. Mr. Richard Elliot. Hijo de un carnicero venido a más que se muere por ser admitido en sociedad. Elliot me dejaría llevar a una cabra si aceptara su invitación para pasar unos días en su casa de campo. Además, dice ser de una gran utilidad política. ¿Qué dices?

—¡Humm!

—¡Vamos, querido amigo! —Jocelin frunció el ceño ante la invitación—. Necesitaré apoyo si tengo que soportar un mes entero eludiendo las argucias de un financiero y de su hija respetable y sin duda alguna lerda; y al mismo tiempo hacerle un bien a Asher.

—¿Quiere el duque que consideres a la nieta de un carnicero? —preguntó Nick.

—Naturalmente que no. He recibido una nota suya advirtiéndome que no acepte peticiones de gente de rango inferior al de la hija de un conde.

—Así que vas a ir tan sólo para hacer que se le revuelvan las entrañas.

—¿Quieres unirte?

El enfado y la insolencia de Nick se hicieron patentes de nuevo, y sonrió.

—Nunca pude resistirme a una pequeña excursión, ¿cómo podría hacerlo ahora?

—Y voy a enseñar a mi padre lo que cuesta intentar utilizarme como un semental para la cría.

Sacudiendo la cabeza, Nick dijo:

Corre, corre, salta y corre;
el fuego arde y el caldero hierve.

Capítulo 8

La procesión que partió de la estación de tren de Little Stratfield-on-Willow rivalizaba con cualquiera de las que habían sido vistas en los últimos treinta años. Primero llegó el magnífico landó de Stratfield Court, amarillo y negro, conducido por cuatro parejas de tordos, dos de los cuales iban montados por postillones. A continuación llegó otro vehículo más ligero que llevaba a dos ayudantes de cámara y un poco de equipaje, seguido de unos mozos de cuadra que conducían dos caballos de caza. A un paso más lento en la parte posterior se balanceaba un carro cargado de baúles. La escolta montada con sus libreas avanzaba al trote por delante.

En el landó, sentados el uno frente al otro, con el capote bajado a pesar del frío, se encontraban Jocelin Marshall, vizconde Radcliffe, y su amigo, Nick Ross. Nick, sentado de frente, intentaba evitar que sus mejillas enrojecieran.

Alzó la voz por encima del chacoloteo de los caballos y del estrépito de los carruajes.

—¿Siempre vas de visita de este modo?

—Naturalmente que no —contestó Jocelin. Descansó el tobillo sobre la rodilla y agitó un guante en dirección a la comitiva que les seguía—. Elliot quiere que todo el condado sepa quién se ha atrevido a hospedarse en su casa. ¿De qué utilidad sería yo si nadie supiera que estoy aquí? La noticia se extenderá. Cuento con ello.

—Así que hemos abandonado nuestros pequeños paseos para que puedas visitar a estos sujetos y enfadar a papá.

—No exactamente. El Dr. Lucius Sinclair vive cerca de aquí.

—Sinclair. Está en la lista.

Jocelin asintió.

Nick le susurró bajando la voz:

—¿Qué vas a hacer con respecto a él?

—Tomar medidas, querido amigo Nick. Tomar medidas. No tan fuertes como se merece, pero medidas en todo caso. Y por supuesto, debo comenzar el asunto de ir a la caza de esposa y hablar a Elliot de mi estimado amigo Ash.

No mencionó que sus esfuerzos por encontrar a la misteriosa Miss Gamp habían fallado hasta el momento. La frustración le devoraba por dentro, ya que seguía oliendo la fragancia a limón desde que se levantaba, en el club, en su baño. Padecía una lujuria insatisfecha de un modo que nunca había experimentado. Aquella tortura le hacía estar de mal genio e inquieto. Sólo ante la perspectiva de mantenerse ocupado con la obtención de apoyo político para Ash se había puesto de mejor humor.

Nick y él se condujeron en un silencio cómplice hasta que alcanzaron las verjas de Stratfield Court. La reja de hierro forjado se abrió de par en par y se adentraron en un bosque conservado con esmero. El viaje en tren no había sido demasiado largo, menos de cuatro horas hasta Wiltshire, pero ambos se habían irritado al permanecer confinados en un vagón de tren. Jocelin estaba con la mirada fija en las ramas desnudas de un árbol iluminadas en lo alto por el débil sol de la tarde cuando Nick emitió un sonido ahogado. Se volvió y vislumbró en la distancia una casa de campo monumental. A medida que los árboles daban paso a una gran extensión de césped, comprendió la aflicción de Nick. El lugar parecía tan grande como el castillo de Windsor.

Nick estaba con el ceño fruncido y él entrecerró los ojos en dirección a Stratfield Court.

—¿Qué es lo que falla?

Jocelin curvó los labios.

—¿Podrían ser todos esos ladrillos de color rojo oscuro tan deprimentes?

Nick contemplaba la casa confundido.

Jocelin sintió pena por él.

—Tranquilízate, muchacho. Lo que ocurre es que tiene parte de castillo, parte de palacio francés y parte de catedral. No estás acostumbrado a verlos todos ellos arrojados en una monstruosa manifestación de ostentosidad. El viejo Elliot no debe haber sido capaz de decidirse por lo que quería, así que utilizó lo que le gustó de cinco o seis estilos diferentes de arquitectura.

Señaló los gabletes, torres, chimeneas, torreones y agujas, el popurrí de estilos de tejados, los saledizos. El plano, diseño y decoración eran recargados, asimétricos e irregulares. El lugar parecía estar lleno de gárgolas. Avanzaron por el camino circular que conducía hacia el patio de carruajes.

—Jos —dijo Nick casi imperceptiblemente.

Jocelin echó un vistazo a la pareja y sus sirvientes esperando bajo las columnas que soportaban el techo del porche de carruajes.

—No te preocupes. Es el viejo Elliot y su esposa.

Descendió del carruaje e incitó a Nick para que avanzara para las presentaciones. Elliot tenía el aire de un señor feudal dando la bienvenida a la realeza en una visita de Estado. Era uno de los pocos hombres que Jocelin no sobrepasaba en altura; sin embargo, la majestuosidad de su imagen se veía resentida por el hecho de llevar patillas. Éstas se habían vuelto canas antes que el cabello de su cabeza, dando por tanto la sensación de que había recurrido al tinte. Su boca se curvaba hacia abajo por las comisuras, sin duda por sus constantes arrebatos de resentimiento.

Su esposa, Iphegenia Beaufort Elliot, quedaba menoscabada en comparación con su arrollador marido. Vestida a la moda de la década anterior con un vestido a la vez ceñido y acampanado, llevaba su decolorado cabello rubio suelto con bucles a ambos lado del rostro y prácticamente nunca acababa las frases. No tenía necesidad, ya que su esposo por norma hablaba por ella o explicaba lo que quería decir. Se había casado con ella por su posición como hija mayor de una de las familias más antiguas del condado, no por sus cualidades.

Jocelin entró en conversación con Elliot mientras Nick ofrecía su brazo a la anfitriona, y todos juntos se adentraron en la casa. Vio cómo la mandíbula de Nick caía ligeramente a medida que avanzaban bajo los altísimos arcos góticos y entre las largas filas de columnas de mármol. Conducidos con gran pompa a través de la entrada, pasaron junto a un biombo medieval hacia el vestíbulo, y luego subieron por la escalera principal. Al caminar bajo una bóveda de abanico, con multitud de celdillas, echó un vistazo a las imágenes reflejadas de todos en una sucesión de inmensos espejos trebolados.

Ocultó una sonrisa cuando Nick hizo una mueca ante las complejas esculturas, ante el dorado que invadía prácticamente todas las superficies, ante la magnitud lúgubre de cada una de las habitaciones sucesivas. El pobre Nick no había estado nunca antes en una casa de campo. Su amigo detestaba las mansiones formales y con corrientes de aire. Él mismo prefería su propia casa del siglo diecisiete, mucho más pequeña. No había sido nunca ampliada desde el siglo anterior y permanecía confortablemente pequeña. Jocelin dejaba los palacios y castillos a su padre.

—Me complace tanto el que pudiera permanecer con nosotros, Radcliffe —decía Elliot—. Como le he dicho, mi hija ha salido con el resto de invitados a patinar al lago. ¡Ah, aquí está Thurston-Coombes! ¡Coombes, querido amigo, ya está de vuelta!

Jocelin saludó a su amigo y le presentó a Nick de nuevo.

—Sí, señor —dijo Thurston-Coombes—. Hemos regresado todos excepto Miss Elliot. Iba a visitar a uno de los inquilinos de la finca. Dijo que había tejido unos mitones y un chal de una anciana dama.

Elliot lanzó una mirada significativa a Jocelin.

—Una buena chica, mi Elizabeth. Siempre preocupándose de los que dependen de nosotros. Se toma muy en serio mi posición, por supuesto. El deber cristiano de cada uno. Regresará pronto. Coombes, estaba justo enseñándoles sus habitaciones a Radcliffe y a Ross. Están cerca de la suya.

—Si no le importa —dijo Jocelin antes de que Elliot pudiera continuar—, me gustaría sacar un rato a mi caballo de caza. Se pone nervioso después de un largo viaje en tren. Odia el ruido.

Elliot le concedió una sonrisa amplia, más bien como la mueca de un león contemplando a la cría de una cebra.

—Naturalmente —hizo un gesto de asentimiento al mayordomo—. Kimberley le mostrará dónde están los establos.

Jocelin miró a Nick.

—Vamos, querido amigo. Tenemos tiempo para un corto galope antes de la cena —hizo una reverencia ante Iphegenia Elliot—. Si me permite, Mrs. Elliot.

—Con mucho gusto, milord. La cena es a las...

—Ocho —terminó Mr. Elliot.

Con el intercambio de unas cuantas expresiones más de complacencia en sus habitaciones, fueron dejados solos. Transcurrida media hora se encontraban montados sobre sus caballos; salieron al trote por la verja posterior. Un camino de herradura había sido despejado de nieve y ellos lo siguieron colina abajo. Cabalgando deprisa a través del parque que rodeaba Stratfield Court, se introdujeron en el bosque. Los árboles se iban cerrando y tuvieron que continuar en fila el uno tras el otro.

En el momento que abandonaron el establo, Nick dio paso a su acento cuidadosamente guardado.

—¡Condenado ricachón! El deber cristiano de cada uno —dijo—. Los que dependen de nosotros, decía.

—Un respetable terrateniente, ese es nuestro Mr. Elliot —dijo Jocelin volviendo la vista atrás hacia Nick—. Sin duda quiere comprar una baronía.

—Es el hijo de un carnicero. De ascendencia corriente, exactamente como yo —dijo Nick mientras guiaba a su corcel sobre un tronco caído.

—Hizo su fortuna de soberanos invirtiendo en el ferrocarril cuando empezó a extenderse. Ahora tiene las manos metidas en gran cantidad de pasteles: lana, té, minas de sal, guano.

—¿Guano?

—Excrementos de aves marinas, mi querido amigo. Fertilizantes.

—¿Se dedica a la mierda de pájaro?

—Entre otras cosas.

—Repugnante.

—Lucrativo —Jocelin tiró de las riendas para detenerse—. ¿Qué es eso? ¿El estanque?

Nick se detuvo junto a él, y se quedaron mirando la pradera cubierta de nieve que se extendía hasta el límite del bosque. A varios cientos de metros un estanque de hielo reflejaba los rayos del sol en descenso. Había aparcado un carruaje cerca de la orilla, el conductor se encontraba sujetando los caballos. Una criada estaba metiendo en el interior del vehículo lo que parecían las enaguas y capucha de una dama. Sobre el hielo una mujer con un voluminoso vestido de paseo color carmesí y una capa a juego estaba patinando.

Jocelin puso su mano sobre el brazo de Nick para que no hablara. Siguió con la mirada a la patinadora mientras se deslizaba alrededor del lago. Todas las mujeres que conocía patinaban, incluso su madre. Esta dama no sólo patinaba, sino que volaba. A diferencia de las de su clase, empujaba las piernas con rapidez, alcanzando una velocidad tal que él pensaba que perdería el control y se estrellaría. Por el contrario, ella giraba sobre sí y cambiaba de sentido, tomando más velocidad. De repente se apoyó en un solo pie y saltó en el aire. Sus piernas se separaron para luego juntarse de nuevo. Aterrizó, deslizándose hacia atrás con un pie.

—¡Dios santo! —exclamó Jocelin.

—La pequeña loca va a matarse.

—¡Mira! —Jocelin señaló en dirección a la mujer. Sus brillantes faldas volaban detrás de ella, ahora cruzaba la piernas y avanzaba sobre uno de los pies, llevándose los brazos junto al cuerpo. Jocelin contuvo la respiración cuando la joven comenzó a girar sobre sí. Girando cada vez más rápido, sus faldas se inflaron. La capelina salió despedida y una cascada de cabello rubio ceniza cayó, ensalzando su atractivo. Tan repentina como había empezado, redujo la velocidad, se detuvo y acto seguido con tranquilidad izó las alas de nuevo.

Se deslizó alrededor del borde del estanque describiendo un círculo, luego se dobló hacia delante y levantó una pierna en el aire. Aquella dama arqueaba la espalda como una bailarina que arrastrara un pequeño balandro carmesí a través de un mar cristalino. Jocelin soltó el brazo de Nick, pero siguió mirando a la mujer en el hielo.

—¿Has visto alguna vez algo parecido?

—He visto a gente correr por el hielo en otras ocasiones.

—Pero no de este modo —dijo Jocelin—. No como si estuviera bailando en un salón de baile. Y las mujeres nunca, nunca saltan, y con toda seguridad nunca giran sobre sí hasta que sus faldas se suben en un remolino y sus piernas quedan expuestas.

—¡Malditas piernas largas! Me gustaría…

—No —dijo Jocelin.

Nick lanzó una mirada de irritación a Jocelin.

—¡Por todos los diablos, ya te la has asignado para ti!

—Tú estarás demasiado ocupado distrayendo a Miss Elizabeth Elliot por mí.

—Tengo cosas mejores que hacer que entretener a alguna mujer mayor. ¡Maldita sea, Jos, esa tal Elliot tiene veinticuatro años, es una solterona! Probablemente sea de un tamaño considerable y tenga el rostro lleno de bultos.

Finalmente Jocelin apartó la vista de la patinadora.

—¡Vamos, viejo amigo! Sé un buen compañero y haz esto por mí —cuando Nick resopló, continuó engatusándolo un poco más—. Hazlo, y te dejaré que visites a Miss Birch.

—¿La has traído?

—Me prometió tomar unas habitaciones en Little Stratfield-on-Willow.

Sin esperar una respuesta de Nick, depositó los ojos de nuevo en el objeto de su interés. Ella había dejado el hielo para sentarse en un tocón cubierto por una manta. Tras quitarse los patines, se los entregó a la doncella y se puso las botas de paseo. Tan pronto como se hubo montado en el carruaje que la esperaba, el cochero lo condujo por la vereda hacia el camino que rodeaba las propiedades de Elliot.

Jocelin espoleó a su caballo.

—¡Vamos! —le gritó a Nick—. Podemos llegar antes que ella y esperar a que baje para la cena.

—¿No puedes dejar a las mujeres tranquilas por una vez?

—No.

—Creía que ibas a conseguir a esa doncella.

Jocelin se mordió el labio, su inquietud había crecido desde que había visto a la dama patinadora.

—Voy a hacerlo, finalmente —continuó diciendo con desgana—. Tengo que intentarlo con ésta también.

—¿Y eso por qué?

—Porque es la primera mujer que he visto que no la comparo con Miss Gamp —Jocelin se inclinó y acarició el cuello de su montura—. Si le cuentas esto a alguien, te retaré.

—¿A quién voy a decírselo?

—Bien, de acuerdo; he intentado olvidar a Miss Gamp. Después de todo, un hombre tiene sus necesidades, pero… ¡maldita sea! Visité a Miss Birch, y todo lo que pude hacer fue criticar. Su cintura era demasiado pequeña, su pecho no lo suficientemente relleno, sus caderas no lo bastante anchas, y diablos, olía a rosas cuando en realidad debería haber olido a limón.

Nick tiró de las riendas y se quedó mirando a Jocelin.

—¡Ya era hora de que las mujeres se interpusieran en tu camino! En nuestras pequeñas excursiones, en la política.

—Ahora parece que existo para pensar en Miss Gamp y desearla. ¡Maldita sea, ni siquiera la he visto con claridad todavía y no puedo olvidarla! Me está devorando vivo.

Azuzaron sus caballos y cabalgaron con tranquilidad hacia Stratfield Court.

—Sé —dijo Nick transcurridos unos minutos— que es porque no la vas a… no la has conseguido aún. Vamos, querido. ¿Cuándo fue la última vez que tuviste que trabajarte a una mujer?

—No lo recuerdo.

—¿Lo ves?

—Pero ahora está esta patinadora —suspiró Jocelin—. Quizá me estoy recuperando.

—Entonces puedes contar conmigo para que te ayude con la medicina, viejo amigo. Incluso distraeré a ese carcamán y a su esposa.

Acordado su plan, regresaron a Stratfield Court. A las ocho en punto se les vio entrar en el gran salón de la recepción codo con codo para reunirse con el resto de invitados de Richard Elliot. Aparte del joven Thurston-Coombes, varios hombres en edad casadera y unas cuantas damas formaban parte de los invitados a alojarse allí. Jocelin sospechó que Elliot quería que él se percatara de que su hija estaba muy solicitada, de ahí la presencia de otros candidatos.

Entabló una conversación de cortesía con una condesa viuda y con su hija, una joven dama que acababa de tener una exitosa temporada en la cual había atraído y aceptado la petición de uno de los caballeros solteros del Príncipe Alberto. La viuda tenía otra hija en el mercado y estaba inspeccionando a Nick, quien le sonrió y le citó a Shakespeare. Al no reconocer la viuda la fuente de su ingenio, Nick perdió interés y se las arregló para apartarse junto a Jocelin hacia Thurston-Coombes.

Mientras hablaban, otro grupo de damas entró en el salón. Jocelin alzó la vista mientras éstas manipulaban sus crinolinas para atravesar el umbral. Afortunadamente las puertas eran dobles. La última mujer en entrar se deslizó con gracia sorteando el peligro al permitir que sus brazos reposaran sobre las capas de enaguas y sobre la estructura de la crinolina. Se giró con rapidez mientras despejaba la puerta, y ese movimiento veloz le resultó familiar. La dama con patines del lago.

Observó cómo caminaba. Casi se deslizaba, como si estuviera aún sobre el hielo. Le resultaba imposible apartar los ojos de su cuerpo ahora que había reconocido aquellos andares flexibles. Tenía una manera de moverse especial: se detenía y de súbito volvía la cabeza por encima del hombro para mirar de soslayo a la gente. Jocelin se sorprendió contemplando el vaivén de la parte superior de su cuerpo sobre la cascada de sus faldones. Muchas mujeres enjauladas en metros de enaguas, seda y corsés se movían como los animalitos de un carrusel. Ésta se movía del modo que una mujer tendría que hacerlo. Apenas podía percibir la ondulación de sus pechos al andar.

«¿Qué estaba haciendo?» No debería tener la mirada clavada en el pecho de una dama. Se encontraba profundamente confundido e irritable por cometer semejante desliz. La mujer se volvió para echar un vistazo por encima del hombro y se encontró con su mirada. Él vislumbró unos ojos grandes del color marrón dorado de las cercetas, una mirada sobresaltada. Sin embargo, ella no apartó la vista enseguida. Parecía paralizada, y mientras Jocelin bebía de los diferentes matices de su mirada, sintió que la pasión se despertaba en él. Comenzó a desearla, lo que le trajo una maldición a los labios. Estaba perdiendo la compostura por segunda vez en tan sólo unas semanas. Maldita fuera. No iba a precipitarse en celo sobre esta mujer también.

La dama enrojeció y bajó la mirada, liberándolo por tanto de su fuente de creciente malestar. Para su sorpresa, Richard Elliot se apresuró hacia ella, la tomó de la mano y la condujo en dirección a Jocelin y Nick.

Escuchó su nombre y esbozó una sonrisa. Miss Elizabeth Maud Elliot. La inmensa solterona vieja. Nick casi le sonrió con afectación, y Jocelin lanzó una mirada de advertencia a su amigo al inclinarse sobre la mano de la dama. Fue entonces cuando su mente giró como un torbellino, confundida. Olía a limón. Entretuvo una pequeña conversación con los Elliot al tiempo que el deseo le invadía y una sensación de vértigo se apoderaba de su mente.

Olía como los limones. Lanzando miradas discretas, advirtió su delgadez. Sus largas piernas estaban ocultas bajo el vestido. Su pecho era más pequeño que el de Miss Gamp, su cabello no era del mismo color. «¡Maldita fuera! ¿En qué estaba pensando?»

Examinó el brillo de su cabello del color rojizo de la hierba seca. Esta joven, que bajaba los ojos al encontrar su mirada, no era Miss Gamp. Era demasiado delgada, demasiado grácil, demasiado limpia. Sus ojos se clavaron en las manos de ella. Las uñas eran cortas, los dedos largos.

Había sentido la suavidad de la palma de su mano cuando la besó. Pero el olor a limón no había sido fruto de su imaginación. Ciertamente había olido el perfume de limón. Quizá usaran la misma agua de colonia. Seguramente. Después de todo era la nieta de un carnicero. Podría utilizar la misma esencia que una criada para todo. Sí, esa era la respuesta.

Sonrió ante una ocurrencia de Richard Elliot. Se las arregló para mantener una conversación razonable con el anciano mientras Miss Elliot permanecía en silencio. Forcejeando contra su voluntad, logró con un terrible esfuerzo domar sus deseos desenfrenados. Había hecho muchas cosas, pero nunca se había inflamado con semejante deseo frente a un anfitrión y su hija soltera. No iba a permitir que eso ocurriera.

Por fin fue capaz de inclinar la cabeza con solemnidad cuando el anciano se llevó a su hija para agradecer la presencia del hijo de un barón. En realidad, la presentación y la conversación duraron menos de cinco minutos. Muy inteligente por parte del ingenioso anciano. Elliot sabía muy bien que no debía lanzar a su hija en brazos de Jocelin.

Nick interrumpió sus especulaciones.

—Bueno, bueno, bueno. Así que Miss Elliot es nuestra patinadora. He sido relegado de mi tarea —hundió el codo en el costado de Jocelin—. Es aceptable, viejo amigo. Bastante aceptable. No es una belleza, pero, no obstante, dijiste que no estabas buscando la belleza en una esposa.

—No —contestó Jocelin con voz apagada.

—¿Pero por qué?

Jocelin estaba mirando fijamente a Miss Elliot. Ella miró en su dirección y atrapó su mirada. En lugar de desviar la mirada, él la sostuvo durante un largo instante, acto seguido le sonrió con dulzura. Elizabeth enrojeció y apartó los ojos. Jocelin le dio la espalda. No servía de nada aparentar estar ansioso. Era una mala estrategia.

—¿Qué decías? ¿Por qué no una belleza? —le preguntó a Nick.

Necesitaba distraerse antes de sucumbir de nuevo bajo la lujuria.

—Porque las mujeres hermosas tienden a ser como la pieza Wedgwood que tengo sobre la repisa de mi chimenea. Excelentes por fuera, viejo compañero, pero exentas de substancia. Pronto aprenden que todo lo que se requiere de ellas es buena presencia, por tanto dedican toda su existencia a cuidarse de sí mismas. Y en lo más profundo de su ser tienen miedo de que un día perderán la belleza. ¿Y sin ella, quién iba a quererlas? Tienen razón, naturalmente, porque nadie quiere perder el tiempo persiguiendo una relación con una pieza Wedgwood.

—Y además —continuó Nick en voz baja—, no se puede confiar en que las mujeres hermosas no caigan bajo las artimañas de tipos como tú.

Jocelin asintió en dirección a Miss Elliot.

—Debemos quedarnos perplejos ante el talento musical de la dama, y ante la cena también.

Miss Elliot se sentó al piano que descansaba en un hueco del salón. Reposando las manos sobre las teclas, comenzó una pieza de Chopin. Se hizo un silencio en la habitación. Tocaba del mismo modo que patinaba. Él podía sentir la suavidad de su tacto, escuchar la delicadeza de su interpretación. Intercambió unas miradas de sorpresa con Nick. Las damas jóvenes solían aprender a tocar. Jocelin había pasado muchas noches soportando los esfuerzos de alguna que otra debutante aplicada.

La interpretación de Miss Elliot ridiculizaba a semejantes diletantes. A medida que la observaba, advirtió que ella se olvidaba de su audiencia. Navegaba por acordes complejos, llevada por la oleada de su propia pasión por la música. Cuando terminó, él se sorprendió deseando que continuara. Los invitados se congregaron alrededor de ella para felicitarla. Jocelin se quedó rezagado, no quería ser uno más de la multitud.

Nick le dio de nuevo con el codo y le susurró jubiloso:

—Piensa por un instante lo que diría tu padre si pidieras la mano de Miss Elizabeth.

—No tengo intención de pedir su mano, porque dudo que congeniáramos. No obstante, si por alguna remota casualidad quisiera casarme con ella, no me importaría lo que dijera mi padre. Lo he estado pensando desde que mi padre me forzó a ello, y sé lo que quiero encontrar en una esposa.

—¿Es cierto? Me sorprendes.

—Si tengo que impedir que Yale herede —dijo Jocelin—, lo haré bajo mis propias condiciones. Puede que quiera que sufra mi padre dando la sensación de que pienso seriamente en la hija de un comerciante, o incluso en una mujer de dudosa reputación, pero no estoy loco. Hay muchas personas que dependen de un duque como para que considere cómo la elección de una esposa puede afectarles.

Jocelin apartó la mirada de Miss Elliot y miró a Nick.

—Exijo ciertos atributos de una esposa: dulzura, delicadeza, modestia. Una mujer debe preocuparse por su hogar y los niños. No necesita preocuparse con asuntos externos a su hogar. No exijo una gran inteligencia, tan sólo capacidad para escuchar cuando hablo y el juicio para ser guiada por mí. Y todos los demás dones de costumbre que debe tener para entretenerme y mantenerme satisfecho.

—Y debe dejarte hacer lo que desees sin interferir —añadió Nick.

—Por supuesto. A cambio, yo no interferiré en su dominio.

Ambos hicieron un gesto de asentimiento, en perfecto acuerdo.

—Ahí vienen de nuevo —dijo Nick—. Tienes que acompañarla a la cena.

Nick tenía razón. Jocelin se encontró ofreciéndole el brazo a Elizabeth Elliot. Cuando Mr. Elliot bromeó con respecto al contraste de sus apariencias, ella despertó en él su instinto protector al enrojecer y mirar como si deseara poder escabullirse detrás de un sofá. Jocelin olió de nuevo a limón y, en ese momento, decidió que podría arreglárselas con Miss Elliot si no podía tener a Miss Gamp enseguida.

—Me complace el que se me haya concedido el privilegio de escoltarla. —Se agachó y le susurró—: Y no se preocupe por su padre. Tan sólo se trata de que está orgulloso de usted. Y tiene motivos para estarlo, Miss Elliot.

La joven dama alzó la vista ante él, pero fijó de nuevo los ojos en el suelo. Sus mejillas se enrojecieron otra vez, y por alguna extraña razón, la visión de aquella sombra sonrosada le excitó. Ella lo miró y sonrió insegura.

—Gracias, milord.

Su voz era dulce, como la de su madre, pero ella terminaba las frases. Le gustó el modo en que pronunció «milord», de ese modo tembloroso.

—De nada, Miss Elliot.

Entraron al salón de la cena y Jocelin retiró la silla para ella. Se sentó y lo miró, ofreciéndole una sonrisa que lo sacudió desde los pies a los ojos.

—Liza, milord. Me llamo Liza.

Capítulo 9

*E*lla sabía que Jocelin quedaría impresionado con el salón. Intentando no mirar cuando el vizconde entró, Liza observó cómo se detenía para luego recuperar la compostura. No podía culparle. Después de todo, él vivía en casas donde los arcos góticos encajaban, porque habían sido construidos hacía quinientos años. Stratfield Court era nueva. Jocelin estaba mirando el techo, y ella se encogió. La bóveda de abanico era propia de las catedrales. ¡Ojalá pudiera hacer que el salón se asemejara a una cueva de estilo florido construida por duendes con magníficas habilidades arquitectónicas!

¿Qué estaba haciendo preocupándose de que este hombre encontrara carente de gusto a su padre? Necesitaba concentrarse en mantener su compostura de señorita. Hasta que llegó él no había tenido ningún problema. En el momento que él entró en el salón, sin embargo, empezó a sentirse tan nerviosa como había querido fingir. ¿Y por qué? Él se comportaba como el encantador aunque un poco reservado aristócrata que era, pero cuando la miraba, ella veía al pistolero. Veía al hombre que llevaba una pistola con la indiferencia con la cual un caballero lleva un reloj de bolsillo. Veía al hombre que no prestaba atención a sus protestas más allá de la que prestaría a un enemigo al que se enfrentara en un tiroteo.

Con él mirándola con esa rudeza, no podía evitar que su voz temblara, que sus manos se agitaran ni que sus mejillas se sonrojaran. Dado que se suponía que era una soltera tímida y remilgada, todo este desconcierto jugaba en su favor. Encontrarse actuando como si fuese una gelatina humana la fastidiaba y le provocaba resentimiento hacia el vizconde. Odiaba toda esta farsa. Si no hubiera sospechado que era un asesino, hubiera deseado volver a su antiguo yo.

La estaba ignorando a propósito. Había cometido un error, sin embargo, porque ella sabía que ciertamente él no buscaba la compañía de su madre por la mera satisfacción que ello le producía. Mamá no estaba interesada en las misma cosas que él, ni en política, ni en la reforma del ejército, ni en las mejoras sanitarias para prevenir el cólera. Cuando él le volvió la espalda, Liza deseó poder dejar de lado todo decoro. Deseaba avanzar hacia él y decirle que sabía que no quería casarse con la nieta de un carnicero, que lo que le interesaba era el apoyo político de su padre a su amigo Asher Fox; ¿y por qué no se desenmascaraba sencillamente y admitía la verdad, y de paso reconocía que era un asesino?

¡Estaba avanzando hacia ella! Justo cuando se había adentrado en un arrebato de indignación, él se dirigía en su dirección.

—Miss Elliot, los escasos minutos sin su compañía se han convertido en una eternidad.

Liza bajó la mirada al suelo, retorció el pañuelo de

hilo entre las manos y deseó darle un pisotón como lo había hecho siendo Miss Gamp.

—¡Qué… mmm… qué galante por su parte, milord!

El vizconde miró alrededor del salón, observando los diferentes grupos de invitados.

—Nos están dejando solos. Su padre es un gran estratega. ¿Nos conducirá hacia el salón de música para otra demostración de sus habilidades?

—¡Oh, espero que no!

Liza se llevó la mano a la boca, sorprendida por su desliz. Odiaba tocar para una audiencia. Odiaba el sentimiento que se adueñaba de ella cuando alguien la escuchaba, por el hecho de que odiaba ser juzgada. Tocar se había convertido en una prueba, una prueba que no podía superar, una prueba conducida por su padre. Nunca había pasado esas pruebas. Aun así, no debería haber perdido el juicio y haberse descubierto ante el vizconde. Ahora él le sonreía irónico.

—Tenemos algo en común. También detesto ser exhibido.

—Como… como una vaca premiada. —Podría haberse mordido la lengua.

Él rió entre dientes.

—Ruego cambiar la comparación. Como un toro premiado.

Al tiempo que el vizconde hablaba, su mirada se deslizó desde su cara, pasando por el cuello y los pechos hasta las caderas. Esta vez no tuvo que recordarse a sí misma que debía enrojecer y bajar la mirada. ¡El muy libertino! Sintiéndose humillada, estuvo a punto de sucumbir ante la tentación de darle un puntapié en la espinilla. En cambio optó por hacer algo que no esperaría. Mamá se estaba marchando. Siempre se retiraba temprano, normalmente con sensación de vértigo o dolor de cabeza.

—Veo que mi madre se retira, milord. Yo también estoy agotada y voy a desear las buenas noches.

—¿Se marcha? ¿Ahora?

Su incredulidad y perturbación fueron para su alma irritada un consuelo.

—Si, milord.

Como hombre experimentado, el vizconde se recuperó con rapidez y le deseó un agradable descanso. Se unió a su madre, la cual se puso nerviosa al pensar en cómo su esposo asimilaría esta deserción frente al deber. Liza, no obstante, dio las buenas noches al resto de los invitados con su madre. Sin embargo, una vez que se cerraron las puertas del salón, dio unas palmaditas en el brazo a su madre, se recogió las faldas y atravesó la galería de cuadros hacia el pasillo que conducía a las escaleras de las jóvenes señoritas. El sentido del decoro de su padre decretaba que las jóvenes damas y los caballeros fueran alojados en las alas opuestas de la casa. Con escaleras, entradas y pasillos separados, no necesitaban encontrarse sin escolta.

Giró a la derecha justo en el corredor y casi se resbaló en el suelo de mármol. Recuperando el equilibrio, se precipitó hacia las escaleras de las damas. Escuchó cómo se cerraba una puerta tras de sí y volvió la cabeza. El ayudante de cámara, Loveday, emergió de la puerta que ocultaba el vestíbulo que conducía al ala de la servidumbre. Liza lo miró fijamente. Él hizo una reverencia. Liza dejó caer los faldones e intentó ocultar su respiración ahogada. Girándose lentamente, ascendió por las escaleras con paso decoroso.

Al llegar a su habitación, estaba furiosa consigo misma.

—¡Maldición, maldición, maldición!

—¿Señorita?

Su doncella, Emmeline, a quien había contratado para que se uniera a Pennant, estaba extendiendo su camisón.

—¡Ah, no es nada! —dijo Liza mientras se quitaba los guantes.

—¡Ohhh, señorita, nunca había estado en una casa igual!

Liza asintió, sin escucharla realmente.

—Nunca he visto a tantos sirvientes ni tantas habitaciones —Emmeline iba recontándolas con los dedos—: está la habitación de la limpieza, la del cepillado, la de los criados, la de la sala de armas, la de los trastos, la de la plata, sin mencionar la despensa del mayordomo. Todo eso en el ala de los hombres. Luego está el ala de las mujeres: la sala de trabajo, la de descanso, el almacén, la habitación del ama de llaves, la cocina y apartado privado del cocinero, las dependencias, dos despensas y una bodega, la trascocina; y eso no es todo.

—Emmeline, ¿de qué estás hablando?

—De esta casa, señorita, es un palacio, sí señor.

Al recordar el cuchitril de Emmeline en St. Giles, Liza suspiró y se reprimió para no resquebrajar las ilusiones de la doncella.

—Es muy tarde, puedes retirarte.

—Gracias, señorita.

Sola en la inmensidad de su alcoba, Liza recorrió con la mirada los muebles adornados con borlas y revestidos, cada rincón y hueco cargado de figurillas; el suntuoso dosel de lujo que colgaba sobre la cama. Suspiró de nuevo. Su habitación de Pennant no tenía ninguna estatuilla, y los muebles no estaban recubiertos con faldones. Se dirigió al escritorio que se encontraba junto a la chimenea y se sentó para terminar de leer la última carta de Toby. Él y Betty se habían quedado encargados de Pennant.

Había habido más redadas en prostíbulos desde la muerte de Frankie Fawn. Normalmente las listas de sus clientes no aparecían. Los gerentes de los mismos estaban bajo custodia, pero por regla general tales infortunios sólo significaban un cambio de personal. Curiosamente, en esta última oleada de redadas, los propietarios cerraban las casas al mismo tiempo y las reabrían como pubs, o bien las vendían.

Liza dio la vuelta a la página de la carta, y el nombre del Dr. Lucius Sinclair le saltó a la vista. Toby había estado investigando aquella lista que ella encontró en la salita del vizconde. Dejó caer la hoja y repiqueteó con los dedos sobre la misma. El doctor Lucius Sinclair era un médico respetable de la calle Harley Street, que poseía una casa de campo: en Wiltshire, para ser exactos. El doctor Lucius Sinclair, al parecer, vivía en ese momento en su casa de la ciudad de Willingham, a menos de dieciséis kilómetros de Stratfield Court.

«Bien —Liza murmuró para sí—, así que, milord, quizá tenga más de una razón para fingir que le agrada la compañía de los Elliot.»

—¡Elizabeth Maud!

Liza miró atónita cómo su padre irrumpía en su habitación sin apenas llamar a la puerta. Le dio la vuelta a la carta y entrelazó los dedos. Su padre se dirigió hacia ella con pasos estrepitosos, la miró con el ceño fruncido durante tres segundos en silencio, y acto seguido estalló.

—¡Nunca te comportarás como es debido! ¿Verdad?

—Padre, él ha pasado la mayor parte del tiempo ignorándome. Le estaba demostrando que no estaba pendiente de sus palabras y que no vivía para estar en su presencia —Liza se recostó en el respaldo de la silla—. Pero consciente de su posición, sin duda pensó que yo estaba muerta de miedo por su magnífica personalidad y que necesitaba descansar mi sensibilidad agitada.

Mr. Elliot dejó de calentarse las manos en el fuego y agitó un dedo frente a ella.

—Ahora escúchame, señorita. No te voy a permitir que dejes que éste se escape. Si llegas a mencionar los derechos de propiedad de la mujer, o, o…

—¿Los derechos al divorcio?

Richard Elliot se puso rojo de la furia reprimida.

—Desagradecida, eso es lo que eres. ¡Dios mío, pensar que mi William está muerto y he sido abandonado con una criatura desagradecida y poco femenina como tú! —Elliot se acercó, haciéndole la ira contraer los labios—. Te estoy advirtiendo. Quiero a este muchacho como yerno. Es el hijo de un duque. El hijo de un duque, ¿lo oyes? Y también con una carrera militar.

—Padre, le brillan los ojos.

No la había escuchado. Se volvió para contemplar algo en las ascuas de la chimenea.

—Mi nieto será duque.

—No puede estar seguro de ello —dijo Liza—. Lo estoy intentando, padre, pero no puede estar seguro.

Se irguió, acto seguido le lanzó una mirada como si de repente recordara que ella se encontraba en la habitación.

—Estoy seguro. De un modo u otro, mi nieto será duque.

Se marchó con la misma brusquedad con la cual había entrado. Liza se quedó mirándolo. De súbito se sintió incómoda. Su padre no había pasado de ser un simple oficinista de un banco provincial a ser un caballero con riqueza y poder accidentalmente. Había conseguido lo que quería con algunas prácticas cuestionables. Ella tenía poco conocimiento sobre los detalles, pero conocía a su padre. Los principios cristianos de su padre terminaban donde comenzaban sus instintos empresariales. Bien, no había nada que pudiera hacer para detener a su padre. Con suerte, descubriría si el vizconde era un asesino mucho antes de que su padre pudiera hacer algo horrible. Con suerte.

El sueño le sobrevino con dificultad aquella noche. A la mañana siguiente durmió hasta tarde, a pesar del programa de caza para aquel día. Todo el mundo se había ido excepto su madre cuando bajó a la salita de estar diseñada para recibir el sol de la mañana. El día estaba cubierto de nubes, y tan sólo la tenue luz de unos rayos de sol batallaba por atravesar el grueso cristal de las ventanas.

Su madre estaba liada con la costura junto al fuego. Aunque esta sala de estar había sido diseñada a un nivel menos arrogante que el gran salón de recepción, seguía la línea debido al techo abovedado y las arcadas de columnas que bordeaban tres de los laterales del cuarto. Liza se acomodó enfrente de su madre y tomó una pieza de bordado que finalmente terminaría siendo la funda de una almohada. Mientras hacía nudos franceses, consideraba la posibilidad de indicar a su mayordomo personal que vigilara a Jocelin Marshall. Cuando regresara de cazar, ella no podría tenerlo a la vista todo el tiempo.

—Me gusta tu vizconde, querida.

Sacada por sorpresa de sus planes, Liza le contestó:

—Me alegro, madre.

—Es tan encantador. Conocía a mi familia. Naturalmente era de esperar, dado que…

—¿Dado que los Beaufort son una familia tan antigua del condado?

—Y he estado tan preocupada por ti. Tan preocupada. Apenas podía mirar a la cara a mis visitas con una hija que se había convertido en una… —Iphegenia bajó la voz como si estuviera hablando de un pecado desagradable— una solterona. ¿Y qué ocurriría si mi querido Richard muriera repentinamente? El Todopoderoso lo conserve con vida. Por Dios, ¿quién cuidaría de mí? ¿Quién…?

Liza arrugó la frente y estudió a su madre.

—¿Quién cuidaría de ti? Madre, eres una mujer adulta.

—Lo sé, pero…

Inútil escuchar por más tiempo. Su madre era una de esas mujeres que se quejaban y dramatizaban sin cesar. Cuando el receptor de sus penas le suministraba soluciones o le daba algún consejo, su respuesta invariable era: «Lo sé, pero…». Después de una vida escuchando lamentos y sollozos, Liza había llegado a la conclusión de que su madre disfrutaba con la miseria y la indefensión, especialmente con esta última; el hecho de ser incompetente significaba que su madre no tenía que hacerse cargo de sí misma ni de nadie más. Por tanto, cuando oía: «Lo sé, pero…», Liza dejaba de escuchar.

A pesar de todo, con sólo saber que su madre se había lanzado a enumerar las razones por las cuales no podía vivir su existencia sin alguien que hiciera las veces de un verdadero padre para ella hacía que el pecho de Liza la abrasara por la irritación. Clavó la aguja en medio de otro nudo francés y gritó.

Arrojó el material, se metió el dedo en la boca y lo chupó. Para su pesar, Jocelin eligió ese preciso momento para entrar en la habitación. Con la guardia bajada, lo miró perpleja con el dedo metido en la boca mientras éste saludaba a su madre. Apresurada retiró el dedo. Él lanzó una mirada a sus mejillas sonrojadas, luego a sus labios. Los labios del vizconde se entreabrieron ligeramente. Al instante Liza se dio cuenta de que estaba recordando a Miss Gamp. Enrojeció aún más, manejando con torpeza la aguja, el hilo y la tela.

Estaba tan agitada que no le dio tiempo a evitar que su madre se excusara y se retirara dejándolos solos. Con el gesto fruncido siguió la figura de su madre mientras se retiraba; con toda seguridad su padre había instruido a su madre para que cometiera esa falta de decoro. Uno sencillamente no dejaba a una joven dama sola en presencia de un hombre, especialmente un hombre con la reputación del vizconde.

Alzando la mirada a Jocelin Marshall, lo sorprendió observándola divertido con ojos especulativos.

—¡Ummm...! Mi madre está...

—No va a empezar a dejar las frases sin terminar, ¿verdad?

Liza se quedó mirando a la punta de sus zapatillas e hizo un gesto negativo. Se encogió contra el respaldo de su sillón cuando de repente él se arrodilló junto a ella y recogió un dedal esmaltado.

—Se le ha caído esto —dijo él.

Para sorpresa suya, Jocelin le tomó la mano, la abrió y le colocó el dedal en ella. Al doblar los dedos, el vizconde se los cubrió con la mano. En contraste con su mano, la de él estaba caliente. Lo estaba haciendo de nuevo; persiguiéndola. Nunca hombre alguno se le había aproximado de ese modo. Ninguno había demostrado el más mínimo deseo de estar cerca de ella. Liza se quedó paralizada por la confusión. ¿Intentaban todos los hombres seducir a las mujeres con tanta insistencia?

Ella retiró la mano. Aquel movimiento debería haber sido una señal para que el vizconde se apartara de semejante proximidad. No lo hizo. Ahora Liza podía sentir el calor de su cuerpo. Gracias al cielo, Jocelin no había dicho una palabra, no había intentado atrapar otra vez su mano, y aun así ella sentía el impulso acuciante de aproximarse a él.

—Nunca había conocido a nadie tan tímida.

Liza tragó saliva, le lanzó una mirada y bajó los ojos hacia sus propias manos. Ese breve destello fue suficiente para sumergirse en una confusión más profunda. No había contado con que la sedujera. Sabía lo que significaba aquella mirada suya. Él estaba estudiando su boca. Si no pensaba en algo para distraerlo, iba a besarla, quizá hasta algo más.

—No se ha unido a la caza —le dijo Liza.

—Ni usted tampoco.

Las anillas del bordado reposaban en su regazo. Jocelin tocó uno de los puntos franceses con uno de los dedos y ella dio un respingo. Su mano de él se encontraba cerca de un lugar entre sus muslos que de súbito se estremeció produciéndole un hormigueo. Apartó los ojos hacia las ascuas resplandecientes del fuego, pero él no retiró la mano.

Sus dedos recorrieron el diseño de hojas y guirnaldas de la almohada. Presionaron las anillas ligeramente contra ella, y el color inundó su rostro. Jadeante, saltó, intentando ponerse de pie, pero las manos de Jocelin se deslizaron sobre su estómago para presionar sobre las caderas justo debajo de su pecho. El bordado cayó al tiempo que se encogía contra el respaldo del sillón en un esfuerzo por escapar de su roce.

—No se escape —le dijo con suavidad—. Sois tan asustadiza.

El «yo» sensato de Liza gritó una advertencia. Su «yo» primitivo que respondía al pistolero la urgía para que mantuviera la boca cerrada. Y así lo hizo.

Él no movió la mano colocada bajo su pecho. Liza se revolvió, pero Jocelin presionó con firmeza contra sus costillas. No se acercó más, y permanecieron así sin moverse.

Al fin el vizconde dijo algo en un susurro.

—¡Santo Dios, Miss Liza Elliot! ¿Cómo puede encenderme sencillamente sentándose en una sala con su bordado?

Liza había estado evitando su mirada. Alzó la mirada ante él sorprendida y lo encontró observándola con deseo manifiesto. El frío y elegante patricio había desaparecido.

—La he asustado.

Ella asintió.

—No se mueva. Voy a asustarla un poco más.

Su mano se movió, y ella jadeó al tiempo que se deslizaba para cubrir su pecho. Intentó apartarlo con un empujón, pero él capturó su mano con la que tenía libre mientras mantenía la otra sobre su pecho. ¡Dios santo, su mano se movía según respiraba! Intentó contener la respiración.

—No tenga miedo —le murmuró—. Escúcheme, dulce Liza: *Fue un espectro de placer/ cuando ante mí resplandeció por primera vez/ una encantadora aparición, enviada/ para embellecer un momento.*

La mano de él absorbía su atención. El calor que desprendía la abrasaba a través del vestido.

—¿Un momen… momento?

—Una eternidad.

Los pulmones la aprisionaban. Exhaló aire, y él sonrió, acercándose lo suficiente como para tocar con sus labios los de ella. Manteniendo la boca cerca de la de Liza, continuó susurrándole.

—¿Lee sonetos, mi experta Miss Liza?

Cometió el error de asentir, y su boca frotó la de él. La lengua de Jocelin se precipitó al exterior, bañando sus labios, a continuación la retiró antes de que ella pudiera hacer alguna objeción. Aun así la mantuvo paralizada en el sitio por el roce de su mano y por la proximidad de sus labios.

—*Siendo tu esclavo* —dijo al tiempo que se movía de forma que su boca frotaba su oído—, *¿qué podría hacer sino servir/ las horas y momentos de tu deseo?**

La respiración de él en su oído la estremeció, inflamando su cuerpo de un modo que nunca había experimentado. Paralizada por esas sensaciones abrumadoras, apenas percibió que él la estaba conduciendo deliberadamente a un estado por él mismo diseñado. En cualquier caso no podía reunir la fuerza para hacer que se detuviera. Renunciar a esa voz cálida de brandy, al calor de su cuerpo, al contacto de su mano; aquellos eran sacrificios imposibles. Se hicieron incluso más imposibles cuando comenzó a acariciar su oído con la

* Shakespeare, *Soneto 73* (numeración tradicional: LVII).

boca y a deslizar con delicadeza la palma de su mano sobre su pecho.

—¿Sabe cómo me hace sentir? —le preguntó—. Como el Porphyro de Keats.

Ella no le respondió, pero no parecía esperar que hablara, ya que continuó.

Más allá del mortal apasionado,
crepitó ante tales fuerzas voluptuosas,
etérea, se arreboló, y cual estrella palpitante,
reposó en las entrañas del cielo zafiro,
en su sueño, él se fundió...*

En el momento que terminó de recitar el último verso, ella despertó del hechizo.

—¡Maravilloso! —se levantó con precipitación y lo apartó empujándolo. Presionando sus manos sobre sus mejillas, Liza lo miró boquiabierta.

Él descansó un codo sobre el brazo del sillón y sonrió con dulzura.

—Está conmocionada.

—¡Usted no debería... las damas no... es indecoroso, de mala educación!

—¿Qué hay de mala educación en la poesía? Ya entiendo, su madre le ha enseñado que todo aquello que tenga que ver con las funciones corporales debe ser ignorado. —Se inclinó hacia ella como un conspirador, echó un vistazo a la habitación, y acto seguido susurró—: «Nosotras, las damas no tenemos piernas, querida, tenemos miembros, y preferiblemente no de ésos».

Las palabras del vizconde sonaban tal y como las de

---

* John Keats, *La víspera de Santa Inés*, líneas 316-320.

su madre, Liza olvidó su vergüenza y rió. Él sonrió con ironía como respuesta, una mueca honesta y exenta de reproche que atrajo sus simpatías, antes de que Liza pudiera hacer acopio de su escepticismo. Demasiado tarde se recordó a sí misma quién era el vizconde, lo que se decía de él, y lo que podría haber hecho. Demasiado tarde, ya que él se había reído de ella y se había preocupado por enseñarle cómo aceptar sus propios sentimientos sin avergonzarse. Con premura recogió el bordado para evitar mirar esos ojos verdes.

—Debo irme a Willingham. Tengo una prueba con la modista —Liza escuchó el castañear de sus dientes, pero fue incapaz de controlarse—. Intento fomentar a las costureras locales. Su situación es tan precaria. Si me disculpa.

El vizconde la miraba como si pudiera descifrar su mala excusa para escapar. Se levantó cuando su madre entró ruidosa en la habitación.

—¡Ah, mi querida Mrs. Elliot! Estaba a punto de ofrecerme como escolta de su hija en su viaje al pueblo.

—¡Qué galante por su parte, milord!

Consternada, Liza farfulló, a continuación consiguió recobrar parte de su compostura.

—Es muy amable por su parte, milord, pero dispongo de mi doncella.

—No se rechazan ofrecimientos tan afables, Elizabeth Maud —dijo su madre—. El resto no regresará hasta dentro de mucho tiempo, además estoy segura de que lord Jocelin estará encantado…

—…de la agradable y entretenida compañía —terminó Jocelin.

Sonrió a Liza, inclinó la cabeza y le ofreció el brazo. De este modo atrapada, no tuvo otra elección que colocar la mano sobre su brazo. En un brevísimo instante estaba envuelta en una capa y cómodamente instalada en el carruaje. La puerta se cerró, sellándola en el interior junto al vizconde. Liza miraba a través de la ventana mientras su madre les decía adiós con la mano. ¿Cómo, en el nombre del Todopoderoso, se había hecho esto a sí misma? Lo último que hubiera imaginado era estar encerrada en un carruaje, sola, con Jocelin, el vizconde Radcliffe.

Capítulo 10

Jocelin se condujo con decoro en el carruaje en parte porque Miss Liza Elliot daba la sensación de que se arrojaría del vehículo si no lo hacía. Principalmente lo hizo para confundirla a la par que para mitigar sus temores. Parecía tan insegura de sí misma, tan retraída. Él pensaba que sus prácticas de caballero llevaban enterradas hacía tiempo bajo sus instintos predadores que él alentaba deliberadamente. Para su asombro, Liza Elliot despertaba en él una caballerosidad olvidada. Desafortunadamente para ella, también despertaba sus instintos más bajos, pero consiguió reprimirlos durante la media hora de viaje a Willingham. Entabló una conversación cortés.

A pesar de estar escuchando todo el tiempo la descripción de Liza sobre el paisaje, pensaba en el tacto de su pecho y en cómo inhalaba su fragancia a limón mientras se encontraba cerca de ella. Sus problemas tenían su origen en los años que había pasado en la frontera americana antes de la guerra, dejando a un lado los convencionalismos sociales. Como consecuencia, cuando Liza lo despertó, él descendió al nivel rezongón y delirante de los instintos, más bien como un oso negro de las Montañas Rocosas.

El sosiego le llegó cuando depositó a Liza en la modista. Se excusó bajo el pretexto de ir a explorar Willingham, prometió recogerla a la hora y partió en busca del doctor Lucius Sinclair. Había estado esperando una excusa para visitar el pueblo y no se había imaginado que llegara tan pronto. Liza estaría ocupada durante algún tiempo. Podía llevar a cabo lo que necesitaba y regresar sin levantar sospechas.

La villa del doctor se encontraba en las afueras de Willingham, en una calle llamada Larch Lane. Aunque la nieve se estaba derritiendo y el camino estaba empapado, dejó el carruaje de los Elliot detrás. No quería arriesgarse a que el cochero volviera con historias de su visita a un desconocido médico. La casa se encontraba en unos terrenos rodeados por una muralla decorativa. A esa hora del día el doctor estaría con toda seguridad en su biblioteca o, si era valiente, fuera dando un paseo.

Jocelin prefirió acercarse por la parte trasera, y deslizarse por la verja de atrás. Avanzó con rapidez a través de un cenador cubierto de nieve, se quedó de pie detrás de un grueso tronco de árbol justo a la altura de la senda de piedra curvada que atravesaba el jardín. Examinó la casa durante un instante, pero no percibió ningún movimiento a través de las cortinas de hilo. Estaba a punto de rodear la casa hacia la parte delantera para presentar su tarjeta de visita cuando un hombre salió y se detuvo en la terraza mientras se abrochaba el abrigo.

De mediana edad, era la imagen misma de la prosperidad: traje a la medida, chaleco de seda, botas que sin duda costarían más de lo que pagaba a su doncella en un año. Con su cabello grisáceo cuidadosamente cortado y patillas, tenía el aspecto de lo que era, un hombre de éxito en su profesión, un feligrés practicante, un pilar de la comunidad, el mismísimo hombre de Dios. Los labios de Jocelin se curvaron con disgusto.

El doctor Lucius Sinclair agitó los brazos hacia delante y hacia atrás, tomando grandes bocanadas de aire para luego expulsarlo en forma de vaho, a continuación salió por la senda de piedra que atravesaba el jardín. Jocelin dejó que pasara junto a él con paso ligero, entonces fue tras él y lo llamó.

—¿Doctor Lucius Sinclair?

El hombre se volvió con brusquedad, puso cara de enfado y retrocedió con paso airado hacia Jocelin.

—Esto es una propiedad privada, señor.

—¿Es usted Lucius Sinclair?

Irguiéndose, asintió.

—He venido a comunicarle que Mr. Frank Fawn está muerto.

El doctor no dio muestras de reconocerlo, pero Jocelin estaba acostumbrado a los tipos como él.

—Por lo tanto no verá más tampoco a Millie ni a su primo James.

Sinclair se puso rojo, luego morado, y gritó:

—¡Fuera de aquí! ¡Fuera de mi propiedad!

—No levante la voz, Sinclair, o lo que tengo que decirle será repetido ante un tribunal —Jocelin echó un vistazo a la casa y luego al doctor. Sinclair cerró la boca de golpe—. Excelente. Tengo muy poca paciencia con monstruos como usted, Sinclair, así que seré breve. Sé que compraba los favores del pequeño James Pryne y los de la pequeña Millie.

En ese momento el rostro del doctor había perdido

el matiz rojo tomate. Cuanto más hablaba Jocelin, Sinclair se asemejaba más a un cadáver de tres semanas. Interrumpió a Jocelin.

—Ella... ella podía haberse negado —dijo—. Fue culpa suya. El chico podía haber dicho que no.

Jocelin bajó los ojos y cuando volvió a mirar al doctor, Sinclair dio un paso atrás ante la expresión de odio que encontró.

—Sí, claro —dijo Jocelin con calma—. Entiendo. ¿Qué edad tiene, doctor, cuarenta y nueve? James tiene apenas los catorce. Millie unos nueve. Cuarenta y nueve, catorce, diez. Y aun así, estos chicos son responsables de sus abusos, no usted. ¿Sabe cuántas veces he oído eso mismo de hombres como usted?

—Pero...

—Si vuelvo a oír eso de usted, lo lamentará.

Los ojos del doctor se movieron a un lado y otro, como si estuviera buscando un arma en el helado jardín.

—Ahora bien, doctor, yendo al grano. No estoy interesado en si acepta la responsabilidad de su crimen, y es un crimen, señor. Un crimen equiparable al asesinato. Peor, porque usted asesina las almas de los niños. No, no estoy interesado en su arrepentimiento ni en su redención. Sólo estoy aquí para decirle que unas cartas que cuentan sus crímenes van a ser enviadas mañana por correo a todos sus pacientes de aquí y de Londres.

Se detuvo cuando Sinclair emitió una exclamación ahogada. Jocelin lo contempló con interés relajado mientras el doctor se balanceaba sobre los pies.

—Me complace tanto que me crea. Y ya que me cree, me tomaré la molestia de subrayarle que un caballero inglés enfrentado con un apuro como el suyo debe pensar en su familia. Tome la salida más honrosa, Sinclair. Si lo hace, las cartas nunca serán enviadas.

Sin esperar una respuesta, Jocelin abandonó al doctor allí de pie en su jardín cubierto de nieve y se alejó por la verja trasera. Cuando la puerta de hierro forjado se cerró con su sonido característico, creyó vislumbrar algo en Larch Lane por el rabillo del ojo, pero cuando se volvió, no vio nada. Un conejo buscando comida, sin duda. Jocelin se dirigió al centro del pueblo, retomando su camino por la nieve embarrizada. Se encontraba a mitad del camino cuando oyó un disparo que provenía de la casa de Sinclair. Se detuvo mientras el sonido resonaba a través de los árboles, luego continuó la marcha, con paso ligero, sus labios contraídos en un silbido.

Regresó a Willingham con sólo un poco de retraso, y se dirigió directamente a la tienda de la modista. En el momento de entrar, la familiar oscuridad de espíritu se había apoderado de él, la consecuencia inevitable de la horrible tarea que había concluido. Luchando contra un sentimiento acuciante de desesperanza, preguntó por Miss Elliot.

No estaba allí. Le indicaron que se dirigiera a la sombrerería de al lado, donde encontró a Miss Elliot probándose un sombrero nuevo. Entró cuando se estaba atando el lazo de seda verde bajo la barbilla. Se detuvo y observó con tristeza mientras ella se estudiaba en el espejo. Su mano tocó los adornos rígidos de encaje que había bajo el ala, y sobre la cual reposaban rosas rosas. De repente le invadió la alarma.

Jocelin había dejado a Sinclair sintiéndose sucio; incluso después de oír el disparo, se había sentido deshonrado. A pesar de todo, al contemplar a Miss Elliot, su desaliento se había desvanecido un poco. Liza se había quitado la capa, revelando unos faldones que colgaban de unas caderas curvilíneas. Estaban levantados por algunos lados, recogidos por unos lazos que descubrían unas enaguas de encaje que susurraban con sus movimientos. Se mantuvo en silencio, escuchando ese sonido femenino, deleitándose con los toques delicados y rápidos de sus manos sobre el sombrero, las rosas y el encaje.

Allí yacía un mundo bien alejado de la perversidad de Lucius Sinclair y sus hermanos. Querida Miss Liza Elliot. Exenta de fealdad, con su sombrero de encaje y sus faldas susurrantes, emanaba un influjo de paz, elegancia y femineidad. Liza tiró de los extremos de las cintas de seda que formaban el lazo bajo su barbilla. La tela siseó, a continuación cayó impulsada por el delicado tirón de sus manos. Levantó el sombrero. Un dependiente lo tomó y ella se colocó unos rizos dispersos con unos golpecitos.

Escogió otro sombrero de un expositor de la mesa. Unas cintas de satén azul pálido revoloteaban al tiempo que Liza giraba sobre sí sujetando el sombrero con los brazos estirados; el corazón de Jocelin giró también con ella. Apartó la vista de Liza Elliot y frunció el ceño ante sus botas húmedas. Seda, encaje, y Miss Liza Elliot describiendo un círculo.

Dios, ¿qué significaba esa sensación? ¿Por qué quería que esta escena durara para siempre? Inhaló una bocanada profunda de aire. Estaba relacionado con ese monstruoso Sinclair. El encontrarse cerca de ese tipo de gente siempre lo turbaba. Sí, se trataba de eso. Nada excepto nervios. Esto no le hubiera ocurrido de encontrarse en el Oeste. Podría haber echado a Sinclair a los comanches y después haberse comido un banquete de doce platos.

—Milord, no lo había visto.

—¿Perdone? ¡Ah, sí, bueno, no quería interrumpir sus quehaceres, Miss Elliot!

¿Era su imaginación? Lo estaba mirando fijamente, con una mirada tranquila que no era propia de ella. Y tenía una expresión muy peculiar en su rostro, como si acabara de descubrir que era un santo. Quizás estaba recordando lo que le había hecho en la sala de estar. Después de todo, era la joven dama más pura que jamás había conocido. Debía recordarse el ser caballeroso.

La condujo al carruaje y permitió que el frufrú de las faldas amainara su infelicidad. Entonces vio las botas de ella. Estaban mojadas. Alertado, siempre desconfiado, se preguntó por unos instantes si lo habría seguido hasta la casa de Sinclair. Teniéndolo en cuenta, había percibido ese movimiento furtivo en Larch Lane.

—Sus botas, Miss Elliot.

Liza les echó una mirada mientras él se acomodaba frente a ella en el carruaje y suspiró.

—Sí, milord. Me temo que he perdido la compostura y he atravesado la calle corriendo para saludar a una conocida que no veía desde hacía mucho tiempo. Me encontré en la nieve antes de darme cuenta de lo que estaba sucediendo.

Debería haberse dado cuenta de lo ridículo de sus sospechas. Se podía imaginar con facilidad a Miss Elliot poniéndose nerviosa y abalanzándose en un montón de nieve. Era más difícil de imaginar a esta delicada criatura educada rebajándose persiguiendo a un caballero por sí misma.

Jocelin se recostó contra los cojines de piel del carruaje. A medida que sus músculos se relajaban, advirtió cómo había pasado de la tranquilidad a la inquietud más violenta, para volver a la tranquilidad. El contraste le demostraba el gran peaje que la cruzada autoimpuesta le estaba pasando. No había pensado en el coste a largo plazo, y ahora, con Miss Elliot allí, frente a él, a modo de recordatorio gentil y apremiante, deseaba mucho más de esa tranquilidad.

Liza no notó su silencio, ya que estaba ocupada arreglando una manta sobre su regazo. Tomando otra se la entregó a él. Jocelin se incorporó para aceptarla, y capturó una ráfaga de limón. Su mirada se dispersó por el encaje de su sombrero, por los guantes de piel que enfundaban sus manos. Liza se movió y sus faldas susurraron de nuevo. Los ojos de Jocelin se detuvieron en el vestido azul marino y en la capa a juego. El color de sus ojos se había vuelto de un verde mar azulado, hubiera jurado que en la tienda de la modista eran marrones. Color avellana, así eran.

—¿Milord, ocurre algo?

Jocelin parpadeó ante ella. ¿Qué estaba haciendo?

—No, no. Tan sólo estaba pensando que pocas damas de las que conozco se preocuparían de encargar vestidos a modistas y sombrererías locales.

—Bueno, pero ellas necesitan mi ayuda —dijo Miss Elliot—. Ambas mujeres tienen familias que mantener, milord. Los caballeros no se dan cuenta de la cantidad de mujeres que tienen que sustentar a sus hijos por sí solas. No es un caso aislado, ¿sabe?

Ella continuó, pero él no la escuchaba. Estaba demasiado ocupado castigándose. ¿Qué le ocurría? Se había permitido a sí mismo rendirse ante una mujer. ¡Una mujer! Estaba allí sentado lánguido y encaprichado, como uno de esos locos en los poemas de Byron. Denigrante. Era por culpa de Sinclair. Sí, eso era. Nunca había estado con una mujer tan pronto después de concluir uno de sus trabajos, y después de todo, Liza Elliot era una distracción apremiante. Sí, sin duda se había distraído. La deseaba. Eso era todo, tan sólo se trataba de otro síntoma de su lujuria. No cabía otra posibilidad, había perdido el control a causa del retraso en conseguir a Miss Gamp.

Jocelin sonrió a Miss Elliot al recordar la esencia a limón. Quizá necesitaba una distracción. Una vez recuperado de sus heridas de la guerra de Crimea, había partido a América, llevándose a ese monstruo de Tapley consigo. Realmente no había tenido un respiro. Era obvio que necesitaba diversión. Eso decía Nick. Loveday así lo decía, pero sus recomendaciones a Jocelin en cuanto a las actividades eran mucho más serias que las de Nick.

Miss Birch se encontraba cómodamente instalada en una posada del pueblo, pero de algún modo la experiencia de Miss Birch le repelía en ese momento. Se había hartado de Octavia y del resto. Jocelin observaba cómo se movían los labios de Miss Elliot al hablarle con suavidad. Eran de un rosa pálido.

De repente pensó en que nunca había estado con una mujer inexperimentada. Siempre antes había estado interesado en divertirse, y en demostrarse a sí mismo que lo que Yale había dicho de él no era cierto. Sin embargo, desde que había vuelto de Crimea, había llegado a la conclusión sobre lo que Nick y sus amigos le habían estado repitiendo durante años. Los esfuerzos por atraer a las mujeres por su parte eran superfluos. Éstas acudían a él, como las luciérnagas en una noche sofocante en Tejas.

Percatándose de esta realidad, la excitación por la

conquista había desaparecido. Se encontraba cada vez más insatisfecho, inquieto, desinteresado en las mujeres que lo cortejaban. Algunas de ellas ansiaban su persona, otras su título; ninguna se preocupaba por su corazón. No, eso no era cierto. A aquellas que podrían haberlo hecho él las había evitado, abriéndose por tanto al resto: las depredadoras. De este modo sólo se tenía a sí mismo para reconocer su propia infelicidad. Quizá lo irreflexivo de sus planes lo había llevado hasta ese punto, donde por fin era capaz de apreciar a la única Miss Elliot.

Apreciar. Esa era la palabra exacta. No había necesidad de sumergirse en palabras cargadas de excesivo sentimentalismo. Todavía no había encontrado a ninguna que le hiciera sentirse como si estuviera cabalgando al borde de un látigo azotador, que lo arrojara de la tranquilidad a la lujuria inflamable hasta que sintiera vértigo con cada movimiento rápido. Quizá se había equivocado al decir que no congeniarían. ¿Qué le estaba ocurriendo? Nunca vacilaba de ese modo. Si deseaba a una mujer, la seguía sin pensar en el futuro ni en el matrimonio. Y sin embargo... podrían congeniar. Sabía cómo podía averiguarlo.

—Miss Elliot, ¿le gustan los versos de Baudelaire?

Jocelin adoraba el modo en cómo se sorprendía y enrojecía.

—¿Perdón?

—Vamos, no debe temer el parecer poco femenina.

Liza tartamudeó, a continuación irguió los hombros y lo miró airada.

—Sus modales, milord.

El vizconde rió entre dientes y se sentó junto a ella. Se enzarzaron en una guerra de tira y afloja con la manta de ella. Liza perdió, y él se deslizó bajo ella. Miss Elliot se cobijó en un extremo del carruaje, pero él la siguió.

—Milord, está perdiendo la compostura.

—Le aseguro que no.

Deslizando un brazo alrededor de su cintura la atrajo hacia sí. Ella protestó cuando la levantó, su voz subió tanto que Jocelin le tapó la boca.

—¡Sss...! ¿Quiere alarmar al cochero?

Liza lo miró con el ceño fruncido por encima de su mano enguantada y agitó la cabeza. Él apartó la mano, pero la reemplazó por la boca. Liza jadeó, impeliendo su dulce aliento entre los labios de él. Ella ya le había respondido antes, y había traicionado su propio deseo por él. Su ignorancia la ponía en desventaja. Desgraciadamente para ella, el vizconde no tenía conciencia cuando se trataba de tomar a una mujer que deseaba, ni siquiera a una ingenua, parecía. ¿Y de qué otra forma iba a averiguar él si se llevarían bien?

Absorbió su lengua, pero Liza le golpeaba. Jocelin consiguió capturarle ambas manos, a pesar de lo cual ella continuaba revolviéndose en su regazo. Los movimientos oprimían sus nalgas contra la ingle de Jocelin. Se revolvía con violencia, arriba y abajo, de un lado para otro, hasta que Jocelin sintió como si su sexo fuera a estallar. Apartó su boca.

—¡Cálmese!

Sin darle una oportunidad para responder, la besó de nuevo. Esta vez se apartó de su boca dándole pequeños mordisquitos hasta las sienes, y entonces le sopló en el oído. En ese momento ella se arqueó y gimió. Jocelin sonrió al tiempo que deslizaba la mano hacia su pecho. Había miles de pequeños botones por la parte de atrás del vestido. Fue soltando uno a uno mientras le hacía arrumacos en el oído y le susurraba cómo le hacía sentirse. Cuando empezó a hablarle, Liza se quedó paralizada y clavó los ojos en él como si nunca antes un hombre le hubiera hablado. Quizá hubiera sido así. No de ese modo. La mantuvo atenta con sus palabras, diciéndole lo suave que era, lo distinta a él.

Colocando la mano de ella sobre su pecho le murmuró:

—Siénteme. Siente mi dureza. —Ahuecó su mano sobre el pecho de ella—. Es tan suave, tan incomparablemente suave.

Lo estrechó, acariciando la punta, y al final ella cerró los ojos. Ahora su respiración era acelerada. Jocelin le aflojó el vestido, introdujo las manos por debajo y con delicadeza se lo bajó. Para distraerla, empezó a besarla, pero aun así ella intentaba detenerlo.

Otra distracción, entonces: las piernas. Deslizó la mano bajo las faldas y le tocó el tobillo. Gimió y se retorció, el vestido cayó por debajo de los hombros. Se echó las manos al pecho. El vizconde avanzó sus dedos por la pantorrilla hasta la rodilla. Liza se llevó las manos a las piernas. Él volvió a los botones, soltando unos cuantos más. Cuando ella le apartó, se centró en sus rodillas. Liza le siguió, para percatarse entoces de que la boca de Jocelin se había fijado a su cuello.

Se encontraba ahora debajo de él, el pecho palpitante, luchando contra él al tiempo que intentaba no hacer ruido. Decidió que sus piernas peligraban más que su pecho, y con ambas manos se aferró a las muñecas de Jocelin para impedir que le tocara los muslos. Él le musitó palabras tranquilizadoras, luego le besó la garganta, acto seguido recorrió el cuello del vestido con la lengua, apartó la tela y llegó hasta su pecho. Al contacto de su boca, Liza gritó y se agarró a la mano que acariciaba su muslo, pero cuando él succionó, la presión cesó.

Sintiéndose victorioso, Jocelin rozó su pezón con los dientes, haciéndola gimotear. Se aprovechó de su confusión y succionó con más fuerza, avanzando con la mano cada vez más arriba de su muslo durante todo el tiempo. En unos instantes, ella no querría que parara. El reconocerlo hizo que la reducción de la marcha del carruaje fuera más duro de aceptar. Liza no lo advirtió, pero él podía asegurar que estaban girando por el camino que cruzaba las tierras de Stratfield Court.

Apartó la boca de su pecho. Murmurándole en el oído, acarició su muslo al tiempo que tiraba de ella para levantarla.

—Liza, Liza, querida, encuéntrese conmigo esta noche.

Apenas podía oírla.

—¿Qu... qué?

Ahuecando su mano en el pecho de Liza, lo acarició con delicadeza mientras la apartaba ligeramente de él. La besó, y entre beso y beso le habló, sacándola con cuidado del límite de la rendición.

—Liza, la necesito. ¿Me escucha, amor mío? La necesito.

Liza tenía la mirada perdida. Jocelin le subió el vestido y comenzó a abrochárselo. Cuando sintió que el vestido le cubría el pecho, parpadeó y lo miró directamente. Él le mantuvo la mirada y puso todo el poder recién adquirido sobre ella tras sus ojos.

—La necesito, Liza.

—Milord, no le comprendo.

Le abrochó el último botón, recogió el manto de ella y la besó de nuevo. Retirándose, Jocelin frotó su labio inferior con la yema del pulgar al tiempo que le besaba el lóbulo de la oreja y le hablaba en un susurro de tal forma que el hechizo aún la aprisionaba.

—La necesito, querida, querida Liza.

Ella le frunció el ceño, desconcertada, así que Jocelin tocó sus labios con la lengua, bañándolos y haciéndola estrechar su cuerpo contra el de él.

Acto seguido le musitó:

—Escúcheme, la necesito. Liza, a usted, su dulzura embriagadora, su delicado cuerpo. ¡Desnudez completa! *Todos los placeres os son debidos,/ como almas incorpóreas, deben estar los cuerpos desnudos/ para saborear íntegros los placeres.*

Debería haber sabido que ella oiría tan sólo una palabra. Se sentó erguida.

—¡Desnudez! —Liza salió impulsada de sus brazos y se cruzó al otro asiento, donde tiró del manto hasta la barbilla, mirándolo airada—. Sois… sois… sois.

Con sonrisa burlona, él asintió.

—¿Sí?

—Sois, sois…

—¿Un animal?

—No, sois…

—¿Un canalla?

—¡Un monstruo!

Jocelin rió. Estaba tan enfurecida por un pecado tan pequeño. No había conocido a nadie tan inocente hacía años. No podía recordar haber visto las mejillas de una mujer adoptar esa sombra de rosa violento. Empezaba a pensar que se llevarían bastante bien. Capturó sus manos mientras ella le balbuceaba; entonces, al tiempo que el carruaje aminoraba la marcha al aproximarse a la casa, él habló incluso a la vez que reía entre dientes.

—Ahora, cálmese, Liza, amor mío, o se traicionará a sí misma ante los sirvientes y el resto. Una mirada a ese bonito rostro enrojecido, y el cochero propagará por todo el condado que tomé su virginidad mientras nos conducía a casa. ¡Shh…!

Se retorció entre sus manos e intentó darle un puntapié.

—¡Dios! —dijo mientras frenaba su pie, sonriendo con sorna todo el rato—. Y yo que pensaba que era una criaturita dócil y sumisa.

—¡Sois un monstruo! ¡No me toque!

—Acostúmbrese a ello, Liza, querida mía. Voy a tocarla, y a tocarla, y a tocarla, y usted va a permitírmelo.

Él la besó cuando Liza se quedó boquiabierta mirándolo, sin habla.

—Va a permitírmelo, Liza, amor. Si cree que después de haberla saboreado este poquito me conformaré con menos que todo su ser, sois más inocente de lo que imaginaba.

Capítulo *11*

*L*iza tocaba el piano mientras una de las invitadas, lady Honoria Nottle, cantaba. Liza no estaba prestando mucha atención a Honoria, ya que si lo hacía, la forma de hablar de la pobre chica la volverían loca. Honoria no podía pronunciar la letra «l». Durante las dos últimas semanas lady Honoria la había estado llamando «Wiza».

Honoria Nottle era una de las mujeres destinadas a probar la paciencia de Liza hasta más no poder. Consideraba una noche de verano como perdida si no podía hacer una ronda por un jardín en busca de «diminutos conejitos o ardillitas». Su vida rezumaba sentimentalismo, un sentimentalismo empalagoso y necio. Si Liza no la hubiera necesitado como refugio contra lord Jocelin, le hubiera dado un puñetazo en la nariz por su intolerable sensiblería. En ese momento, sin embargo, necesitaba a Honoria, porque los caballeros habían regresado de cazar y vendrían a tomar el té.

Llevaba dos semanas de sufrimiento jugando al papel de hija deferente. Dos semanas cuidando sus palabras por miedo a revelar su descubrimiento acerca de

Jocelin Marshall. El día del carruaje lo había seguido hasta Larch Lane, con la intención de conocer en lo que estaba metido, y había temblado detrás del cenador cuando él había acorralado a Lucius Sinclair. Escuchó las acusaciones de Jocelin estupefacta y horrorizada. El horror se había transformado en repulsión y furia al comprender la magnitud de la perversión de Sinclair. Y luego estaba Jocelin Marshall.

Siempre había sabido que el vizconde era un asesino. Las historias de sus hazañas en la frontera de Estados Unidos hablaban de salones, whisky y tiroteos. Nunca se había mencionado una palabra de sus ocupaciones en Inglaterra, y entrañaban un peligro aún mayor. Estaba todavía aturdida por lo que había oído. Era obvio que lord Jocelin había descubierto un refugio del diablo en esa llamada casa de huéspedes y se había resuelto a eliminar esa plaga del mundo.

Evidentemente estaba volcado en rescatar a esos niños y en garantizarles la seguridad localizando al mayor número posible de sus abusadores. Haciendo esto se había puesto a sí mismo fuera de la ley. ¿Qué ley? Liza sabía demasiado bien cómo la gente pasaba por alto los pecados cometidos contra los olvidados niños de los suburbios. En realidad, según decía Toby, muchas de las propiedades en las cuales tales perversiones tenían lugar pertenecían a baluartes de la sociedad.

Aún podía sentir las repercusiones de la conmoción cuando se dio cuenta de lo que Jocelin Marshall estaba haciendo. Aún podía sentir como si alguien le hubiera arrojado un cubo de nieve sobre la cabeza. Este hombre, que rescataba a niños y acorralaba a tipos soeces como Sinclair, este hombre no era un asesino. Y por tanto, al fin, sin pretenderlo, había descubierto la verdad.

Para mortificación suya, el conocer la verdad la había hecho vulnerable. El vizconde convertido en un cruzado inverosímil. Cuando se transformó en un seductor, no había estado preparada. Era prácticamente su culpa. Después de todo, su primera fiesta de presentación había durado sólo unas pocas semanas. Los jóvenes se habían interesado en ella, o más bien en su herencia, pero sólo le bastaba abrir la boca para hacer que huyeran como si se encontraran ante una plaga de tábanos. No, no había estado preparada, ya que nunca nadie le había hecho el amor. Debería avergonzarse por gustarle tanto.

Estaba avergonzada. El vizconde casi la había seducido en su propio carruaje. Los dedos de Liza recorrían con torpeza las teclas del piano al recordar el encuentro en la salita de estar y el trayecto de vuelta a casa desde Willingham. Jocelin Marshall podría ser un salvador compasivo de niños, pero era rudo cuando se trataba de satisfacer sus propias apetencias. Esta era la causa por la cual, durante las dos últimas semanas, Liza se había pegado como una sombra al resto de mujeres invitadas.

Su elección era limitada, sin embargo, porque sólo dos mujeres aparte de ella y su madre permanecían en la casa durante la estancia campestre. Honoria era una de ellas, y la otra se trataba de la viuda lady Augusta Fowel, viuda de lord Watkin Fowel. Esta última nadaba en la beatería y estaba siempre recomendando a Liza que leyera edificantes folletines.

En cuanto a la composición de los asistentes, su padre había sido bastante claro con respecto al objetivo de la estancia en la casa de campo. Si ella hubiera sido uno de los caballeros invitados, hubiera huido al inspeccionar la pobre compañía femenina. A ninguno se le había ocurrido alabar más la riqueza e influencia de su padre que los atractivos de Liza. Ella era bastante consciente de este hecho. Lo que empeoraba las cosas era que habían llegado más caballeros la semana anterior. Entre ellos se encontraba Asher Fox, el aspirante político y amigo del vizconde. Sospechaba que su padre lo había invitado a instancias de Marshall, ya que los tres habían tenido conversaciones prolongadas en compañía del oporto en la biblioteca.

Cualesquiera que fueran las intenciones de su padre, la presencia de Fox la favorecía para observarlo, considerando la posibilidad de que fuera un asesino. Tras descubrir la inocencia de Jocelin, Liza había hecho un recuento sobre su reducida lista de sospechosos. Ésta incluía aún a Arthur Thurston-Coombes, a Halloway y a lord Winthrop. Fox estaba también en la lista, sin embargo vacilaba en considerar al heroico Fox entre ellos, o al encantador Coombes. En realidad, cuanto más miraba a estos dos hombres, menos asesinos le parecían. No obstante, no podía lógicamente excluirlos todavía. ¡Dios santo, se sentiría feliz una vez que resolviera este horrible misterio!

Liza dio el último acorde de la canción en el instante que Arthur Thurston-Coombes y Nick Ross entraban sin prisas en el salón. Honoria les hizo una reverencia mientras la aplaudían, y Liza intentó escabullirse para pasar inadvertida. Sin embargo, Nick fue demasiado rápida para ella.

—¡Miss Elliot!

Nick hizo una inclinación de cabeza. Liza suspiró, porque a Mr. Ross le había dado por burlarse de ella allí donde la encontrara. Lo que la hacía sufrir más era que Mr. Ross era casi tan guapo como su amigo el vizconde, aunque mucho más fácil de tratar. Ser burlada por un hombre que se asemejaba al débil Tristán sin su Isolda o su melancolía la incomodaban terriblemente.

—Miss Elliot —repitió Nick Ross—. Tímida Miss Elliot, ¿se da cuenta del gran sufrimiento que está causando en esta casa?

Liza se levantó del banco del piano, y Mr. Ross se colocó allí para ofrecerle el brazo, el muy tostón. La condujo deambulando por el salón.

—¿Yo? —preguntó.

—Sí, usted, Miss Elliot.

Mr. Ross le sonrió, Liza se acordó de bajar la mirada. Se suponía que era una criatura virginal y reservada.

—¿Es posible que no se haya dado cuenta de lo mucho que nuestro querido Jocelin está sufriendo a causa de su negativa a concederle vuestra compañía?

Liza se tensó.

—Creo que he sido cortés con su excelencia en todo momento.

—Por supuesto que lo ha hecho, pero el pobre y querido Jos esperaba más. Languidece, un caballero pálido que enferma por el deseo de la compañía de su amada dama.

—Realmente, Mr. Ross, habla como Sir Walter Scott.

—¿No tendrá piedad del pobre Jos?

—Mi intención es encargarme de que todos mis invitados se sientan a gusto.

—¡Qué amable por su parte! —Nick miró por encima del hombro de Liza—. Entonces ahí tiene su oportunidad.

Liza se giró descubriendo a Jocelin Marshall que se dirigía hacia ella. Una simple mirada a su semblante austero fue suficiente para hacer que se escurriera del salón farfullando excusas entrecortadas a Nick. Pasó rozando al vizconde, haciendo que éste vacilara y frunciera el ceño a Nick.

Liza salió prácticamente corriendo del salón de música. No podía evitarlo. Jocelin Marshall la aterraba. Sus padres estarían furiosos, pero no le importaba. El objetivo de su vuelta a casa estaba cumplido. No podría soportar otra tarde de conversación en la cual su padre y sus invitados hablaran de política mientras se esperaba que ella escuchara y asintiera con conformidad ciega. Y, naturalmente, también estaría el vizconde, lanzándole miradas furtivas que incendiaban sus mejillas.

Tenía un modo de capturar su mirada y hablarle sin hablar. Podría encontrarse en el otro extremo de la habitación, pero su mirada le diría: «Quiero besarla de nuevo» o «Recuerde cómo la toqué, deseo hacerlo otra vez». Cada frase silenciosa la hacía estremecerse y acalorarse al mismo tiempo. No podría soportarlo de nuevo. Sólo el contemplar esa posibilidad la ponía nerviosa. Se calmaría yendo a patinar al estanque.

Dejando un mensaje de que se había ido a visitar a los pobres, Liza se escapó al estanque helado con Emmeline y un calesín. Enfundada en su traje de patinar, dejó a su doncella con té caliente y pasteles de fruta mientras se deslizaba por el hielo. Después de unos cuantos minutos de carrera alrededor del estanque, comenzó a dar saltos y vueltas. La concentración necesaria para saltar en el aire con las finas cuchillas en el hielo pronto eliminó la tensión de su cuerpo.

Extendiendo una pierna, comenzó a girar vertiginosamente, la fuerza del giro la hizo sentir como si pudiera dar vueltas fuera de su propio cuerpo. Sonrió a medida que disminuía la velocidad, y con delicadeza tocó con la punta del pie el hielo. Sin esperar a que disminuyera su impulso, comenzó a deslizarse otra vez. Emmeline la observaba desde el calesín y Liza la saludó con la mano. La doncella le respondió con el mismo gesto, acto seguido la llamó y le señaló algo detrás de Liza.

Liza echó un vistazo por encima del hombro a tiempo para ver un delgado cuervo que se abatía en picado sobre ella. Jocelin Marshall corría hacia ella, se inclinó hacia delante cuando se aproximó y la cogió en los brazos. Liza gimió y se aferró a las solapas de su largo abrigo negro.

—¡Bájeme!

—¡Vaya, el cisne de nieve tiene más carácter que el gorrioncito de la casa!

No se atrevió a golpearle por miedo a que la dejara caer. El cuerpo de Jocelin se desplazó a un lado y ella advirtió que iba a girar.

—¡No se atreva!

—¡Shh…! Confíe en mí.

Sin ningún esfuerzo se giró y se lanzó en una espiral. La sensación de flotar la hizo agarrarse alrededor de su cuello y enterrar la cabeza en su hombro. Sintiendo como si se encontrara en medio de un ciclón, Liza apretó los dientes y se enganchó a él. Finalmente Jocelin redujo la velocidad y se detuvo. Liza levantó la cabeza y vio cómo él sonreía burlón. Ella le frunció el ceño y agitó los pies.

—Bueno, bueno, Miss Elliot —dijo—. Empezaré a girar de nuevo.

—¡Bájeme!

—Sus mejillas están sonrojadas —la mirada de él recorrió su rostro y se detuvo en sus labios—. Me asombra lo rápido que late su corazón.

—¡Bájeme, des... des...

Jocelin soltó el brazo que le sujetaba las piernas y ella se hincó como el plomo con una sacudida. Al mismo tiempo, él la estrechó contra sí con el otro brazo. Mientras luchaba por mantener el equilibrio, él colocó la mano sobre su corazón.

—No puedo sentirlo en absoluto —dijo con tono de sorpresa jocosa.

Acto seguido deslizó la mano por debajo del manto de Liza. Ella protestó, entonces reprimió el grito al recordar a Emmeline. La mano de Jocelin serpenteó sobre sus pechos, y a continuación desapareció. Capturó las manos de Liza al tiempo que ella mascullaba furiosa.

Furiosa por estar siendo tratada como un poni, liberó sus manos de un tirón y se apartó precipitadamente de él. Se escapó antes de que pudiera detenerla, pero Jocelin salió tras ella. Sus pasos eran mucho más largos que los de Liza. Ésta miró por encima del hombro viendo cómo él le ganaba terreno mientras cruzaba el estanque. De repente le sobrevino un deseo de venganza. Agitándose ante él, se giró con rapidez y se dirigió veloz en el sentido contrario. Se abalanzó con ímpetu hacia él, entonces con brusquedad se giró de un lado. Las cuchillas de los patines cortaron el hielo, levantándolo ante ella y cayendo en el rostro del vizconde.

Liza escuchó cómo tomaba aire al tiempo que el hielo azotaba su cabeza y hombros.

Sonrió y le gritó:

—¡No respire!

Demasiado tarde. Con gran esfuerzo se detuvo e inhaló dentro de la nube de hielo, con lo cual se atragantó. Sus ojos se agrandaron y tosió, escupiendo hielo. A

—Liza Elliot, sois una víbora —levantó el otro pie y la cruzó por encima de ella—. Y una incumplidora de sus promesas. Y se miente a sí misma.

—¡No es cierto! —desgranó con los dientes apretados.

Jocelin se cruzó de brazos y dejó que su mirada viajara por todo su cuerpo. Suavizó el tono de su voz.

—Quiero esa prenda y la voy a conseguir.

—No, no lo conseguirá. No soy una niña para jugar a esos estúpidos juegos.

Su respiración se entrecortó cuando él se dejó caer sobre una rodilla junto a ella.

—Me pone el dulce en la boca, Liza; y después me deja que me muera de hambre. De haber hecho eso mismo otra mujer, hubiera dicho que estaba intentando seducirme. No voy a morirme de hambre por más tiempo.

Tocó su mejilla con los dedos enguantados.

Ella apartó la cabeza para evitar su contacto.

—No sé lo que pretende.

Inclinándose más sobre ella, Jocelin le regaló una sonrisa lenta y deliberadamente magnética.

—¿Sabe su padre que usted viene a patinar?

Liza quedó boquiabierta.

—Pensaba que no. Y creo que puedo apostar por que se encargaría de que nunca más patine si descubre estas pequeñas aventuras suyas. ¿Qué piensa?

—No me importa —dijo Liza—. Dígaselo si quiere.

—Si lo hago, pasará mucho más tiempo con la fascinante Honoria Nottle, y con lady Augusta. ¡Qué excitante para usted, *Wiza*!

Estuvo a punto de acobardarse. Le quedaban aún dos semanas más de estancia en Stratfield Court. ¿Cómo iba a soportar todos esos días si tenía que pasarlos con Honoria y lady Augusta? No podía marcharse repentinamente y atraer una atención que pudiera interferir en sus investigaciones. De tener que desaparecer de súbito, no podría espiar a Asher Fox, ni a Arthur Thurston-Coombes. ¡Maldición, maldición, maldición!

—Estoy esperando su respuesta.

Con un siseo le respondió:

—Chantaje, milord.

—Respóndame.

—La cumpliré, y espero que usted coja un resfriado.

Jocelin sonrió y ahuecó la mano sobre su barbilla.

—Va a pagarlo caro por su temperamento fuerte, verdadera viborita.

—Acabe con ello —había perdido la batalla hacia rato para mantenerse comedida—. ¿Qué quiere?

—Encuéntrese conmigo esta noche en el invernadero.

Lo miró fijamente sin encontrar ni rastro de remordimiento ni culpabilidad en sus ojos.

—No.

—Entonces iré a su habitación.

—¡No!

—A la una en punto.

Él se levantó y le ofreció la mano. Ella lo ignoró, así que Jocelin se inclinó, deslizó las manos bajo sus brazos y la ayudó a ponerse en pie.

—No lo haré. Es indecoroso, y está intentando, intentando…

—No sabe lo que estoy intentando hacer —dijo Jocelin mientras le apartaba un rizo suelto del rostro—. Ahora, sea una buena chica y mantenga su palabra. Esperaré diez minutos. Si no está allí, me presentaré en su alcoba. —Se inclinó y le susurró en el oído—: He descubierto el camino del ala de las damas, y sé cuál es su habitación.

Lo apartó con un empujón.

—No se atreva, no, no… la habitación de mi madre está junto a la mía.

El vizconde sonrió ligeramente.

—Razón de más para que usted cumpla su palabra.

No había duda de que él creía que podía seducirla. Quizá necesitara aprender que no todas las mujeres languidecían bajo sus caricias. Le gustaría de todo corazón ser la mujer que se lo demostrara. Liza le lanzó lo que ella esperaba que se asemejara a una mirada tranquila que escondía tanto su irritación como su inquietud.

—Mantendré mi promesa si me promete a cambio que se comportará con decoro.

Jocelin Marshall le ofreció el brazo con uno de sus ademanes más educado y noble.

—Lo haré, Miss Elliot.

Su aprensión se desvaneció cuando él continuó.

—Cuidaré mis modales —se detuvo un momento antes de ofrecerle esa mirada de pistolero—. Cielo, me comportaré. Quiero decir, en tanto usted lo desee.

continuación sacudió la cabeza, enviando una ráfaga de polvo nieve sobre ella, que estaba describiendo un círculo a su alrededor. Protegiéndose la cara con los brazos, rió nerviosa mientras Jocelin soplaba y jadeaba. La miró con gesto de enfado al tiempo que se frotaba el abrigo, el pelo y el rostro. El hielo salpicaba sus hombros, sus cejas y tenía una mota en la nariz.

Se deslizó hacia él y le quitó el hielo de la nariz.

—Se ha dejado un poco.

—¡Maldita sea! —se frotó la cara con la mano enfundada.

—Tiene más en los hombros.

—¿Cree que no lo sé, mujer? —Se dio unas palmadas en las solapas del abrigo, desprendiendo por completo los restos de hielo de sus hombros.

Liza se controló para no sonreír ante su resentimiento. No creía que él fuera consciente de que sus mejillas estaban rojas de disgusto. Tampoco podía sospechar que le recordaba a un niño, cuyo intento por atraer la atención de una niña tirándole de las trenzas, había provocado la venganza en lugar de la admiración. Jocelin se agitó, y Liza empezó a sentir remordimiento a la vez que se divertía y congratulaba. No obstante, se merecía ser por una vez el que estuviera turbado.

Mientras se recuperaba, ella tuvo oportunidad de estudiarlo. El cabello le caía por la frente arrugada por la irritación. Unas cejas rectas y oscuras se unían en el entrecejo por el gesto. Sus labios, normalmente dos curvas exuberantes, se habían afinado al contraerlos. El mentón era amplio, con la barbilla ligeramente hundida.

Tomado por separado, cada rasgo resultaba agradable. Si se agrupaban, el conjunto traía a la mente a un

ángel caído y sensual, los labios suaves, los ojos chispe-
ando en su brillo esmeralda. Su aspecto se ajustaba a su
temperamento cambiante. Podía deslumbrar y seducir,
para luego sin advertirlo tornarse aterrador y distante.

Jocelin suspiró y acto seguido se subió el cuello del
abrigo. La miró, y sus ojos brillaron encendidos en contraste con el blancor deslumbrante de la nieve de los alrededores. Cruzando los brazos sobre el pecho, Jocelin
se aseguró en el hielo.

—Sois una criaturita peligrosa —le dijo.

Ella sonrió con afectación.

—Lo siento, milord.

—Jocelin, Miss Liza. Después de haberme llevado
casi a la congelación y ahogado hasta la muerte, puede
llamarme también Jocelin.

Él se estremeció y Liza rió burlona.

—Se lo tiene bien merecido —los ojos del vizconde
se entrecerraron casi por completo, como mediaslunas,
mientras la miraba con gesto contraído.

—Fue por su culpa —le dijo ella—. Me... me tocó.

—¡Maldita sea si no es otra mujer cuando se encuentra aquí!

De inmediato, Liza dirigió la mirada a sus patines y
bajó la voz.

—¡Oh, Dios mío, estoy tan confundida!

—Ya no la creo, Liza —el tono de la voz de Jocelin
era divertido—. No, querida Liza, no pienso que me
crea que sois casi tan dócil y timorata como pensé en
un principio. ¿O es que he sacado la víbora que lleva
dentro?

Se iba acercando poco a poco. Demasiado tarde advirtió ella su proximidad. Cuando intentó huir, él la
atrapó por el brazo y la hizo girar en un círculo. Ter-

casa de campo para incluir a algunos amigos de Jocelin del regimiento. Stratfield Court hervía con ex oficiales, Winthrop, Fox, Halloway. No podía culpar a Elliot, ya que el hombre se había aprovechado de la posibilidad de reunir a los compañeros militares de su difunto hijo bajo su propio techo. Desgraciadamente, para entonces había vuelto loco a Jocelin con historias de la valentía de William Edward. Dado que Jocelin se había visto obligado a sacar a William Edward de varios apuros mortales, le resultaba difícil escuchar y asentir con admiración. Lo hacía por el bien de Asher, ya que Elliot tenía una gran influencia entre los miembros liberales del Parlamento.

Dando un sorbo al whisky, echó un vistazo al salón de fumar. Los hombres se habían reunido allí y en la sala de billar, como era la costumbre una vez que las damas se habían retirado. Le aterraban esas veladas de la noche, porque la conversación normalmente degeneraba en las proezas sexuales juveniles.

El único consuelo le llegó cuando Winthrop comenzó a darle tirones al cuello de la camisa. ¡Al infierno, si no estaba sudando! Ostentoso. Sin duda alguna había heredado algo de la rectitud del Príncipe Alberto. El pobre y querido Winthrop nunca parecía ser capaz de desprenderse de su dignidad semirreal.

Nick terminó su partida de billar con Asher y se unió a Jocelin.

—¿Cuánto tiempo más hay que quedarse, viejo amigo?

—No puedes retirarte a dormir hasta las once; una hora.

Gruñendo, Nick dio una calada al puro, acto seguido torció el gesto ante el capullo incandescente. Un ataque de risa le interrumpió. Se volvieron a ver cómo Asher Fox levantaba las manos y depositaba el taco sobre la mesa de billar. Nick le lanzó una mirada inquisidora a Jocelin.

—Asher está intentando mejorar su tiro con los ojos cerrados. Siempre apuesta que puede meter una bola de ese modo, y siempre pierde.

Al otro lado de la mesa, Winthrop les gritaba:

—Siempre pierde ante mí. Incluso en Crimea perdía sus apuestas contra mí. El peor apostador del regimiento. ¿Recordáis…?

Jocelin se evadió en silencio mientras la conversación se tornó hacia Balaklava. Odiaba recordar. Siempre que se reunían, Winthrop conducía la charla hacia Balaklava. En unos cuantos meses, él, Asher y Jocelin iban a recibir la nueva Cruz Victoria por sus méritos. Jocelin no la deseaba. Quería la reforma, el final de la compra de nombramientos, la modernización de la Armada de forma que los oficiales no tuvieran que cargar la artillería y acabar esparcidos como el barro sobre el campo de batalla.

Había habido un encuentro con la caballería rusa, justo antes del ataque de la artillería ligera. Recordaba los gritos, los había escuchado en sueños durante casi un año. Aún podía sentir la metralla que cortaba su pecho y su brazo. Aquel oficial ruso, aún veía su rostro, su bigote dorado, su sonrisa mientras intentaba acabar con él. El sable resplandeció con un destello de luz justo antes de penetrar su muslo.

—¿Jos? ¿Jos?

Levantó la vista hacia Nick mientras su amigo le susurraba algo.

—No es nada. Tan sólo malos recuerdos —Jocelin

consiguió esbozar una débil sonrisa—. Balaklava, ¿sabes? Creía que lo había enterrado dentro de mí, pero últimamente he soñado con lo que ocurrió cuando fui herido.

Arthur Thurston-Coombes se unió a ellos, al igual que el resto cuando Jocelin empezó a hablar. Asher sacudió la cabeza y alzó su vaso de whisky.

—No, querido muchacho.

—No puedo evitarlo —dijo Jocelin—. Murieron tantos de los nuestros justo entonces. Yo también debería haberlo hecho. Continúo recordando al sargento Pawkins. Se encontraba en la cama junto a la mía en Scutari. Herido al mismo tiempo. Pensé que iba a sobreponerse, y entonces una noche simplemente se durmió y falleció. Luego está Cheshire. Me gritó, advirtiéndome de forma que me volví antes de que el ruso pudiera atravesarme las costillas. Lo recuerdo cabalgando hacia mí mientras luchábamos. No comprendo lo que le sucedió.

Asher se acercó. Winthrop y Thurston-Coombes dejaron caer sus cabezas. Jocelin advirtió que Halloway había palidecido, al tiempo que el semblante desolado de Asher reflejaba sus propias pesadillas.

—No insistas en ello, Jos —le dijo Asher—. Probablemente nunca tengas claro lo que sucedió justo antes de que te desmayaras. Estuviste a punto de morir, y eso hace ver cosas extrañas en la mente de uno.

Jocelin hizo una mueca, luego sonrió irónico.

—¿Estás diciendo que estoy chiflado?

—Claro que no —Asher le dio una palmadita en la espalda y miró a Nick—. ¿Y qué hay de usted, Ross? ¿Ha estado alguna vez en la caballería?

—Yo, ummm...

—Nick ha estado en las Colonias. ¿Verdad, viejo

amigo? —Jocelin levantó el vaso hacia su amigo—. Amigos, estáis ante un hombre que posee un rancho de diez mil acres en Tejas. Ha estado allí cuidando de los intereses de la familia. Diez mil acres, ¿podéis imaginároslo? Y deberíais intentar atravesarlo en julio. El sol aprieta tanto, que el hielo se fundiría en la sombra antes de que pudierais parpadear. Te consume como a una pasa para luego convertirte en polvo. Serpientes de cascabel, sapos huesudos y de largos cuernos. ¿No es cierto, Nick?

Nick lo miraba con ojos desorbitados.

—¡Eh… sí!

Winthrop arrugó la nariz.

—¡De verdad, Jos, qué repulsivamente incivilizado! Uno necesita su club, su establo, la ópera. Por cierto, lo que estabas diciendo de Cheshire es cierto. Desapareció justo antes de que fueras derribado. No lo entiendo. Creo recordar que estaba herido e intentaba retirarse, y de repente ya no estaba allí. Extraño.

—Nunca vamos a recordarlo —dijo Jocelin—. Quizá no deberíamos.

—Yo no quiero recordarlo —dijo Thurston-Coombes. Levantó su vaso—: ¡Por los muertos, caballeros! Murieron con honor, por la reina.

Todos lo repitieron: «¡Con honor, por la reina!». Y bebieron.

Tras aquello la conversación se tornó hacia las mujeres, pero la melancolía de Jocelin permaneció, acentuada al desenterrar viejos horrores. El salón de fumar no ayudaba. Elliot lo había hecho construir, al igual que la sala de billar, de estilo árabe, lo cual se traducía en gran cantidad de madera oscura, en horribles bordes de azulejos y adornos de bronce.

A Jocelin no le gustaba la penumbra, ni tampoco la especial atención por el modo en que su anfitrión había dividido la casa en los dominios masculino y femenino. El ala de los solteros incluía los salones de fumar y del billar, la sala de armas y la de trofeos; el estudio y el despacho de Elliot, y los dormitorios de los caballeros solteros.

Era estúpido, en realidad, pasar los momentos de ocio de uno entre objetos muertos, fumando y entre facturas. Prefería su propia casa de campo. ¡Dios, cuánto deseaba volver a Reverie! Sir Christopher Wren la había construido para un mariscal antepasado.

Cuanto más tiempo permanecía en Stratfield Court, con más ardor deseaba la perfección equilibrada de Reverie. Volvería a Reverie tan pronto como convenciera a Elliot de que apoyara a Asher; y tan pronto se aclarara con respecto a Liza. Nunca se hubiera imaginado tener que decidirse. Encontrar a una mujer que le interesara había sido tan inesperado que apenas podía sobreponerse a su asombro. No confiaba en sus sentimientos. Quizá sencillamente lo que le movía hacia ella era la lujuria más que nada. Pronto lo descubriría, aunque ya sospechaba que Liza significaba algo más que placer. ¿Pero cómo podría estar seguro? Nunca había encontrado una mujer como ella. Cualquiera que fuera la razón, no podía marcharse todavía, no hasta que encontrara el respiro que sabía obtendría con ella.

Tanto Nick como él se complacieron cuando el maratón de humo se acabó. Dieron las buenas noches antes que nadie y se retiraron al dormitorio de Jocelin para tomar una última copa antes de acostarse.

—¡Dios me ampare, estaré contento cuando salga de aquí! —dijo Nick mientras se servía un whisky de la botella junto a la cama de Jocelin—. Nunca he tenido que vigilar mi lenguaje durante tanto tiempo. Y con respecto a la cena, nunca he estado en un lance tan importante como éste, y solamente tuve tres días para practicar.

Jocelin se desabrochó la pajarita y se liberó de la chaqueta con un movimiento de hombros.

—Tan sólo no cites a Shakespeare demasiado. Un verdadero caballero inglés está más interesado en la caza y en el tiro al plato que en la literatura.

—Tú no lo estás.

—¡Ah! —el rostro de Jocelin se tornó triste—. Pero yo no soy como los demás. Tú lo sabes bien.

—Mejor que todos ellos. Y ahora no te sumerjas en lo más profundo de nuevo. ¡Vaya, estás peor que nunca esta vez! Escucha. Olvídalo, querido. Háblame de nuevo sobre la etiqueta.

Suspirando, Jocelin se dejó caer en el sillón y enumeró con los dedos una lista.

—Un caballero no lleva guantes durante la cena. Sí los lleva para bailar.

—De acuerdo.

—Un caballero no fuma en la presencia de una dama, a menos que sea invitado.

—De acuerdo.

—Si estás fumando y te encuentras con una dama, te deshaces del cigarro.

—¡Qué desperdicio!

—Y a propósito —añadió Jocelin—, si vas en un carruaje con tu amante, se deberá colocar a tu izquierda para que todo el mundo sepa que no es tu esposa.

—¡Yo no tengo mujer!

—La tendrás, y cuando la tengas, debes recibir las

cartas de tu amante en tu club. Los sirvientes te las llevarán boca abajo para que nadie más vea la escritura.

Nick se encogió de hombros.

—¿Por qué debería preocuparme?

—En el caso de que algún sinvergüenza decida hacérselo saber a tu esposa, atolondrado.

—Vamos, querido. Ella va a saberlo.

—Sí, pero si alguien se lo cuenta, no puede ignorarlo.

—Es una estupidez.

—Estoy de acuerdo, pero esa es la sociedad para ti, querido amigo. —Jocelin echó una ojeada a su reloj de cadena.

Nick deambuló por la habitación para ir a parar junto a él, la mirada fija. Jocelin se incomodó ante su mirada firme.

—¿Qué? —preguntó.

—No tienes muy buen aspecto. He estado preocupado por ti. Te estás sumiendo en un brote de melancolía otra vez, ¿verdad? Acaba con el trabajo relacionado con ese bastardo de Sinclair.

—Estoy bien.

—No lo estás. Te he visto mirando a través de las ventanas durante horas. No creas que no lo noté —Nick colocó el brazo cruzado por el respaldo del sillón de Jocelin, se inclinó sobre él y le sostuvo la mirada—. No crees que lo sepa, ¿verdad? He visto la expresión de tus ojos cuando has regresado de Willingham. Te volvió cuando esos tipos empezaron a hablar de la guerra. Te he visto mirar por la ventana a la nieve cuando has venido de Willingham, y sé que deseabas poder salir fuera y tumbarte y no regresar.

Jocelin apartó con brusquedad la mirada de Nick y clavó los ojos en el whisky.

—Te equivocas.

—No es así, amigo; y sería mejor que pensaras en abandonar nuestras pequeñas excursiones. No te sientan bien, porque a diferencia de mí, tú todavía tienes corazón.

Su mente divagó con el golpe de las acusaciones de Nick.

—Muchos de nosotros del antiguo grupo están muertos, ¿sabes?

—¿Sí?

—Primero Cheshire, luego Pawkins, a continuación Airey y el hijo de Elliot, William; y ahora Stapleton.

Nick le respondió con un siseo.

—Pero aun así, estabais en la guerra.

—No los tres últimos —Jocelin posó la frente contra un lateral del vaso—. Pensé que las muertes se acabarían cuando regresáramos a casa.

—¡Esos bastardos no deberían haber sacado ese tema! ¡Mírate!

Jocelin levantó los ojos ante el gesto de preocupación de Nick y sonrió.

—No te preocupes por mí, viejo amigo. Después de esta noche estaré bien.

—¿Vas a ir a ver a Miss Birch?

—No, ve tú.

—Está realmente enfadada contigo por no haber ido. Dice que no va a quedarse tumbada en una vieja posada con corrientes de aire para siempre.

—He estado muy ocupado.

Nick le lanzó una mirada intensa, acto seguido le sonrió irónico.

—¿Se trata de Miss Vergüenza? ¿Verdad? ¡Vaya! ¿Cómo te las arreglarás?

—Un caballero no compromete el nombre de una dama, viejo amigo.

Terminando su whisky, Nick dejó el vaso y se dirigió a la puerta.

—De acuerdo, otra norma de etiqueta que debo recordar. ¿Cuándo podemos salir de esta bóveda y regresar a Londres?

—Yo diría que tres días. Creo que la dama definitivamente merece tres días, y además, tenemos que asistir a la cena del viernes de Elliot. ¿Qué tal si tomamos el tren de la tarde, el sábado?

Nick se detuvo en el umbral de la puerta.

—Más te valdría pensar en lo que estás haciendo, querido. Miss Vergüenza tiene algo más que encajes y bordados.

—Lo sé, Nick, y si no fuera una dama... Bueno, quién sabe, quizá... —estaba pensando todavía en lo que podría suceder cuando Nick cerró la puerta.

Su amigo tenía razón con respecto a su estado. Había estado preocupado por Sinclair, y por los pobres Millie y Jamie. Había más Millies y Jamies por ahí donde no podía ayudarlos. En ese momento estaban llorando y sufriendo.

Jocelin cerró los ojos apretándolos. No podía pensar en ello y permanecer cuerdo. Pensaría en Liza. ¿Dios, cuánto tiempo quedaba hasta que pudiera reunirse con ella? No mucho ahora.

Se distrajo recordando cómo la había encontrado durante la cena. Estaba furiosa con él. Se negó a mirarlo la mayor parte de la noche. Recordaba su cabello rojizo, cómo caía hacia atrás desde su rostro y se anidaba tras la nuca.

Aquel vestido, llevaba puesto un vestido azul de medianoche, seda sobre miles de enaguas que crujían y susurraban. Se había entusiasmado al escucharlas y anticiparse a su visión, durante breves instantes, antes de deshacerse de ellas. Hacía tiempo había aprendido a distinguir la miríada de clases de enaguas, tafetanes, encajes, satenes. Ahora bien, los guantes requerían cierta habilidad a la hora de quitarlos si no se debía intimidar a una dama. Debían desabrocharse y con destreza deslizarlos brazos abajo.

Jocelin interrumpió sus contemplaciones acerca de las enaguas y guantes para mirar al reloj. Al fin era la hora. Se deslizó en su chaqueta de nuevo y abandonó la habitación. Stratfield Court estaba en silencio y en penumbra. Los sirvientes se habían ido a la cama hacía tiempo, ya que tenían que levantarse antes del amanecer para limpiar y preparar los fuegos. La familia y los invitados se habían retirado, y los hombres habían bebido lo suficiente para permanecer en la cama hasta media mañana.

Descendió por las escaleras del ala de los solteros, cruzó el vestíbulo de entrada y atravesó el pasillo hacia la biblioteca de los caballeros. El invernadero se extendía a lo largo de la biblioteca, del salón soleado de por las mañanas y de la sala de música. Como todas las interpretaciones de construcción de Elliot era demasiado grande para ser un invernadero. La estructura se elevaba en lo alto sobre unos soportes delgados de hierro pintados de blanco que imitaban el mágico Palacio de Cristal.

Jocelin se adentró en él por la puerta de la biblioteca de los caballeros, luego la cerró con pestillo. Recorrió el invernadero, árboles de caucho inclinados hacia un lado, palmeras, helechos y hiedras. Elliot había caldeado el lugar con vapor, y pronto Jocelin se sintió lo bastante acalorado como para agradecer no haberse puesto el abrigo.

Se apostó cerca de la puerta que conectaba con la sala de música, porque Liza llegaría por aquel lado. Se apoyó contra una columna cubierta de hiedra. La luz de la luna se derramaba a través del tejado de cristal, proyectando una iluminación plateada sobre las orquídeas. Sus botas se hundieron en la gravilla. Loveday se pondría furioso con él por arañarlas. Los minutos pasaban. La fuerte esencia empalagosa de las flores tropicales le irritaba. Quería oler a limón.

Extendió la mano y tocó el pétalo de una orquídea. Las orquídeas, de la familia de las orquidáceas, del griego *orchis**, una alusión idónea considerando lo que iba a ocurrir allí. Dio unos golpecitos a su reloj de bolsillo, luego le echó un vistazo. Mirándolo de reojo pudo vislumbrar la hora. Llegaba tarde.

—¡Maldita sea! —No iba a venir—. ¡Diablos, diablos, diablos!

Había estado pensando en ella, y ahora su cuerpo le respondía. ¡Dios, iba a pasar otra noche de dolor por su causa! ¡Maldita fuera, ella sabía que no iría realmente a su habitación! Ella sabía que no era el tipo de hombre que hiciera eso, y le había hecho poner las cartas boca arriba. Pequeña provocadora, condenada y tozuda. Lo había arrastrado, aguijoneado, pinchado y excitado, para luego escapar.

—¡Dios, odio a las mujeres!

Se apartó de la columna con un impulso y dio dos pasos. Su pie golpeó la gravilla, a continuación algo afi-

* *Orchis*: Testículo.

lado y duro. Escuchó un zumbido, y de la nada apareció un palo que le golpeó en medio del rostro. Le produjo una herida en la frente.

Jocelin soltó un grito de dolor y dio un traspié hacia atrás. El palo cayó cuando su pie se desplazó. Se llevó la mano a la frente y maldijo. Escuchó unas risitas y vio como un brazo enguantado recogía el palo. Tensándose sobre sus piernas extendidas, se frotó la frente y perjuró.

Liza Elliot se acercó a él, sujetando un rastrillo y riendo. Jocelin se frotó la nariz. Asomándose para verla por encima de la mano ahuecada sobre el rostro, gruñó.

—¡Esto duele, malvada insensible! No se atreva a reír.

Para entonces Liza había apoyado el rastrillo contra un árbol de caucho y cubierto su boca con la mano. Seguían escuchándose risitas ahogadas tras el guante. Finalmente consiguió controlarse el tiempo suficiente para decir algo.

—¡Oh! ¡Oh, querido! ¿Se ha hecho daño? —Lo miró con expresión mitad apenada, mitad divertida e impotente. Se echó la mano a la boca al brotarle de nuevo la risa.

Jocelin la miró airado. Tocándose la nariz y la frente, apretó los dientes mientras las risitas de ella se trasformaban en una explosión de risa.

—Piensa que fue divertido, ¿no es así? —murmuró—. ¡Yo le enseñaré a reírse de mí, mosquito quisquilloso!

Liza dejó de reír y se giró con rapidez, lanzándose al camino en dirección de la sala de música. Él se abalanzó tras Liza y la atrapó a los tres pasos. Su brazo se enroscó en su cintura cual tentáculo. Levantándola sobre su cadera, se volvió y la llevó de regreso por el camino que había venido.

—¡Bájeme!

—¡Shh... despertará a todo el mundo! No les gustaría verla siendo acarreada como un saco de patatas.

Ella le golpeó en las piernas, pero él continuó andando.

—¡Esos modales tan impropios, Miss Elliot, reírse de un hombre que se ha herido! Y los malos modales requieren disciplina, ¿no está de acuerdo?

Capítulo 13

*L*iza jadeó cuando Jocelin la levantó más sobre su cadera. Su diversión se había desvanecido en el momento que él la cogió, y ahora la estaba amenazando con castigarla igual que a una niña. Tenía un padre que pensaba de ella que tenía una edad mental de tres años a causa de su sexo. No estaba dispuesta a sufrir el mismo trato de su altísima y poderosa excelencia. Dejó de golpearle en las piernas, se agarró a la más próxima y le golpeó en la rótula.

Jocelin gritó y la dejó caer. Liza chocó contra el suelo y se desplomó contra él mientras éste saltaba sobre un pie, agarrándose la rodilla. Se le dobló la otra rodilla y cayó sobre ella. Sus cabezas chocaron. Liza se agarró la frente. Jocelin se agarró la frente. Liza gritó. Jocelin gritó, y se sentaron uno junto al otro, frotándose las cabezas.

—¡Maldita sea! —murmuró Jocelin con violencia—. Me ha provocado un dolor de cabeza.

—Se lo merecía. No aceptaré ser tratada de ese modo, milord. Por nadie. ¿Y cómo se atreve a obligarme a, a… usted, usted…?

—Volvemos al «usted», «usted», ¿no es así? —la miró airado a la luz de la luna, acto seguido se quejó y se llevó una mano a la frente—. Dios, ¿cómo es que puedo tener a cualquier mujer que deseo excepto a aquellas que huelen a limón? Miss Gamp era como usted cuando la tocaba. Juro que ambas me han sumido en un estado febril.

Liza dejó de frotarse la cabeza y desvió los ojos hacia él.

—¿Qué ha dicho?

Jocelin la miró de reojo, entonces con rapidez miró las oscuras hojas de un árbol de caucho.

—¡Ah, nada!

—Bien puede decírmelo, porque no voy a dejarlo así.

—¿Qué es lo que ha ocurrido con la dócil Miss Elliot?

—Ha hecho que desaparezca.

Jocelin suspiró e intentó eliminar las arrugas del pantalón.

—Me tropecé con una joven regordeta y quisquillosa llamada Gamp. No puedo olvidarla. Es como la malaria, siempre vuelve. Y ahora ha desaparecido. —Miró fuera a la media luna y susurró—: Probablemente, para el bien de todos. Sería tan malo para ella como para usted.

La mente de Liza giraba en un torbellino. No la había olvidado. No había sido capaz de olvidarla, a pesar del hecho de que incluso nunca la había visto con claridad. Su corazón comenzó a latir desenfrenado, acto seguido su cabeza cayó ligeramente.

—Así que contraté a un hombre para que encontrara a esa mujer, pero no ha tenido en absoluto suerte. Se ha ido, y ahora he hecho que usted me odie cuando es la única que me hace olvidar… las cosas.

No podía recordar haber sido alguna vez en su vida importante para alguien, y este hombre le estaba diciendo que lo era para él. Él no lo sabía, naturalmente, pero esa no era la cuestión. No la había olvidado. La había deseado, todavía la deseaba.

Por primera vez, Liza consideró la posibilidad de que Jocelin Marshall pudiera sentir algo más por ella que el simple deseo nacido del aburrimiento. Ahora podía admitir para sí que siempre había tenido miedo de que él estuviera más interesado en mitigar el tedio de su visita que en su propio e insignificante ser. Se había equivocado en cuanto a que él fuera capaz de asesinar, y estaba equivocada, parecía, sobre los sentimientos que tenía hacia ella. De súbito la luna parecía más brillante, el aire se inundó de una fragancia más provocadora.

Jocelin estaba murmurando algo sobre el desánimo y los encajes. Ella no había escuchado el resto. Liza colocó su dedo índice en la boca de él. Se volvió para mirarla, sus ojos en sombra. Durante un largo instante permaneció inmóvil, conteniendo la respiración. Acto seguido le besó el dedo al tiempo que le tomaba la mano.

—Querida, ¿podrá perdonarme?

—Es posible.

—¿Puedo convencerla para que me perdone? —Jocelin volvió sus ojos hacia la luna otra vez, luego puso su mejilla contra la de ella—. Mire —le dijo señalando—, *la luna es como una flor/ en el alto cenador del cielo,/ con deleite mudo…*

—*Se sienta y sonríe a la noche* —terminó Liza.

Se volvió para mirarla, podía percibir más que ver su sonrisa.

—¿Conoce a Blake?

—Soy yo quién debería estar sorprendida, milord. Dejó de sonreír.

—Realmente no soy un asesino.

¿Cómo? ¿La había descubierto husmeando?

—La caballería, mis escaramuzas en el oeste, todo eso no es lo que quiero.

—¿Qué es lo que desea?

Se inclinó sobre ella y depositó suaves besos sobre sus mejillas y frente.

—Quiero amor, Liza mía. *El exceso de amor es siempre ciego,/ a la alegría siempre proclive,/ anárquico, alado, y sin límites,/ y siempre rompe las cadenas de la mente.* —Jocelin revoloteó sobre sus labios—. Rompa mis cadenas, Liza, rómpalas por mí.

Demasiado atrapada en la sensación de cosquilleo de sus besos, Liza apenas atendía a sus palabras. Sintió la mano de él deslizarse con delicadeza a lo largo de sus faldas hasta el tobillo, donde se sumergió para reposar, cálida y tranquilizadora. Entre tanto sus labios se acercaban cada vez más y más a su boca, hasta que finalmente la besó.

Por una vez, Liza no se rebeló, y dado que se permitió disfrutar de la experiencia, su boca comenzó a sentir como una vorágine ardiente. Cuando él sorbió de su boca y lengua, ella le respondió con su propia incursión. Se encontraba tan ensimismada con la boca de Jocelin que los lentos movimientos de él no la disturbaron, ni siquiera cuando se puso en pie con ella en los brazos. Sin dejar de besarla, se dirigió a la zona de descanso, donde un amplio asiento proporcionaba un lugar de reposo.

En lugar de depositarla allí, permaneció junto al mismo, besándola. A ella no le importó, ya que el vizconde la estrechaba contra él, devorando su boca. Las manos de Liza comenzaron a recorrer los hombros de él en ese momento.

Como si hubiera sido aguijoneado por el movimiento de ambos, Jocelin empezó a surcar el cuello de Liza con besos hacia el borde de su vestido de noche, justo hasta sus pechos. El contacto de la boca sobre sus pechos la hizo gemir, provocando en él el impulso de rastrear su carne con los dientes.

De repente se encontó sobre el asiento, la mano de él de nuevo en su tobillo. Permaneció allí, los dedos siguiendo el rastro por huecos y curvas mientras regresaba a su boca. Su pierna estaba doblada, y sentía cómo los dedos de Jocelin vagaban a lo largo de su pantorilla. Él le susurró algo, pero estaba más interesada en cómo la presencia de su mano la hacía sentir un hormigueo en su pecho y entre los muslos.

Cielos, no podría soportarlo si él se detuviera. Preocupada entre tanto de que pudiera detenerse, los labios del vizconde se posaron sobre su pecho, luego se aferraron a él al tiempo de que sus dedos peinaban la cara interna de su muslo. Entonces, Liza ardió, y algo dentro de sí se tensó, como un trapo húmedo al ponerlo en un escurridor de la colada. A medida que se aproximaba a la unión entre sus muslos, la tirantez aumentaba más y más hasta el límite de querer gritar. Cuando él la tocó allí, Liza contuvo la respiración, pero Jocelin la besó de inmediato. Con cada caricia, la tirantez crecía y sus caderas empezaron a moverse.

Jocelin emitió un sonido de placer y le susurró:

—Más, Liza, por favor.

Confundida, apenas escuchaba. La tirantez iba a volverla loca, así que se movió contra él. Mientras sus caderas se flexionaban, Jocelin sonreía y le arrullaba en el oído, musitándole palabras de ánimo. Por el momento Liza no se preocupaba de que él estuviera satisfecho o no. Su mano serpenteó, y ella gritó. Jocelin colocó la mano libre sobre su boca al tiempo que Liza intentaba echarse a un lado. Él continuó acariciándola, y ella crepitó.

Cuando gritó a través de su mano, él se movió, elevándose sobre ella. Vagamente, a través de su frenesí, ella sintió algo largo y caliente entre sus piernas. Él empujó contra ella, y un sentimiento llano y básico la hizo abrirse. Jocelin se deslizó dentro de Liza. Ella gritó cuando se alojó en lo más profundo de su cuerpo para luego permanecer inmóvil durante unos instantes.

Fue sacudida por convulsiones cuando él empezó a moverse de nuevo. Se meció despacio al principio, pero ella se agarró a su espalda y nalgas. Un dolor ligero la recorrió al tiempo que él se movía, pero palideció junto al placer de tenerlo tan cerca. Liza deslizó sus brazos entre la camisa y rastreó su espalda. Sintió cómo trabajaban sus músculos sobre las costillas al impulsarse con delicadeza dentro de ella.

De repente empezó a arremeter con rapidez. Los ojos de Liza se abrieron de golpe al desvanecerse el dolor, abrumada por esa tirantez turgente. Gimió, luego clavó sus dientes en el cuello de él cuando la tirantez estalló de nuevo. Jocelin se impulsó con un vaivén, movido por su propio furor; acto seguido, mientras ella respiraba jadeante, gimió de placer, su rostro enterrado en su pecho.

Liza lo sintió desplomarse sobre ella. Era inmenso en su interior, y sus convulsiones serpenteaban a lo largo de ella. Permaneció inmóvil allí tumbada, absorta en sentir todo su ser, cada uno de sus estremecimientos y contracciones. Sus manos se deslizaron hacia abajo entre sus ropas hasta que se aferraron a sus nalgas. Sumergiendo las uñas en su carne, satisfizo su deseo apremiante, largamente contenido, de explorarlo. Cuando sus uñas rastrearon su piel, sus nalgas se contrajeron, y ella rió entre dientes. Al oírla, él levantó la cabeza y la miró.

—¡Oh, Liza…

—Sí, milord.

—Liza, Liza, Liza —él observó fijamente sus ojos a través de unos alborotados mechones salvajes de cabello—. Liza, ¿sabe lo que es el opio?

Ella asintió.

—No, no lo sabe —le susurró—. Es usted, Liza —apoyó la frente sobre la de ella—. ¡Oh, Dios, Liza! Nunca había estado con una mujer sin experiencia antes. ¿Le he hecho daño?

Levantó la cabeza y le lanzó una mirada temerosa. Su aprensión atrajo su simpatía más que cualquier cosa que hubiera hecho aquella noche. Liza le sonrió.

—No. ¿Podemos hacerlo otra vez?

Parpadeando, él la observó.

—¿Otra vez?

—Naturalmente, milord. Una y otra vez.

—Pero se supone que debe estar trastornada.

—Lo sé, pero sois tan bueno en esto. Estaré trastornada más tarde. Ahora lo que quiero saber es si hará esto conmigo otra vez. —Lo miró con cautela—. ¿No quiere?

Jocelin alzó sus ojos al cielo.

—¡Gracias, Padre Divino! —La besó—. Y gracias a usted, mi dulce Liza.

Cuando él se separó de Liza y se sentó, ella hizo lo mismo. De algún modo su vestido se había soltado. Le caía sobre las caderas. Al moverse, sintió una cálida viscosidad entre las piernas, pero estaba demasiado afligida para preocuparse por ello.

—No quiere —le dijo, dejando caer pesadamente los hombros.

De súbito la tomó y la colocó sobre su regazo. Le tomó el rostro entre sus manos y la besó.

—Mosquito tonto, ¿cómo puede hacer tales preguntas? Pero no puede, no esta noche.

—¡Ah!

—¿Entiende por qué?

Jocelin había agachado la cabeza de modo que ella se vio obligada a mirarlo.

—No había pensado que pudiera ser incómodo estar con usted otra vez —le contestó Liza.

Cuando él le sonrió, esa tirantez nueva para Liza se despertó de nuevo y le besó. En un principio Jocelin se quedó inmóvil bajo sus labios; a continuación, cuando Liza los tocó con la lengua, Jocelin gimió y arremetió contra su boca. Ella entrelazó los dedos en su cabello, atrayéndolo contra su boca, y se abrió paso dentro de la de él con la lengua. Jocelin dejó escapar un grito de placer y liberó sus labios. Jadeante, la soltó.

—¡No! —cogió sus manos—. Si continúa, no seré capaz de controlarme, y entonces le haré daño. No me haga esto, Liza.

—Entonces, prométame que volveremos a estar juntos, por favor. Por la mañana.

—Pero eso podría ser demasiado pronto.

Él no lo entendía, y ella no se lo podía explicar. Esa tirantez se había despertado otra vez, y crecía debido al tono condescendiente de su grave voz, a causa del haz de músculos firmes bajo su mano. No podía sobrevivir a esta frustración que él había creado.

—Milord, mañana por la mañana, o ahora.

Él la miró fijamente.

—Habla en serio.

No le contestó, y Jocelin le sonrió con ironía.

—Estoy a sus órdenes, Miss Elliot. ¿Puede arreglarlo para ir a visitar a los pobres?

—Visitaré cementerios si con ello consigo que venga a mí.

—La posada de Willingham sería más confortable.

—No me importa —contestó ella.

Jocelin rió y le volvió la cara para poder abrocharle el vestido.

—Es usted de lo más peculiar.

—Lo sé. He sido diferente toda mi vida.

—¿Cómo?

Había hablado demasiado, y no podía explicarlo sin revelar demasiado sobre sí misma. Se suponía que él tenía que creer que era una solterona.

—Bueno, soy una solterona, naturalmente.

Terminó con su vestido y le ofreció sus guantes.

—No por alguna buena razón que yo pueda apreciar.

Liza retorció los guantes y apartó los ojos.

—Yo... yo no deseaba casarme sabiendo que mi esposo había sido comprado. Después de mi primera fiesta de presentación, yo, bueno... —se aclaró la garganta—. Entienda, quería saber la verdad, así que en uno de mis primeros bailes conocí a varios caballeros que no tenían conocimiento de mis ingresos.

Tragó saliva, su discurso bloqueado tras un muro de

dolor. No era necesario revelar tanto a este hombre, que nunca había estado a su alcance en absoluto.

—Fue ignorada —terminó él por Liza.

Con la mirada clavada en los guantes, Liza asintió.

—Me alegro, porque no se merece ser pregonada como una torta de fresas en una feria.

Sorprendida, alzó los ojos y vio su frente fruncida.

—Está enfadado —dijo ella.

—Con ellos, con los tipos que tienen la sensibilidad de los cerdos.

Liza le sonrió.

—Me gusta, milord.

—¿Es cierto?

—¿Por qué usa ese tono como si no me creyera?

Esta vez le tocó a él desviar la mirada.

—Mi experiencia es que las mujeres venían a mí por algo diferente a la amistad.

Ella posó la mano sobre su mejilla y arrastró el pulgar por sus labios.

—Deberían haberlo hecho.

La voz de Jocelin era tan débil que apenas podía escucharlo.

—¡Por Dios, estoy cansado de ello!

Liza tomó su mano entre las suyas.

—Entonces… —su voz se quebró por los nervios—. Entonces, quizá podamos ser amigos, ya que tenemos a tan poca gente en la que podamos confiar. Quiero decir, ¿no está hastiado de preguntarse si la dama con la que está persigue su título?

—¿Amigo? ¿De una mujer?

Enderezando la espalda, colocó ambas manos en las caderas y le frunció el ceño.

—Es posible, ¿lo sabe?

—No si no puedo tenerla —le espetó—. No si el ser su amigo significa que no puedo tenerla.

—¿Por qué iba a significar eso?

Jocelin dejó escapar una larga bocanada de aire.

—Me asusta —besó su mano—. Nunca he tenido a una mujer como amiga. Sois un criaturita extraña, Liza Elliot. Y a propósito, tiene que dejar de llamarme «milord» cuando estemos a solas.

—Lo intentaré, pero no sabe lo mucho que tiene de lord, milord.

—¿La acompaño a su habitación? —le preguntó mientras la ayudaba a ponerse de pie.

Liza ojeó su camisa abierta. Si le tocaba su desnuda piel, sentiría de nuevo esa enloquecedora excitación; y si él permanecía más tiempo en su presencia, tocaría su desnudo cuerpo. Sus ojos se clavaron en el músculo sobre su tórax, y su piel se encendió.

—Milord —empezó a decir con un tono tenso—, milord, no creo que fuera muy sensato que lo hiciera. En realidad, sería mejor que no permaneciera aquí mucho más tiempo si no quiere encontrarse otra vez en el suelo.

Ella enrojeció ante su propia franqueza. Cuando él esbozó una sonrisa de satisfacción propia de un querubín inocente, su vergüenza desapareció.

—Eres un encanto —le dijo.

Ella le devolvió la sonrisa, y Jocelin la besó con delicadeza antes de desaparecer detrás de la pared de helechos. Ella escuchó su murmullo mientras se marchaba.

—No voy a dormir, mi amor, y será su culpa.

Con sonrisa burlona y descabellada, recorrió de puntillas el camino de vuelta a su habitación. Allí se lavó en la palangana de porcelana y se puso el camisón.

Metió sus ropas sucias en un baúl poco usado. Emmeline se encargaría de ellas con discreción.

Se subió a la cama y se tumbó con los cobertores aferrados hasta la barbilla. Aquella tirantez había desaparecido. Jocelin Marshall se había ido, y su conciencia empezaba a recriminarla. Había pecado. En el momento no le había importado, pero ahora empezaba a darse cuenta de la magnitud de sus actos. Había fornicado con un hombre. Las buenas mujeres cristianas no hacían esas cosas. No obstante, había descubierto hacía mucho tiempo que ella no era una buena cristiana.

Pecar. Sus padres se avergonzarían si supieran lo que había hecho. Pero ellos se habían avergonzado de ella la mayor parte de su vida. Debería rechazar a Jocelin Marshall para que sus padres y la sociedad no la desaprobaran. Liza sonrió con amargura. El rechazarlo no haría que la aprobaran.

¿Por qué debería detenerse? Sabía que no debía pensar en que tendría alguna vez otra oportunidad de amar a un hombre tan bello y fascinante como Jocelin. Su compasión y sensualidad la envolvían en la esclavitud.

Sin duda él pasaría por su vida como el mercurio, y se desvanecería. Si no lo tenía ahora, nunca lo tendría. Esta percepción la había incitado cuando supo que iba a hacerle el amor. No, una mujer como ella, de apariencia corriente y principios inaceptables, una mujer tal como ella debía atrapar los pequeños bocados y trozos de amor que pusieran en su camino.

Había ido al invernadero resuelta a desbaratar los planes de seducción del vizconde. Y entonces él mencionó a Gamp. Nunca ningún hombre había sido incapaz de olvidarla. Aquellos a los que había conocido durante su primera fiesta de presentación no habían tenido ningún problema a la hora de olvidarla. Excepto aquellos que se habían reído de ella por su defensa de la causa de la educación de la mujer y los derechos a la propiedad. Sin duda Jocelin desaprobaría también sus creencias.

No se lo diría. Ya que por mucho que deseara a alguien que aceptara sus principios poco femeninos y demás, sabía que no encontraría a alguien así. Para vergüenza suya, descubrió que ansiaba tan ardientemente a Jocelin que deseaba ocultar sus verdaderas creencias, o al menos no mencionarlas. Después de todo, tenían tan poco tiempo, no más de unas pocas semanas.

Liza se acurrucó hundiéndose más bajo las sábanas. Después de aquella humillante fiesta de presentación en Londres había decidido olvidar el matrimonio y la esperanza de que alguien se enamorara alguna vez de ella. Su mayor temor se había confirmado. Era demasiado diferente, incapaz de ser una mujer más, y como consecuencia ningún hombre la había deseado. Por tanto, para salvarse a sí misma de la vergüenza y del dolor, había decidido olvidar el matrimonio y el amor. Se obligaba a sí misma a no pensar en ellos, y lo había conseguido con tal éxito que los pensamientos sobre hombres rara vez la perturbaban; hasta que apareció Jocelin.

No podía apartar de su pensamiento a Jocelin. Él no se lo permitiría. Su persecución había sido tan inesperada, tan inconcebible, que él se había deslizado bajo su barrera protectora. Nunca hubiera imaginado que un hombre tan fascinante la deseara. La imprevisión absoluta de un suceso así la había hecho vulnerable.

A pesar de lo desesperada que estaba por tenerlo, no se mentiría a sí misma. Él podría quererla por un tiempo, pero no mucho más. Y si revelaba ante él su verdadero yo, su deseo se desvanecería bajo una ducha fría de disgusto.

Tomaría lo que pudiera, se aferraría a la posibilidad de estar con él por el momento. Se cansaría de ella, sin duda pronto, ya que ella no era el tipo de mujeres que iban detrás de él. Podía pensar en al menos tres bellezas de la sociedad que se sabía que lo deseaban, con matrimonio o no. Quizá ya les había concedido sus favores. Después de todo, era generoso.

No, parecería un patito feo entre cisnes cuando la compararan con ellas. Por tanto, vigilaría de cerca y estaría lista. Cuando él quisiera marcharse, ella estaría preparada. Ella sugeriría que partieran primero, el dolor sería menor por la ausencia de vergüenza. Si ella le permitía marchar con elegancia y ecuanimidad, al menos se libraría de la vergüenza.

Nunca sabría el coste, nunca sospecharía que ella ansiaba más. Ella regresaría a su antigua vida. Después de todo tenía que encontrar a un asesino. No podía enamorarse e ir a la caza de Jocelin Marshall. ¡Cuán disgustado estaría si conociera sus sueños de tenerlo para siempre! No podría soportar el que la mirara con repulsión. Para evitarlo, sólo le daría lo que él aceptara, y nunca, nunca le cargaría con el peso del conocimiento de sus anhelos y su amor.

Capítulo 14

Jocelin yacía entre despierto y soñoliento cuando alguien que quería morir lo agarró del hombro y lo empujó con violencia. Gruñó, liberó su hombro de una sacudida y emergió de entre las sábanas. Su mano se topó con algo sólido, y lo empujó.

—¡Maldita sea!

Apartándose los mechones de cabello negro de los ojos, Jocelin se asomó por encima de la cama y encontró a Nick perjurando desde el suelo. Nick se revolvió para ponerse en pie y le devolvió el empujón.

—¡Babosa de cama! —dijo—. ¡Son casi las nueve!

Jocelin arrastró las sábanas sobre su cabeza.

—¡Lárgate! No quiero ir a cabalgar esta mañana.

Se acurrucó debajo de las sábanas, acto seguido volvió a emerger, echó un vistazo a la ventana mientras Nick descorría las cortinas, y lanzó una maldición. Saltó precipitado de la cama. Tocó al timbre para que acudiera Loveday al tiempo que se ponía un batín. Nick lo observó deslizarse por la habitación hacia un baúl, abrir de un tirón la tapa y empezar a arrojar camisas fuera.

Ya vestido, Nick lo observaba desde la comodidad de un sofá.

—¡Tengo noticias!

—Ahora no —refunfuñó Jocelin—. Llego tarde a una cita.

—¡Al diablo tu cita! Nuestro amigo y amigo de los niños de todos sitios, nuestro querido viejo Nappie Carbuncle, bien, ha desaparecido.

Jocelin se detuvo momentáneamente en la búsqueda de una pajarita. Con tranquilidad deliberada cerró el cajón y contempló un daguerrotipo del señor y la señora Elliot que reposaba en el buró. La voz de Nick lo sacó de su tranquilidad.

—Vas a estrangular ese baúl.

Relajó la presión de la mano sobre la tapa del baúl y cuadró los hombros.

—Entonces tus medidas han tenido éxito.

—Naturalmente. ¡Ay, pobre Nappie! Lo conocía bien, Horatio; un tipo con un gran sentido del humor y agudeza; con una imaginación y gustos de lo más exquisitos.

—¡Maldito seas, Nick, no es una broma!

Nick se levantó con precipitación del sofá y se aproximó a Jocelin. Agarrándolo por el hombro, Nick lo giró para que se pudieran mirar a los ojos.

—Tienes que reír o morir, querido amigo. Eso es por lo que no puedes continuar con esto.

Nick cruzó los brazos e inspeccionó a Jocelin, quien bajó la vista hacia las camisas esparcidas por el suelo.

—¿Cuántas veces vas a matar a tu tío? —Nick continuó con calma—. Veo lo que te estás haciendo a ti mismo. Quizá sería mejor que sencillamente mataras a Yale.

Jocelin se apartó de Nick, se detuvo junto a la ventana y se quedó mirando los tejados cubiertos por la escarcha.

—¿No crees que una vez lo intenté? —levantó la mano con la pistola y la miró fijamente—. Una vez mantuve mi Colt en su cabeza. Retiré el seguro con el pulgar. Estaba sudando y lloraba, y... no sé —su mano cayó hacia un lado.

Nick se le acercó y le dio unos golpecitos en el hombro.

—¡Maldito loco, es como los otros! Nunca se puede confiar en que no lo van a volver a hacer.

—Lo tengo vigilado.

—¿Todo el maldito tiempo? —Nick silbó cuando Jocelin asintió—. Es más barato...

Jocelin se volvió hacia Nick.

—¡Maldita sea, no puedo! —tragó saliva y bajó la voz—. No puedo. Es el hermano de mi padre, y en otro tiempo lo quise como a un padre. No puedo. —Sonriendo con amargura, continuó—: Yale sabe que está siendo vigilado, así que se dedica a los que tienen edad suficiente.

Nick se encogió de hombros y regresó al sofá.

—Sigo diciendo que tienes que dejarlo, pero no es por eso por lo que he venido. Tengo mi propia vida, ¿sabes? Es sencillamente que he oído a dos de tus colegas de caballería discutir como si estuvieran todavía en guerra.

—¿A quienes?

—A Asher y al celoso conde, ¿cómo es su nombre? Halloway. Halloway se ha ido. A casa, eso ha hecho.

Jocelin se dirigió al armario y comenzó a rebuscar entre las chaquetas para la mañana.

—Halloway siempre está discutiendo con alguien, sin embargo me sorprende que haya conseguido hacerlo con Asher.

—¿Por qué? —preguntó Nick—. El viejo Asher no es mi preferido, siempre intentando agradar a todo el mundo.

—Asher será bueno para este país en el Parlamento.

—Asher es bueno para Asher —replicó Nick.

Jocelin enganchó una chaqueta y se la echó sobre el brazo.

—Vete, Nick. Tengo una cita.

—Bueno, pero no olvides que nos marchamos el sábado.

—No lo haré, pero, digamos, querido compañero, quizá no el sábado.

—Yo abandono esta cripta el sábado —dijo Nick—, vengas o no conmigo.

—Sí, milord.

Jocelin sonrió entre dientes a Nick. Llevando una bandeja, Loveday pasó por delante de Nick en el umbral de la puerta. Jocelin arrugó la nariz y olió el té caliente recién hecho. Loveday depositó la bandeja del desayuno sobre la mesa junto al sofá.

—Buenos días, milord.

—Gran mañana, Loveday. Voy a salir inmediatamente.

—Muy bien, milord. ¿Iremos a cabalgar?

—Sí, y quiero mi mejor equipo.

Jocelin se bebió la mitad de la taza de té de un golpe, se metió un trozo de tostada en la boca y la tragó. Cuando Loveday se quedó a su lado esperando, levantó la vista hacia su ayuda de cámara. Loveday tenía su expresión de monja ofendida, y Jocelin suspiró.

—¿Por qué nunca puedo mantener en secreto ninguna de mis pequeñas infracciones sin que te des cuenta?

—Si deseamos mantener un secreto, deberíamos tener más cuidado con nuestra indumentaria, milord. El traje que llevábamos ayer por la noche huele a limón y está vergonzosamente arrugado.

—¡Ah!

—Si me permite serle franco, milord.

—¿Tengo otra elección?

Las cejas de Loveday se alzaron sobre su frente.

—Continúa —dijo Jocelin mientras masticaba ruidoso el jamón y los huevos.

—Hasta ahora, nuestros pecadillos nunca se han extendido a los frágiles y bellos miembros de la clase virginal. Hasta ahora, hemos sido de lo más escrupulosos para evitar mancillar la reputación de aquellas que sabemos bastante bien que están sin tacha. Hasta ahora nos hemos comportado, digamos, como hombre de honor y caballero.

Jocelin dejó el tenedor y contempló las hojas de té en el fondo de su taza. Transcurridos unos instantes, agitó la cabeza.

—No puedo evitarlo. No, no digas nada —agitó la mano en vano—. Lo he intentado, Loveday. He luchado todo el tiempo desde que la vi patinando en el lago. Paso las noches en vela luchando conmigo mismo. He perdido. Y ahora parece que la dama me desea tanto como yo a ella, así que déjalo. Al principio pensé que ambos habíamos sucumbido ante el simple deseo, pero ahora no estoy seguro. Da la sensación de que estamos tan bien juntos. Incluso nos peleamos bien juntos. Pero, ¿y qué si sólo se trata de lujuria? ¡Dios, cómo odio a mi padre por hacerme pasar por esta tortura!

Odio la inseguridad. ¿Cómo puedo saber que es la mujer idónea?

Se interrumpió y miró a Loveday.

—Sólo espero poder tomar una decisión antes de que llegue a estar realmente encaprichada.

—Me temo, milord, que ya es demasiado tarde.

Loveday sacó un sobre cerrado del bolsillo de su chaqueta. Iba dirigida a Jocelin con la letra de Liza. Intercambiando unas miradas aprensivas con el ayuda de cámara, Jocelin lo abrió y leyó: «A las diez en punto en la posada. Tome una habitación, y yo le seguiré».

Liberó su respiración contenida.

—No hay motivo de alarma —le entregó de nuevo la nota a Loveday y éste la tiró a la chimenea—. Ni una sílaba que pudiera denotar adoración, ni efusión, ni prosa inflamada, ni un verso sentimental. Bien. De este modo puedo tomar una decisión lógica.

La mirada escéptica de Loveday le enojó.

—Puedo —le espetó.

—Como usted diga, milord.

Se sirvió otra taza de té mientras Loveday se disponía a preparar su baño.

—Una decisión lógica. Eso es lo que necesito. Pensar detenidamente, lo cual significa que debo liberarme de esta lascivia enloquecedora primero.

Tras salir furtivamente de Stratfield Court a través del vestíbulo de la servidumbre, de la despensa del mayordomo y del cuarto de lámparas, galopó la mayor parte del camino hasta Willingham. Tomó una habitación y la recorrió de un lado a otro durante tanto tiempo, en un estado de agitación, que estaba seguro de que le habían salido canas. Por fin respondió a un toque en la puerta y se encontró con una viuda.

—Me temo que se ha equivocado de habitación, señora.

La viuda pasó apresurada junto a él y olió a limón fresco.

—Liza, eres una criatura inteligente.

Jocelin sonrió entre dientes al tiempo que ella se giraba sobre sí y se levantaba el pesado velo. Metros de satén negro decorado con bordados resplandecieron bajo los rayos del sol de la mañana. Jocelin dio un pequeño tirón de una cinta negra y la despojó del sombrero. Arrojándolo a un lado, la atrajo hacia sí. Unas cuentas de color azabache se le clavaban en el pecho a través de la camisa. No prestó atención cuando ella empezó a hablar y cubrió su boca. Liza abrió los labios y jugó con su lengua. Al deslizar Liza las manos bajo su chaqueta para entrelazarlas a su cintura, el frenesí se apoderó de él. Olvidó los años de destreza en el arte de la seducción.

—¡Milord!

—Jocelin —dijo él antes de sumergirse en un mar hirviendo de apremio.

La apretó entre sus brazos y se dejó caer sobre la alfombra. Liza parecía incapaz de dejar de besarlo el tiempo suficiente para enmarcar sus preguntas. Ni para que él pudiera haber respondido. Las yemas de sus dedos ardieron cuando rastrearon a través de rizos rojizos. Él apartó su boca; por muy loco que estuviera, no podría soportar asustarla. Liza interrumpió los besos y encontró su mirada. El alivio le embargó al percibir el abrumador apetito floreciente que había despertado.

El alivio lo incitaba, lo emancipaba de sus restricciones. Le mantuvo la mirada al tiempo que la acariciaba y surcaba el camino hacia su centro. Cuando sus ojos se cerraron y gimió, él se desinhibió y entró en ella. Hundiéndose en lo más profundo, se permitió soltar las riendas hasta que la escuchó gritar de placer. Ante aquel sonido, se perdió en sí mismo, sepultándose en una demencia placentera.

Transcurrió un largo momento antes de que se diera cuenta de que yacía sobre ella completamente vestido y aún dentro de Liza. Levantó la cabeza, desconcertado, y la miró. Liza alzó sus ojos vidriosos. Trazó el borde de sus labios con las yemas de los dedos y luego los pellizcó. Él sintió su propia contracción. Ella jadeó y rió nerviosa.

—¡Maldita sea, mujer! No se ría.

—¿Por qué no?

Condenado mosquito tonto, le estaba haciendo sonrojar. No se había enrojecido hacía años. Años.

—Sencillamente no lo haga —le contestó con la mandíbula contraída—. Se lo explicaré en otro momento.

Acto seguido la dejó, se enderezó la ropa y se sentó con la cabeza entre las manos mientras ella se ocupaba de sí.

—Soy un monstruo —dijo—. He abusado de usted. Una mujer inocente —lanzó una mirada de reojo mientras ella se quitaba las braguitas y las utilizaba de paño—. ¿La he asustado?

—Una pizca —le dijo con una sonrisa—. Al principio, pero tras tocar sus labios, he olvidado el resto. Entienda, soñé todo esto anoche. Debo ser una verdadera pecadora por tener tales sueños con usted, pero es así, he sido asaltada por ellos y por usted.

Hizo un ovillo con las braguitas y las metió en su bolso. Él la observó cómo lo cerraba con un eficiente chasquido, luego lo miró insegura. Jocelin tomó su mano. Conduciéndola a la cama sin usar, se sentó junto a su lado y ahuecó la mano sobre su barbilla.

—Sois la joven más peculiar que he conocido jamás, Miss Elizabeth Maud Elliot.

Liza hizo una mueca de desagrado.

—Por favor, odio el nombre Maud. Es tan horrible.

—Maud fue una reina, y usted es la reina de mis placeres.

—¿Lo soy?

—¿Por qué se sorprende tanto?

—¡Ah, no lo sé!

Absorto en sus propios pensamientos, dejó de lado este misterio.

—¿Vendrá a Londres en la primavera?

Liza había estado jugando con sus labios. Al oír la pregunta, dejó caer la mano y apartó los ojos.

—No lo creo.

—Pero su padre está resuelto a casarla, ¿no es así? Es la única vía prudente, esperar el tiempo oportuno.

Ella se giró entonces, y lo miró con ojos inexpresivos.

—¿Casarme? Sí, qué estúpida he sido al olvidar que usted debería estar al corriente de todo. Sí, voy a ser puesta de nuevo en el mercado.

—¿Entonces, me verá en Londres?

Liza parpadeó, y de repente él tuvo la sensación de que sólo estaba escuchándolo a medias. Algo la había alarmado. Quizá había sido demasiado arrogante al mencionar sus encuentros poco ortodoxos tan pronto. A las mujeres les gustaba conservar grandes fantasías sobre sus amoríos. Querían escuchar declaraciones efusivas de devoción eterna. Bien, ella no podía tenerlas aún. Él necesitaba tiempo.

Mientras pensaba, luchaba contra las exigencias de su cuerpo. Estaba sentada junto a él, enfundada desde el cuello a los pies en un ceñido bombasí negro, ni una pizca de tobillo o pecho al descubierto; y sin embargo él podía sentir cómo su propio cuerpo se llenaba, se inflamaba, presionando contra sus ropas. ¡Dios, deseaba a Liza, quería poseerla otra vez, ahora, tan frenéticamente como la había deseado hacía tan sólo unos minutos!

Al tiempo que luchaba por que su ser no se abalanzara sobre ella con celo inconsciente, advirtió que no iba a recibir lo suficiente de ella en tan sólo una semana o poco más. Por el modo en que sentía su sexo ahora, tieso como un poste, iba a necesitar a Liza por mucho más tiempo. Tenía que seguir viéndola. Pero el viejo Elliot quería casarla. Frunció el ceño ante la idea de imaginar a Liza embelleciendo la cama de algún satisfecho de sí y descuidado sangre azul. Su enfado se reflejó en su tono áspero al repetirle la pregunta.

—¿Me verá en Londres?

—Quizá.

Liza estaba evitando su mirada. De pronto se alertó. ¿Cuál era el motivo de esa vacilación?

—¿Qué ocurre?

De súbito ella se levantó de la cama, se volvió a él y le sonrió alegre.

—Nada en absoluto, milord. ¿Puede que sea que no sabe lo perturbadora que es su presencia? Me hace el amor, me transforma en una loca jadeante, y luego pretende que sea sensata —vaciló un momento, luego continuó—. Milord... Jocelin, quiero decir... ¿puedo tocarle?

Jocelin arrugó la frente, pero ella le lanzó una mirada de deseo tembloroso. Sus sospechas se desvanecieron, e inclinó la cabeza. Ella se acercó y empezó a desabrocharle la camisa. Lo empujó hacia atrás de forma que Jocelin descansaba sobre los codos; ella le desnudó el tórax y deslizó las palmas de la mano sobre su carne desnuda. Siguió el rastro de las hendiduras que surcaban su cuerpo desde el hueco de la garganta y entre las costillas.

Presionando la mano contra la planicie de su vientre bajo el ombligo, tiró de sus pantalones dejando al descubierto sus caderas. Descubrió la hendidura entre su cadera y sus nalgas. Arrastrando el dorso de sus uñas a lo largo, pellizcó su piel. Jocelin se mordió el labio inferior, pero intentó permanecer inmóvil. Ella se detuvo, enrojeció, y lo miró de nuevo antes de despojarlo del resto de sus ropas. Sin embargo, cuando se quedó de pie junto a la cama con las manos revoloteando sobre su pecho, se detuvo. Llevándose las manos a sus mejillas inflamadas, susurró:

—¡Oh, pensará de mí que soy una… una… pensará que soy una desvergonzada!

Él le sonrió. Si le dijera cómo sus valoraciones ingenuas le proporcionaban más placer que las atenciones experimentadas de cualquier amante, la avergonzaría aún más. Por el contrario, se sentó y tomó su mano. Colocándola abierta sobre su muslo, la miró a los ojos.

—¡Dios, Liza, si se propusiera esclavizarme, no podría haber pensado en un modo más devastador para hacerlo!

Liza lo miró boquiabierta, sus labios dibujaron una sonrisa trémula. Sus ojos cayeron sobre sus caderas. Para satisfacción de Jocelin y no menos para sorpresa suya, su mano se deslizó hacia arriba y le tocó. Jocelin gimió, perdió el control y se lanzó sobre ella. La mano de Liza desapareció. La había metido detrás de su espalda y lo miraba fijamente. Él se la capturó y la atrajo hacia sí.

—¡Por Dios, Liza, no se detenga ahora!

Ella se limitó a agitar la cabeza, y Jocelin vio que estaba confundida. Suspiró, se sentó, y la arrastró encima de él.

—Lo olvidé —le dijo—. Lo siento, mi pequeña inocente. Deje que le enseñe.

Pasaron una hora feliz de instrucción antes de que Jocelin recobrara el suficiente juicio para poner fin. Una vez vestidos, la envió para que saliera primero. La habitación daba a la calle principal del pueblo, y mientras se abotonaba la chaqueta y se pasaba los dedos por el pelo, la vio emerger de la posada. Sonriendo, observó cómo tomaba su camino por la acera sobre los adoquines rodeando a unos ancianos que echaban una cabezada al sol de espaldas a las tiendas. Se detuvo junto a una edificación de estilo georgiano, alzó la vista hacia las placas de bronce abrillantado que había al lado de la puerta y subió los escalones.

Las manos de Jocelin se quedaron inmóviles en la pajarita. Cuando Liza alcanzó la puerta, un hombre joven salió del edificio. Le hizo una inclinación de cabeza y le dijo algo. Ella le contestó y él le ofreció el brazo. Descendieron los escalones, hablando, y continuaron calle abajo por High Street.

Sintió un rugido en la cabeza. Jocelin se aferró al alféizar de la ventana y examinó la retirada por detrás de su amante y del amigo de ésta. Un hombre. Parpadeó sorprendido, ya que hasta el momento nunca se había siquiera cuestionado la fidelidad de sus amantes. Algo era diferente ahora. En ese instante descubrió que la idea de que Liza buscara la compañía de otro hombre le enfurecía. Se había despedido de él para ir a ver a un hombre. ¡Por Dios, no lo permitiría! ¿Cómo se atrevía a ir andando por el pueblo encontrándose con desconocidos?

Una oleada de celos chocaba contra la orilla de su mente, borrándole la razón e impulsándolo a actuar. Agarró con precipitación el sombrero, los guantes y la fusta. En cuestión de unos segundos bajó con estrépito las escaleras, salió de la posada, y se adentró en High Street. Empujando al ayudante de un tendero que acarreaba sacos de grano, se abrió paso entre los peatones, la mirada fija en el sombrero negro y el manto de Liza Elliot.

Estaban girando. Aceleró el paso y rodeó una esquina mientras los dos entraban en otro edificio más reciente rodeado por un verja de hierro forjado. La puerta de caoba y cristal tallado se cerró. Inmerso en un estado insólito y humillante de celos, no se paró a pensar. Irrumpió a través de la verja, subió los escalones volando, y abrió la puerta de golpe. En el interior una doncella se alejaba. Se volvió y lo miró con la respiración entrecortada.

—¿Dónde están? —Su cabeza estaba a punto de estallar con el sonido de su furia.

La doncella musitó:

—Veamos, señor. No puede…

Jocelin la agarró por la muñeca.

—¿Dónde están?

—¿El señor y Miss Elliot?

—¡Sí, maldita sea!

—Están en el salón de visitas, señor.

La doncella lo miró irritada y le señaló una puerta cerrada a la derecha del vestíbulo. Le dio la espalda, giró el pomo, y abrió de golpe la puerta. El panel chocó contra la pared.

Las dos personas en el interior estaban de pie, la una junto a la otra, sus cabezas inclinadas. Al escuchar el ruido, se apartaron y se volvieron alarmados. Jocelin entró con paso airado, vio a Liza y se dirigió a ella.

Hablando en voz baja, le preguntó:

—¿Quién es?

—¡Milord!

—¡Malditos sean sus «milords»! —gruñó—. ¿Quién es? Y no me mienta. Sabré la verdad cuando la oiga.

El hombre joven se aproximó a ellos en ese momento, y Jocelin le dedicó una ojeada. Pálido, delgado, austero y etéreo en apariencia, no obstante tenía la suficiente osadía para gritar a Jocelin.

—Veamos, señor. ¿Quién es usted?

Jocelin examinó a su adversario, advirtió los sedosos, aunque en retroceso, mechones dorados y el aire de delicadeza poética. Entrecerró los ojos. Algunas mujeres adoraban a los estetas artísticos que languidecían dándoselas de personas inteligentes.

—Mi, mi, mi —dijo.

Jocelin sintió el calor del sol de Tejas, escuchó el meneo de la cola de una serpiente de cascabel. Enganchó los pulgares en el cinturón y describió un círculo con paso airado alrededor del joven. Ante el cambio en el acento de Jocelin, el extraño lanzó una mirada de desconcierto a Liza.

—¿Qué tenemos aquí, Liza, cielo? —Jocelin continuó rodeando a su presa—. Algún bribón afeminado, diría.

Dio un pequeño golpe a un rizo rubio con la vara, luego miró a Liza.

—Sí, algún bribón —dio unos toques en los botones del chaleco del joven con la fusta—. Está olfateando alrededor de la mujer equivocada. Creo que necesitamos una charla. Una charla realmente seria. Absolutamente seria.

Los ojos del joven se abrieron como platos cuando Jocelin esbozó una sonrisa fría, una sonrisa de revólver Colt.

—Sí —dijo—, una charla realmente seria.

Capítulo 15

*L*iza intuyó el momento en que Jocelin decidió matar al pobre Ronald. Arrastró sus palabras, alargándolas, acariciándolas con tono perezoso, y como un puma tomando el sol sobre una roca, se volvió lentamente, irradiando una mirada verde entrecerrada al abogado al que no se le escapaba ni un soplo, ni el menor pestañeo.

Si no lo detenía, no estaba segura de que Ronald sobreviviera por más tiempo. Liza emitió un grito que prácticamente sacudió los marcos de los cuadros de la pared.

—¡Milord!

Jocelin no se movió ni apartó la mirada de Ronald, pero cuando habló, Liza suspiró, ya que el deje de pistolero había desaparecido.

—¡Diablos, no interfiera, mujer! Trataré con usted cuando acabe con este sinvergüenza.

Liza cerró los ojos, rezando por no perder la calma y adoptó el aire de una reina enfrentada a un retrete rezumante.

—¡Milord! —los cuadros sonaron con estrépito de nuevo—. ¡Es mi abogado!

Jocelin la miró fijamente con dureza. Liza observó cómo temblaba el músculo de su mandíbula y el color de su rostro se intensificaba. Se suavizó con rapidez cuando Jocelin dejó caer la fusta a un lado. Se tensó y chasqueó a la altura de su bota derecha, acto seguido se inmovilizó. Se dio media vuelta hacia el abogado e inclinó la cabeza.

—He cometido un error inexcusable, señor. ¿Acepta mis disculpas? —Alargó la mano y Ronald la tomó con desconfianza.

Liza se apresuró a interferir.

—Jocelin, vizconde Radcliffe, permítame que le presente a Mr. Ronald Varney, mi abogado.

Varney balbuceó cuando oyó el título de Jocelin. Desviando los ojos con incertidumbre temblorosa de Liza a Jocelin, empezó a juguetear con las solapas. Finalmente encontró algo de qué ocuparse avisando para que sirvieran el té. Se precipitó hacia el timbre de la pared próxima a la puerta.

—¡Oh, lo olvidaba! —dijo—. Está roto. ¿Me disculpan, Miss Elliot, milord? —Varney salió furtivamente del salón en dirección a la cocina.

Liza se sentó en el borde de un sofá con brocado, la espalda erguida. Jocelin vio cómo Varney salía, a continuación arrojó su sombrero, guantes y fusta. Sintiéndose más bien una santa por su paciencia, Liza lo miró embobada cuando él se dio media vuelta hacia ella.

—¿Usted tiene un abogado? —siseó—. ¿Para qué diablos necesita un abogado?

—Si desea hablar conmigo, cuide su vocabulario.

Estuvo a punto de gruñirle, pero guardó silencio.

—Va a hacer que me explote la cabeza, Liza. ¿Quién es el bastar... quién es esa sabandija?

En ese momento se le ocurrió a Liza que el muy perseguido y codiciado Jocelin Marshall estaba celoso, y se recreó con ello. Las cejas de Jocelin se juntaron, lanzándole una mirada amenazante de tormenta. Al sonreírle ella con aire burlón, Jocelin perjuró, lo cual provocó una risa entre dientes de Liza. Ella levantó la mano cuando él cayó pesadamente a su lado en el sofá.

—Nada de comportamientos indecorosos, milord.

—Si no me dice quién es, yo, yo…

—Mire esto —Liza sacó una carta doblada de su bolso y se la entregó. Mientras leía, ella continuó—: Es de Miss Burdett-Coutts, conocida tanto de usted como de la reina, si no me equivoco. Ambas vamos a fundar un colegio para gente necesitada para las ciudades y pueblos que rodean Stratfield Court.

Tuvo la decencia de mostrarse contrariado. Entregándole la carta, se hundió en el respaldo del sofá y gruñó.

Las comisuras de la boca de Liza se contrajeron.

—Miss Burdett-Coutts y yo pretendemos pagar el colegio de los niños de familias pobres. Vamos a pagarles más de lo que pudieran ganar trabajando en las granjas, los molinos y sitios por el estilo. La educación, milord, es la vía para salir de la pobreza. ¿Le gustaría leer algún ensayo sobre el tema?

Él hizo un movimiento negativo con la cabeza.

—No he podido oírle —dijo ella.

—He dicho que lo siento —se levantó, tomó su mano y la besó—. Le he dicho que me ha hecho perder la cabeza. Sin duda esta noche aullaré ante la luna, y no me sonría de ese modo afectado. Voy a acercarme al pub calle abajo y a esperarla.

—Pero puede que me lleve algún tiempo.

—Muy bien. Necesito tiempo para pensar.

Se marchó cuando Ronald Varney regresaba de la cocina. Liza le escuchó excusarse cordialmente y disculparse otra vez. No bien se hubo marchado, el abogado sonrió irónico, las mejillas rosadas por la vanidad.

Una hora más tarde el caballo del vizconde estaba atado a la parte trasera de su carruaje. Tessie se colocó junto al cochero mientras Liza y Jocelin se encontraban recluidos en el interior del vehículo. Desde que dejó a Mr. Varney, tuvo tiempo de recuperarse de la conmoción de verse asaltada por un hombre vengador y concupiscente. ¡Cielos, qué experiencia tan aterradora! Ahora todo lo que podía hacer era sonreír socarronamente como el faro de una locomotora.

Liza se sentó sujetando con fuerza su bolso. Se había quitado el velo y lo había metido en el bolsillo de su capa para no despertar la curiosidad al llegar a casa. Jocelin había recuperado la serenidad, pero miraba fijamente y malhumorado el paisaje por la ventana. La nieve se había derretido, y marzo había traído los rayos de sol y la promesa de la primavera. De repente se volvió y la miró de frente.

—Debería haber llevado consigo a su doncella.

Ella puso los ojos en blanco.

—Si no lo recuerda, milord, envié a Emmeline a un recado por usted.

—¡Ah! —impávido, continuó—: Debería haber dejado que su padre se encargara del abogado.

Liza cruzó los brazos sobre el pecho y lo atravesó con una mirada de irritación.

—Mi padre no lo aprobaría. Mi hermano me hubiera ayudado, pero está muerto.

—Si su padre no lo aprueba, no debería involucrarse

en tales asuntos. Y sé que a su hermano no le hubiera gustado que callejeara por ahí metiéndose en asuntos mundanos.

Erizada, Liza contuvo la respiración.

—Él también lo hubiera hecho.

—¿Estamos hablando de William Edward?

Al oír el nombre de su hermano, el enfado de Liza desapareció. Sus ojos se llenaron de lágrimas, que se negó a esconder. Rebuscando entre las capas de su ropa, encontró un pañuelo y lo presionó contra su nariz. Una mano cálida cubrió la suya. Jocelin presionó los labios contra la palma de ella.

—Perdóneme. He sido un insensible.

Su caballerosidad era su perdición. Liza sollozó para luego llorar abiertamente contra su pañuelo. Jocelin se maldijo mientras la elevaba sobre su regazo. Ella lloró sobre el hombro de su abrigo hasta que tuvo que sonarse la nariz. Arrugando el pañuelo, consiguió hablar finalmente.

—Lo vi la noche que murió. Me encontraba, ummm, visitando a unos amigos en Londres y vino a verme.

Continuó, ofreciéndole a Jocelin aquella dosis de verdad como se atrevió. Él la escuchó sin interrumpirla, sus ojos clavados en su rostro.

—Pero nunca creeré que murió por casualidad. No importa lo que diga la policía. No iría a sitios como Whitechapel. Usted lo conocía. A pesar de lo mucho que lo quería, William Edward estaba un poco creído de su importancia. Incluso sería incapaz de confiar sus trajes a un sastre que sospechara no estar a la altura de su posición social. Despreciaba a la gente que no conociera los vinos adecuados para beber, los trajes apropiados para navegar o para ir a un picnic.

Lanzó una mirada de súplica a Jocelin y él la estrechó en sus brazos.

—Liza, querida —vaciló y a continuación suspiró—. Hay determinadas costumbres que un hombre esconde a su hermana.

—No hubiera tomado por amante a una mujer que viviera en Whitechapel.

—¡Liza!

Su asombro sin reservas la irritó, se apartó de su regazo y echó la cabeza para atrás.

—Bueno, no lo haría.

Cogiéndola por los hombros, le preguntó:

—¿Qué sabe de tales cosas?

Liza se soltó de él con un meneo.

—Realmente, milord. Las damas no son ciegas y sordas.

Él balbuceó.

—Bueno, bueno, deberían serlo para ciertas cosas.

—Mi hermano fue asesinado después de abandonar su casa, y él sospechaba de la muerte de ese hombre llamado Airey —dijo Liza—. Y ahora ha habido más muertes. Está la de Stapleton.

Jocelin se frotó el mentón durante unos segundos.

—Ha habido una cantidad enorme de muertes —se golpeó la mano con los guantes mientras permaneció en silencio—. Debo pensar en ello, Liza. He estado distraído con otros... eh... asuntos últimamente. Reconsideraré lo que ha dicho.

—Hágalo.

Él la miró.

—Y dejará el asunto en mis manos. No, no diga ni una palabra. Me corresponde a mí ocuparme de tales cosas.

Les quedaba poco tiempo para estar juntos, no deseaba discutir con él. Iba a hacer más indagaciones sobre sus amigos muy pronto, pero no podía realmente decírselo. En lugar de hacer eso, suspiró y le sonrió.

—Muy bien, milord.

—Lo digo en serio, Liza.

—Sí, milord.

La estaba mirando desconfiado cuando el carruaje se adentró en el pórtico de Stratfield Court. Descendieron del vehículo en medio de una multitud. Desconcertada, Liza sintió que la boca se le secaba de aprensión, pero su padre se adelantó disipando su alarma.

—¡Ah, Radcliffe, Elizabeth querida! ¡Gracias al Todopoderoso que has regresado tan pronto! Un accidente de lo más desafortunado. El pobre Halloway se ha matado. Su carruaje se topó con un agujero lleno de barro, y se le rompió el eje. Rodó por una colina. El pobre hombre fue arrojado contra la pared y se rompió el cuello. Se ha tenido que sacrificar a los caballos. ¡Terrible!

Liza se volvió para mirar por encima del hombro de su padre a Jocelin. Éste le devolvió la mirada, su rostro contraído y desconcertado. Su madre revoloteaba de un lado para otro exaltada, haciendo que su padre la tomara del brazo y le ofreciera su consuelo. Nick se unió a Jocelin, ella se aprovechó del estado nervioso de su madre para avanzar hacia ellos.

—Nick, querido amigo —dijo Jocelin mientras ella se acercaba—. Miss Elliot y yo estábamos justo discutiendo sobre la racha de muertes entre mis amigos. Recuerda, nosotros hemos estado hablando de lo mismo.

—Parece ser un tanto malsano haber sido oficial en tu regimiento —dijo Nick—. Venga adentro para alejarse de esta corriente, Miss Elliot.

Los Elliot y sus invitados se reunieron en el abovedado salón de música. Liza mandó que trajeran té, el universal tónico inglés. Honoria y lady Augusta se unieron a ellos. Augusta inspeccionó la vestimenta de Liza con aprobación y la arrinconó con una conversación sobre el funeral del pueblo del que acababa de regresar. El entretenimiento principal de lady Augusta era ir a funerales de observadora. Liza se las ingenió hábilmente para que la mujer fuera a atender a su madre que había desembocado en un estado de desmayos de lo más divertido. Honoria se apresuró a recoger el bote de esencias para aliviar a Mrs. Elliot, permitiendo así que Liza se reuniera de nuevo con Jocelin y su amigo.

—Una pérdida terrible —estaba diciendo Nick—. Cabalgué con él junto a su carruaje, ¿sabes? Debe haber descarrilado poco después de que me separara de él.

Cuando Arthur Thurston-Coombes le pidió a Nick que le contara su versión, Liza y Jocelin se quedaron solos. Liza hizo un gesto con la cabeza hacia el grupo que rodeaba a Nick, entre el cual se encontraban lord Winthrop y Asher Fox.

—Sois un gran amigo de Mr. Ross.

—Sí, Nick es mi mejor amigo.

—Es curioso cómo su excelencia se rompió el cuello justo después de que Nick lo dejara.

Jocelin volvió la cabeza de repente, boquiabierto.

—¿Está sugiriendo que Nick tuvo algo que ver con el accidente de Halloway?

Ambos sellaron sus bocas cuando una doncella pasó entregando tazas de té. Al alejarse, Liza continuó.

—No quedan muchos de sus amigos. ¿Dónde se encontraba él cuando asesinaron a mi hermano?

La indignación afloró a los ojos de Jocelin.

—En ningún sitio cerca de él. De verdad, Liza, no debería entregarse a tales fabricaciones febriles y demenciales.

—Alguien está matando a sus amigos —Liza removió el té y miró al grupo de hombres—. Mr. Ross, lord Winthrop, Mr. Thurston-Coombes, Mr. Fox, y usted. Quedan cinco hombres, milord.

—No puedo creerlo —dijo Jocelin—. Realmente está sugiriendo que alguien está eliminando a mis amigos, uno tras otro. ¿Y por qué? Dígamelo, se lo ruego. ¿Por qué razón alguien iba a cometer esos crímenes tan monstruosos? No lo sabe, ¿verdad?

—Mi hermano...

—...fue asesinado por un ladrón que iba tras su cartera. ¿Dios, por qué las mujeres crean tales fantasías? Sin duda porque no tienen otra cosa que hacer. Nick Ross un asesino. ¡Qué tontería! Imaginaciones de vuestra pequeña mente de solterona, querida mía.

Liza dejó la taza y el plato sobre la mesa con estrépito.

—¿De solterona?

—¡Nick me salvó la vida una vez!

Liza echó la cabeza hacia delante y le espetó.

—¿De solterona?

—Aprecio a Asher por razones que nunca podrá entender.

El pecho de Liza se levantó por la furia encendida.

—Tonterías. Ha dicho que digo tonterías.

Pareció comprender con retraso su error. Se apresuró a dejar su plato con la taza.

—Bien, Liza, quizá he sido un poco franco.

—¿Franco? —Liza empezó a balancearse sobre los talones mientras mantenía una postura rígidamente correcta—. Así que no se retracta de su insulto, simplemente lamenta haberme dejado vislumbrar su verdadera opinión sobre mí.

Jocelin agitó la cabeza con brusquedad.

—No es eso lo que he querido decir.

Liza se giró con rapidez sobre un mar negro de satén y salió de la sala de música con paso airado. Se apresuró por la galería y subió por las escaleras de las damas, sin preocuparse de ascender con la elegancia propia de una dama. Se levantó las faldas por encima del borde de sus botas y recorrió con estrépito el camino hacia su habitación.

¡El hipócrita! Sus ropas crujían mientras se desplazaba por la habitación; demasiado furiosa para sentarse. Mentalidad de solterona, realmente. ¡Era exacto a su padre, como... como todos los hombres! En tanto limitara sus intereses a complacerlo y tejer ropa de niño, ella era su querida, su objeto de adoración. Pero si alguna vez insinuaba que entendía de algo más que de masas de empanadas y corsés, inmediatamente la relegaba al plano de niña estúpida.

—¡Maldita sea!

Las manos de Liza se enroscaron distraídas en una figura de porcelana que descansaba sobre el escritorio Reina Ana de su gabinete. ¡Cómo le gustaría arrojarla contra la pared! Pero las damas no cometían actos violentos de ninguna clase. Las damas no tenían emociones violentas, ni siquiera las sexuales, especialmente las sexuales. Y en ese momento, lamentaba absolutamente haber tenido esos impulsos sexuales violentos hacia Jocelin Marshall. ¿Por qué se preocupaba por él siquiera? El muy hipócrita.

Dado que no tenía ningún modo de mitigar su cólera, ésta se enconó en su interior y permaneció con ella el resto del día y de la noche. Siguiendo el ejemplo de su madre, Liza fingió un terrible dolor de cabeza y pasó la hora de la cena en su habitación. Leyó atentamente el periódico de cocina, *Eliza Cook's Journal*, y revisó los ensayos de Mary Carpenter sobre la reforma de los colegios; a continuación escribió una carta a Caroline Chisholm, que estaba reclutando emigrantes para Australia. Finalmente, tras el consuelo proporcionado por estas actividades, recobró algo de su buen humor. Después de todo, ¿qué podría esperar de Jocelin, sólo por ser un noble?

Se fue a la cama resuelta a olvidar los prejuicios de su amante hacia su sexo, y no le fue tan difícil dormirse como había pensado. Se despertó de un sueño profundo porque le picaba la nariz. Se la frotó, se recostó sobre el estómago y estrujó la almohada bajo la barbilla. Algo le hizo cosquillas en la nariz otra vez, y agitó la mano delante de su cara.

—Liza, cariño —le susurró Jocelin.

Sus ojos se abrieron de golpe para encontrarlo arrodillado junto a la cama, uno de sus rizos colgando entre sus dedos. Había encendido una palmatoria de noche al lado del lecho.

—¡Milord!

—¡Shh…! —Jocelin se tapó los labios con un dedo, acto seguido dio un tironcito a su rizo—. *Desperté de un sueño con vos/ en el primer sueño dulce de la noche…*

Liza apartó el rizo de su mano y se sentó.

—¿Qué está haciendo aquí?

Jocelin deslizó la cadera sobre la cama, junto a ella.

—He venido a arrastrarme —juntó las manos y agachó la cabeza—. ¡Perdóneme, se lo suplico, Oh, dueña de mi vida!

—¡Loco! —Liza intentó contener la risa incluso al inspeccionar la habitación, temerosa de que hubiera atraído consigo a toda la casa.

Jocelin se hundió en el suelo otra vez, juntó las manos con una palmada y las extendió ante ella.

—No soy digno de besar siquiera el bajo de su vestido, ni vuestros dedos rosados.

—¡Cállese! ¡Qué locura! Va a oírle alguien.

—No pararé hasta que me perdone. —Suspiró y bajó la cabeza de forma que podía rozarle el muslo—. *Languideceré y moriré de congoja sin vuestro grato aprecio, mi amada.*

—Soy una solterona, ¿recuerda?

—La solterona más adorable, más atractiva que esta espiral mortal haya jamás concebido. —Jocelin se enderezó, puso una mano sobre el corazón y agitó la otra ante él—. *Nada en la belleza, como la noche/ rasa y de cielo estrellado;/ y todo lo mejor de la oscuridad y la luz/ yace en su apariencia y ojos...*

Él la miró de reojo con una expresión tan inquisidora que Liza estalló con una sonrisita. Jocelin arremetió contra ella y le tapó la boca con la mano. Ella le dio un golpe repentino, pero Jocelin la mantuvo en el mismo sitio hasta que pudo subirse a la cama y reemplazarla con su boca. Liza reía aún entre dientes, pero el contacto de su lengua en el interior de su boca hizo desaparecer de súbito sus risas. Sintiéndose ya cálida por sus oberturas alegres, pronto empezó a sentirse más ardiente, sólo que su calor venía de su cuerpo más que de su mente.

Mientras la besaba, ella advirtió cómo se deslizaba bajo sus sábanas. La mano de Liza acarició la seda de su batín penetrado por la calidez de su cuerpo. Las manos de Jocelin se desplazaron y el batín cayó suelto. Su piel desnuda presionaba contra su cuerpo al tiempo que apartó la boca.

—¿Estoy perdonado?

Liza frotó sus labios contra los de él, preguntándose si existía una sensación más cautivadora que el calor de ambos y la textura de sus pieles.

—Liza.

Ella adoraba la sensación que experimentaban cuando él hablaba contra su piel.

—Pregúnteme de nuevo.

—¿Me perdonará?

Sus labios eran como alas de mariposa revoloteando contra sus mejillas.

—Otra vez —le pidió ella.

Él se escurrió por su cuerpo hacia abajo para poder verle el rostro.

—Pequeño diablillo, ni siquiera me escucha.

Liza le mordisqueó los labios.

—Entonces tendrá que encontrar otro modo de que le perdone.

—Lo haré, si me promete no absolverme demasiado pronto.

Capítulo 16

*J*ocelin apretó los dientes para no gritar. La idea de entretenimiento de Mrs. Elliot después de su gran cena consistía en escuchar a un tenor de Londres durante más de dos horas. Echó una mirada a la mujer, pero ésta observaba sin pestañear al corpulento tenor, cuya voz resonaba en las bóvedas del salón de música. Liza se encontraba a su derecha, las pestañas entornadas. La vio dar un respingo, y advirtió que ella también se había quedado casi adormilada. No habían dormido mucho la noche anterior. La cena de doce platos no había ayudado mucho, con toda aquella langosta y todo aquel pastel de urogallo. Jocelin hizo girar los hombros con disimulo.

Junto a él Liza murmuró:

—¿Cuánto tiempo más queda?

Él agitó la cabeza, pero mientras incluso contemplaba la desgracia de quedarse dormido en medio de la sociedad del condado, el tenor terminó y la habitación fue inundada por los aplausos. Aliviado, se puso en pie como el resto de la gente, pero retrocedió cuando Mrs. Elliot se apresuró hacia el cantante.

Se inclinó ante Liza para susurrarle algo.

—¿Esta noche?

Su respuesta fue una sonrisa rebosante.

—¡Oh no, viene su padre! —Jocelin inclinó la cabeza ante la figura de Richard Elliot que se aproximaba.

—¡El cielo me proteja! —dijo Liza. Le lanzó una mirada suplicante—. ¿Le importaría si me retiro?

—Corra. Yo lo distraeré.

Observó cómo Liza buscaba refugio detrás de la masa de seda negra de lady Augusta, y a continuación se giró para interceptar a su padre.

—¡Elliot, ha sido una cena estupenda! Vuestro chef es fantástico.

—Debe serlo —le dijo Elliot mientras detenía a un camarero y tomaba un burdeos—. Lo trajimos de París, ¿sabe?

—¡Excelente!

Elliot sujetó el brazo de Jocelin.

—Mi querido Radcliffe, ¿podría tener unas palabras con usted, en privado?

—Si lo desea.

Siguió a Elliot fuera del salón de música, atravesaron la casa en dirección al estudio privado y oficina del anfitrión. La piel del color del vino y el revestimiento de caoba le conferían a la habitación un aire varonil. Se sentaron en sendos sillones junto al fuego. Elliot le ofreció un puro, que Jocelin declinó. Elliot encendió uno, aspiró para que prendiera, luego se quedó mirando fijamente la punta resplandeciente.

—Ha estado viendo bastante a mi hija, Radcliffe.

—Miss Elliot es una dama encantadora.

—Realmente —dijo Elliot.

Jocelin se limitó a mirar a su anfitrión. Padres más

impresionantes que él habían intentado obligarle a declararse. Impávido, permitió que el silencio se prolongara. No iba a ser precipitado al matrimonio, ni siquiera con Liza. Finalmente Elliot continuó.

—Tanto, que creo necesario preguntarle por sus planes, milord.

Jocelin se sirvió un whisky de la botella que había junto a su sillón.

—No tengo ninguno por el momento.

Para sorpresa de Jocelin, Elliot asintió.

—Pensé que diría eso. Conozco su reputación.

—Usted es un hombre astuto, Elliot.

—Más astuto de lo que se imagina —le contestó Elliot. Exhaló un anillo de humo y lo observó volar hacia Jocelin—. ¿Me permite serle sincero?

Jocelin dio un sorbo a su whisky.

—Lo encontraría de lo más interesante.

Elliot dio una calada durante unos instantes y se quedó contemplando las nubes de humo resultantes. Después de un rato bajó la mirada hacia su invitado. Jocelin desconfió enseguida, al detectar en esa mirada de desdén la sombra del usurero, del comerciante duro, del contador de dinero.

—Ha jugueteado con mi hija —dijo Elliot de repente—. Presumo que se propondrá enmendarlo.

La queja normal, la petición abrupta anormal. El bastardo había arrojado a su hija a su camino como un trozo de hígado ante un perro de caza. ¡Dios santo, no iba a ser asustado por este nuevo rico carnicero!

—Sus suposiciones son erróneas. Miss Elliot es una dama que ha alcanzado la mayoría de edad. Sabe lo que quiere —Jocelin le dedicó una sonrisa afable a Elliot—. Así me lo dijo.

Esperaba que Elliot se pusiera rojo escarlata y gruñera como un tigre privado de una buena comida de aldeanos. En cambio el anciano asintió como si Jocelin hubiera confirmado sus suposiciones. Masticó el puro durante unos segundos antes de responder.

—Me gusta usted, Radcliffe. Tiene coraje. Muchos hombres no podrían haber sobrevivido en las circunstancias en las cuales usted lo ha hecho. La guerra, los salvajes de América —Elliot capturó y sostuvo la mirada de Jocelin—. Y otras cosas.

Jocelin miró a su adversario con calma. El bastardo iba a amenazarlo. Tanto peor, ya que el anciano carnicero no podía tocarle en lo referente al dinero, y no se asustaba fácilmente. Era mejor que Elliot aprendiera que no podía intimidarlo antes de que Jocelin se comprometiera. Se contentó con alzar la ceja y dar un sorbo a su bebida. Dejar que Elliot enseñara las cartas.

—Bien —refunfuñó Elliot—, pensé que podría ofrecerle una vía de salida, querido joven, pero sois un potrillo tozudo. Entonces sólo diré un poco. No mucho, ya que lo que he descubierto requiere la máxima delicadeza. Por tanto, sólo mencionaré cómo he oído que en otro tiempo, usted y su tío se atraían mutuamente.

El silencio lo rodeó. Sabía que estaba mirando a Elliot, pero le daba la sensación de estar envuelto por el vacío, el frío, sin aire, aislado. No se esperaba esta amenaza en particular.

—Quizás «atracción» no sea la palabra adecuada, o más bien su tío se sentía atraído hacia usted. Tengo entendido que usted no le correspondía con los mismos sentimientos. ¿Qué edad tenía usted?

Jocelin escuchó su voz como la de un extraño: débil y apagada.

—Catorce.

Depositó el vaso y rezó por que su rostro no hubiera perdido todo su color. Quitó una mota de pelusa del brazo de su sillón.

—No funcionará, viejo bastardo cabrón. No me importa lo que usted diga.

Elliot rió entre dientes, lo que hizo que Jocelin lo mirara fijamente.

—Sabía que tenía coraje. ¡Maldita sea si no le admiro por ello! Sin embargo, sería demasiado malo si saliera a la luz. Malo para su joven hermana, eso es, y para su madre.

Elliot absorbió el humo de su puro, pero Jocelin no le contestó. Su mente le daba vueltas, se retorcía en un esfuerzo por encontrar una vía de escape. Oía el crepitar del fuego. Elliot hacía ruidos obscenos chupando el puro, sonidos que le recordaban a Yale. Cerró los ojos, el primer movimiento que hacía desde que su anfitrión había dejado de hablar. Georgiana, su querida y caprichosa pequeña Georgiana. Y su madre. No podía permitir que soportaran esa vergüenza. Abrió los ojos para encontrarse con la mirada piadosa de su adversario.

—Jaque mate, querido muchacho.

—¿Lo sabe todo ella?

—¿Elizabeth Maud? Naturalmente que no. Nunca se discute ese tipo de cosas con las mujeres. No es elegante, y usted lo sabe muy bien. Es necesario que nunca volvamos a hablar de esto. Es decir, si está de acuerdo con una ceremonia en la iglesia parroquial mañana.

Jocelin dio un trago al whisky. Se estaba recuperando de la conmoción sólo para descubrirse en un estado de furia tan grande como jamás había experimentado, pero al menos Liza no lo había defraudado.

—¡Por todos los santos, tenía todo esto planeado hacía tiempo!

Elliot agitó el puro.

—No desde el principio, pero sí durante varias semanas. Ahora bien, ¿tengo su palabra, querido muchacho?

Jocelin inclinó la cabeza, incapaz de confiarse a hablar.

—Entonces, usted se encargará de mi hija —Elliot se levantó—. La mandaré que venga enseguida. ¡Sea elocuente, por su propio bien! No querría tener que decirle a la querida joven nada sobre nuestro pequeño acuerdo, ¿verdad que no nos gustaría?

Jocelin habló en voz baja.

—¡Váyase de aquí antes de que decida matarle en vez de pagar su precio, hijo de… ¡Fuera!

No bien Elliot se hubo marchado, Jocelin se sirvió otro whisky y se lo bebió de un trago. Hizo una mueca al pensar en el rostro de Georgiana si descubría lo suyo. Perjuró, se levantó con precipitación del sillón y arrojó el vaso al fuego. Chocó contra el manto de la chimenea, haciéndose añicos. Los cascos de cristal volaron en todas las direcciones, y uno de ellos cortó su mejilla. Se quitó el pedazo de su piel, pero ignoró el corte.

Se quedó con la mirada fija en el fuego, cegado. Apoyándose contra el manto, se obligó a controlar la respiración. Sus manos temblaban de ira. No podía ver a Liza en ese estado. Cubriéndose el rostro con las manos, se esforzó por apartar sus pensamientos del horror.

Había aprendido a eliminar los pensamientos feos y los recuerdos hacía tiempo. Como un cirujano, los sa-

jaba ahora, empalmándolos fuera de su conciencia, se-
parándolos. A continuación enterraba la fealdad en lo
más profundo de su ser, en un agujero tan oscuro e in-
sondable que ni siquiera él podría recuperarlos. Cuando escuchó un toque en la puerta, estaba plácido, impávido, ajenamente tranquilo.

Volviéndose para saludar a Liza, se sintió seguro de
poder desempeñar el papel de pretendiente espontá-
neo, ya que lo que quedaba de él era sólo fachada, la
fruta escarchada de un pastel, una capa de rocío sobre
la hierba. Mientras avanzaba hacia él, Jocelin se concentró en el murmullo de sus faldas de seda, en el modo
de caminar con su cabeza ligeramente ladeada, como
escuchando una melodía tocada por una flauta distante.
Se dirigió a sus brazos, y él aspiró el olor a limón y a Liza.

La besó. De pronto su conflicto no parecía tan terrible. Las tácticas de Elliot aun así seguían siendo poco
escrupulosas, pero después de todo, tendría a Liza. A
Liza, que podría darle un respiro a su vida de pesadilla,
que lo deseaba ardientemente tanto como él a ella. El
último ápice de confusión sobre la capacidad de ambos
para congeniar se desvaneció al sujetarla en sus brazos.
Si pudiera ofrecerle consuelo en ese momento de gran
perturbación, no podría soportar el no poseerla.

En cualquier caso, podría justificar su decisión razo-
nablemente, ¿no era cierto?

Requería una esposa, una que encajara con su temperamento, una que comprendiera las obligaciones y
que se acomodara a él, como debería obrar una dama
con clase. También requería una esposa cuya misma
existencia doliera a su padre, cuyos hijos negaran a Yale
la esperanza de contaminar el título de la familia here-
dándolo. Sí, estaba actuando con calma y con sensatez

al decidir mantener a Liza para él mismo para siempre. Se casaría con ella, y más tarde se encargaría de Elliot.

Apartando su boca de la de Liza, la colocó en su sillón y se arrodilló junto a ella. Liza no era estúpida. Tendría que contarle en parte la verdad. Se entretuvo en quitarle los largos guantes. Le bajó uno por el brazo.

Liza lo observaba con una mirada seria.

—Mi padre me mandó venir.

Los dedos de Jocelin dieron un pequeño tirón de la tela arrollada en el codo de Liza.

—Intentó convencerle para que hiciera una propuesta, ¿verdad? —le preguntó.

Él asintió mientras le bajaba el guante por su antebrazo.

—No es necesario que se preocupe —dijo ella—. No permitiré que lo acose.

El guante se deslizó fuera de su mano. Lo arrojó al suelo y comenzó a trazar líneas desde su mano hasta el codo.

—Pero Liza, querida, no estoy preocupado.

Ella se estremeció cuando sus dedos acariciaron su brazo.

—¡Ah!

—Estoy agradecido —Jocelin le besó el brazo desnudo justo bajo el hombro, y volvió a estremecerse—. ¿Lo entiende? Su padre me ha hecho salir de mi confusión mental lo suficientemente a tiempo para hacer que me diera cuenta de lo estúpido que he sido.

Liza apartó la vista de él.

—Sabía que no me querría por mucho tiempo.

—¿Cómo? —él capturó su barbilla y le volvió la cara—. ¿Qué es esto? ¿Quiere decir que esperaba que la abandonara desde el principio?

Liza cerró los ojos y asintió. Jocelin se echó hacia atrás apoyado en los talones y colocó las manos en las caderas.

—¿Es cierto? Pensó que la probaría y escaparía —su voz se alzó—. ¡Y me lo permitió! Elizabeth Maud Elliot, ¿es ese un modo de comportarse? ¿Dónde están vuestra virtud y vuestro sentido del decoro?

Ella lo miró y le espetó.

—¡No pareció que los echara de menos ayer por la noche!

Jocelin se quedó en silencio, dándose cuenta de lo que estaba diciendo.

—Bueno. Sí. Umm… Sí. Umm… —irrumpió de nuevo—. Pero soy diferente. Puede confiar en mí. Quiero casarme con usted.

Liza se aferró al brazo del sillón y lo miró fijamente, enmudecida. Jocelin se incorporó sobre sus rodillas de nuevo y se maldijo a sí mismo por ser tan torpe. Lo intentó otra vez.

—Liza, querida, sois mi pan y mi vino. Me despierto necesitando ver su rostro y tocar su cabello. Paso mis días escuchando el murmullo de sus vestidos y mis noches soñando con usted patinando en ese lago, deslizándose después entre mis sábanas. Me hace feliz, y no puedo concebir ni un instante en el que no lo hiciera. Hágame feliz para siempre, Liza.

Liza siguió en silencio. Sus ojos se habían abierto mientras hablaba hasta que fueron más grandes que los botones de su chaqueta. Jocelin se inquietó ante el silencio y decidió rogarle de otro modo. Mientras ella lo miraba confundida, él se levantó, se incorporó sobre ella y tomó sus labios. Serpenteó su lengua en el interior de su boca, mordió ligeramente sus labios. Su mano acarició su cuello durante un largo instante, acto seguido la deslizó bajo la manga de su vestido para ahuecarla sobre su hombro desnudo. Arrastró su boca por su mejilla, por su sien, por su oreja, y le susurró.

—Diga que sí.

—Pero nosotros no…

La besó de nuevo.

—Diga que sí.

—Sí.

Él se sumergió en su boca y ella le rodeó el cuello con sus brazos. Jocelin se irguió, arrastrándola consigo, hasta que ambos estaban de pie erguidos. Él arremetió su cuerpo contra el de ella y sintió la mano de ella errar por su espalda hasta sus nalgas. Su sangre se aceleró. Sintió como si su carne se estuviera asando en un espetón. Sus dedos se curvaron, hundiéndose en la piel desnuda de su espalda, a continuación se aferraron alrededor de los botones que aseguraban su vestido.

El sonido de un golpe en la puerta estuvo a punto de hacerle arrancar uno. Liza se sobresaltó. Él perjuró y la abrazó antes de apartarse de ella y pedir al intruso que entrara. Se apartó de Liza para clavar sus ojos en el fuego al tiempo que batallaba contra su cuerpo desenfrenado. Richard Elliot entró bullicioso en la habitación. Jocelin colocó su puño detrás de la espalda y enderezó la columna.

Elliot agitaba su puro.

—Bueno, bueno, bueno, noticias maravillosas. ¡Maravillosas!

Besó a Liza en la mejilla. Aceptó su abrazo, pero le dirigió una mirada de intuición precavida. Jocelin intentó interrumpirlo, pero Elliot le dio unas palmaditas en la espalda.

—Grandes noticias, querido muchacho, he arreglado lo de la iglesia parroquial para mañana noche. Una autorización especial del Arzobispo, ¿sabe?

Jocelin lanzó una mirada de desdén a Elliot, luego desvió la mirada a Liza, la cual tenía el ceño fruncido hacia su padre. Su mano se encontraba apoyada en el respaldo del sillón y sus dedos tamborileaban sobre la piel.

Jocelin se apresuró a interrumpir sus especulaciones regresando a su lado y agarrándola por la cintura.

—Su padre ha estado jugando a Cupido. Le dije que no podía soportar esperar a hacerla mi esposa, y me ha sorprendido con estos arreglos —le lanzó una mirada de lince—. Muy considerado por su parte, Elliot.

—¡Padre!

Ambos se encogieron.

—Padre —dijo Liza al tiempo que se desprendía del brazo de Jocelin y avanzaba en dirección a su padre—. Lord Radcliffe es el heredero de un ducado. No puede casarse con tanta precipitación. Están el duque y su familia, y no olvide a Su Majestad. ¡Además, no sabemos ni siquiera si su padre lo aprobará!

—Mi padre ya está enterado de que busco esposa —dijo Jocelin.

Liza se volvió lentamente hacia él. Ladeó la cabeza.

—Ha estado buscándola todo el tiempo.

Las mentiras empezaron a anudársele en la garganta, por tanto se redujo a asentir.

—¿Lo ves? —dijo Elliot—. No hay nada de qué preocuparse. No querrás todo ese alboroto, querida mía.

Jocelin deslizó el brazo alrededor de sus hombros.

—No realmente. Es terrible. Y si mi madre se involucra, acabaremos en St. Peter en Eaton Square.

—¡Oh, no! —dijo ella.

—Así es, naturalmente, a menos que a Su Majestad se le meta en la cabeza insistir en el palacio de Buckingham o en Windsor.

—Se burla de mí —Liza se humedeció los labios y tragó saliva—. ¿Verdad?

—No —le contestó Jocelin.

—Entonces todo arreglado —dijo Elliot—. Nada de alborotos. Tengo todos los preparativos en mis manos, querido muchacho.

Mientras Elliot exponía, Jocelin observó que Liza permanecía en silencio. De nuevo tenía el ceño fruncido ante su padre. De repente levantó la mirada hacia él. Jocelin le sonrió, pero ella no le correspondió. La oscuridad y la luz de la lámpara de gas resaltaron el color ceniciento de sus ojos.

—Quiero esperar —dijo interrumpiendo a su padre en medio de la frase.

Las mejillas de Elliot se inflaron.

—¡Esperar!

—Mire, Liza querida —dijo Jocelin, besándole la mano y haciéndola estremecer—. Soy consciente de que ha sido cogida por sorpresa. Quizá deberíamos hablar los dos a solas.

Advirtió cómo los músculos de su garganta se tensaban al tragar, y le ofreció una sonrisa que le explicaba que era consciente de lo que le estaba haciendo. Ella apartó su mano dando un tirón, recogió su guante y empezó a colocárselo.

—No quiero esperar —dijo Jocelin.

—Necesito tiempo —sus manos temblaban mientras deslizaba el guante por el brazo—. Seis meses.

Las blasfemias de Elliot estallaron sobre ellos.

—¡Por Dios, eres una loca, no puedes esperar seis meses!

Liza se agarró del respaldo del sillón y sostuvo la mirada fija en su padre.

—¿Por qué no?

—¡No hagas que…!

—Elliot —interpuso Jocelin—, déjeme esto a mí.

Volvió a tomar la mano de Liza y se acercó para poder mirarle a los ojos. Sintió cómo su cuerpo se tensaba hacia él y supo que estaba luchando contra sus propios impulsos. Inclinándose sobre ella, bajó la voz y le infundió el calor soporífero de las colinas de Tejas en agosto.

—Liza, amor mío, no quiere hacerme esperar, ¿verdad?

—No haga eso —le susurró ella.

—¿El qué, amor?

—Su voz, no lo haga. Suena como la miel hirviendo. No lo haga. No puedo pensar.

—No necesita pensar. Dijo que se casaría conmigo. Lo haremos mañana.

Se inclinó y la besó en la sien. Su lengua lavó su piel, y ella se estremeció. Sonrió y le susurró algo inmoral en el oído. Gritando, Liza huyó de él espantada.

—No —dijo, extendiendo la mano para mantenerlo alejado—. Estáis intentando hacer que me precipite. No me gusta. ¿Por qué ha cambiado tan repentinamente? ¿Qué le dijo mi padre?

Elliot bramó.

—¡Por Dios! ¿Arrastras tu virtud por el fango y ahora pones pegas a una boda precipitada?

—¿Qué ha hecho, padre? Está muy satisfecho consigo mismo. ¡No puede tratar a Jocelin como si se tratara de un principiante imberbe.

Con el pecho elevándose, el rostro coloreándose con la intensidad del tomate, Elliot levantó el brazo y señaló a su hija.

—Una ramera es como un foso profundo, mi niña. Y es una pena que me haya visto obligado a hablar así ante una mujer. Sería bueno que leyeras la Biblia y pasaras la noche de rodillas en oración, porque la palabra de Dios dice que debemos abstenernos de la lascivia carnal.

Elliot se calmó, agotado el aliento y las referencias bíblicas. Jocelin avanzó para interponerse entre Liza, pálida y en silencio, y su padre. Se plantó ante el hombre que retrocedió hasta que su espalda chocó contra el manto de la chimenea.

Jocelin arrastró las palabras calmado.

—Si vuelve a hablar a mi dama de ese modo, le meteré ese puro en la garganta.

Con la boca abriéndosele y cerrándose con un sonido seco a modo de un salmón varado en la orilla, Elliot parecía no encontrar réplica. Jocelin se giró a Liza, tomó su mano, y la miró agitado, preocupado porque la crueldad de su padre la hubiera herido. Como había temido, sus ojos brillaban con lágrimas no derramadas. Él estrechó su mano y la apoyó contra su mejilla.

—No le escuches —dijo.

Liza inhaló un soplo desgarrado y liberó su mano.

—Hace mucho tiempo que no lo hago. Me casaré con usted, milord, pero no con precipitación y en secreto. Supongo que su madre y su hermana querrán asistir a su boda.

La mención de su madre y hermana le vapuleó las entrañas, despertando el miedo que creía que había desaparecido.

—¡Maldita sea, Liza! ¿Por qué debe ser tan obstinada?

—No estoy siendo obstinada —gritó Liza mientras andaba de un lado para otro, agitando la cabeza. Temblaba cuando continuó—: Esto no es lo que esperaba. No es como yo lo había planeado.

Los cimientos de la habitación parecieron estallar ante Jocelin al escuchar aquella única palabra.

—¿Planeado? ¿Ha dicho planeado?

—Quiero decir…

—Espere un momento. Espere —los dos se le quedaron mirando mientras pensaba enfurecido, a continuación levantó la mirada en dirección a Liza—. Ha dicho planeado. —Su voz se desvaneció al tiempo que la aprensión lo estrangulaba—. ¡Dios, es una chica muy lista, mucho más de lo que imaginaba! Desea una gran boda como es debido.

—Por supuesto que la quiere —le espetó Elliot—. Es de lo más natural.

—Esa palabra no significa nada —dijo Liza—. Usted no…

Jocelin la interrumpió con la mano levantada. Apenas podía oír su propia voz, era tan débil.

—Una insignificante palabra la ha traicionado.

Liza colocó las manos en las caderas y lo miró airada.

—El querido lord piensa que he urdido una intriga compleja.

—No, Liza —masculló Jocelin—, no siga mintiendo.

Liza levantó las manos.

—No soy una mentirosa, quizás usted esté acostumbrado a las mentirosas. ¿Está tan llena su familia de mentirosos que espera encontrarlos bajo los cojines de cada uno de los sofás? ¿Es su padre un mentiroso? ¿Su tío es un mentiroso también?

Hubo un gran silencio. Jocelin sintió que la sangre se le iba del rostro. Pensó que su cólera contra Elliot era inmensa, pero cuando Liza le habló de su tío, su mente se transformó en ácido abrasador.

—Lo sabe —dijo en un tono de perplejo horror—. ¡Diablos, lo ha sabido todo el tiempo!

—¿Sabido el qué?

Liza desvió los ojos de él a su padre. En otro tiempo él hubiera sido confundido por ese aleteo de pestañas y ese aire de inocencia. Dios, ¿por qué siempre había pensado que era inocente?

Tranquilo, pensó. Ten cuidado. Ellos saben la verdad y podrían hacer daño a Georgiana y a su madre.

Se despojó de su cólera una vez más y la metió en un recodo de su conciencia. Armándose con una máscara de tranquilidad, permitió que su cuerpo se relajara.

—Muy bien —dijo pausado—. Ahora que nos entendemos todos, es mucho mejor.

Liza se señaló a sí misma.

—No entiendo.

Riéndose groseramente, Jocelin continuó como si ella no hubiera hablado.

—La boda en la que ha estado trabajando como una campesina sudorosa tendrá lugar mañana.

Liza dio un golpe en el respaldo del sillón de piel.

—Espere un momento, Jocelin Marshall. No accederé a nada mientras siga comportándose como un loco.

—No es necesario que finja el enfado —le dijo—. Después de todo, sus métodos han sido sólo ligeramente más desagradables que aquellos de otras mujeres a las que he rechazado. ¡Dios, las mujeres son mezquinas, siempre intentando atrapar a un hombre! ¡Por todos los santos, creo realmente que usted no cesaría en el empeño hasta la muerte!

Liza se había ido poniendo cada vez más roja a medida que él hablaba. Cerró las manos en sendos puños y tembló, mirándolo con gesto airado.

Elliot lo miró enfurecido también.

—¡Oiga, Radcliffe!…

—¡Cállese, padre! —el acostumbrado tono suave de Liza se embruteció hasta transformarse en un gruñido.

El puro de Elliot ardió con un rojo más intenso.

—¡No permitiré que mi hija me hable en ese tono!

Liza se volvió hacia su padre y gritó:

—¡Padre, maldita sea, cállese! —se giró a Jocelin—. Y en cuanto a usted, milord, no sé lo que habrá pasado entre mi padre y usted, pero yo no tengo nada que ver.

Se detuvo el tiempo suficiente para tragar saliva y recuperar el control sobre sí. Cuando reanudó su intervención, su voz se quebró.

—No obstante, si me amara como dice, si hubiera confiado en mí, me hubiera preguntado, en lugar de acusarme. Entonces le hubiera contado la verdad. Pero está claro que no está interesado en la verdad ni en nada acerca de mí que sea real. Soy como todas las mujeres para usted, algo apenas más merecedor de estima y respeto que una vaca lechera. Por tanto, milord, creo que he cambiado de opinión y no me casaré con usted, muchas gracias.

Jocelin la miraba atontado. Elliot hacía tiempo que se había desplomado en el sillón consternado. Liza giró sobre sus talones y, sin mediar palabra con Jocelin, salió de la habitación.

Capítulo 17

Liza cerró la puerta del estudio de un golpe, se agarró una parte de las faldas de seda y corrió. Se le nubló la visión por las lágrimas, recorrió con estrépito el pasillo. Podía escuchar cómo su padre gritaba a Jocelin, un acto peligroso. Esperaba que se mataran entre ellos. Dios, ¿qué ocurriría si iban tras ella?

Dio un traspié con sus faldas, y levantándoselas más arriba giró hacia otro pasillo. Las lágrimas corrían por su nariz y mejillas. Se tapó la boca para amortiguar los horribles sonidos entrecortados que no podía reprimir. Apareció ante la escalera del servicio y la atravesó en una carrera. Su padre nunca la buscaría en el ala de la servidumbre.

Avanzando a ciegas junto a la sala de armas y la habitación del mayordomo, giró por el pasillo del ama de llaves, volvió a girar y se deslizó por la entrada de la cocina y de la antecocina. Abriendo otra puerta de un empujón, tropezó con el umbral de la cocina. El lugar estaba a oscuras, pero el alto techo con un respiradero permitía entrar la luz de la luna.

Liza se topó con un fregadero, acto seguido extendió las manos y a tientas hizo su camino hacia una de las largas mesas centrales. Dejándose caer en el suelo, se metió bajo ella, casi golpeándose la cabeza con un cajón. Y así escondida, se acurrucó con las rodillas alzadas y los brazos envolviéndolas. Hundió su rostro en las capas ahuecadas de su falda y lloró.

El que se le hubiera ofrecido el destello de algo que nunca se hubiera atrevido a esperar —quedarse con Jocelin— y luego perderlo le partía el corazón. Su padre había destruido su amor. ¿Habían sentido amor? Ella sí. Y Jocelin se había deshecho de él ante la primera señal de peligro. La había arrojado a una tormenta en el mar para después disparar sus cañones contra ella en lugar de pedirle que luchara a su lado. Ante la primera señal de problemas, ella había sido echada a un lado, acusada de monstruosas maquinaciones, y condenada.

Liza se lamentó ante el dolor físico que su congoja le provocaba. Se sentía como si Jocelin hubiera tomado su corazón y lo hubiera arrojado dentro de un escurridor de ropa, aplastándolo como el papel; igualmente insensible. Y ella tenía miedo, miedo de encontrárselo de nuevo y ver la repugnancia en sus ojos. Su padre la había mirado así toda su vida. Ver la misma repulsión en los ojos de Jocelin era encontrar el infierno en la Tierra. Se había pasado años diciéndose que no era antinatural, peculiar, objeto de aborrecimiento; en unos pocos instantes Jocelin le había demostrado que sus miedos secretos eran reales.

Los minutos pasaron, durante los cuales Liza utilizó sus guantes como pañuelos. Se abrazó a sí misma y soportó el dolor. Después de un largo rato advirtió un ligero cambio en la oscuridad. Absorta en su pesadumbre no había sido consciente del paso del tiempo, y el alba se acercaba. No podía permanecer allí. No podía permanecer en Stratfield Court.

Había un tren antes de las seis. Se marcharía en él. Tras salir a gatas de debajo de la mesa, recorrió con dificultad la casa y subió por las escaleras de las damas. La casa parecía desierta, ya que todo el mundo se había ido a la cama hacía tiempo. Liza despertó a Emmeline y la mandó a que avisara al mozo de cuadra. Tomarían un calesín hasta la estación antes de que nadie, excepto los sirvientes, se levantara. Se escabulliría de la vida de Jocelin antes de que tuviera la oportunidad de herirla otra vez, porque si lo hacía, no creía que pudiera soportarlo.

Transcurrieron varias semanas, durante las cuales Liza intentó reanudar su antigua rutina en Pennant's.

Dejó una nota a sus padres diciéndoles sin más detalles que había decidido no buscar marido. Unos pocos días después su madre le escribió describiéndole la cólera de su padre. Su madre se había sorprendido del tono suave de la nota, y no podía encontrar una explicación a la misma. Liza estaba demasiado enfadada para sentir algo más que un ligero interés en el desconcierto. Marzo dio paso a abril, pero por una vez Liza no advirtió la aparición de nuevas hojas en los árboles, ni la floración de los narcisos del jardín que rodeaba por tres lados la casa. Incluso ignoraba el canto del tordo que había anidado allí.

Finalmente su anterior preocupación despertó en ella. Todavía andaba suelto un asesino y seguramente había vuelto a matar. El conde había sido enterrado, y Toby hizo unas investigaciones por ella. El accidente del carruaje había sido causado por un agujero en la carretera oculto bajo el barro y la nieve medio derretida. El eje del carruaje estaba excesivamente frágil. Toby pensaba que alguien había estado trasteándolo.

Una mañana de mediados de abril, Liza se encontraba sentada ante su escritorio organizando sus notas sobre los hombres en quienes estaba interesada. Halloway y Stapleton habían muerto. Había clasificado la información sobre ellos y guardado en grandes sobres en los cuales había escrito sus nombres. En ese momento estaba metiendo unas páginas en otro, con el nombre de Jocelin por fuera.

Se encontró con un boceto de sí misma con el vestido con relleno. Betty lo había hecho la noche antes de que saliera por primera vez en dirección a la residencia del vizconde. Liza examinó el dibujo a lápiz. Betty la había pintado de perfil, y parecía bastante más metida en carnes de lo que realmente era como resultado de todo aquel relleno. No obstante, Liza podía reconocer su propio rostro bajo la voluminosa cofia de encajes. Mientras la había llevado, había temido que Jocelin la descolocara al sujetarla. Liza cerró los ojos al recordar su fuerza, su inquebrantable mirada verde.

Con precipitación abrió los ojos, introdujo el boceto en el sobre y lo colocó encima del montón de hombres de los cuales ya no sospechaba. A continuación abrió el cajón y sacó varias carpetas, cada una con el nombre de un hombre. Tenía que considerar en qué casa obtener un empleo. Asher Fox y lord Winthrop vivían cerca de Jocelin. Si se colocaba en alguna de ellas, tendría que cambiar su aspecto ligeramente ante la posibilidad de que alguien la reconociera. Quizás iría primero a casa de Arthur Thurston-Coombes.

Estaba hojeando la carpeta de Arthur Thurston-Coombes cuando escuchó voces altas fuera de la oficina. Sin previo aviso la puerta se abrió de golpe. Liza levantó la vista de la carpeta. Jocelin se detuvo en el umbral, rígido y prácticamente sin aliento. Toby se adelantó con un empujón para plantarse delante interceptándole el paso.

—¡Diablos, es un borracho descarado! ¡Salga de aquí enseguida, o lo echaré de una patada en el culo!

Jocelin apartó su mirada airada de Liza para fijar los ojos brevemente en Toby y lo despidió. Antes de que Toby se expusiera a una lesión, Liza se puso en pie.

—No te preocupes —dijo—. Yo me encargaré de él.

Toby puso una expresión de extrañeza, tiró de sus solapas y se marchó. Murmuró algo entre dientes al pasar junto a Jocelin y éste hizo un movimiento de cabeza que podría haber sido de asentimiento. La puerta se cerró y Jocelin avanzó plantándose ante Liza que permaneció tras el escritorio en silencio.

Jocelin inclinó la cabeza.

—Mr. Pennant.

—¿Cómo me ha encontrado?

—A través de un detective privado. No es bueno buscando a domésticas perdidas, pero es capaz de seguir el rastro de damas, incluso si fingen ser un hombre. Le pregunté a su padre dónde estaba, pero parecía de lo más ansioso por que no la encontrara yo mismo. Me dijo que encontraría un modo de traerla de vuelta. Ahora sé por qué. Ya sabía que podría encontrarla sin su ayuda.

—Felicidades. Ahora márchese.

—Aún huele a limón.

—Y usted se comporta aún como un loco.

Liza estuvo a punto de sonreír cuando la boca de él

se contrajo con enfado. En cambio, se alisó las faldas y se sentó en el sillón de su escritorio. Tomó una pluma, abrió el libro de cuentas y empezó a escribir.

—Cuando mi agente me contó lo de usted y Pennant, en un principio no le creí —Jocelin extendió el brazo, señalando la oficina—. ¿Cómo puede ejercer una actividad tan inapropiada?

—Me gusta comer y no tener que dormir en las calles —dijo Liza sin levantar la vista.

—Ahora no tiene importancia Pennant. Tenemos otros asuntos más importantes que tratar.

—No tengo nada que decirle. ¡Buenos días, señor!

—Se dice «milord», no «señor».

Liza escribió una cifra y pasó la página.

—¡Buenos días!

Una sombra cruzó la página, Liza levantó los ojos encontrándose a Jocelin inclinado sobre ella. Cometió un error al mirarlo. Jocelin le mantuvo la mirada intencionadamente. Los ojos de él se abrieron y pareció como si bebiera de su alma.

—Tenemos un asunto pendiente —dijo con tranquilidad.

Ella se quedó perpleja, a continuación bufó.

—¿Debo entender que está hablando de matrimonio?

—Sois inteligente, para ser una mujer.

Arrojando la pluma, Liza cerró de golpe el libro de cuentas.

—¡Dios todopoderoso, habla en serio!

—Estoy intentando ser razonable —Jocelin suspiró—. Estaba enfurecido, y saqué unas conclusiones erróneas, pero ahora está siendo justamente tozuda.

Liza se puso en pie despacio.

—¿Soy tozuda? Confié en usted. Quiero… maldita sea, escuche atentamente. No quiero su título. No quiero sus riquezas. Y no le quiero a usted.

Liza sintió un escalofrío de miedo al observar cómo desaparecía el destello conciliador de los ojos de Jocelin. Apartándose del escritorio, él cruzó su mirada con la de Liza con la frialdad de una efigie mortuoria.

—¡Vaya una contrariedad! Sin embargo, va a convertirse en mi esposa. Nos casaremos discretamente, y vendrá conmigo a mi casa de Kent. No soportaré una temporada en Londres con usted a mi lado y teniendo…

Se detuvo, y Liza siguió la dirección de su mirada. La mano de él reposaba en el montón de sobres. Liza los había olvidado, pero fue sacudida por el terror al observar cómo él leía su propio nombre. Sin pensarlo, intentó agarrar el sobre. Jocelin le apartó la mano de un golpe y lo cogió. Tras abrir la pestaña, sacó el montón de papeles.

El tictac del reloj de la chimenea sonaba con más potencia que el Big Ben mientras Jocelin los leía. Los papeles cayeron de sus manos y se esparcieron por la mesa. El esbozo voló entre dos páginas. Jocelin lo tomó. Con lentitud levantó los ojos hacia ella. Liza se aferró al borde del escritorio, incapaz de emitir una palabra. El rostro de él palideció. Echó otra ojeada al boceto y, cuando la volvió a mirar, se diría que lo estaba haciendo a través de su revólver Colt.

—Así que estaba en lo cierto con respecto a usted y a sus artimañas de matrimonio. ¿La asusté cuando descubrí sus planes? ¿Se dio cuenta de lo peligroso que sería el forzarme y perder su columna?

Liza sacudió la cabeza negándolo, pero Jocelin pareció no advertirlo. La mantuvo atrapada en su mirada.

—¡Sois una perfecta bruja en vuestra búsqueda de un marido, Miss Elliot! —sin apartar los ojos, dobló el boceto y lo metió en el bolsillo de su abrigo—. Mi único consuelo es que casándome con usted, podré ponerle las manos encima. Va a pagarlo, Liza. No piense que no va a ser así.

Realmente asustada, Liza se sujetó en el escritorio con una mano y levantó el brazo señalando a la puerta.

—No voy a casarme con usted, y no voy a pagar por algo que no he hecho. ¡Fuera de aquí! ¿O debo llamar a Toby?

Deseó que él no hubiera sonreído. Su sonrisa le recordó a Dante: «El huracán infernal, que nunca descansa, azota a los espíritus con su violencia…».

—Esté en mi casa dentro de una hora, Liza. No me haga esperar.

Ella no le contestó mientras Jocelin la recorrió con su mirada, se giraba y salía de la habitación. Le dolía la mano. Bajó los ojos, descubriendo que estaba agarrando con tanta fuerza el borde de la mesa, que al día siguiente tendría morados en los dedos. Obligándose a soltar la mano, jadeó como reacción tardía ante la violencia de los ojos de Jocelin. Se le doblaron las rodillas y se dejó caer en el sillón.

Toby irrumpió en la habitación, sorprendiéndola.

—¿Diablos, qué quería?

—Él… él quiere casarse conmigo. Mi padre debe haberle hecho algo terrible —Liza se quedó con la vista clavada en la pared sin ver nada—. Ha descubierto lo de Miss Gamp, y ahora me odia.

—¡Diablos! —exclamó Toby—. Escuche, señorita. Es hora de escapar. Ese tipo no es gente con quien uno pueda tropezarse y no salir herido. Debe irse de Londres.

Liza se frotó las manos y se revolvió intranquila en el sillón.

—No puedo. Tengo que ver lo que puedo descubrir sobre Winthrop, Fox y Coombes. Y luego está ese Mr. Ross. Casi lo había olvidado. Siempre está con el vizconde, no confío en él.

—No me engaña, señorita. Está tan asustada que brinca como un gorrión.

—Me recuperaré. ¿Qué puede hacer?

—Ni siquiera quiero pensarlo —dijo Toby.

Se marchó, gruñendo, y Liza intentó regresar a la lectura atenta de sus carpetas. Sus intentos probaron ser infructuosos, ya que por mucho que le hubiera gustado fingir lo contrario, Jocelin la había aterrado. Aquella noche se fue a la cama, pero no durmió.

En un principio pensó que el problema partía de los inconvenientes normales de una agencia de personal doméstico. Los clientes cancelaban sus planes en el último minuto sin pensar en las consecuencias para Pennant, no mucho más de lo que harían por las molestias de sus zapatos. Lord y lady Quince rescindieron su pedido de siete doncellas de servir y criados para el baile de compromiso de su hija. El embajador de Francia no volvió a requerir los servicios de tres nuevas doncellas de recocina, y mientras tanto el club de caballeros Amberton solicitó la devolución del depósito hecho para los servicios de Monsieur Jacques.

Cuando a la semana siguiente el nivel de cancelaciones aumentó, Liza comenzó a inquietarse. Poco después una mañana, Toby hizo entrar en la oficina a una llorosa Maisy Twoffle. Maisy era uno de sus últimos hallazgos, una antigua asidua de los tugurios de St. Giles. Liza se había topado con ella cuando intentaba vender flores en las calles cerca del Parlamento a mediados de invierno. La joven apenas tenía más de diecinueve años y estaba desesperada por poner algo más de comida en la boca de sus tres hijas pequeñas. Sin marido.

—Ahora deja de sollozar y dile a la señorita lo que ha ocurrido —dijo Toby mientras le extendía un pañuelo a Maisy.

—¡E... ellos me despidieron en la puerta! —Maisy sorbió las lágrimas en el pañuelo—. ¡Ese hediondo viejo... perdone señorita... ese anciano, el mayordomo, eso es, él... él me arrojó a la calle antes de que pudiera llegar al umbral de la puerta! —Maisy comenzó a hipar—. ¡Y todos estaban allí, mirándome, y entonces, él... él me llamó ra... ra... ramera!

Liza intercambió una mirada con Toby por encima de la cabeza de Maisy mientras le daba unas palmaditas en el hombro. Le alisó los volantes almidonados del delantal.

—Habrá habido un error —le dijo ayudando a Maisy para que se pusiera en pie—. Vuelva a la cocina y dígale a Mrs. Ripple de mi parte que le prepare una buena taza de té con tortitas. Y no se preocupe.

Maisy se frotó la nariz con el pañuelo.

—Pero, señorita, ayer Hester fue despedida del lugar al que la envió, y lo mismo le ocurrió a Mr. Humewood.

—Yo me encargaré de ello —dijo Liza al tiempo que giraba a la doncella y la conducía hacia la puerta.

Regresó a su escritorio y extendió el gran programa de trabajo del mes. Unas grandes equis marcaban la mitad de los compromisos cancelados durante las dos últimas semanas. Tomó una pluma, la introdujo en el tintero e hizo una señal al lado del compromiso de Maisy. Dando unos golpecitos con la pluma sobre el calendario, reconsideró la situación durante un instante, acto seguido levantó los ojos hacia el expectante Toby.

—No es necesario que me diga nada —dijo levantando la mano—. Descubriré qué es lo que se está cociendo. El estúpido mayordomo de Maisy es uno de esos que sólo es bueno intimidando a las jóvenes y desgraciados que están bajo su control.

Toby regresó varias horas más tarde con el labio partido y con el cuello de la camisa ladeado. Le sonrió mientras ella le pedía que se sentara y le servía un vaso de agua.

—Me llevó un tiempo persuadir al mayordomo, pero conseguí sacarle la información —se tocó ligeramente el labio con el dorso de la mano—. El viejo bastar... la hija del viejo loco está al servicio de lord Quince, y oyó este rumor de boca del mayordomo que ha contratado a su hijo.

Liza únicamente necesitaba confirmar sus sospechas.

—¿Quién es?

—Choke, naturalmente —Tobby dio un golpe al brazo del sillón—. Lo sabía. Su poderosa señoría va por ahí manchando la reputación de Pennant. ¿Sabe lo que va extendiendo por ahí? Que parece que Pennant contrata a mujeres de la calle, y a ladrones también. Monsieur Jacques podría ser perfectamente un famoso ladrón de carteras en el continente.

Liza se hundió en el sofá. Podía escuchar el crujido de su viejo armazón. Iba a arruinarla. Todo lo que había construido sucumbiría bajo una montaña hinchada y mugrienta de escándalo. La sociedad rendía culto en el altar del decoro superficial. Este decoro se debía extender tanto entre los sirvientes como entre los señores. Pennant no sobreviviría otra semana.

Jocelin estaba dando muestras de lo que Liza siempre había sabido. Una rudeza aterradora yacía bajo una capa de comportamiento civilizado que él llevaba con tanta soltura. En sus momentos de más calma, Liza comprendió lo traicionado que se sentía. También sabía que se movía por alguna amenaza de su padre. Había estado pensando en ello durante las últimas semanas. Su padre se había entrometido y había provocado un desastre, pero Jocelin no era el tipo de hombre que se doblegaba ante las amenazas durante mucho tiempo. Encontraría el modo de burlarse de su padre, pero entre tanto ella sufriría.

Debía encontrar una vía para salir de este embrollo. Su padre nunca la escuchaba, por tanto sólo quedaba Jocelin. Jocelin no escucharía sus explicaciones. Estaba demasiado herido para atender a su defensa; y ella estaba demasiado herida y había sido demasiado humillada para arriesgarse a intentarlo. Quizá, sin embargo, ella podía hacerle comprender que no era justo que otros sufrieran.

—Toby, quiero que mande venir a Maisy y a sus hijas. ¿Quién más está disponible? Llame a Hiram y a sus dos pequeños hermanos; y a Mrs. Peak, y a Aggie y a sus pequeños; y a Dora y a su madre. A esos quince. Tráigalos aquí enseguida.

Liza se dirigió a su escritorio y escribió una nota. Tras secarla la metió en un sobre y se la entregó a Toby.

—Pero primero envíe esto.

Toby miró la dirección, luego a Liza.

—Va a ir donde está él, ¿verdad? Lléveme con usted.

—Sólo perderá el control —le dijo Liza—. No puedo permitirlo. Pennant está en juego.

Con todas las disposiciones bajo control, Liza abandonó Pennant para hacer una visita al banco. Había apartado fondos para una emergencia, pero no durarían para siempre, y había como unas treinta personas de las que debía cuidar. Éstas tenían que alimentar y vestir a sus familias, pagar alquileres, atender a su salud. Transfirió los fondos de los ahorros a la cuenta de Pennant bajo la mirada desaprobadora del director del banco y regresó a casa.

Para la hora del té había despachado a su gente en un vehículo de transporte colectivo. Se introdujo en un cabriolé y condujo a la pequeña procesión hacia el oeste, en dirección a Grosvenor Square. En poco tiempo se encontraron atravesando las verjas de la casa del vizconde Radcliffe y se detuvieron en la entrada de carruajes. Se calmó a sí misma mientras los otros salían del vehículo; acto seguido descendieron.

Una confrontación con el hijo de un duque no era momento para escatimar esfuerzos en su aspecto. Sin ningún motivo para disfrazarse, se había puesto su mejor vestido de tarde. La pesada seda estampada en azul eléctrico y negro se adaptaba y sujetaba a su cintura con un ancho cinturón negro. Miraba al mundo a través del frágil velo negro de su sombrero; su expresión era tan severa como el corte de su vestido.

Tras subir los peldaños, se detuvo para lanzar una mirada de repulsión a Choke mientras éste abría sus puertas. Liza pasó ante él apresurada, advirtiendo su semejanza con un pavo sorprendido.

—¡Madam! —chascó la lengua con disgusto—. Madam, su tarjeta, si es tan amable.

Ella lo ignoró, llamando por encima del hombro al resto.

—¡Vamos entren, Maisy, Aggie, todos!

Liza vaciló en el vestíbulo el tiempo suficiente para espetar a Choke.

—¿Dónde está?

Choke se redujo a mirarla boquiabierto, así que Liza extendió la mano enguantada en seda negra y le agarró la pajarita.

—¿Dónde (sacudida) está (sacudida)? —le preguntó, tirando de su pajarita tras cada palabra.

Choke tartamudeó, a continuación tiró de la pajarita. Ella extendió de nuevo la mano hacia la pajarita, y éste se escabulló con torpeza de su camino.

—En... en la sala de estar.

Liza hizo un gesto con la mano hacia Maisy y el resto. Dos pequeñas corrían por el suelo de mármol, mientras un niño que estaba aprendiendo a andar les balbuceaba algo. Otros chiquillos pasaron amontonados junto a Sledge, haciéndole muecas.

—Entren, todos.

Tras darse media vuelta, acompañada por el susurro de sus faldas, se puso en marcha de nuevo, esta vez para subir las escaleras. No perdió tiempo en llamar, y abrió de golpe la puerta del gabinete de Jocelin. Un niño la sobrepasó patinando en dirección al delicado escritorio barroco. Otros infantes se desperdigaron en bandada tras ella mientras avanzaba con grandes zancadas hacia Jocelin. Él levantó la vista cuando comenzó la invasión, siendo únicamente distraído por un pequeño de tres años que trepaba entre sus piernas.

Liza se detuvo ante él y esperó a que sus empleados se reunieran en la habitación. Jocelin dejó escapar un grito cuando la pequeña de Maisy, Peg, intentó subir por sus piernas agarrándose a una parte vulnerable de su cuerpo. Apartó a la niña de sus piernas y la sujetó en el aire ante él como si se tratara de una camisa sucia. Desafortunadamente para él, la pequeña Peg tenía una carita redonda y rosada, unos rizos negros interminables y unos grandes ojos oscuros del marrón de los perros de agua. Ella pateó en el aire. Casi la dejó caer e instintivamente la atrajo hacia sí y se la colocó en la cadera. Demasiado tarde echó un vistazo alrededor encontrándose el gabinete invadido por un hervidero de mujeres agitadas, niños y un anciano.

El ojo tranquilo de este huracán humano, Liza observaba cómo Jocelin miraba airado a su gente y después desviaba la vista hacia ella.

—¿Qué se cree que está haciendo?

—Le dije que venía.

Jocelin la miró airado por encima de la cabeza de la niña.

—Llega temprano.

—¿De verdad?

—Y no dijo nada de esta gente.

Jocelin intentó entregarle a la pequeña Peg, pero Liza mantuvo las manos agarradas al bolso. Peg se había fascinado con el pelo de Jocelin y cuando él la apartó, ella no se soltó. Jocelin gritó y Liza esbozó una sonrisa afectada.

—Vamos, pequeño bicho.

Aquel deje, ese acento americano. Estaba enfadado. Bien.

Jocelin abrió con esfuerzo los dedos liberando su pelo y la puso en el suelo. Maisy la llamó, y la niña avanzó con torpes pasos hacia su madre. Algo de porcelana, y sin duda de valor, chocó contra el suelo, y un infante sollozó expresando su frustración. Jocelin hizo una mueca al oírlo y señaló al niño.

—¡Saquen a ese niño de aquí! —Miró altivo a Liza—. ¿Qué está tramando, mujer?

Liza le sonrió. Se volvió y guió a un anciano de ojos tristes y empañados que arrastraba los pies para que se colocara ante él. A continuación tomó un bebé de los brazos de Aggie y, antes de que Jocelin pudiera reaccionar, empujó en sus brazos el bulto que se revolvía.

—Está intentando arruinar Pennant, milord. Pensé que debería ver quién es Pennant en realidad.

Jocelin había palidecido y desviaba los ojos primero a ella y luego al bebé y así sucesivamente.

Liza cruzó los brazos delante del pecho y le ofreció un larga mirada de satisfacción.

—Sujete bien su cabecita, milord. No querrá romperle el cuello. Pero pensándolo bien, podría muy bien hacerlo, ya que de todas formas ella y su madre estarán pronto viviendo delante de los portales y en los callejones de Whitechapel.

Capítulo 18

*J*ocelin bajó la mirada al bebé que tenía en el hueco de sus brazos. Apenas podía sentir su peso. Tenía una naricita sonrosada más pequeña que la yema de su dedo meñique, y un brillante arco rojo por boca. Si se movía, podría dejarla caer, o romperla. La alarma le incitó a reaccionar. Sujetó el bulto con fuerza, cargó contra la multitud allí congregada y arrojó al bebé contra los brazos de su madre.

—¡Tómela!

No había sido su intención gritar. El bebé se despertó y empezó a berrear. Jocelin hizo una mueca de desagrado. Echándose hacia atrás para apartarse de aquella fuente de chillidos angustiosos, chocó contra Liza. La miró con el ceño fruncido y se retiró a su escritorio. Apretó el botón que se encontraba en la pared a su espalda para llamar a Loveday.

Una chica con un abrigo con muchos volantes pescó a un pequeño entre las cortinas de damasco de una ventana. El chico tropezó, y de no haber sido porque la joven lo agarró se hubiera caído.

—¡Vosotros! —les gruñó—. ¡Volved!

Señaló al grupo que no paraba de moverse en medio de la habitación. Lo miraron fijamente durante un instante, evaluando el riesgo de desobedecer, luego volvieron con sus madres. Entró Loveday. Fue un tributo a la ingenuidad de Liza el que la visión de su prole provocara una demostración de sentimiento en el ayudante de cámara. Loveday alzó las cejas.

—¿Conduzco a estas personas abajo, milord?

Jocelin enderezó la espalda y los hombros, colocó el puño en la espalda y dirigió una mirada inquisidora a Liza.

—Se ha salido con la suya.

—Maisy, Aggie —dijo Liza—. Vayan con Mr. Loveday.

El agitado remolino marino de madres y niños retrocedió. Mientras observaba cómo se marchaban, Jocelin recuperó la compostura. Había estado tan resuelto a proteger a Georgiana, tan enfurecido con Liza, que no había considerado quién más podría sufrir las consecuencias. No obstante, ella no iba a ganar en el terreno moral allí.

Ella era la que había estado espiándolo, todo el tiempo. Durante semanas él se había preocupado de si se habían enamorado o de si se trataba tan sólo de lujuria, de si congeniarían. Durante semanas no se atrevió a admitir lo asustado que estaba, asustado de que él... con su pasado mancillado, su cuerpo profanado... no la merecía. ¡Por Dios, cuando encontró aquellos papeles, aquel dibujo, y se dio cuenta de cómo lo había engañado, quiso morir, del mismo modo que lo había deseado cuando ocurrió lo de Yale...!

¡Maldita fuera! Ella le había hecho sentir la vergüenza de nuevo. Lo había arrojado en el infierno donde había pasado años trepando para salir. Liza y Yale, había poca elección entre ambos. Había confiado en los dos, y cada uno de ellos lo había utilizado. ¿No le depararía nada la vida excepto la traición? La gente de Pennant se marchó. Debía ganar ventaja. Recordó un consejo de un anciano borracho en San Antonio: nunca dejes que un hombre te vea vacilar; nunca dejes que una mujer sepa lo mucho que te interesas por ella. Liza Elliot no iba a ver ninguna de esas cosas.

—Bueno, bueno, bueno —dijo arrastrando las palabras—. La he asustado realmente, ¿verdad, querida?

La mirada de satisfacción de Liza desapareció.

—¿Va a perseguir a pequeños?

—No es necesario.

—¿Por qué?

—Una vez que estemos casados, reinstituiré Pennant, podríamos decir. Una vez que estemos casados.

Anduvo alrededor de ella y se detuvo a su espalda. Inclinándose sobre Liza, le dijo a media voz cerca del oído:

—Se trataba de eso este espectáculo, ¿no es así? ¡Un extraordinario farol! Está aquí para rendirse, pero como tiene atragantado el admitir que he ganado, está intentando echar tierra en mis ojos.

Ella se apartó de Jocelin. Sus faldas azul eléctrico crujieron. Jocelin apretó los dientes para evitar que el sonido devorara su cólera. Tras quitarse los guantes, Liza frotó las manos contra el cierre de su bolso. Estaban blancas de frío, a pesar de que la habitación estaba templada. Jocelin sonrió. Podía intuir que ella deseaba golpearle en el estómago y estaba enfurecida por no poder hacerlo.

—Si accedo, ¿devolverá el prestigio a Pennant?

—Sí.

Liza levantó las manos.

—¿Será tan amable de dejar de hacer eso?

—¿El qué?

—Lo está haciendo otra vez. Suena como un rufián y odio ese deje perezoso. Da la sensación de que estuviera medio dormido, haciendo que espere que en cualquier momento saque ese horrible revólver de plata.

—¿Mi Colt?

—Sí, supongo.

—¿Que deje qué, cielo?

—¡Pare!

Jocelin rió y advirtió el modo en que ella le lanzaba una mirada asustadiza y desviaba los ojos a sus caderas. Jocelin se desabrochó la chaqueta y la echó hacia atrás.

—No la llevo.

Su mirada permaneció en sus caderas, y Jocelin olvidó su pistola. No le importaba el odio. No le importaba el chantaje cuando ella lo miraba de ese modo. Se acercó a Liza y le tocó la mejilla.

—Quizá tenga otros motivos para casarse en los que no he pensado. Quizá le guste lo que le hago. Ciertamente me gusta lo que usted me hace.

Liza le apartó la mano de un golpe y con un grito.

—¡Apártese de mí!

Jocelin la ignoró y, rodeándola con los brazos, la estrechó con firmeza.

—¡Vamos, cielo! ¿Qué prefiere, las calles o a mí?

Liza le dio un codazo en las costillas. Él hizo una mueca de dolor y la liberó. Liza se escabulló fuera de su alcance, agarró precipitadamente el sombrero y extendió la mano que tenía libre para advertirle que se mantuviera alejado.

—¡Quédese donde está! De acuerdo, de acuerdo, lo haré.

—Dígalo, Liza. Diga que he ganado.

Una parte de su intensa furia se esfumó mientras la veía luchar contra su orgullo y su deseo de golpearle en la cara.

—¿Qué ha dicho? —le preguntó él con inocencia—. No puedo oír bien desde que esos pequeños animales suyos entraron gritando en mi gabinete como pálidos comanches.

—Le dicho que ha ganado. Me casaré con usted, pero sólo para salvar Pennant, a Toby y al resto. No puedo permitir que sean destruidos por mi culpa. No podría soportarlo.

—No me importa el porqué lo hace. Sólo me importa que lo haga. Y lo hará enseguida.

—¡Enseguida! —Liza hizo un gesto negativo con la cabeza—. No puedo. Tengo que descubrir lo que le ocurrió de verdad a mi hermano. Quizás a usted no le preocupe, pero estoy convencida de que todas esas muertes en su regimiento no pueden ser una coincidencia.

Jocelin sintió como si su mente le hirviera. Le dolía el cráneo, y sentía el dolor de sólo mirarla. El esfuerzo de voluntad que le costó reprimir la angustia no le dejó hueco para considerar sus teorías inverosímiles.

—Hablaremos de su hermano más tarde.

Extendió la mano para tomar la de Liza. Ésta le dio una palmada en el brazo. Perjurando, Jocelin la agarró por la cintura y se obligó a hablar con educación.

—No discutiré este asunto, Liza. Ahora mismo estoy preocupado con un asunto mucho más urgente, uno que no puede esperar. Su padre no puede esperar. Si es una buena chica, reconsideraré el hacer indagacio-

nes en la policía de vuestra parte. Por el momento, tenemos que asistir a nuestra boda. Loveday habrá enviado ya a buscar a todo el mundo, al vicario, a mis testigos,
los carruajes, todo.

—La policía no me creyó. Tengo que investigar por
mi cuenta o...

—He dicho que me encargaré de ello después de que
nos hayamos casado —Jocelin escuchó su propia voz
alejarse—. Debe acostumbrarse realmente a mis normas, Liza. ¡Ah, ya veo que no había pensado en ello
cuando planeó su sucio ardid! Piénselo ahora, mientras
espera. Su maldito padre y yo hemos firmado ya las ca-
pitulaciones matrimoniales. Una vez que estemos casados, tendré control de sus fondos, y de usted. Mi única
pizca de suerte en todo este embrollo es que su querido
padre no está tan loco como para creer que una mujer
debe controlar su propia fortuna.

Liza se tiró de la muñeca.

—No me importa el dinero de mi padre. No lo ne-
cesité para abrir Pennant. No lo necesito ahora. Lo que
necesito descubrir es quién de entre sus amigos mató a
mi hermano. Y si tan sólo se limitara a escucharme, podría explicárselo.

Jocelin cerró los ojos por un momento.

—¡Calle!

—Pero...

—¡Maldita sea! —Jocelin aferró su puño alrededor
de su muñeca, pero lo suavizó cuando Liza hizo una
mueca de dolor—. Si es inteligente —le dijo entre dientes—, no volverá a sacar el tema.

Con la respiración acelerada, el pulso latiéndole en
los oídos, miró airado a Liza.

—Hablaremos de muertes y asesinos cuando haga

que mi investigador privado investigue la muerte de su hermano y de los demás. Estoy de acuerdo en que puede estar sucediendo algo raro, pero puede que no tenga nada que ver con mis amigos. Justo ahora tenemos otros asuntos que terminar. Dejará Pennant a cargo de ese hombre, Toby, de ahora en adelante. Usted se viene conmigo a Kent, donde aprenderá a comportarse con propiedad como mi esposa.

—Me casaré con usted, eso es todo.

—¿Está haciendo alguna sugerencia?

Liza intentó hacer palanca para liberar la muñeca de sus dedos.

—No va a tocarme.

Él la comprendió y apartó su muñeca con disgusto. Siguiendo los pasos de ella, la apremió de tal forma que ella retrocedió apartándose de él.

—Puede que su padre me haya obligado a casarme con usted, pero por Dios que usted no se atreverá a darme órdenes. Dentro de poco, mi querida Miss Elliot, voy a poseerla.

Liza retrocedió hasta que su espalda se topó con el escritorio.

—No lo conseguirá, y tendrá que mantenerse alejado de mí.

Se incorporó sobre ella, recorriendo su rostro con la mirada.

—Escúcheme. Cada vez que la he deseado, la he tenido, de un modo u otro. Me costó muy poco. De verdad, me asombró lo fácil que se abrió a mí —Jocelin frotó el pulgar en los labios de Liza—. Piense en ello. Puede que me haya rogado también.

Acarició su labio inferior con el pulgar, y ella se lo mordió. Dando un grito, lo liberó de una sacudida.

Ella permaneció allí, mirándolo airada, la respiración acelerada y con lágrimas en los ojos.

—Ojalá hubiera sido su… su…

—¡Maldita sea! —la agarró y la estrechó contra su pecho—. Va a pagar por eso —se detuvo y rió—. Acabo de pensar en un castigo apropiado. Cuando tenga tiempo, haré que cumpla ese deseo, pero de un modo que me proporcionará placer. Sin duda al principio se negará, pero al final le va a gustar, Liza. Se lo prometo.

—¡Es un monstruo, y no me tocará!

Chasqueó su lengua de nuevo y comenzó a guiar a Liza a la habitación. Cuando ella advirtió su destino, comenzó a luchar contra él.

—No es necesario que haga esto más difícil —dijo Jocelin al tiempo que la tomaba en brazos.

Liza pataleó y se retorció en sus brazos, pero él la arrojó en la cama antes de que pudiera escapar. Mientras él cerraba la puerta que comunicaba con la sala del baño, Liza luchó bajo una montaña de enaguas y faldones. Saltó como un rayo de la cama cuando él alcanzó la puerta del gabinete. Resbalando para detenerse, lo ojeó con aprehensión cuando Jocelin asió el pomo.

—Antes lo mataré —dijo ella.

—No creo que sea lo bastante rápida.

Con una sonrisa afectada de regocijo, Jocelin se deslizó por la puerta, la cerró y le echó la llave. Hubo una pausa, y a continuación el sonido de ligeros pasos corriendo. La puerta tembló cuando Liza comenzó a golpearla. Él sonrió entre dientes.

—Justo ahora comienzo a darme cuenta del consuelo que puedo tener para soportar el matrimonio con usted. ¿Le he dicho la otra condición que puso su padre en nuestro acuerdo? Quizá lo olvidé. Comprenda, su querido padre quiere la promesa de un niño en un periodo de seis meses. Había pensado en no volverla a tocar nunca más como castigo, pero parece que voy a tener que tocarla mucho, y con frecuencia. Piense en ello, Liza. Piense en lo que voy a hacerle antes de que logre dejarla embarazada.

Cesaron los golpes. Jocelin se quedó escuchando un momento, pero no le llegó ningún sonido de su habitación. Mientras esperaba, empezó a advertir su cuerpo. Estaba frío, como si hubiera saltado en una corriente de agua en medio de una ventisca. Se miró las manos, le temblaban. Cerrándolas en un puño, las puso detrás en la espalda. Tomó una gran bocanada de aire y luego lo soltó entrecortado. Tenía que controlarse un poco más, no importaba el pensamiento amenazador de un enlace futuro con una mujer que le había traicionado.

Apartándose de la puerta, bajó las escaleras. Su ya de por sí desesperado humor se oscureció aún más a medida que descendía.

Sin saberlo, un deseo había permanecido oculto en la maleza árida y el laberinto de su alma: un deseo por algo diferente a lo que tenía. No le gustaba pensar en ese deseo, porque parecía débil y más bien trivial el ansiar una esposa adorable y una familia; un hogar. A pesar de todo ahí estaba, era curioso. Deseaba lo que su vida debería haber sido con sus padres, lo que él había vislumbrado por su amor hacia su madre y Georgiana. No merecía la pena anhelar eso ahora. No tenía sentido.

Alcanzó la entrada del vestíbulo y advirtió que Choke y Loveday habían llevado a cabo todas sus instrucciones. Al percatarse de la presencia de Liza, habían empezado los preparativos para cerrar la casa. Las doncellas estaban echando sábanas para proteger del polvo los muebles. Los criados llevaban baúles y cajas a un carruaje que esperaba. El vicario y sus amigos llegarían pronto, pero no lo suficiente para distraerlo de su angustia. Había deseado a Liza como esposa, pero lo había traicionado. Ahora se conformaba con que ella se comportara tan sólo como una esposa debía hacerlo. ¿Cómo decía Tennyson?

> *El hombre al campo y la mujer al fuego:*
> *El hombre a la espada y la mujer a la aguja:*
> *El hombre con la cabeza y la mujer con el corazón:*
> *El hombre a mandar y la mujer a obedecer;*
> *Todo lo demás confusión.*

Se encerró en la biblioteca. Todo lo demás confusión. Ahí es donde yacía el peligro en la mujeres como Miss Elizabeth Maud Elliot. Ellas, con su carencia de principios y con su comportamiento hombruno, no se podía confiar en ellas.

Echó un vistazo alrededor, estaba embargado por la furia y la frustración. Como el resto de la casa, la biblioteca se encontraba envuelta con sábanas, las cortinas estaban corridas, dejando fuera el sol de la tarde. Perjuró y se dirigió al mueble bar. Se sirvió un whisky y se lo bebió de una vez, lo rellenó e hizo desaparecer el líquido de dos tragos, y se echó otro. Esta vez se hundió en el sillón y se quedó con la mirada fija en la chimenea ennegrecida mientras los minutos pasaban. Había terminado aquel vaso y servido otro cuando Loveday llamó a la puerta y entró.

—Mr. Fox y Mr. Ross, milord.

—Sí —musitó Jocelin.

Se soltó la pajarita y se abrió la camisa mientras Asher y Nick entraron. Vacilaron al verlo, luego avanzaron juntos para revolotear a su alrededor.

Con la barbilla apoyada en el pecho, Jocelin levantó la vista sin sonreír.

—¿Dónde están los otros?

Intercambiando unas mirada con Nick, Asher respondió.

—Le han cazado.

—Exacto, viejo amigo —Jocelin dio otro sorbo al whisky—. He sido cazado, Mr. Fox, cazador.

Asher le arrebató el vaso.

—¿Pero por qué? ¿Por qué esos secretos y esas prisas por casarse? No deberías hacerlo. Esa joven no es apropiada, sin clase ni educación; y no necesitas su dinero. ¿Por qué, Jos?

Jocelin se encogió de hombros y le quitó el vaso a Asher. Nick fue demasiado rápido para él y le arrebató el vaso de los dedos cuando se lo llevó a los labios.

Asher examinó el rostro de Jocelin.

—No puedes casarte en este estado. Los votos del matrimonio son para toda la vida y no puedes tomarlos cuando estás borracho y parece como si quisieras arrojarte a la garganta de un volcán.

Nick habló por primera vez, cruzó los brazos y se unió a Asher para observar a Jocelin.

—No merece la pena, Fox, viejo amigo. He intentado disuadirlo durante días y días. Va a hacerlo. Es extraño cómo después de la cena de repente se despertó en él una repulsión hacia Miss Elliot, y a pesar de ello no podía esperar para casarse con ella.

Jocelin dejó escapar un bufido y se desplomó en el sillón. Nick intercambió una mirada con Asher. Se comunicaban en silencio, a continuación desviaron los ojos hacia Jocelin. Había hundido la barbilla aún más en el pecho y les lanzó una mirada de resentimiento a ambos.

—No admito que interfiráis ninguno —dijo, preocupándose en pronunciar claro.

—¿Cómo te han cazado? —le preguntó Asher.

Jocelin miró al mueble bar y se levantó a medias. Nick le puso la mano en el pecho y lo empujó. Los pies de Jocelin resbalaron por debajo de él, y se desplomó de nuevo en el sillón perjurando. Escuchó la réplica de blasfemias de Nick, en demasiado mal estado para notar que su amigo había vuelto a su acento natural.

—¡Vaya! ¡Estás realmente piripi, querido!

—¡Dios santo! —susurró Asher al tiempo que miraba boquiabierto a Nick.

—¡No balbucee como una muñeca! —dijo Nick a Asher—. Ya me conocía, y no tenemos tiempo para florituras. Jos me escucha mejor cuando soy yo mismo.

Jocelin se levantó con un impulso del sillón y pasó como una flecha junto a sus amigos en dirección al mueble bar.

—Debería habérmelo supuesto. Loveday os lo ha contado, ¿no es así?

—Sus palabras fueron estas: «No somos nosotros mismos esta noche, y hemos encerrado a nuestra prometida en nuestra alcoba» —dijo Asher—. Y como no estoy acostumbrado a que los sirvientes recurran a mí con esos modales, especialmente Loveday, comprendí la gravedad de las circunstancias.

Nick se unió a Jocelin en el mueble bar.

—De acuerdo. Supe que estabas destrozado en el mismo minuto que recibí la nota de Loveday.

Jocelin se las arregló para echar en el vaso la mayor parte del whisky que se estaba sirviendo. Nick le quitó la botella.

—Ya no hay más para ti, querido. Mi mamá solía decir que el licor era la infusión del diablo.

Dando tumbos hacia su sillón, Jocelin sonrió con un resoplido.

—Hablas como el viejo Pawkins.

Cuando terminó, Loveday anunció a Winthrop y a Thurston-Coombes. Jocelin agitó el vaso como saludo.

—¡Ah, mis otros testigos! Entrad. Tomad un trago. Estábamos justo hablando del querido Pawkins. Nuestro amigo Nick me lo recuerda. ¡Nuestro apreciado y buen amigo Pawkins! Pensé que se recuperaría. Como yo.

Winthrop arrugó la nariz y bajó la mirada hacia Jocelin.

—¡Está borracho!

—No se le puede culpar —dijo Thurston-Coombes—. Después de todo, se va a casar en unos instantes.

Jocelin continuó a lo suyo.

—Pawkins estaba casado. Me pidió que cuidara de su esposa en el caso de que no consiguiera recuperarse —colocó otra vez la barbilla en el pecho, sin hacer caso de los intentos de Nick por que se sentara erguido—. Estaba durmiendo a mi lado aquella noche en el hospital de Scutari. Tenía fiebre, pero nunca pensé que muriera de ese modo. Me desperté en la oscuridad. No sé por qué. Creo que debí escuchar sus arcadas, porque los doctores decían que era probable que se ahogara con sus esputos. Habría preferido morir en la lucha.

Asher se arrodilló junto a él, y Jocelin le ofreció una sonrisa triste.

—Nunca vamos a dejar atrás Crimea, ¿verdad?

—Yo lo he hecho —dijo Asher a media voz—. Y tú puedes hacerlo.

—¿Cómo? Tú estabas allí. Viste lo que le sucedía a Cheshire y a los otros. Al menos creo que estabas allí. ¿No es así?

—No tan cerca como Winthrop y Thurston-Coombes, pero lo bastante cerca.

—¡Maldita sea! —espetó Nick. Había adoptado de nuevo su acento refinado ahora que los otros se encontraban allí—. ¡No le estás haciendo ningún bien sumiéndolo en el maldito pasado!

—Pawkins estuvo delirando acerca de un caballo —murmuró Jocelin. Levantó los ojos cuando advirtió que todos lo observaban—. Así fue. No dejaba de delirar acerca de un caballo. Cheshire y el caballo, decía. Una y otra vez. Cheshire, el caballo de Cheshire, el caballo.

Winthrop se había apoderado del otro sillón como si fuera su trono y ahora expresó su opinión al respecto.

—Está loco.

Thurston-Coombes le lanzó una mirada irritada. Asher hizo un gesto con la mano para que guardaran silencio y sacudió el brazo de Jocelin.

—Jos, querido muchacho, tú también estabas delirando. Olvida a Pawkins. Únicamente estás intentando evitar el pensar en esta boda.

—Y digo yo —Thurston-Coombes se animó y dio una palmada—. Siempre he querido asistir a una boda prohibida. Se trata de una así, ¿verdad?

Nick rió.

—Lo sería si su excelencia se enterara.

El repiqueteo de una lámpara indicó la entrada de Loveday.

—El vicario ha llegado, milord. Le espera en el salón.

Winthrop se levantó con toda su dignidad y se cepilló unas pelusas invisibles de las mangas de su chaqueta.

—Le haré compañía al vicario. Fox, haga algo con Jos enseguida.

—Coombes —dijo Nick—. Busque a Loveday y dígale que necesitamos café.

Jocelin se levantó con cuidado cuando Coombes se marchó. Se inclinó hacia la derecha, luego plantó los pies separados y se aclaró la garganta.

—Caballeros es hora de recoger a mi adorable prometida.

—Todavía no —Asher le empujó en el hombro y Jocelin cayó derribado en el sillón.

—Nada de interferir ninguno de vosotros —dijo Jocelin—. Voy a casarme con Miss Elliot y luego le enseñaré modales, principios y obediencia. Ella quiere todo eso. Y he descubierto que estaba intentando dárselas de algo por el estilo de una mujer policía. Está segura de que su hermano fue asesinado, al igual que Airey, Stapleton y Halloway. ¡Dios, no sólo es una mentirosa, sino que está loca, al creer que podría investigar asuntos de esa clase!

Jocelin suspiró y se apartó el pelo que le caía por la frente de un soplo.

—Sí, mentirosa. Eso es lo que es. Bien, pronto descubrirá lo que su repugnante ardid le ha costado.

Nick estaba deambulando junto al sillón, y Jocelin le agarró del brazo.

—Va a pagarlo, Nick, viejo amigo.

Al tiempo que se soltaba de él, Nick miró a Asher.

—No tiene buen aspecto.

—No —dijo Asher—. Nada en absoluto. Quizá debería irme con él a Kent. Tengo una casa no muy lejos de Reverie. Quizá deberíamos ir todos.

—Tengo mi propia casa —dijo Nick—. Me quedaré allí y así no tendré que aguantar a su santidad Winthrop.

Asher le lanzó una sonrisa distraída a Nick al tiempo que miraba a Jocelin.

—Entonces, está decidido.

—Excelente —dijo Jocelin mientras sonreía a sus amigos—. Quizá si vosotros amigos estáis por allí cerca, podéis evitar que la mate.

Capítulo 19

Liza había dejado de llorar unos minutos después de que Jocelin se marchara. Asustada, ahora medía el largo de la habitación de Jocelin con los pasos. El movimiento parecía mantener el miedo alejado.

No era el tipo de hombre que cumpliera sus amenazas. ¿O sí? Entonces le vino un pensamiento. Jocelin no podía rescatar a niños y luego darse la vuelta y reencarnarse en los odiosos hombres a los que castigaba. Sin embargo, era capaz de una furia que lo transformaba en ese pistolero que parecía matar con una sonrisa en los labios.

No podía mostrarle su miedo. Si él lo percibía, lo usaría contra ella. Se enfrentaría con él, se le resistiría.

—¡Dios, permíteme que sea fuerte!

El cerrojo de la puerta chascó cuando alguien dio la vuelta a la llave. Liza se giró con rapidez y con un revuelo de faldas azul eléctrico se irguió y levantó el mentón. Nick Ross entró en la habitación con largas zancadas, empujó la puerta y la cerró con llave tras él. Señalándole con un dedo acusador, le espetó.

—¿Usted, maldita furcia, qué le ha hecho a Jos?

Liza se le quedó mirando, cogida desprevenida por el cambio de su lenguaje.

—No sois de la nobleza.

—Está en lo cierto, señorita, así que suéltelo antes de que le azote en el culo yo mismo. No tengo tampoco modales rimbombantes que me detengan. ¿Qué le ha hecho a Jos?

Alzando las manos, Liza le contestó.

—No le he hecho nada. Lo he dicho mil veces. Mi padre actuó sin mi conocimiento.

—¡Ah, claro, y eso es por lo que usted está que trina, por no tener una gran boda de sociedad! ¡Malditas furcias, eso es lo que son todas las mujeres de clase, sólo que más caras que aquellas de los bares de alterne!

Liza sintió cómo le subía la sangre y el fuego por el rostro. Avanzó hacia Nick, se detuvo justo delante de él, y le dio una bofetada.

—¡Por todos los santos, no admitiré que me hablen así! ¡Y le haré saber que no quiero ningún tipo de boda, mucho menos una gran boda!

—¿Quéee? —Nick se frotó la mejilla que le ardía—. ¿Qué ha dicho?

Liza le golpeó en el pecho con cada palabra.

—No quiero casarme con él —le volvió a golpear para darle más énfasis.

—Un momento —Nick retrocedió apartándose de ella—. Deje de hacer eso. Está mintiendo.

—Déjeme salir de aquí y desapareceré sin ni siquiera un anillo de compromiso.

Nick la examinó mientras se daba un masaje en el pecho.

—Jos dice que tiene que casarse con usted.

—Es por mi padre.

—Guiado por usted.

Era Liza la que chillaba ahora.

—¡No quiero casarme con él, maldita sea!

Nick se apartó de ella. Permaneció apoyado contra el pilar de la cama, contemplando el diseño tejido en la alfombra. Transcurrido un largo instante alzó la vista en su dirección.

—Puedo tantear muy bien a la gente. No puedes sobrevivir en las calles sin saber calibrar a los tipos. Hasta aquella noche durante la fiesta, nunca pensé que fuera una avara ni una caza títulos, al margen de lo que quieran sus padres.

Liza relajó su tensa mirada.

—No lo soy —se acercó y habló con calma—. Si lo fuera, podría haber forzado a Jocelin al matrimonio hace mucho tiempo. ¿Lo entiende? He estado indagando en su vida por otras razones muy diferentes.

Continuó contándole a Nick la mayor parte de la verdad sobre William Edward, sobre su disfraz de Gamp, acerca de sus persecuciones hacia él y hacia Jocelin. Nick se lo puso difícil, ya que le clavó una mirada inquebrantable con tanta sagacidad que el diablo mismo hubiera encontrado el engaño imposible. Cuando ella terminó, Nick emitió un silbido grave y agitó la cabeza.

—¡Jesucristo! —Nick la miró fijamente con las cejas fruncidas—. ¿Entonces no sabe lo del viejo Yale?

—¿El qué sobre lord Yale?

—¡Ah, nada importante, tan sólo la estaba probando!

Liza emitió un suspiro de impaciencia.

—¿Por qué iba a espiar a Yale si no tiene nada que ver con mi hermano? ¿Bien? ¿Lo entiende ahora?

Nick se sentó en el borde de la cama, apoyó la barbilla en la palma de la mano y la miró atentamente.

—Nunca dijo una palabra.

—No.

—¿Por qué?

Liza avanzó hacia una silla y recogió su bolso, lo abrió y luego lo cerró sin ojear el interior.

—Llegué a la conclusión de que un hombre que va por ahí salvando a niños de… del diablo no podía ser el hombre que buscaba. Y más tarde me di cuenta de que Jocelin no era capaz de matar a nadie.

—¡Por todos los diablos, está enamorada de él!

Liza arrojó el bolsito al suelo.

—¡No lo estoy!

—Y sé muy bien que él lo está de usted.

—No lo está, o no podría haberme acusado de tenderle una trampa. Hubiera confiado en mí. Me odia. Así lo dijo. Y lo detesto inmensamente.

—¿Inmensamente?

Liza miró airada a Nick. Éste le sonrió con ironía y echó un vistazo a su reloj de bolsillo.

—Es casi la hora.

Liza se precipitó hacia él y le tocó la manga de la chaqueta.

—Debe dejarme marchar.

—Ni hablar. Jos la quiere, y yo voy a encargarme de que la consiga.

—Pero en realidad no lo quiere.

—Sí lo quiere, de lo contrario hubiera colgado a su padre por los huevos, disculpe mi lenguaje, antes de rendirse. No, el viejo Jos no lo sabe, pero la razón por la cual va a pasar por este matrimonio es porque lo desea realmente. Y siempre me encargo de que Jos consiga lo que quiere. Me salvó la vida, así que me complace ayudarle, de verdad. Y además, usted está enamorada de él.

—Ya no. Y no quiero casarme donde no me quieren.

Nick la tomó del brazo y la guió hacia la puerta.

—Tan sólo hágale saber cómo podría haberle chantajeado si hubiera ido tras su título.

—No me importa lo que piense ahora.

—Será mejor para usted, señorita. Será lo mejor.

La bestia había trepado por las cortinas de damasco en la biblioteca y yacía enroscada encima de un libro de la estantería. Unos ojos rojos miraban desde arriba hacia el grupo de gente reunida ante el vicario. El labio se alzó para revelar un canino curvado, a continuación la bestia bajó la cabeza para reposarla sobre sus garras y observó, paciente, silenciosa, percibiendo una nueva esencia.

La mujer. Un nuevo peligro, una esencia para ser inhalada y recordada para la posterior caza. Y Jocelin, quien estaba recordando de nuevo, demasiado bien.

La bestia se revolvió. Las fosas nasales temblaron, el hocico se alzó, agitándose hacia un lado y otro en el aire. Respirando ruidosamente. Olfateando. Las garras se arquearon para revelar unas uñas descoloridas con sangre seca. Había atrapado la esencia. Él podía escuchar el soplo de su respiración cada vez más fuerte.

Las fosas nasales se movieron, sorbiendo con rapidez la esencia y resoplando, inhalando y espirando, más y más rápido. Mientras la bestia se alzaba para agazaparse sobre ellos, ella expresaba sus solemnes promesas. Las faldas azul eléctrico crujieron cuando Jocelin se acercó, la atrajo en sus brazos y la besó. Ahora, ahora que estaban juntos. No, no, demasiada gente. La bestia rugió, se aferró a la estantería y se quedó en cuclillas a la espera.

Ahora Liza supo lo que era una verdadera pesadilla. Era tener un sueño hecho realidad de un modo perverso y distorsionado que transformaba la esperanza y el amor en terror.

Él la odiaba, y acababa de obtener absoluto poder sobre ella. Liza se sobresaltó cuando Jocelin se inclinó para besarla. Lo que la paralizó en el lugar fue lo familiar y seductor que permaneció su cuerpo a pesar del alejamiento entre ambos. Sus labios se dejaron sentir cálidos y suaves, su cuerpo firme y al mismo tiempo delicado cuando encontró el de ella. Entregó su pasión con el beso del mismo modo, atrayéndola tan cerca, que podía sentir su respiración. Pero cuando se apartó, sus ojos estaban tan fríos como el cañón de su Colt.

Estaba borracho. No obstante, podía mantenerse en pie. Podía tener una conversación como si se encontrara dando un paseo por Hyde Park. Sin embargo, Nick permaneció a su lado, disimuladamente sujetándolo con brazo firme.

Liza no se había permitido pensar en su propia boda durante muchos años. No desde su desafortunada presentación. Nunca pensó en encontrar a un hombre que la quisiera como era. ¿Por qué iba a pensar en algo que no podía tener? Aun así, durante todo el tiempo, en algún rincón escondido de su mente, había albergado el deseo de una joven: encajes marfileños, rosas, una capilla en el campo. ¡Tonterías, trivialidades, algo inalcanzable! Se había esfumado ahora para siempre.

Se había casado con un hombre que no la quería, y que tenía que beber hasta cegarse para obligarse a expresar su solemne compromiso. Aquel pensamiento hizo que brotaran unas lágrimas amargas en sus ojos; y se susurró en silencio no deshonrarse berreando ante seis hombres. «Piensa en Toby y en Aggie y en Maisy. Piensa en la pequeña Peg y los otros niños. No puedes enviarlos a las calles.» Agarró con fuerza el bolso, que debería haber sido un ramo de flores.

Jocelin la guió a una mesa. Firmó algo. Él también, así como el resto. Antes de que pudiera recuperarse de la batalla con lágrimas contenidas, Liza se encontró en el vestíbulo de entrada. Jocelin le echó una capa por los hombros y ella lo miró.

Él le ofreció una sonrisa de hastío.

—Es hora de irnos, mi querida esposa.

Liza echó un vistazo alrededor en busca de protección, pero todo el mundo se había marchado excepto Nick, que estaba metiendo a Jocelin en su abrigo.

—Ahora márchate, Jos.

Jocelin musitó algo que Liza no pudo escuchar.

—Os acompaño para encargarme de que no hagas una cosa así —dijo Nick—. Así que compórtate. No se la puede culpar de los actos de ese viejo bastardo.

—Vete, Nick.

—Todavía no, querido. No puedo dejarte suelto en el estado que estás, borracho como un vendedor ambulante en Navidad.

Para sorpresa de Liza y con gratitud, Nick los escoltó hasta la estación de tren y depositó a Jocelin en su compartimiento privado. Jocelin se negó a ser ayudado para instalarse, así que Nick ayudó a subir los escalones a Liza detrás de él. Jocelin caminaba delante con una especie de zapateo oscilante, chocó contra el aparador, rebotó contra el sofá y cayó derribado en él. Permaneció allí, mirando fijamente por la ventana la estación iluminada con lámparas de gas.

No sabía si sentirse ofendida o aliviada. Nick levantó animado las piernas de su amigo sobre el sofá. Le quitó el sombrero y le exhortó que durmiera. Apareció Loveday, llevando consigo el neceser de Liza y otro más, que debía pertenecer a Jocelin. Ante la mirada de furia de Liza, hizo una inclinación de cabeza e hizo un gesto hacia Jocelin.

—Hemos dispuesto para la comodidad de su señora esposa el que enviaran sus cosas —Loveday emitió un sonido sordo con la garganta cuando su señor se negó a apartar la mirada de la ventana—. Parece que hemos empezado nuestra celebración connubial un poquito pronto.

—Está totalmente borracho —dijo Nick.

—En efecto, señor —Loveday puso una expresión como si alguien de la guardia del palacio hubiera confesado un secreto al enemigo.

Liza se dejó caer en una otomana y echó un vistazo con impotencia a su alrededor, las cortinas de terciopelo, la estufa de cobre resplandeciente, la tapicería de piel, a su nuevo marido. Este se había escurrido en el sillón y había cerrado los ojos. La bestia estaba echando una cabezada.

Una de las manos de Jocelin descansaba sobre la manta que se había echado por encima. Los delgados dedos extendidos. Podría pasar por la mano de un artista, de no ser por las zonas ásperas de los índices provocadas por el manejo del revólver y de las riendas del caballo. Recordó lo fuertes que eran esos dedos y lo delicados al mismo tiempo cuando le acariciaban la mejilla. Mordiéndose el labio para evitar el derramar más lágrimas, Liza apartó los ojos de él.

—¿Cuánto queda, Nick?

—Resista un poco más, querida joven. Llegaremos allí después de la media noche.

Nick tenía razón. Llegaron a una estación desierta casi a las doce y media. Liza no se había sentido con humor de seguir confiando en Nick, especialmente desde que empezó a insistirle para que se confiara a Jocelin. Finalmente cesó sus intentos cuando Jocelin se despertó.

Dos carruajes se detuvieron ante ellos en cuanto aparecieron, y enseguida se pusieron en camino, dejando a Loveday para que se encargara del pesado equipaje. Nick tomó el segundo carruaje en dirección a su casa, mientras Liza fue abandonada con su furioso marido. Después de un viaje silencioso a través de unas tierras en penumbra, pasaron junto a un largo estanque rectangular y se detuvieron ante una casa iluminada construida totalmente con piedra blanca.

Esa era la idea de una casa pequeña para Jocelin. Una serie de puertas inmensas de cristal estaban flanqueadas por columnas construidas a semejanza de los arcos romanos de triunfo. Tras ellas se elevaba una cúpula sobre lo que probablemente sería un salón. Un tramo doble de escalinatas curvas conducía a la entrada y suavizaba las líneas formales de la casa.

Incluso en su desolación, Liza pudo percibir la belleza tranquila del diseño de Reverie. En otro tiempo hubiera deseado explorarla, pero ahora no tendría tiempo. Ya se había decidido a no permanecer allí.

Un mayordomo, el ama de llaves y varios criados

salieron a saludarles. Liza entró en lo que parecía un antiguo atrio romano. Rodeada por columnas de alabastro, Liza levantó la vista hacia el techo curvado. Guirnaldas de blasones jugueteaban alrededor del perímetro. Movió la cabeza a derecha e izquierda hacia las galerías con el mismo color apagado. Nada de damasco rojo chillón aquí.

Entretanto observó una serie de estatuas griegas y romanas colocadas en nichos. Jocelin habló con el mayordomo y se marchó. Acto seguido el ama de llaves, cuyo increíble nombre era Mrs. Kettle [tetera], le mostró a Liza su habitación.

Agotada, Liza intentó elogiar la habitación por el bien del ama de llaves. Ensalzó el estuco de color apergaminado, con sus guirnaldas doradas que se extendían con graciosas curvas alrededor de la moldura del coronamiento. Asintió con un gesto de apreciación cuando la mujer destacó el espacio flanqueado por columnas que albergaba la cama, cuyo cabecero tenía tallado un diseño de una gran concha doble.

Tras alabar con educación las colgaduras de color crema y oro, Liza despidió a Mrs. Kettle. Se estaba quitando la capa cuando oyó unas voces. Al abrir de golpe unas puertas dobles, encontró a dos criados que arrastraban los baúles de Jocelin a una habitación pintada de blanco y verde pálido, y dominada por una cama con cuatro pilares de palisandro.

Liza cruzó las manos y las estrechó con fuerza. El mayordomo entró para dirigir a sus subordinados.

—¿Hay algo que necesite antes de que me encargue de acomodar a su señoría, milady?

¿Cómo habían sabido que se había casado? En el momento que Liza agitaba su cabeza en señal de negación, sin palabras, la figura de un hombre inundó el umbral de la puerta. Jocelin se detuvo allí, el cabello enredado y unas ondas negras cayéndole por el rostro; la mandíbula contraída. Liza retrocedió apresurada por el camino por el que había venido. Rogando por que no la siguiera, cerró las puertas. Había una llave en la cerradura. La giró y suspiró aliviada. Corrió hacia la puerta que comunicaba con el pasillo y la cerró también.

Al empezar a desabrocharse el corpiño de su vestido de tarde, se murmuró para sí: «No me ha engañado. Nadando en whisky. Espero que mañana esté indispuesto como una joven embarazada. Espero que vomite hasta que expulse las amígdalas por la garganta. Espero que se le hinche la cabeza hasta que adquiera el tamaño de una calabaza».

Dejó de desabrocharse el corpiño. ¿Qué estaba haciendo? Él podría intentar entrar. Podría hacer algo en su estado. ¿Cuánto habría bebido? Comenzó a abrocharse el vestido mientras escuchaba el sonido de alguien deshaciendo el equipaje en la puerta de al lado. Los criados se marcharon, pero oía la voz de Loveday, moderada, educada, firme. Escuchó la protesta quejumbrosa de Jocelin. La repetición tranquila de Loveday. El sonido suave de cajones que se abrían y cerraban. Se cerró una puerta. Silencio.

Esperó, sin atreverse apenas a respirar. Transcurrieron algunos minutos atormentada por la incertidumbre. No podía soportar esta espera. Se dirigió de puntillas a la puerta que comunicaba las dos habitaciones, quitó la llave y abrió una rendija. La habitación estaba a oscuras. Bien.

Envalentonada por la ausencia de luz, entró a hurtadillas y escuchó el sonido de la respiración de Jocelin.

Profunda y pesada. Liza suspiró al tiempo que se introducía en el pálido rastro de luz que provenía de su propia habitación. Bañaba un brazo desnudo y un hombro. Jocelin se movió, y Liza estuvo a punto de gritar. Entonces se dio cuenta de que se había colocado en su lado hacia ella. El rostro reposaba sobre la mano, y se preguntó cómo podía parecer tan inofensivo cuando ella sabía lo insensible y vicioso que podía ser.

Mientras lo observaba, aquellos ojos se abrieron y ella gritó. Preparada para salir corriendo, casi gritó cuando él habló.

—Siento el desilusionarte, cielo. Pero si te toco justo ahora, vomitaré.

Liza se giró precipitada, entró dando un traspié en su habitación y se encerró en ella. Mientras revoloteaba al otro lado de la puerta, escuchó su risa, amortiguada por las almohadas. Chispas de relámpagos le subieron en espiral por la columna. No podía aguantar este miedo, la preocupación de que pudiera abalanzarse sobre ella. Furiosa por haber sido intimidada, reunió el coraje suficiente, tomó una palmatoria y abrió la puerta de golpe. No consentiría que la tratara como a una bota incómoda.

Irrumpió en la habitación y dejó de golpe la palmatoria en la mesilla de noche. Jocelin se sentó de un salto. Buscó a tientas bajo la almohada y maldijo al no encontrar nada allí. Apartándose un mechón de cabello negro del rostro, parpadeó ante Liza.

—¿Estás despierto?

—¡Maldita sea! Ahora sí lo estoy. ¡Oooh, mi cabeza!

Liza fue al mueble bar y buscó una botella. Volvió junto a la cama y se la arrojó a las manos.

—¡Bebe esto! Te hará sentirte mucho peor.

Jocelin la miró airado y colocó la botella en la mesilla. El movimiento debió suponer un gran esfuerzo, porque se desplomó en los almohadones, se quejó y enterró la frente entre las manos.

—¡Vete!

—Es lo que pretendo. Eso es lo que he venido a decirte. No sé cómo permití que me aterraras para venir aquí.

Con la cabeza aún enterrada, Jocelin masculló entre dientes.

—Porque si no me obedeces, no salvaré Pennant.

—¡Pero me casé contigo!

—Y porque soy tu esposo y es mi deseo que permanezcas aquí. Ahora vete como una mujercita obediente. Loveday me dio unos polvos para el dolor de cabeza y quiero dormir un poco.

—¿Vas a reparar el daño que has hecho a mi negocio?

—¡Maldita sea! ¡Ni un día casado y ya soy acosado por una mujer quejica!

—Mi insistencia para que mantengas tu palabra no es ser quejica —dijo Liza.

—Sí, sí, sí y sí. Me encargaré de ello mañana si eso significa que me dejarás solo esta noche. ¡Oh, mi cabeza!

—Y no vas a... a... a...

Jocelin se hundió más entre las mantas y se agarró la cabeza.

—¡Esta noche no! ¡Ay! ¿Has visto lo que has hecho? He levantado la voz por tu culpa, y ahora siento la cabeza como un bombo.

—No voy a quedarme aquí.

—¡Maldita sea!

Saltó de la cama antes de que ella pudiera retirarse. La agarró del brazo y la hizo girar para que lo mirara de frente. ¿Por qué le parecía más alto desnudo que vestido? Liza se apartó un poco de él y evitó mirarlo más abajo de su pecho.

—Siempre puedo decidirme a arruinar de nuevo Pennant si te marchas —le dijo—. Pero no lo harás. Has luchado muy duro para que te llamen «milady». Una vez que te recuperes de tu fracaso relacionado con tu boda de lujo, te calmarás. A continuación comenzarás a gimotear sobre grandes bailes, cotillones y grandes cenas. ¡Dios, estoy perdido!

—¿Entonces, por qué lo hiciste? —Los temores de Liza por ser asaltada se mitigaron al ver cómo Jocelin se frotaba la sien con la mano libre—. ¿Es cierto lo que dice Nick?

—¿De qué estás hablando, mujer? —Gruñó y presionó la palma de la mano contra la frente.

Liza se atrevió a ojearlo de pies a cabeza. Jocelin era más alto que su padre por unas cuantas pulgadas, y mucho más ancho de hombros. Sus músculos se curvaban hacia dentro, hacia el centro de su tórax, para formar un valle profundo que señalaba hacia su ingle. No tuvo el descaro de examinarle ahí, y dirigió la mirada a la larga y marcada curva de su muslo. Desvió los ojos a su rostro. Tenía los párpados entornados mientras se frotaba la frente, así que lanzó una mirada apresurada a sus caderas, acto seguido a sus tobillos. ¡Cielos, qué hombre! ¿Estaban todos tan… tan generosamente hechos?

Al mismo tiempo poseía una rudeza aterradora. Tranquilizándose, ahora que no estaba usando esa rudeza contra ella, empezó a reconsiderar por primera vez la opinión de Nick en serio. Era cierto que ella nunca hubiera esperado que Jocelin se sometiera tan fácilmente a su padre.

Jocelin la soltó para hundirse otra vez en la cama y gruñó al tiempo que se pellizcaba el puente de la nariz. Al hacer esto, la curiosidad de Liza, que había estado semienterrada bajo el peso de sus temores, salió a la superficie. ¿Por qué no habría sencillamente plantado su Colt en la cara de su padre para luego amenazarlo de muerte? Incluso su padre se hubiera rendido al enfrentarse con Jocelin camuflado bajo su guisa de asesino tranquilo.

Su marido se tambaleó hacia un lado y gruñó. Liza lo inspeccionó mientras se daba unos ligeros toques en la barbilla con ademán contemplativo.

—Milord, tenemos que hablar.

Él se quejó.

—Ahora no. Y no intentes marcharte.

—Tenemos que discutir a fondo y con tranquilidad este embrollo.

Jocelin se levantó con brusquedad y se abalanzó sobre ella. La acercó arrastrándola y farfulló.

—¡No estoy tan borracho como para no poder levantarte las faldas y consumar este endiablado matrimonio!

Liza se escapó de sus garras dando un tirón. Los dedos de Jocelin se curvaron en la masa de sus faldones cuando ella se retorció. La seda se rasgó, pero ella corrió a la seguridad de su cuarto. Una vez más comenzó a cerrar la puerta, y a medida que la cerraba, obtuvo una visión fugaz de él, descaradamente desnudo y seguro de sí. Permaneció quieto, sonriéndole con lascivia, con la seda azul que le colgaba entre los dedos.

—La próxima vez, cielo, no me detendré en las faldas.

Liza cerró la puerta de golpe. Sonó el cerrojo al echarlo y Liza lo escuchó reír entre dientes. ¡Cielos,

¡quería golpear la puerta! No, quería golpearle a él como de costumbre.

Tenía que hablar con él. Tenía que hacerlo, antes de que decidiera vengarse de ella intentando convertirla en su, propiamente dicha, esposa. ¡Ja! Lo que él quería era una especie de sirvienta comprometida por el lazo matrimonial. Sin embargo, no iba a conseguirlo con ella.

¿Cómo podría detenerlo? Podría amenazarlo con decírselo a su padre. A su padre no le importaría. Podría amenazarlo con revelar sus cruzadas secretas. No. Jocelin no reaccionaba bien a sus amenazas. Además, no podía denunciarlo y de esa manera no podía sostener su amenaza. Y ni qué decir lo que podría hacerle si ella lo enfadaba más aún.

Liza se quedó mirando fijamente a la puerta. ¿Qué le ocurría? ¿Por qué lo había provocado? Era Miss Elliot, propietaria de la Agencia de Servicio Doméstico Pennant. Dirigía a docenas de empleados. Podía razonar con los clientes más caprichosos. ¿Por qué no había razonado con este hombre?

Razonar, esa era la respuesta. Lógica y razonamiento. Discutir con tranquilidad a la luz del día. Para la mañana siguiente ambos se habrían recompuesto. Con toda seguridad podrían llegar a comprender, llegar a una especie de acercamiento despreocupado. Podía ver el sufrimiento de Jocelin a pesar de su despliegue de beligerancia.

Después de todo, tenía que admitir, aunque sólo fuera para sí, que él había sido la víctima. Quizá se había apresurado a condenarlo por sospechar de ella. Especialmente dado que ella lo había estado espiando. Sí, había sido tan temeraria como él al anteponer la culpa a las explicaciones.

Si pudiera convencer a Jocelin de que no era parte de las argucias de su padre, podrían dejar de pelear. Quizás incluso podrían permanecer casados. Dentro de la nobleza abundaban los matrimonios en los cuales los cónyuges rara vez se veían.

Razonaría con él al día siguiente. Sólo esperaba que él fuera capaz de razonar. Hasta el momento únicamente reaccionaba ante ella con cólera y lascivia. De cualquier manera le haría entrar en razón, porque, por más infeliz que él la hiciera, si permanecía en Reverie, podría enamorarse de él otra vez. No podía permitirlo. No importaba lo bello que fuera, no le volvería a amar.

Capítulo 20

Jocelin consiguió evitar el dolor y la tentación durante cinco días enteros. Desplegó sus cartas en abanico mirándolos fijamente sin verlos mientras Nick, Asher, Winthrop y Coombes seguían su turno de apuestas. Los había invitado a cenar y a jugar durante toda la semana, librándose de este modo de la tortura de estar con Liza.

Esa noche había sido igual que las cuatro anteriores. Liza había cenado en su habitación mientras que él y sus amigos habían comido en la parte de abajo. Se felicitaba a sí mismo por haber concebido una estrategia para vivir con su nueva esposa. No solía verla, excepto al cruzarse.

Se había despertado la mañana siguiente a la boda con un gran dolor de cabeza y con retortijones de estómago. Liza ya se había levantado, y le había pedido que hablaran, cuando todo lo que él quería era encontrar una escupidera. Más tarde, después de su combate con la escupidera, Liza lo había vuelto a atacar. Exhortándolo a escucharla, ella se lanzó en una explicación de su comportamiento que él no llegó a comprender a causa de las agujas quirúrgicas que le desgarraban los ojos y de las punzadas en la parte de atrás de la cabeza. Su genio estalló como un cañón estropeado, y se pelearon.

Para terminar con la batalla, Jocelin la arrojó a su habitación y la cerró con llave enfrentándose a la desaprobación de Loveday.

—No nos hemos empeñado en nada excepto en seguir una conducta impropia en nuestras negociaciones con nuestra esposa.

—¿Se trata de eso? Entonces lo llamáis negociar con ella. No tenemos paciencia.

De este modo concibió las Normas del Matrimonio, que se las pasó a su esposa por medio de Loveday. No había muchas. Para asegurarse de que las entendía, las escribió. Liza debía comer en su dormitorio. Él comería en el comedor. (Después de todo era su casa.) No debía salir a cabalgar o andar cuando él lo estuviera haciendo. (Su casa, jardines y tierras.) No debía ocupar una habitación en la cual él estuviera presente. Tomaría el té en la salita de las mañanas donde daba el sol de pleno, mientras que él se refrescaría en la sala azul de la parte de arriba. No le hablaría ni le escribiría notas. Podría comunicarse con él utilizando como intermediario a Loveday.

Las Normas del Matrimonio lo salvarían de su propio deseo de venganza, de ese deseo por ella, del dolor de estar confrontado con una mujer que fingía preocuparse por él cuando todo lo que quería era un título. Loveday había empezado a llamarla lady Elizabeth. Esa asignación le dolía. No se la merecía.

Había esperado protestas a sus normas. Liza nunca hacía lo que esperaba. Había seguido las orientaciones escrupulosamente. Ahora ella era una ráfaga de limón en el pasillo, un susurro de seda y encaje en la habitación de al lado, el roce de una pluma sobre el papel, el repiqueteo de los tacones en el suelo de madera. Odiaba todo esto.

Jocelin arrojó las cartas sobre la mesa. Recostándose en la silla, inhaló el humo del puro y observó el juego de los otros. Absorto en sus pensamientos, tardó en reaccionar cuando los otros se detuvieron. Nick le dio un puntapié por debajo de la mesa, y se volvió encontrando a Liza de pie en el umbral de la puerta del salón para fumar.

Era la primera vez que la veía en varios días. ¿Cómo había palidecido tanto? Se le daban las mismas comidas que a él. Quizá se trataba del vestido de organdí rosa y malva, que le daba un aire frágil al que no estaba acostumbrado. Sus primeras palabras desvanecieron el aire de delicadeza.

—Quiero hablar contigo.

Jocelin frunció el ceño a Nick y a los otros cuando todos se levantaron. Él permaneció sentado y fumando.

—Tengo invitados.

—No me importa.

Miró a Archer, que lo observaba con expresión dolorida.

—¡Bien, caballeros! —dijo Jocelin alegre—. Como pueden ver, las desposadas son un tormento. Tan excitables. Las mujeres y sus frágiles nervios, su limitado entendimiento. Sin duda mi señora se ha desquiciado con alguna insignificancia doméstica. Te veré por la mañana, Liza.

Esperaba haberla avergonzado para que se fuera. Realmente Liza enrojeció, pero en lugar de derrumbarse bajo el peso de la condescendencia masculina, colocó las manos en su cintura encorsetada y entrecerró los ojos mirándolo.

—¡Si no hablas conmigo, la bandada de gallos que tienes por amigos van a escuchar lo que tengo que decirte!

Jocelin arrojó el puro en la mesa, empujó la silla hacia atrás y avanzó en su dirección. Se inclinó ante ella y le susurró algo que sólo Liza pudo escuchar.

—Ahora vas a marcharte, y además, si vuelves alguna vez a avergonzarme delante de mis amigos, te levantaré las faldas y te azotaré las nalgas. Y tendrás suerte de que no lo haga donde ellos puedan animarme.

Sin esperar una respuesta, Jocelin la escoltó al vestíbulo, escaleras arriba hasta su habitación. Fue tan rápido, que Liza no tuvo aliento para esforzarse en evitar el ser arrastrada todo el camino. Cuando la empujó dentro de la habitación, ella se soltó dando un tirón. Él vaciló al retirarse, porque al darse la vuelta, vislumbró su mejilla húmeda. Estaba llorando, pero en silencio. No se quejó. No le rogó que se quedara para hablar con ella. Con la espalda rígida, la cabeza erguida, anduvo hasta un pequeño escritorio y apoyó la mano para sujetarse.

En ese momento Jocelin se dio cuenta de lo que le había estado preocupando desde que hizo las normas. Liza había reaccionado con dignidad, con elegancia. Nada de súplicas llorosas, ningún berrido enloquecido había traspasado sus labios. Contempló su espalda firme, la curva de su hombro que sobresalía por la fina manga de organdí de su vestido. ¿Había cometido él un error?

—¡Márchate! —le dijo ella a media voz—. Y si alguna vez vuelves a avergonzarme delante de gente, desearás haberte casado con Medusa en vez de conmigo.

No, no había cometido ningún error. Regresó con sus amigos, abandonándola de pie junto al escritorio, con la espalda tan erguida como siempre. Se encontró a Nick esperándolo en la sala de fumar.

—¿Dónde están los otros?

Nick agitó un vaso de brandy.

—Se han ido a casa, querido. Has hecho que se vayan asustados, despellejando de ese modo a tu esposa.

—¡Maldita sea!

Jocelin encontró su puro y lo volvió a encender con una brasa de la chimenea.

—No merece la pena el darle más vueltas —dijo Nick al tiempo que se unía a él junto al fuego—. Sigue mi consejo y habla con la joven. Es una criatura encantadora. No se parece en nada a su padre.

—Si es tan encantadora, quédate con ella.

—¿Y tenerte detrás de mí con ese revólver tuyo? No, gracias. —Nick esperó, dando sorbos al brandy—. ¡Vamos! Ninguno de nosotros te aguanta así.

Jocelin maldijo y se tensó contra el manto.

—¿Sabes lo que es querer a una mujer que te ha engañado y utilizado? ¡Dios, quiero golpearla y llevarla a la cama al mismo tiempo. No puedo dormir. No puedo leer. No puedo montar a caballo sin pensar en ella. Si no la odio, estoy deseándola. Me está matando.

—¡Condenado loco! ¿Por qué no lo solucionas con ella?

—No hay solución posible con una mujer que te ha atrapado en el matrimonio con argucias.

—¡Maldita sea si no eres un cabrón obstinado! —Nick removió el brandy mientras se quedaron escuchando el crepitar del fuego—. Tengo una escopeta nueva. He estado coleccionándolas, ¿sabes? Tengo un montón de armas antiguas en mi nueva sala de armas del pabellón de caza. Ven a verme mañana por la mañana.

Jocelin se encogió de hombros.

—¡Eh, querido, no me hagas una mueca de desprecio! Tengo algo que enseñarte en el pabellón. Ve allí.

—No me interesan las armas antiguas.

—No es una pistola, tontorrón.

—Vete, Nick. Iré si te vas ahora.

Tras una noche en vela, Jocelin mantuvo su promesa de visitar el pabellón de Nick. La propiedad que había comprado Nick, contigua a las tierras de Jocelin, poseía un antiguo pabellón de caza estilo isabelino, llamado el Pabellón de los Ciervos. Cabalgó con su caballo de caza hasta allí, y apenas si percibió el brillante sol de primavera o la nueva hierba que se ondulaba bajo la brisa aún fresca.

En el pabellón soportó una instrucción sobre rifles de un solo disparo que se cargaban por la boca, sobre pistolas de chispa y de llave de miguelete, sobre rifles de llave de chispa y rifles que se cargaban por la boca. Estaba examinando un rifle francés de chispa con su funda cuando escuchó el crujido de las ruedas de un carruaje sobre la gravilla del camino. Lanzó una mirada inquisidora a Nick, pero su amigo sacudió la cabeza.

—Seguramente se trata del nuevo administrador.

Le entregó a Jocelin una escopeta que se cargaba por la boca. Jocelin agarró el largo cañón y colocó la culata en su hombro. Mientras apuntaba a un árbol en ciernes a través de la ventana, entró alguien en la sala de armas.

Se giró, aún apuntando con la escopeta. Aparecieron ante él unas curvas de cisne tapizadas bajo un traje de viaje gris paloma. Unos rizos negros azabache, unos ojos violetas. Jocelin perjuró y bajó el arma.

—Ida Birch, ¿qué estás haciendo aquí?

—¡No te hagas ahora el importante y el fuerte! —dijo Nick al tiempo que avanzaba para saludar a Miss Birch—. La he invitado para que se quede conmigo.

Jocelin bajó la escopeta y levantó una ceja.

—¿Has invitado a mi amante a que te visite?

—¿Por qué no? —dijo Miss Birch mientras se quitaba los guantes y le lanzaba una mirada, ofendida—. No he tenido nada que hacer desde hace siglos.

—Aún conservas tu casa y la pensión —le replicó Jocelin.

Miss Birch sacudió los guantes en su dirección.

—¿Por cuánto tiempo? Sé lo que significa cuando un caballero paga las facturas y nunca aparece. Estás metiendo los dedos en otro pastel —apoyó la mano en el hombro de Nick—. Nick me dijo que estabas preocupado por haberme desatendido y pensó que necesitabas animarte, así que naturalmente, vine. Necesito un té con pastas y luego un baño. Y más tarde podrás llevarme a cabalgar. ¿Bien, dónde está mi doncella? ¿Elsie? Elsie, ten cuidado de no perder mi lazo de piedras preciosas.

Llamando a su doncella con su voz aguda de joven muchacha, Miss Birch se marchó. Jocelin levantó la escopeta y avanzó lentamente hacia Nick, que alzó las manos y retrocedió.

—¡Bastardo! —exclamó Jocelin.

—¡Eh, espera, querido! Pensaba en ti.

—Dos mujeres. Dos. —Jocelin cambió el rumbo

cuando Nick lo hizo y lo acorraló en una esquina—. ¿Estabas pensando en mí? ¿Y cómo pensabas en mí? ¿Recreando nuevas formas más exquisitas para que las sufriera? Una esposa y una amante. Ambas. A unos pocos kilómetros la una de la otra.

—¡Pero dijiste que no querías tocar a tu mujer!

—Quiero tocarla todo el tiempo. ¡Maldita sea, eso es todo lo que quiero hacer, día y noche!

—Bien, entonces —contestó Nick con una sonrisa de satisfacción—, ahí lo tienes. Consuélate con Miss Birch hasta que puedas redimirte ante Liza.

—¿Redimirme? ¿Yo? Yo soy la víctima en todo esto. No ella.

—Sea como sea.

Nick pasó rozándolo y comenzó a colocar las armas antiguas en sus correspondientes ganchos de la pared de la sala de armas. Dejó una a un lado, una pequeña pistola italiana con adornos grabados en oro.

—Tengo que llevarla a un armero en el pueblo —explicó—. Le presentarás mis disculpas a Miss Birch.

—¡Ah, no, tú te quedas aquí!

Nick había salido ya por la puerta. Jocelin lo siguió, acelerando cuando advirtió que el caballo de Nick estaba ya en la parte delantera y preparado.

—¡Vuelve aquí!

Agarró las riendas cuando Nick giró sobre su caballo, pero su amigo las apartó de su alcance.

—No tardaré, viejo amigo.

La gravilla salpicó las botas de Jocelin al salir al trote. Jocelin maldijo a su amigo, a continuación se dirigió con pasos pesados hacia el establo para solicitar su montura. Su frustración aumentó al descubrir que su caballo había sido soltado para pastar en un potrero de la parte posterior. Necesitaría que un mozo de cuadra fuera a recoger al animal, que a continuación lo almohazara y lo ensillara. Tras intentarlo con todas sus fuerzas, Jocelin volvió con esfuerzo al pabellón donde se vio forzado a soportar el tomar el té con Miss Birch.

Birch, tenía que admitirlo, había sido una amante excelente. Nunca le exigía más de lo que él estuviera dispuesto a dar, nunca se oponía a ningún placer que él deseara, siempre se desvanecía cuando él así lo deseaba, hasta ahora. Haberse mostrado negligente había agriado la acostumbrada disposición amable de ella. En otro tiempo ella le había recordado a un dulce humano, pero el merengue se había estropeado. Ahora incluso sorbía el té con el aire de una mártir.

Contó los tictac del reloj de caja del vestíbulo mientras Miss Birch consumía pastel de naranja. Iba por el trescientos setenta cuando escuchó el estrépito de la porcelana. Miss Birch había terminado su té, y mientras él no estaba mirando, había abandonado su sillón. Observó cómo avanzaba, advirtió la expresión resuelta de su boca, e intentó levantarse. Demasiado tarde. Ella lo alcanzó primero y le plantó las nalgas en el regazo. Se hundió bajo kilos de lana merino gris paloma, una crinolina y grandes tiras de encaje.

Tomándole el rostro entre sus manos, Miss Birch le lanzó su aliento de pastel de naranja.

—Querido Jocelin, ¿no me has echado de menos?

—Enormemente —murmuró él, intentando al mismo tiempo agarrarla a través del mar de faldones, enaguas y aros.

Buscó sin resultado la manera de apartarla de él. Al final encontró una pared rígida que debía ser el corsé. Aferró las manos a ambos lados del mismo, pero no tuvo tiempo de evitar que ella bajara los labios hasta los suyos. Jocelin echó la cabeza a un lado, pero Birch le siguió. Atrapando su boca, la sorbió con firmeza. Intentó hablar, pero la lengua de ella ocupaba su boca.

La respiración se le entrecortó cuando Miss Birch rebuscó bajo su chaqueta, entre sus pantalones y la agarró en sus manos. Las manos de Jocelin se revolvieron a través y alrededor de ballenas, merino y encajes en la búsqueda frenética de un camino hasta sus manos. En el mismo momento en que ella comenzaba a apretar más fuerte, Jocelin encontró sus manos y empezó a tirar de ellas.

—¡Ida!

—¡Aquí! —dijo una voz nueva—. ¡Deja que te ayude!

Vislumbró un sombrero negro de castor y velo, un traje de montar de tela acanalada y unos rizos rubio ceniza. Unos guantes de piel se hundieron en el moño sujeto por detrás de la cabeza de Ida y tiraron. Ida vociferó y salió despedida hacia atrás aterrizando como un saco en los pies de Jocelin. Liza liberó a su presa, se interpuso entre Jocelin e Ida, y sacó de su cinturón una pistola de aspecto familiar con adornos dorados. Apuntó a Ida.

—Esta es tu amante —dijo con tranquilidad.

Jocelin tragó saliva y a continuación le respondió con sarcasmo:

—Una de ellas.

Liza apenas hizo una mueca. Para preocupación de Jocelin, Liza asintió, y se dejó caer sobre las rodillas junto a Ida. Pasando el cañón del arma por el pecho de Ida, le sonrió.

—Buenas días, Miss Birch.

—¡Ooooh!

Liza continuó como si dirigiese un canto matinal en la iglesia.

—Soy la esposa de su señoría, lady Radcliffe. Esta será la única conversación que usted y yo tendremos, así que escuche atentamente. —El arma recorrió con unos golpecitos los botones del vestido de Ida para acabar en su barbilla—. Si vuelve a tocar a mi marido, le haré un bonito agujero en su... sombrero. —El cañón rozó la nariz de Ida.

Miss Birch gritó.

—¡Jocelin!

Fascinado, inseguro de arriesgarse a arrebatarle la pistola, Jocelin mantuvo la boca cerrada y no se movió.

Liza se levantó y agitó el arma ante Ida.

—Salga corriendo, Miss Birch. Estoy segura de que puede tomar el tren si se da prisa.

Ida estaba a punto de reventar de despecho y fanfarroneaba, intentando con ello no demostrar miedo.

—¡Está loca! ¡Completamente loca!

Liza echó el brazo alrededor del cuello de su víctima, la estrechó como si fueran grandes amigas y se dirigió a ella en un tono confiado y serio.

—Razón de más para estar asustada.

Con un chillido Ida huyó, llamando a gritos a su doncella y pidiendo un carruaje. Jocelin no pudo dejar de sonreír. Nunca, en toda su experiencia con las mujeres, había hecho ninguna exhibición tan violenta de celos, ni tenido el valor de apuntar con un arma a su rival. Estaba celosa, lo cual significaba que él le importaba. Su sonrisa se extendió hasta convertirse en una mueca irónica de satisfacción cuando Liza se volvió después de observar la retirada de Miss Birch. Pero desapareció cuando ella le apuntó esta vez con el arma.

—Nada de amantes —dijo Liza—. Nada de damas de alterne, nada de bailarinas, nada de actrices. Nada de doncellas, ni de jóvenes amas de llave, ni de primas regordetas y retozonas. Ni siquiera modistas. ¿Está claro?

—¡Espera un momento!

—Sé cómo disparar un arma. Toby me enseñó. No tengo ocasión a menudo de usar una, pero tengo una excelente puntería.

Jocelin se puso en pie de un salto. Sintió un hormigueo de anticipación al percibir el repiqueteo del pie de Liza, sus ojos entrecerrados, y el modo en que se cuadraba ante él. ¿Por qué no se había percatado de lo mucho que Liza le excitaba cuando se peleaban? No podía resistir el reto.

Cruzando los brazos ante el pecho, le dijo:

—No seré dirigido por mi propia esposa.

—Y yo no me sentaré a bordar encajes mientras tú retozas con otras mujeres.

Jocelin sonrió, complacido de que ella aceptara el reto.

—Te mantendrás en tu sitio. Y yo haré lo que me plazca. Un hombre tiene sus derechos, y el deber de una mujer es encargarse del hogar del mismo y mantener la nariz fuera de sus asuntos.

—¡Absurdo!

Jocelin la miraba fijamente como si fuera incapaz de creer que ella estuviera en desacuerdo con las costumbres civilizadas, que todo el mundo acataba.

—Eres una de esas mujeres —le dijo.

—¿Qué mujeres?

—De esas que quieren… —bajó la voz— derechos, educación —bajó de nuevo la voz y avanzó hacia ella con gran dramatismo—. Divorcio, y, y el voto.

Liza retrocedió y echó la cabeza hacia atrás.

—¡Ah, es eso! Por supuesto que lo quiero, pero esa no es la cuestión.

Jocelin rió entonces, pero se detuvo cuando oyó su queja.

—Esa es la cuestión. Tales deseos son impropios de una mujer.

—Conozco su punto de vista atrasado sobre las mujeres, milord. No estoy interesada en él. Sólo me interesa hacerte comprender tu situación. Puedes comportarte como es debido y adherirte a las mismas pautas de comportamiento que esperas de mí, o puedes saltar de cama en cama y arriesgarte a lo que te haré.

Su divertimento desapareció ante este comentario. Había ido demasiado lejos. Su mandíbula se contrajo, pero no pudo pensar en nada que no tuviera inconveniente en decirle a una dama.

—Y a propósito, no habrá excusas —Liza agitó el arma en su dirección—. Nada de escudarse tras la típica naturaleza animal de los hombres, de aquellos impulsos ingobernables que se supone os eximen de la responsabilidad de vuestros actos. ¡Tonterías ilógicas!

La incredulidad se transformó en cólera. Sintió que se le espesaba la sangre y le corría a borbotones a través de las venas del cuello y de las sienes. Nadie le había dicho cómo debía comportarse, y menos una mujer. Apretando los dientes, comenzó a andar con lentitud, no directamente hacia ella, sino de lado, de tal forma que Liza se apartó de la puerta.

—¡Madre mía, vaya, vaya! —dijo Jocelin arrastrando las palabras—. Debes tener petardos bajo las enaguas, cielo.

—¿De qué estás hablando? —se apartó de él con cautela cuando acortó la distancia entre ambos.

—Si estás tan decidida a mantenerme alejado de otras mujeres, debes quererme para ti sola.

—¡No he dicho eso!

Sonrió al ver cómo temblaba la pistola.

—Sólo el pensar en mí con otra mujer te cuaja la sangre, cielo. ¡Admítelo! —Se movían ahora en un círculo, pero la atención de Liza se centraba en la discusión.

—¡Absurdo!

Jocelin rió y se acercó poco a poco.

—Estabas dispuesta a arrancarle la cabellera a la pobre Miss Birch. Pero tienes que comprender, cielo, que el único modo de estar siempre segura de que no estoy en la cama de nadie más es mantenerme en la tuya.

Ella farfulló. El cañón del arma descendió y él embistió, derribando el arma de su mano. Golpeó en el suelo. El gatillo se disparó, pero no ocurrió nada mientras Jocelin se abalanzaba hacia Liza. Voló sobre ella, arrastrándola consigo al tiempo que se derrumbaba en el suelo. Aterrizó encima de ella, pero se las arregló para acunar su cabeza y evitar que golpeara contra el suelo. Liza gimió cuando Jocelin rebotó sobre ella. Transmitiendo el peso a la parte baja de su cuerpo, Jocelin capturó las manos de Liza y le sonrió.

—Ahora vas a descubrir por qué yo soy el amo y tú la obediente esposa —Liza se revolvió bajo él y éste rió de nuevo—. Haré un trato contigo. El día que hagas que te libere, consideraré todos esos argumentos que acabas de soltarme.

Liza se retorció y perjuró, pero no pudo soltarse. Él mantuvo una mano aferrada a sus muñecas, con cuidado de no herirla. Al final, sin aliento y roja desde el cuello hasta el cuero cabelludo, se rindió. Jocelin podía percibir el calor que desprendía su rostro. Rozó su mejilla contra la de ella, a pesar de sus protestas. Acto seguido la besó en la sien. Liza apartó con brusquedad la cabeza, pero él capturó su barbilla con una mano mientras con la otra sujetaba las muñecas. Con lentitud acercó los labios a los de ella.

—Vamos, querida, me gusta pelear, pero tenemos cosas mejores que hacer.

Capítulo 21

*E*n el momento en que Jocelin aterrizó en el suelo con ella, Liza fue sacada bruscamente de la amnesia en la cual se había sumergido desde el instante en que vio a Miss Birch descender de su carruaje. Ella le escuchó prometerle su dedicación exclusiva, vio cómo sus labios descendían hacia los suyos. Entonces, para su frustración, rompió a llorar. Este hombre, a quien todavía temía amar, quería obtener placer de ella como si se tratara de una pobre sustituta de la amante que acababa de perder. Aquel pensamiento desató con más fuerza su llanto. Oyó sus preguntas alarmadas, pero no podía responder.

Había seguido a Jocelin, tras días de haber sido evitada y maltratada, con la intención de acorralarlo y acabar con aquello. Cuando se dirigía a caballo por el camino en dirección al pabellón de Nick, le adelantó un carruaje que llevaba a una mujer de aspecto moreno y voluptuoso. Conociendo a Jocelin, las sospechas de Liza se despertaron.

Siguió al carruaje y se encontró con Nick que cabalgaba por el sendero del pabellón en dirección contraria.

Él le había preguntado el motivo de su visita, la escuchó con satisfacción y le entregó la pistola antigua comentándole que podría necesitarla. Tras encontrarse con Jocelin y la mujer pegados el uno al otro, sus pensamientos y actos se sucedieron en una nebulosa carmesí de rivalidad y ansias tan inesperada y tan violenta que sintió como si hubiera contraído algún tipo de demencia.

Aquella demencia sólo se desvaneció cuando Jocelin se derrumbó en el suelo con ella y la amenazó con dominarla. Ahora, Liza lo miraba a través de una pantalla acuosa de lágrimas. Jocelin se levantó para sentarse rodeándola con las piernas. Soltó sus manos, tomó una de ellas y comenzó a acariciarla distraído.

—¡Maldita sea! ¿Qué ocurre? Creí que te divertía nuestra pequeña pelea.

Liza cubrió sus ojos con el antebrazo y berreó. Ya había permitido que la viera llorar, así que no tenía nada que perder descargándose. Sintió cómo Jocelin le acariciaba la mano, luego el hombro, al tiempo que le musitaba palabras de consuelo inútiles.

—¿Te he herido? —le preguntó él con tono confundido.

—¡Ah! ¡Hem!

Liza movió el brazo y levantó la vista a lo largo de la pierna de un pantalón bien planchado. Jocelin miró airado a Loveday.

Antes de que pudiera decir nada, el ayudante de cámara juntó secamente sus manos en la espalda e hizo una inclinación de cabeza a su señor.

—¡Buenos días, milord!

Liza desvió la vista a Jocelin, que parecía haber perdido su impulso de conquista.

Loveday continuó ante el silencio de Jocelin.

—¡Disculpe mi intrusión, milord! Se trata de un asunto un tanto urgente —sus ojos iban de un lado a otro entre Liza y su señor—. ¿Debo suponer que ha tenido lugar una gran catástrofe que ha requerido que nos sentemos sobre una dama llorosa?

Liza se secó los ojos y miró a Loveday. Jocelin echó la cabeza hacia atrás, retirando un mechón negro de la frente y se apartó de Liza. Le ofreció la mano y la ayudó a levantarse. Ella liberó su mano tan pronto como se encontró de pie.

Jocelin se dirigió a la puerta y la mantuvo abierta.

—¡Vete, Loveday!

—¡No, no se vaya! —gritó Liza—. Aún está jugando al pistolero.

—¡No es cierto!

Liza tensó la mandíbula y la entresacó.

—¡Sí lo estás haciendo!

Perjurando en voz baja, Jocelin cerró los ojos, luego los abrió y habló más pausado.

—Quizás estés acostumbrada a discutir asuntos privados delante de los sirvientes. No es de buen gusto.

—Loveday es diferente. Incluso yo lo veo.

Jocelin comenzó a avanzar a grandes zancadas hacia ella.

—¡Soy un hombre tolerante, pero no voy a permitir que me contradigas delante de un sirviente!

—Milord —se alzó la voz sosegada de la civilidad—. Parece que hemos olvidado nuestra buena educación. No solemos acosar a las damas.

—¡Te dije que te fueras!

Liza entrevió un gesto de suplica en Loveday, que levantó su voz.

—En cierta ocasión subrayamos que un comportamiento semejante nos recordaba ciertos actos una vez dirigidos contra nosotros.

Al escuchar aquel comentario, Jocelin se detuvo en medio de una zancada. Sorprendida y aliviada, Liza lo observó enrojecer. Acto seguido el color se desvaneció de su rostro, y bajó los ojos al suelo.

—Si su señoría me disculpa —dijo Loveday mientras abandonaba la habitación.

Jocelin asintió, luego hizo un movimiento con el brazo hacia el sillón que había dejado libre. Liza lo rodeó manteniendo la distancia y se sentó. Jocelin se mantuvo a varios pasos, la espina dorsal rígida como una columna griega, y abrió la boca en ademán de hablar.

—No —dijo Liza—. Deja que hable. Si lo haces tú, sólo conseguirás que discutamos otra vez. Vas a escucharme aunque tenga que bajar uno de esos mosquetes y apuntarte. Asiente si estás de acuerdo.

Jocelin asintió.

—Bien —se levantó. Se sentía más segura de pie—. No puedo soportar este purgatorio que has diseñado para mí basándote en razones infundadas e insensatas. Por tanto, milord, vas a escucharme. No urdí ningún plan para hacer que te casaras conmigo. No, no digas nada.

Liza comenzó a andar de un lado para otro delante de él.

—Admito que te espié, pero únicamente para descubrir al asesino de mi hermano. Y una vez que me di cuenta de que no podías haber matado a William Edward, bien, lo dejé. —No había necesidad de añadir que también se había enamorado de él—. ¿Y sabes cómo supe que no eras un asesino? Te lo diré. Fue porque aquel primer día que fuimos a Willingham, te seguí a casa del Dr. Sinclair.

—¡Maldita sea!

Liza se reconfortó al ver la conmoción de su rostro.

—Oí lo que le dijiste, y comprendí lo que habías hecho cuando sacaste a ese chico y a la pequeña de St. Giles.

—¡Dios santo!

Ahora la miraba como si a Liza le hubieran salido serpientes en la cabeza.

—Sí —continuó Liza—, yo, a quien consideras demasiado débil de mente para votar o para tener propiedades, soy capaz de seguirte los pasos sin tu conocimiento y descubrir tu cruzada secreta. Y por encima de todo, he guardado el secreto —hizo una pausa mientras observaba cómo la mandíbula de Jocelin se tensaba—. Y ahora, milord, si realmente hubiera querido atraparte en el matrimonio, podría haberlo hecho hace mucho tiempo, y sin la ayuda de mi fanático padre.

Si no le importara tanto este hombre tan exasperante, podría haber observado la cascada de emociones con distanciamiento. La figura semejante a una columna se derrumbó. Jocelin se pasó la mano entre el pelo, y ella notó el leve temblor.

Jocelin susurró.

—¿Qué más sabes?

—Sólo lo que he dicho. Tú y Mr. Ross lleváis a cabo una persecución para salvar a los niños maltratados y librar al mundo de los hombres que los acosan.

—¿Nada más? ¿Lo juras?

Liza frunció el ceño, pero asintió.

—Si así lo quieres.

Él la confundió al suspirar como si hubiera sido reconfortado por un milagro. A continuación se alejó de ella de manera que sólo pudiera ver el dorso de su figura, rígida y distante. Esperó mientras él miraba fijamente una vitrina llena de dagas medievales. Transcurrido un rato se volvió de repente y retrocedió en su dirección con paso rápido que revelaba una decisión tomada.

Liza se aferró a un florón de un sillón, preparada para escapar en caso de que viniera a por ella. Su ojos siguieron los movimientos de Jocelin cuando se inclinó, tomó su mano y la besó. Sus labios apenas tocaron el dorso de la mano, pero Liza se estremeció con el contacto. Cuando él la miró, Liza contuvo la respiración.

Había vuelto esa mirada de admiración y fascinación jubilosa. Había vuelto aquella expresión que creía que nunca volvería a ver. Había vuelto, pero ahora llena con más amor del que jamás hubiera pensado encontrar, especialmente dirigida a ella.

Jocelin atrajo la mano de ella hacia su mejilla.

—Liza, amor mío. Querida, querida Liza. ¿Podrás perdonarme?

Se quedó boquiabierta y balbuceó, sonrojándose por ello. Intentó apartar la mano, él la apretó y rió con dulzura, atrayéndola hacia sí.

—¿Debo entender que me perdonas?

Liza balanceó la cabeza, sin atreverse a levantar la barbilla de la posición segura de su propio pecho. Él se la levantó por ella, le murmuró otra disculpa desconcertante, y la besó. Su lengua le produjo un hormigueo en la boca, y ella perdió la vergüenza. Protestó cuando Jocelin se detuvo, y abrió los ojos. La estaba contemplando como si se encontrara frente a algo tan raro como el Santo Grial.

—No sabía que podría existir una mujer como tú.

—¿Tan extraña? —le preguntó temerosa.

Rió.

—No, tan comprensiva respecto a como soy.

—Me gusta lo que eres.

Jocelin echó la cabeza hacia atrás y volvió a reír, produciéndole un escalofrío por todo el cuerpo hasta la punta de los pies.

Ella sonrió y continuó.

—¿Entonces, no te importa?

—¿El qué?

—Has dicho que soy comprensiva. Entonces, no te importa el resto.

—Liza, no entiendo.

—Con respecto a mis principios. Sobre el hecho de que la mujeres reciban educación y sean las verdaderas propietarias de sus posesiones y dirijan…

—¡Tonterías!

Liza frunció el ceño.

—Entiendo. Me corresponde a mí aceptar cómo eres, pero no debo pedirte que respondas en los mismos términos.

—Es diferente para una mujer.

Liza consideró a Jocelin afortunado al interrumpirlos de nuevo Loveday.

—Discúlpeme, milord, pero no creo que deba esperar. Son su padre y su tío.

—¡Jocelin!

Liza se sobresaltó ante el bramido que anunció la llegada del duque de Clairemont y de su hermano Yale. El duque irrumpió en la sala de armas, faltándole únicamente un corcel para completar la impresión de un caballero vengador y ofensivo. Yale siguió su estela, como un pequeño terrateniente sosegado y piadoso.

El duque señaló a Jocelin con el bastón y casi golpeó a su hijo con el mismo.

—¡Dios te condene al infierno eterno!

Jocelin ni siquiera miró a su padre. Su mirada se clavó en Yale en el instante que el hombre apareció a la vista. Liza se movió con cautela para colocarse al lado de Jocelin, intranquila por el modo que sus rasgos se habían petrificado. Al observarlo, se transformó en un predador, envuelto en un silencio cauteloso y voraz.

—¿Ésta es la persona a quien te has aliado?

Jocelin inclinó la cabeza, pero su atención se mantuvo firme en todo momento sobre Yale. Liza, por otro lado, percibió el aguijón del resentimiento, del dolor y la cólera. Dando un paso hacia el duque, hizo una reverencia con la elegancia de una princesa en una coronación.

—¡Buenos días, su excelencia! Me temo que su señoría está distraída en este momento. Soy Elizabeth Elliot… no… Marshall.

Las mejillas del duque enrojecieron, sus facciones se inmovilizaron tanto que se asemejaban al rostro pintado de una marioneta.

El duque ignoró a Liza.

—¡Condenado y maldito! Lo has hecho en serio, ¿verdad? Te has casado con la nieta de un carnicero. Conseguirás la anulación, señor. Enseguida.

Finalmente Jocelin liberó a Yale de la mirada de halcón de cazador y la desvió hacia su padre.

—Quería que me casara. Así lo he hecho, y la anulación es imposible.

La tez del duque empezó a asemejarse a un geranio, y gritó a su hijo.

—¡Pensé que habías hecho ya todo el mal posible

cuando inventaste aquellas mentiras sobre Yale! ¡Me repugnas, señor!

La cuerda que Liza había atado a su cólera ante la entrada del duque se resquebrajó. Avanzó hacia su excelencia, deseando no haber perdido la pistola.

—¡Deje en paz a Jocelin, viejo gruñón!

Por una vez el duque advirtió la presencia de Liza. Su boca se abrió y cerró a modo de pez.

—¡Manténgase en silencio, jovencita! No sabe lo demoniaco que puede llegar a ser mi hijo.

Jocelin se dirigió en dirección a su padre, pero Yale lo retuvo. En el momento que la mano del anciano tocó la manga de su chaqueta, Jocelin se giró con violencia y alzó la voz.

—¡Aparta, bastardo!

—¿Lo ve? —dijo el duque.

Liza le dedicó una mirada de irritación a su excelencia, pero la volvió otra vez a Jocelin, que se había quedado de repente en silencio.

Transcurrido un tiempo sonrió y dijo, arrastrando las palabras con ese acento de hastío.

—¡Vaya, vaya, vaya, papaíto!

—¡Mire lo que ha hecho! —le reprendió Liza al duque.

—Quizá necesite convencerle —dijo Jocelin mientras trasladaba la mirada hacia su tío—. ¿Qué dice?

Yale agitó la cabeza y extendió los brazos en un gesto de impotencia.

—¿Qué puedo decir, querido muchacho? Lo único que puedo hacer es soportar tu odio, aunque debo decir que no lo he merecido durante todos estos años. Lamento que tu naturaleza inestable haya provocado que fabriques una fantasía alrededor de mí al darte cobijo cuando escapaste de tu hogar.

Jocelin avanzó para colocarse frente a su tío y le sonrió.

—¿Mi naturaleza inestable?

La intranquilidad de Liza se acentuó, porque la voz de Jocelin se había suavizado y se estaba acercando más a su tío.

—¡No permitiré otro ataque a Yale, señor! —exhortó el duque.

—Quizá me he equivocado —dijo Jocelin al tiempo que se puso a medio palmo de Yale, que empezaba a retroceder—. Quizá haya albergado sentimientos enfermizos demasiado tiempo.

Los dos hombres dejaron de moverse cuando Yale chocó de espaldas contra una vitrina de armas. Jocelin colocó el cuerpo de manera que casi tocaba el de Yale y miró a su tío a los ojos. La piel de los brazos de Liza se puso de gallina, dado que Yale parecía confuso, cauto, y en cierto modo intrigado. ¿No podía percibir el peligro en el que se hallaba? ¡Cielos! ¿Estaba Jocelin armado? Liza se deslizó con disimulo por la habitación para colocarse cerca de ambos. Jocelin le lanzó una mirada, pero reanudó la contemplación de su tío a una distancia demasiado cercana.

—Quizá —dijo—, quizá la influencia tranquilizadora de mi esposa me ha hecho darme cuenta de lo incorrecto de mis actuaciones.

—¡Tranquilizadora! —exclamó Liza—. ¿Yo?

De pronto, Jocelin se apartó con brusquedad de su tío y agarró la mano de ella.

—Sí, naturalmente. Tú, querida mía. —La atrajo hacia sí y susurró—: Cuando te marches, llévate a mi padre contigo y haz que escuche junto a la ventana. —Lanzó una mirada hacia la ventana que daba a una pequeña terraza y al jardín.

—¿Tengo que marcharme? —preguntó Liza.

Jocelin alzó la voz.

—Mi esposa ha sugerido que unos instantes de privacidad con Yale, podrían resolver nuestras desavenencias. ¿Podemos quedarnos en privado, Yale?

—¿Hablas en serio? —preguntó el duque.

Jocelin dedicó una sonrisa fría a su padre.

—Hablo totalmente en serio.

—Vamos, jovencita.

Liza frunció el ceño con disgusto al duque, pero lo siguió fuera. En el vestíbulo ella le agarró por la manga de la chaqueta.

—Vamos, su excelencia.

—¡Jovencita, suélteme enseguida!

Liza le tiró de la manga y corrió al exterior, arrastrando al duque consigo.

—¿Qué está haciendo? —le preguntó mientras liberaba la manga de su control.

Liza se llevó un dedo a los labios y empezó a andar con sigilo alrededor de la casa hacia la ventana de la sala de armas. Dejado solo, el duque la siguió.

—¿Qué…?

—¡Shhh! —se plantó titubeante ante el alféizar y le señaló.

En el interior, Jocelin y Yale se encontraban uno frente al otro junto a una vitrina cargada con varias ballestas. La ventana estaba abierta y Liza pudo escuchar con claridad.

—Si ella ha producido ese cambio en ti, me alegro.

Jocelin apoyó la mano sobre el cristal que cubría las ballestas y bajó la mirada como con un gesto de vergüenza y de lamentación.

—Me ha cambiado. No lo entiendo, y no puedo explicárselo, pero me hace sentir que el pasado no es tan importante como pensaba antes.

Yale se acercó.

—Yo podría interceder por ella ante tu padre.

—¿Podrías?

—Su cólera es aterradora, Jocelin, como bien sabes. Y su influencia es indispensable para que tu esposa sea aceptada por la familia y por la sociedad.

Jocelin parecía perdido.

—No quiero que le hagan daño —suspiró, pero dio la impresión de no notar que Yale se había acercado—. Agradecería tu ayuda.

—¿Lo harías? —La mano de Yale se extendió lentamente para tocar la de Jocelin que reposaba sobre el cristal. A medida que la acercaba sobre la de su sobrino, Yale continuó—: La defenderé hasta el final, si ella te ha traído de vuelta a mí después de todos estos años.

El duque emitió un ruido y Liza le dio un codazo.

—¿Ha hecho tu esposa que finalmente te des cuenta de la verdad? —preguntó Yale al tiempo que levantaba la mano de Jocelin.

—No… no lo sé.

Liza apretó lo dientes ante la inseguridad del tono de Jocelin. Era un actor excelente, ya que Yale parecía estar más animado. Mientras Liza observaba, aterrada, Yale se inclinó sobre Jocelin y empezó a susurrarle algo de un modo íntimo a Jocelin. La mano del anciano se deslizó hacia arriba por el brazo de Jocelin. Un sonido metálico lo detuvo. Se quedó inmóvil, a continuación extendió los brazos y soltó a Jocelin, que retrocedió levantando la pistola tallada en oro y apuntando al corazón de Yale.

—¡Bueno, bueno! —dijo Jocelin echando un vistazo

a la ventana—. ¿Qué dices ahora, papaíto? En cierta manera es como tener a Judas como hermano, ¿verdad?

Liza miró con los ojos desorbitados a los dos hombres, a continuación gritó como respuesta al rugido explosivo que emitió el duque. Se recogió las faldas y corrió tras él al tiempo que éste irrumpía en la sala de armas. Entraron, y encontraron a Yale mantenido a raya con las manos levantadas y su cuerpo temblando. Liza se detuvo después que sus pies patinaran en el suelo, y advirtió la expresión de los ojos de Jocelin.

—¡No! —le susurró—. ¡No lo mates, por favor!

Jocelin parecía no oírla, así que Liza se fue hacia él despacio y posó una mano sobre su brazo. Pestañeó varias veces, pero continuó estrujando a Yale con la mirada.

Finalmente, Liza escuchó un murmullo distante.

—¿Liza?

—¡Por favor, no lo hagas! Si lo haces, te perderé.

El duque se había mantenido inmóvil ante la visión de Jocelin a punto de disparar sobre su tío. En ese momento se acercó a su hijo, el tórax palpitante, el cuello de la camisa ladeado, su cabello plateado alborotado.

—¡Que Dios se apiade de tu pervertida alma! Estás intentando retorcer el significado de lo que acaba de suceder.

Jocelin lanzó una mirada estupefacta a su padre, acto seguido bajó el arma. Ante la expresión de su rostro, Liza se deslizó entre su marido y el padre.

—¡Usted está loco! —le dijo a su excelencia; luego señaló a Yale—. Él es el que tiene afecciones impropias.

El duque la rodeó.

—¡No veo nada excepto la natural preocupación de un tío por su querido sobrino!

Yale se colocó al lado de su hermano. Dejó escapar

un suspiro con una humildad tan mansa que Liza hubiera querido darle un puñetazo.

—¿Debería permitir que me poseyera? —preguntó Jocelin al duque con tranquilidad—. ¿Y entonces se convencería?

El duque bramó y se lanzó en un torrente de imprecaciones contra Jocelin.

Liza se puso en jarras y gritó:

—¡Cállese, loco!

El duque se quedó en silencio conmocionado, pero Jocelin intervino antes de que Liza pudiera atacar.

—No merece la pena —dijo con tono opaco. Depositó la pistola sobre el cristal de la vitrina y se dio la vuelta—. Debería habérmelo imaginado. Eligió hace mucho tiempo, y no me eligió a mí.

—Se hace el ciego deliberadamente —espetó Liza.

Jocelin sacudió la cabeza y suspiró.

—Déjalo. No puedo continuar con esto por más tiempo. Déjalo.

Asustada por el matiz débil y tenso de su voz, Liza dio una vuelta en torno al duque y a Yale. Agarrando la pistola, la agitó ante ellos.

—¡Fuera de aquí! —avanzó hacia el duque, que retrocedió de mal humor—. ¡No diga una palabra! Recoja a su hermano y márchense en el primer tren que salga para Londres, o esta nieta de carnicero puede que sacrifique algún tierno cerdo de sangre azul.

Le complació enormemente observar cómo el duque y Yale tropezaban el uno contra el otro en una lucha vergonzosa por ponerse a salvo. Cuando se hubieron marchado, Liza dejó la pistola y se aproximó a Jocelin. Éste miraba fijamente por la ventana y había adoptado la expresión militar, con el puño apretado en la espalda.

Liza se puso junto a él, y se quedaron contemplando el césped y el manto de lirios y tulipanes. Después de un rato Jocelin habló.

—Yo... —se detuvo para aclarar la garganta—. Te pasaré una pensión. No necesitas permanecer a mi lado. No esperaré que lo hagas.

Liza juntó las manos en la espalda y se balanceó sobre los talones.

—No voy a ningún sitio.

Jocelin volvió la cabeza instantáneamente, lanzándole una mirada afligida.

—¿Qué quieres decir? —le preguntó.

—Quiero decir que no voy a ningún sitio —lo miró de reojo—. Si crees que voy a perderte de vista con todas esas amantes como rivales y con tu tío también detrás, estás loco, Jocelin Marshall.

—Pero lo has visto. Ahora ya sabes todo.

Liza se encogió de hombros.

—Eres una persona muy seductora. Deberías saberlo. Entonces, ¿por qué esperas que me sorprenda y me enfurezca tan sólo porque tu estúpido tío te encuentra tan fascinante como yo? Únicamente no esperes que te comparta con nadie.

Jocelin la miró de frente y la examinó perplejo.

—No hablas en serio. ¡Maldita sea que no lo dices de verdad!

—Sí —Liza dejó escapar un suspiro jocoso—. Supongo que tendré que soportar muchos años a gente que flirtee contigo, hombres y mujeres.

—¿No lo encuentras... terrible?

—¿El qué? ¿A Yale? Yale es un idiota.

Jocelin rozó su brazo, a continuación, titubeante, estrechó su mano.

—Nunca estuve…

—Lo sé —le interrumpió Liza. Depositó la mano sobre su hombro—. Ocurrió. Ya pasó. No tienes que contarme lo que sucedió entre Yale y tú. Pero creo que lo he adivinado, y no tienes que escondérmelo. Como he dicho, Yale es un estúpido, y siempre estaré a tu lado, amor mío. Siempre.

Liza controló su compasión por Jocelin sabiendo que él no la aceptaría. Esperó una respuesta, sin atreverse apenas a respirar. Una brisa trajo la fragancia a hierba cortada llevada por el aire hasta ellos a través de la ventana. Tocó la piel de ella como seda invisible. Los rayos de sol inundaban la habitación con oleadas de luz dorada. Entonces, cuando ella ya había perdido casi la esperanza, él comenzó a contarle, lentamente, a media voz.

Capítulo 22

Transcurrieron cuatro días, durante los cuales Jocelin, más allá de su felicidad, esperaba que Liza se volviera en contra de él sin advertirlo y lo mirara con repulsión y vergüenza acusatoria. Se mantuvo mirando, mentalmente, por encima de su hombro. No lo hizo.

Hicieron el amor, y Liza permaneció en un estado que llamaba de Dicha Marital. Solía deslizarse hasta él mientras estaba escribiendo al administrador, le besaba en la oreja y le decía: «Aún me encuentro bajo la Dicha Marital». Acto seguido recorrería con la mano la parte interna de su muslo, y él olvidaría mirar por encima de su hombro.

La Dicha Marital incluso sobrevivió a sus amigos, quienes, a excepción de Nick, reaccionaron ante su cambio de conducta como si hubiera contraído la gripe de la cual pronto se recuperaría. Cuando olvidaba sus reuniones políticas con Asher y los demás en la casa de aquél, su viejo amigo parecía dolido. Diez días después de la confrontación en el pabellón de Nick, Asher, Winthrop y Thurston-Coombes atacaron.

—Esto no funcionará, apreciado compañero —decía

Thurston-Coombes mientras Jocelin repartía tazas de café en el gran salón.

Winthrop frunció el ceño al no ser servido el primero, conforme a su derecho como miembro de misteriosa procedencia real.

—Realmente no funcionará.

—Lo siento —dijo Asher al tiempo que removía el café—. Pero va a haber unas elecciones al Parlamento dentro de tres meses en Hamptly-cum-Spiddow, y todo el mundo está de acuerdo en que es mi oportunidad. ¡Por fin soy candidato al Parlamento, Jos!

—Disraeli estará furioso —dijo Jos, pero perdió interés cuando apareció Liza, los brazos cargados de correspondencia.

—¡Buenos días, caballeros!

Avanzó hacia ella con rapidez, sin importarle que los otros lo miraran fijamente.

—¿Te ayudo?

—No, milord. La mayoría son para mí. Toby ha enviado muchas de Pennant.

Él hizo que se detuviera colocando un dedo sobre sus labios y susurrándole:

—Aquí, no. Vete, y me uniré contigo cuando termine mis asuntos aquí.

La frente de Liza se arrugó, pero él se limitó a sonreírle y volvió a la discusión de las elecciones al Parlamento. Una hora más tarde fue al gabinete de Liza, donde la encontró sumergida en correspondencia. Jocelin frunció el ceño ante el Libro Mayor que reposaba abierto encima del escritorio. Una gran hoja marcada como un calendario recibió el golpecito irritado de uno de sus dedos. Liza no había alzado la vista cuando entró, lo cual era contrario a su práctica de levantarse de un salto y revolotear hacia él en cuanto aparecía. Cuando alcanzó su sillón, ojeó el objeto que le había ganado la batalla con respecto a la atención de Liza. Un contrato.

—Es un contrato —dijo Jocelin—. El contrato de un negocio.

Liza alzó la vista, sonrió y reanudó la lectura atenta del documento.

—Tan sólo se trata de uno de los típicos. Para un banquete de compromiso y un baile en julio. La hija menor de los Devonshires.

—No me importa aunque se tratara de la hija menor de la reina.

—¿Hummm?

No estaba acostumbrado a esperar a que le prestara atención. Sus ansias por que lo hiciera no permitían interferencias de aburridos contratos. Cruzó los brazos ante el pecho. Ella no lo advirtió. Jocelin permaneció en silencio, con el ceño contraído. Liza no levantó la vista. Él dio unos golpes con el pie. La mano de Liza se extendió para darle unas palmaditas en el brazo como si se tratara de un niño quejumbroso. ¡Ella lo estaba aguantando, realmente aguantándolo a él! Aún inseguro de este nuevo amor, de estas incontrolables ansias por su compañía, sintió miedo ante el dolor que sabía padecería si ella no tuviera tiempo para él.

—¡Maldita sea!

—Un momento —dijo ella mientras hundía la pluma en el tintero y firmaba la última página del contrato.

Cuando empezó a secar la tinta en lugar de dejar a un lado el documento, él levantó las manos y se apartó. Girando alrededor del escritorio, se plantó frente a ella y colocó con estrépito las manos encima de las cartas, del Libro Mayor y del calendario. Sus ojos descubrieron la firma en una de las cartas. Brontë. La echó a un lado para ojear la dirección de un sobre: Barbara Leigh Smith.

Barbara Leigh Smith, el nombre le era conocido… no, de escasa reputación. La mujer había escrito panfletos escandalosos atacando la posición legal de las mujeres casadas, cuyas propiedades, incluso sus propios corsés, pertenecían a sus maridos. Sospechando, examinó el montón de correspondencia, divisó un folleto delgado y lo extrajo con la punta de los dedos de debajo del montón.

Leyó en voz alta.

—Un Breve Resumen, en Lenguaje Sencillo, de las Leyes Más Importantes de Inglaterra Relacionadas con las Mujeres.

Liza levantó la vista del secador de tinta y se encontró con su mirada, que él esperaba fuera tan severa como pretendía. Dejó caer el panfleto de sus dedos, cruzó los brazos y anduvo hacia la chimenea volviendo de nuevo con expresión ofendida de meditación. Ella debía comprender lo descontento que estaba, y nunca sospechar lo aterrado de perderla por otros intereses.

—Creí que habíamos llegado a entendernos —dijo Jocelin al tiempo que adoptaba su mirada de juez frente al escritorio.

—¿Sobre qué?

Liza parecía confusa, y con razón. Jocelin sabía que no era él mismo, de lo contrario no se pondría celoso de libros, papeles y contratos; pero no parecía poder controlarse. Liza se había desenvuelto tan bien antes de que se conocieran. ¿Para qué lo necesitaría ella, sino para satisfacerla en la cama? Y él sabía demasiado bien lo efímero que podía ser el deseo. ¡Maldita fuera! No competiría con libros y documentos, pero razonaría con ella tranquilamente.

—Liza, querida, ahora eres mi esposa —hizo un movimiento hacia el escritorio—. Todo esto, todos estos negocios comerciales no pueden continuar. Designaré a un gerente para ti.

Liza echó el contrato a un lado y cruzó las manos sobre la mesa.

—¿Estás insinuando que no conozco mi propio negocio?

—¡Mujeres! ¡Claro que no! Pero no puedo permitir que mi mujer sea una comerciante. Ninguna dama se involucra en tales actividades.

El gesto de enfado de ella le alertó de su fracaso. De cualquier forma tenía que convencerla sin mostrarle aquel humillante miedo. Conociendo a su oponente, cambió de táctica. Fue hacia ella, deslizó el brazo sobre los hombros de ella y le acarició la mejilla con los labios. Estaba rígida entre sus brazos, pero se estremeció y Jocelin sonrió.

—No lo entiendes —le dijo—. Quiero cuidar de ti, protegerte. Te amo, y siempre consideraré tu bienestar por encima de todo. No tienes que seguir luchando por más tiempo, Liza. Yo proveeré por ti y te guiaré.

Se volvió para mirarlo.

—Más bien como una niña estúpida.

—¡Maldita sea! —Jocelin se puso en pie de golpe y se quedó delante de ella—. ¡Te quiero! ¿Así que, por qué necesitas involucrarte en asuntos mundanos?

Liza se puso en pie de un salto y lo miró cara a cara.

—¿Es esa la clase de amor que tienes por mí? ¡Suena como al amor de un amo por su caballo de caza preferido! ¡Muy bien, cambia de opinión respecto a esa clase de amor! ¡No lo permitiré! He visto a muchas mujeres criando a sus hijos en la pobreza. Tienen maridos, maridos que se supone que las protegen y proveen por ellas porque son demasiado frágiles para hacerlo por sí mismas. Si son tan frágiles y de mentes tan débiles, ¿cómo es que cosen desde la mañana hasta la noche, venden verduras por todo Londres, restriegan suelos sucios y limpian orinales?

Jocelin sacudió la cabeza y gruñó.

—Tú no tienes que esclavizarte de ese modo.

—No, sólo tengo que condenarme a una vida de incesante inanidad: paseos por Hyde Park, cantos matinales en la iglesia, compras interminables, bailes, grandes cenas, picnics, más cantos, más paseos por Hyde Park —le reprendió Liza con una mirada que abarcó todo su cuerpo—. Lo que quieres, milord, es una muñeca encantadora con menos inteligencia que un caniche adiestrado.

Jocelin se llamó a sí mismo la atención y colocó la mano cerrada en un puño en la espalda.

—¡No lo quiero! Pero debemos tener ciertas responsabilidades, y finalmente hay que pensar en la reputación del título, y los niños. —Liza lo miraba airada, inmóvil, y Jocelin sintió en ella un brote de cólera al evocar este nuevo e insensato temor—. ¿O no tienes los deseos maternales de una mujer?

Jocelin se enfureció consigo tan pronto emitió aquellas palabras, pero su condenado orgullo le impidió decirlo.

Ella se quedó en silencio. Quizá había comprendido sus motivos. Enderezó la espalda, apretó los puños y luchó por controlar el torbellino de emociones que la embargaban.

—Si me disculpas, milord, tengo que atender a mi correspondencia.

Jocelin abrió los ojos al límite, incrédulo ante lo que acababa de oír. Iba a ignorarlo. ¡Maldita fuera, atraería su atención! Se dio la vuelta y tomó asiento junto a la chimenea, desde donde habló con calma.

—Olvidas que cuando nos casamos, me convertí en el dueño de Pennant y de todas tus posesiones —lanzó una mirada despectiva al escritorio—. Quizá deberías leer de nuevo tu panfleto.

Liza avanzó hacia él.

—¡Ahora escúchame. No me importa lo que diga la ley. Pennant es mío, y no voy a convertirme en un caniche para satisfacer tu orgullo!

Él giró sobre sí para mirarle a la cara.

—¡Eso no es lo que he dicho! ¡Dios, dame paciencia! ¡Las mujeres pueden ser tan obtusas! No me extraña que tu padre te echara de su casa.

Casi encogiéndose al darse cuenta de la cosa tan estúpida que acababa de decir, Jocelin no tuvo tiempo de bloquear la bofetada que Liza le dispensó en la mejilla. El dolor y la vergüenza hicieron que perdiera lo que le quedaba de templanza. La agarró de la mano.

Levantándola, entró a grandes pasos en la habitación de al lado y la arrojó en su cama. Liza aterrizó de espaldas con las faldas en la cabeza. Para retenerla más tiempo, Jocelin tiró de los cobertores y se los echó encima. A continuación enrolló el bulto en un esmerado tubo. Escuchó las imprecaciones amortiguadas y rió entre dientes al tiempo que salía. Cerró la puerta con llave y le gritó:

—¡Te quedarás ahí dentro hasta que ambos estemos calmados!

Liza golpeó en la puerta de su dormitorio.

Jocelin le gritó:

—No saldrás hasta que estés dispuesta a oírme sin perder los nervios.

Después de un rato, cuando él se negó a contestarle otra vez y a soltarla, Liza paró. Jocelin ojeó distraído el escritorio desordenado, acto seguido se sentó para escribir una carta a sus abogados, pidiéndoles que dispusieran para que Toby pudiera firmar contratos y llevar a cabo negocios legales para Pennant de modo que Liza no estuviera cargada con tanto trabajo. Al abrir el cajón en busca de papel en limpio, se topó con correspondencia de Toby. Su contenido probó que había estado en lo cierto al poner a Liza a raya. No sólo había estado intentando dirigir la agencia durante todo el tiempo, sino que también había reanudado su fisgoneo sobre la muerte de su hermano y de sus compañeros soldados.

Jocelin leyó atentamente los resúmenes de los hechos que rodeaban las muertes de William Edward, Airey, Stapleton y Halloway. ¿Se trataba de accidentes y encuentros con criminales? Sacudiendo la cabeza, dobló los papeles y los metió en el bolsillo de la chaqueta. Se los daría a su detective privado para que trabajara en ello. Algo andaba mal, pero no estaba seguro de lo que era.

Cerca del escritorio advirtió una estantería. Y como había imaginado, sus contenidos eran tan poco convencionales como los del escritorio: Brontë acerca de su insatisfacción por el destino de la mujer en la vida, más tratados de Barbara Leigh Smith, y —de las cosas más inverosímiles— de una tal doctora llamada Elizabeth Blackwell. Tras colocar de nuevo el volumen de Barbara Leigh Smith, bajó las escaleras en dirección a su biblioteca, donde metió la información de Liza sobre las muertes en un sobre, le puso la dirección y llamó a Choke.

El mayordomo apareció, y Jocelin le entregó los sobres para Toby y para el detective.

—Por favor, Choke, mande estas cartas.

—Sí, milord.

—Y, Choke, umm, milady se encuentra fatigada y desea que no se la moleste en su habitación. Por favor, dígale al personal que no se acerquen a la gran alcoba.

—Sí, milord.

Era de admirar que en los veinte años de Choke como mayordomo, éste aceptara las instrucciones sin reaccionar. Jocelin observó admirado cuando el mayordomo se marchó. Ojalá Liza fuera tan obediente. Pero, no lo era, lo que no dejaba de producirle una ligera sensación de inquietud. Tenía que hacerla comprender que su trabajo no debería interferir en su vida conjunta. ¿Por qué no podía haber sido un poco más sumisa; como sus amantes, o como su madre?

Su madre, eso era, su madre era un ejemplo a seguir por Liza. Representaba todo lo que era lo mejor en una mujer: modestia, delicadeza, dependencia, respeto a su marido. Estaba seguro de que Liza nunca le mostraría la deferencia que su madre mostraba por su padre. ¿Sería conveniente recomendar a Liza que tomara a su madre como modelo de decoro? A través de todas sus batallas con su familia, su madre había constituido un consuelo para él.

Era cierto que había sido incapaz de enfrentarse a su padre. Aquel día que por primera vez intentó contarles a sus padres lo de Yale, su padre no le había creído, y él le había suplicado a su madre que lo ayudara. Pero no era culpa de ella el no poder ponerse de su lado. No se podía esperar que ella, tan delicada y frágil, luchara contra el duque. Sin embargo, la buena educación de su madre y sus obligaciones la impulsarían a mantener a raya a Liza.

No obstante, primero tendría que llevar a cabo un acercamiento con su padre. Había sido un loco al esperar que el viejo se enfrentara a la verdad después de todos esos años. Jocelin se dirigió al escritorio y tomó la pluma. Si su padre quería un heredero, y su padre deseaba un nieto por encima de todo, tendría que disculparse ante Liza y reparar la ofensa. Empezó a sonreír al tiempo que su pluma se deslizaba sobre una hoja gofrada con su escudo. Iba a disfrutar haciendo que su padre se retorciera, se retorcería ante la perspectiva de aceptar en su seno a la nieta de un carnicero y de presentarla en sociedad. Jocelin rió en voz alta. Su padre iba a echar chispas. Terminó con rapidez la carta y se fue a cabalgar. Quedarse en casa con Liza encerrada arriba podía con él. Visitó a Asher, luego a Nick, con el cual regresó para cenar. La partida de cartas y la conversación le permitieron olvidar la disputa con su mujer, así que era bien pasada la media noche cuando llevó una bandeja con té caliente a la habitación de Liza.

Tras dejar la bandeja a un lado, giró la llave. Al abrir escuchó sollozos. Tragó saliva para mitigar el espesor de la garganta. ¿Había sido demasiado rudo? Ella lo amaba, el pequeño mosquito equivocado. Ahora lo sabía, y disfrutó con la casi devoción con la que ella lo había mirado. Aún tenía que llegar a algún acuerdo con ella. Enderezó los hombros, colocó la mano en la espalda y entró.

La habitación estaba a oscuras excepto por un quinqué junto a la cama. Avanzó hacia la montaña de faldones y enaguas apiladas sobre la cama y observó el jadeo de los hombros de Liza. Contrajo la mandíbula y le tocó el brazo. Ella contuvo la respiración y se volvió aún sollozando. Manteniéndose quieto con gran esfuerzo, le pilló por sorpresa cuando Liza se lanzó a sus brazos y lloró contra su solapa. Jocelin la rodeó con los brazos y la estrechó, presionándola. Enterrando el rostro entre su cabello enmarañado, le musitó palabras de consuelo.

Entre sollozos, balbuceó:

—O... odio cuando discutimos.

—¡Está bien! —le dijo al tiempo que le besaba en el pelo—. No tenemos por qué pelearnos más. Hablaremos más tarde, cuando no estés tan perturbada, amor mío.

—Yo... yo, siento haberte pegado. ¿Me odias?

—Nunca, amor mío.

Le acarició la cabeza y sonrió. Aquella era su Liza, una fiera por fuera y como un flan por dentro. La acunó en sus brazos mientras lloraba, luego la sujetó mientras se quedaba dormida. Estaba extenuada, pero él tenía la seguridad de que sería más razonable ahora que conocía los límites de su paciencia. Lo escucharía, ahora, y él no tendría que revelarle su miedo a perderla.

La noche transcurrió deprisa para él. La pasó junto a Liza, sin molestarse en regresar a su habitación para cambiarse. A la mañana siguiente Liza aún dormía cuando él se despertó. Sin querer molestarla, se fue a su habitación. Se lavó y se vistió para bajar a desayunar.

Ansioso de ver a Liza, y al mismo tiempo contrario a interrumpir su descanso, decidió recoger a Nick para ir a dar un largo paseo a caballo por la propiedad. Nick lo estaba deseando, ya que acababa de comprar un nuevo pura sangre y estaba ansioso por probar al animal. Galoparon a través de praderas y saltaron acequias hasta que llegaron al camino preferido de Jocelin que atravesaba su coto de bosque. A última hora de la tarde atravesaron un bosquecillo de carpes, alisos, avellanos y castaños.

Nick se adelantó para colocarse al lado de Jocelin y dio unos golpecitos en el cuello de su semental ruano.

—Estás de mucho mejor humor. Ayer te parecías a Oberón después de una pelea con Titania.

—¡Oh, Dios, has estado leyendo *Sueño de una noche de verano*!

Nick esbozó una sonrisa burlona y diabólica, se puso la mano en el pecho y comenzó a recitar mientras cabalgaban bajo las ramas de un carpe.

Sé de una ribera donde crecen los sérpoles,
donde se balancean las violetas y la primuláceas,
doselada completamente por deliciosas madreselvas,
por olorosas rosas de almizcle y lindos escaramujos.
Allí duerme Titania una parte de la noche,
arrullada entre estas flores con danza y
regocijos.

Jocelin se tapó un oído con la mano, pero Nick se la apartó y alzó la voz para declamar con dramatismo férvido:

Y allí se despoja la serpiente de su piel esmaltada,
lo bastante grande para envolver a una hada.
Y con el jugo de esta flor restregaré sus ojos,
y quedará llena de odiosas fantasías.

Jocelin puso los ojos en blanco.

—¿Has terminado?

—¿Qué ocurre, querido, tu Titania te está dando una dura batalla?

—Tuvimos una pequeña riña, digamos, pero ya está solucionado.

—Te disculpaste, ¿verdad, viejo amigo? Es la única salida con las mujeres.

—Naturalmente que no lo hice. Lo hizo ella.

Nick alzó las cejas y tiró de las riendas para detener su montura.

—¿Liza? ¿Liza se disculpó? ¿Por qué?

—Por perder los nervios y pelearse conmigo —Jocelin esbozó una sonrisa plácida a su amigo—. No obstante, ya está solucionado. Dijo que odiaba discutir conmigo, así que espero ahora que será más dócil a la hora de dejar Pennant en manos de un gerente y de trabajar tanto. Fui bastante firme, así que comprendió cómo debe ir entre nosotros.

—¿Lo hizo realmente? ¿Es de Liza Elliot de la que estamos hablando?

—¿Qué quieres decir?

Nick apoyó los antebrazos en la silla de montar y sacudió la cabeza de un lado a otro a Jocelin.

—¿Va a abandonar completamente Pennant así de fácil? No estás describiendo a la Liza que yo conozco.

—Quizá no sea del todo, pero ha cambiado. Me ama.

—¿Cómo sabes que ha cambiado?

—Te lo he dicho. Anoche, cuando fui a abrir el cerrojo de la puerta, se arrojó en mis brazos y me dijo lo mucho que lo sentía.

—Deja que me aclare, querido amigo. Encerraste a Liza Elliot en su habitación como a un niño travieso.

Le dijiste que no se preocupara de su adorado Pennant y la sermoneaste sobre la superioridad de tu inteligencia con respecto a la de ella. ¿Y te lo permitió? ¿Y te suplicó que la perdonaras por su desobediencia?

Jocelin frunció el ceño y acarició la crin de su caballo.

—Ahora que lo dices, nunca dijo que haría lo que le pedí.

—¡Endiabladamente cierto!

—Nunca antes se había rendido con tanta facilidad, eso es.

—¿Sabes una cosa? —le dijo Nick mientras contemplaba un ramillete de violetas—. Yo me preocuparía si fuera tú.

—Estoy empezando a estarlo.

Ambos contemplaron las violetas en silencio.

—Nick.

—¿Sí, querido Oberón?

—Creo que me iré a casa.

—¡Buena idea!

Jocelin giró su caballo y Nick lo siguió. Galoparon la mayor parte del camino. Inclinado sobre su caballo, Jocelin cruzó el césped y prácticamente subió los escalones de la entrada con el caballo. Desmontó antes de que el animal se detuviera por completo, le arrojó las riendas a Nick y se apresuró en el interior. Se encontró con Loveday en las escaleras. El ayuda de cámara le entregó un sobre.

—Acabo de encontrar esto depositado en nuestras pajaritas de seda, milord —Loveday salió con rapidez.

Mientras subía con estrépito las escaleras para colocarse a su lado, Jocelin abrió el sobre rasgándolo y leyó la nota adjunta.

Milord:

No soportaré tener un amo. No me quieres a menos que sea una esclava. Tengo una vida que llevar, y lamentaré hasta el día de mi muerte no haber podido llevarla junto a ti.

Liza.

Jocelin arrugó la nota en la mano y miró fijamente a Nick sin verlo. Nick tomó la nota y silbó.

—Ahora sí, esa es Liza.

—¡Maldita sea! —exclamó Jocelin.

—¿Dónde está?

—Se ha ido. No te molestes en buscarla —Jocelin bajó la mirada a la nota arrugada—. Ya una vez se escondió de mí. Es buena en ello.

—¿Qué vas a hacer?

Jocelin ofreció una sonrisa de dolor a Nick.

—Encontrarla, por supuesto.

—¿Cómo?

—No sé, Nick, viejo amigo, porque ahora será más cuidadosa que la última vez.

Capítulo 23

*L*iza dejó la última bota junto a su compañera en la estantería y guardó la cera y los trapos dentro de una caja de madera. Deseaba poder alejar la infelicidad con la misma facilidad. Se puso en pie, con las dos manos se presionó la región lumbar y luego se quitó un poco de cera de la punta de la nariz con el dedo índice. ¡Qué fastidio, no tenía tiempo para lavarse! Tenía que limpiar las escaleras de la parte delantera y luego terminar con la chimenea del estudio de lord Winthrop antes de que bajara esa mañana.

Recogiendo los trapos de limpiar y los cubos, Liza se deslizó escaleras arriba hacia el vestíbulo y a continuación al umbral de la puerta. El día anterior había llovido, y el alféizar, los escalones y la alfombrilla de limpiarse los zapatos estaban cubiertos de barro. Mientras cepillaba y echaba los terrones en un cubo, Liza se mordió el labio e intentó no pensar en Jocelin. ¿Por qué tenía que ser tan inflexible? No, no tenía sentido andar por ese camino tan trillado.

Había huido de Reverie porque él no le dejó otra elección. No podía renunciar a sus principios más de lo que podría permanecer de cabeza, que era lo que Jocelin quería que hiciera. Por tanto se había marchado, afligida, buscando refugio con Betty, la hija de Toby. Le había costado abandonar a Jocelin. Al principio se sentía como si no quisiera vivir. Cada noche permanecía despierta tanto tiempo como podía para encontrarse demasiado exhausta para soñar con él.

Dudaba entre odiarlo y desear que viniera tras ella. Cuando se encontraba en su oficina, se imaginaba que irrumpía de nuevo allí, lanzando destellos de furia masculina. Era tan cautivador cuando se despertaba. A continuación recordaba cómo rechazaba sus creencias y principios, y se enfadaba de nuevo con él. Acto seguido se sumergía en el trabajo para olvidar.

Después de unos cuantos días, sin embargo, necesitaba distracciones mayores. Todavía quedaba el asunto de la muerte de William Edward. Nunca había abandonado la búsqueda de una respuesta a aquel misterio. Desanimada pero resuelta había aceptado un puesto en casa de Arthur Thurston-Coombes. Un comienzo excelente, ya que pronto descubrió que el joven había estado con su amante a la hora que murió William Edward.

Estas noticias le permitieron trasladarse a casa de lord Winthrop en plena temporada. Eran los primeros días de junio cuando se colocó allí bajo su disfraz de doncella para todos los trabajos. Winthrop fue toda una sorpresa. Aunque tenía unos abundantes ingresos, mantenía un escaso personal y vigilaba cada uno de los gastos, incluso la cantidad de carbón que se utilizaba en cada una de las chimeneas. También tenía una desagradable afición a observarla mientras hacía sus tareas. No cuando se trataba de hacer camas o pasar el polvo, sino los trabajos más sucios, tales como limpiar las chimeneas.

Estaba secando los escalones con un trapo después de haberlos fregado cuando vio detenerse un carruaje. Dándose prisa por terminar, recogió los paños y los cepillos y los arrojó a un cubo vacío. Divisó un recogedor abandonado en el escalón superior, extendió la mano y lo recuperó al tiempo que dos pares de botas relucientes subían la escalera. Liza se echó hacia atrás, acto seguido se detuvo al oír la orden dada al cochero en tono militar y remarcado. ¡Jocelin! Se encontraba de rodillas en las escaleras de entrada y Jocelin había venido a hacer una visita.

Su cabello estaba oculto bajo una peluca de pelo crespo castaño, pero no serviría de nada si Jocelin obtenía una buena visión de ella. Liza recogió los cepillos y los cubos, los sujetó en alto para esconder su rostro e hizo una reverencia cuando los dos hombres entraron en la casa, pero no respiró hasta que el criado cerró la puerta.

—¡El café!

Se escabulló dando una vuelta hacia la puerta de servicio y descargó los utensilios de limpieza. Corrió hacia el fregadero, se lavó la cara y las manos al tiempo que el cocinero y la sirvienta se apresuraban a preparar los refrescos para la visita de su señoría. Liza subió de un salto tres tramos de escalera antes de que pudieran ordenarle más tareas. En su habitación se aplicó una nueva capa de crema para oscurecer la piel, se agrandó las cejas y se ajustó el corsé. Se había puesto relleno en el pecho y en las caderas para aparentar una figura de proporciones venusianas.

Volvió corriendo a la cocina, y llegó a tiempo para

llevar la bandeja del café y los panecillos al estudio de su señoría. Rezando para que su disfraz lograra engañar a Jocelin, entró y depositó la bandeja en la mesa. Asher Fox, Jocelin y Winthrop estaban ocupados discutiendo como de costumbre sobre la guerra de Crimea, persistente en sus memorias, y no advirtieron su entrada.

Manteniendo el rostro apartado de su esposo, Liza rogó que Winthrop actuara como anfitrión y no la hiciera distribuir las tazas y platos. Así lo hizo. Entre tanto ella permaneció junto a la puerta a la espera de una orden para marcharse. Jocelin estaba de espaldas a ella; aquellos amplios hombros, en pose de desfile en la plaza de armas, no revelaban ninguna pista en cuanto a si él la había reconocido. En el momento que Winthrop ofreció a sus amigos los panecillos, Liza se deslizó fuera de la habitación.

Transcurrida poco más de una hora el mayordomo la encontró en la trascocina y le ordenó que reanudara la limpieza de la chimenea del estudio y también la del salón de visitas. Liza entornó los ojos y dijo una oración con rapidez. Jocelin y Asher debían haberse marchado.

Recogió los cepillos, recogedores y el cubo del carbón y se dirigió al estudio. Abrió la puerta, Winthrop se encontraba todavía allí.

—¡Oh, no se vaya! —dijo desde su posición detrás del escritorio—¡Limpie, limpie, muchacha!

Mientras él redactaba una carta, Liza comenzó a sacar las cenizas. Sintió un cosquilleo en la nariz y se la frotó.

—¡Vaya, hay una manchita en su nariz, querida!

Liza se volvió encontrándose a lord Winthrop de pie

junto a ella. Se pasó la mano por la nariz. Winthrop extendió la bota y la examinó.

—Parece que tengo una mota de polvo en la bota. Por favor, déle con su trapo.

Liza cepilló el polvo inexistente del calzado y se asustó cuando Winthrop se inclinó y le tocó el brazo. Se había subido las mangas antes de comenzar el sucio trabajo. Él restregó su muñeca donde le había caído ceniza.

—¡Aquí lo tiene! —dijo como si estuviera saboreando un pastel—. ¡Aquí está, toda envuelta de suciedad, llegada para servirme con tanta humildad!

Liza apartó la muñeca, pero Winthrop se encontraba sobre ella, babeándola con un beso húmedo en la mejilla.

—¡Deje eso!

Ella le empujó, pero el lord hundió el rostro en su falso pecho. Irritada, Liza le agarró del pelo y tiró de él. Winthrop dio un graznido y cayó sobre sus nalgas semirreales. Liza tomó el recogedor y se lo estampó en la cabeza. Al golpearle, alguien rió entre dientes, y no era lord Winthrop. Su señoría gritó y Liza se puso en pie de un salto cuando Jocelin cruzó el umbral de la puerta.

Continuó avanzando y ella se refugió tras el escritorio. Mientras Winthrop gruñía, Jocelin se dirigía a ella con paso airado.

Liza intentó ser cortés.

—¡Buenos días, milord!

—Te he estado buscando —se abalanzó sobre ella, pero Liza lo esquivó, luego rodeó el escritorio al mismo tiempo que ella.

—¿De verdad?

—Envié a unos detectives a Pennant. Amenacé a Toby. Hice que lo siguieran.

Liza esquivó un sillón y se escabulló alrededor del escritorio otra vez al tiempo que Jocelin la seguía.

—No es necesario que lleguemos a esto —dijo ella.

—¡Es una ramera! —Winthrop había recobrado los sentidos, los pocos que tenía.

—¡Cállate! —dijo Jocelin—. Es mi esposa.

Winthrop los miró a ambos con ojos desorbitados; Liza se detuvo con brusquedad.

—¡Jocelin, no!

—¿Por qué no? No parece que te importe tu reputación, tu posición como mi esposa, tu propia seguridad —saltó sobre ella, atrapó su brazo y la levantó en el aire.

—¡Le has dicho quién soy, maldito seas! —Liza le dio un golpe en el pecho.

—¿Tu esposa? —Winthrop se había levantado y se estaba dando un masaje en la cabeza—. ¿Qué está haciendo tu esposa enmascarada como una doncella para todos los trabajos? Nunca he oído de una conducta semejante.

Jocelin se dirigió a la puerta con Liza en los brazos.

—¡Oh, no te preocupes por ello! Dice que los oficiales de nuestro regimiento han sido asesinados. Puede que tenga razón, pero no permitiré que intente probarlo de esta manera. Y a propósito, viejo amigo, si vuelves a tocarla de nuevo, te ahogaré en tu propia sangre real.

Liza se retorció y revolvió con violencia, furiosa ante su incapacidad de liberarse. A medida que era sacada de la casa, la peluca se ladeó, luego cayó en los escalones. Jocelin le dio una patada apartándola del camino y arrojó a Liza al carruaje. Aterrizó sobre alguien, que la recogió y la colocó junto a Jocelin.

Asher Fox recuperó su bastón del suelo del vehículo.

—Te lo dije, Jos, tenías razón. Es tu dama.

Jocelin agitó un dedo ante Liza.

—¡Quédate en silencio!

Liza abrió la boca. Jocelin le lanzó una mirada furiosa y la volvió a cerrar.

—Te lo dije —dijo Jocelin a su amigo con una sonrisa triunfal—. Me llevó dos semanas de búsqueda hasta que me di cuenta de que no se escondería en el campo ni en el continente. El pequeño patito obstinado no puede abandonar una idea una vez que se aferra a ella. Ha estado espiando a Winthrop, que es de quien más sospecha. ¡Ay, maldita seas, Liza!

Jocelin se frotó las costillas a la altura donde Liza le había dado un codazo. Lo miró airada, tan furiosa que no podía fiarse de sí misma para hablar. Cruzó los brazos, se dio la vuelta y se quedó mirando fijamente al frente durante el resto del trayecto hasta la casa de Jocelin.

Asher continuó el viaje con el carruaje, entretanto Liza fue arrastrada al interior como si fuera un golfillo fugitivo. En el vestíbulo de mármol, cansada ya de ser siempre arrastrada como un rebaño, plantó los pies y se detuvo. Jocelin se tambaleó, acto seguido se volvió y le gruñó.

—¡Necesitas una buena azotaina! ¡No me tientes!

—¡Eres un loco engreído! —le reprendió Liza al tiempo que soltaba su mano de un tirón—. Acabas de desvelar de buenas a primeras mis sospechas al hombre del que empezaba a sospechar de asesinato.

Liza podría haber contenido sus nervios de no ser porque Jocelin se rió de ella.

—¿El viejo Winthrop? Matar a alguien estaría por debajo de su dignidad real.

Sonriendo, Liza se aproximó mientras éste reía.

—¿Sabes lo que eres?

Ella le dio un golpecito delicado en la punta de la nariz con el índice. Jocelin parpadeó. A continuación bajó la mandíbula mientras clavaba la mirada en ella.

—Eres un fanático presuntuoso.

Tras esquivar su figura estupefacta, Liza se dirigió a la puerta. No fue lo suficientemente rápida. Un rugido resonó en el suelo de mármol y en las columnas. Corrió en busca de la libertad, pero él se abalanzó sobre ella, la rodeó por la cintura y la levantó. Voló sobre sus hombros. El aire salía de sus pulmones a ráfagas mientras era acarreada escaleras arriba. La dejó caer en la cama, y Liza rodó justo a tiempo para escapar del cuerpo de Jocelin que se había lanzado sobre ella.

—Liza, vuelve aquí y habla conmigo —le ordenó con un tono de irritación controlada.

Saltando a toda prisa de la cama, corrió al gabinete de Jocelin. Él la alcanzó antes de que se encontrara a mitad de la alfombra. Sus brazos cayeron ligeramente alrededor de ella, apretándola contra su pecho por la espalda. A continuación Liza sintió algo suave en el cuello. Sus labios. El bastardo. Besarla cuando estaba tan furiosa con él. Estaba a punto de reprenderle cuando alguien llamó a la puerta.

Jocelin apartó la boca de su cuello.

—¡Fuera!

Nick Ross entró de todas formas. Se aproximó a ellos con lentitud, su ojos atrapados en las vestiduras humildes y desaliñadas de Liza y en el rostro resuelto de Jocelin.

—Así que —dijo— la has encontrado. Sabía que lo conseguirías. Un hombre no pierde el rastro de su mujer durante mucho tiempo. Pero veo que seguís jugando a Oberón y a Titania.

—¡Fuera de aquí! —repitió Jocelin entre dientes.

—¿Puedo hacer de Puck o de Bottom?

—¡Te he dicho que te vayas! Estoy domando a una fierecilla, no cortejando a una reina de cuento.

—¡Ah! —exclamó Nick—. *La obligación de someterse es debida al príncipe,/ e incluso una mujer así se la debe a su esposo.*

Liza se agitó en los brazos de Jocelin.

—¡No le debo ni una maldita cosa!

—¡Mujer estúpida! —dijo Jocelin. Echó un vistazo a Nick—. Me ama, ¿lo sabes?

Ante aquel tono vanidoso de su voz, Liza perdió la paciencia. Se dejó caer entre el hueco de los brazos de Jocelin, lo esquivó cuando intentó agarrarla y se liberó. No obstante, la mano de Nick se extendió con rapidez y atrapó la de ella.

—Lo siento, milady. El viejo Jos nunca me perdonaría si la dejara escapar.

Jocelin avanzó hacia ella. Liza retrocedió asustada ante la visión de su resuelta solemnidad.

—¡Vamos, Jos! —dijo Nick—. Sólo espera un momento —se interpuso entre ellos.

—¡Apártate!

—No, hasta que escuches.

—Es mi esposa —Jocelin intentó rodear a Nick, éste se movió para interceptar su camino de nuevo.

—¿Quieres conservarla esta vez?

No hubo respuesta.

—¿Quieres?

Liza miró por encima del hombro de Nick y vio cómo Jocelin hacía un gesto brusco de asentimiento a su amigo.

—La última vez que se escapó, tardaste en encontrarla dos semanas. Esta vez, puede que no la encuentres. No tiene por qué quedarse en Inglaterra, querido. Tiente el suficiente valor para irse a cualquier sitio si la empujas a ello.

Jocelin echó la cabeza hacia atrás.

—No dejaré que se vaya. Finalmente tendrá que escucharme.

—¿Qué vas a hacer? ¿Encerrarla bajo llave hasta que sea demasiado vieja y arrugada, y esté infectada por la gota para escapar?

—Bueno, no es eso —Jocelin pareció sumirse en los pensamientos.

Nick se volvió a Liza.

—¿Y usted qué prentende? ¿Va a pasar sus días escondiéndose de él?

—¡Me trata como a un perro de caza! —Liza suspiró y se apartó unos mechones de cabello negro del rostro con la mano que tenía libre—. No me escuchará. Cree que en el momento que me convertí en su esposa perdí ese poco de inteligencia que en otro tiempo él acreditó que tenía.

—No es cierto —Jocelin levantó las manos—. Pasa demasiado tiempo haciendo tratos en esa agencia de domésticos, y ahora va escabulléndose en la casa de mis amigos disfrazada. Una dama no debería hacer tales cosas, y, maldita sea, podría estar en peligro.

—Milord.

Todos se volvieron para encontrar a Loveday rondando por allí.

—Mr. Fox está aquí otra vez, milord. ¿Le comunico que suba?

—¿Bueno, por qué no? La mayor parte de Londres está aquí de todas formas —contestó Jocelin disgustado. Señaló a un sillón y le espetó a Liza—. Siéntate y no pienses en escapar. Te atraparé antes de que llegues a la entrada.

Nick la soltó, pero ella no apartó los ojos de su marido.

—¡Siéntate!

Nick intervino antes de que Jocelin la alcanzara. Tras tomar su mano, se la besó.

—Milady, ¿me permite que le ofrezca asiento?

Liza apartó la mirada airada de Jocelin, esbozó una sonrisa dulce y de autosuficiencia a Nick y le permitió que la escoltara hasta un sillón. Jocelin maldijo, pero fue interrumpido por Asher Fox.

Entró, el cuello de su camisa ladeado, el rostro contraído y fue directo a Jocelin.

—¿Puedo hablar en privado contigo?

—¿Qué ocurre? —le preguntó Jocelin.

—No… no puedo. No frente a otros.

Asher acercó los labios al oído de Jocelin. Liza se estiró para oír lo que decía. Creyó escuchar el nombre de Yale, pero no pudo distinguir nada más. Jocelin no le respondió, pero pudo percibir cómo se retraía en sí mismo.

—¡Nick, cuida de ella!

—¿Qué ocurre? —preguntó Liza cuando salía de la habitación, seguido de Asher.

Jocelin gritó por encima del hombro.

—¡Será mejor que estés aquí cuando vuelva!

Ella se levantó de un salto del sillón, resuelta a seguirlo, pero Nick la detuvo cerrando la puerta y echándole la llave. Introdujo la llave en el bolsillo de su chaleco.

—Lo siento, querida joven.

—¡Algo va mal! ¡Por favor, Nick!

—Jos se encargará de aquello que vaya mal.

—No lo entiende, he oído a Mr. Fox decir algo importante.

Nick se encogió de hombros.

—He recibido mis órdenes.

—¡Vaya por Dios! ¡Vosotros, los hombres estáis todos compinchados para volver locas a las mujeres! —Liza se fue hacia él y le tiró de la solapa—. Le oí decir algo sobre la familia de Jocelin.

—Puede. Jos está todavía furioso por algo que pasó hace mucho tiempo.

—¿Lo sabe? —Liza miró boquiabierta a Nick.

Nick le devolvió la mirada de asombro.

—Maldita sea, ¿lo sabe usted?

Ella asintió bruscamente con la cabeza.

Perjurando, Nick se apartó de ella dando una vuelta.

—¡Eso es entonces por lo que usted se marchó!

—Por supuesto que no. ¡Qué idea más estúpida!

Lentamente, como si no pudiera creer lo que había escuchado, Nick se dio la vuelta.

—¡Diablos, sois una persona justa, lo sois! ¡Un encanto!

—No importa —dijo Liza—. Asher dijo algo sobre Yale. Nick, si Jocelin tiene que enfrentarse otra vez a él, no creo que sea capaz de controlarse.

—¡Maldita sea! —Nick buscó la llave y abrió la

puerta—. ¡Vamos antes de que vayan demasiado lejos!

Se lanzaron escaleras abajo. Nick llamó a gritos a Choke, que apareció perplejo, escandalizado, aunque sin saber el destino de Jocelin. Liza no perdió tiempo con el hombre y mandó a buscar a Loveday. El ayuda de cámara apareció por la puerta de servidumbre.

Como respuesta a la pregunta de Liza, asintió.

—Sí, milady. Su señoría mencionó a lord Yale. Quizá haya ido a Grosvenor Square.

Nick y ella se retiraron en busca del carruaje de Nick y salieron con el estrépito de los caballos a la calle cuando el sol alcanzaba su cima en el cielo. Su aparición en la residencia del duque rivalizó con la de un ciclón. Liza salió corriendo del vehículo aún en marcha seguida de Nick. Se abrieron paso con estruendo entre las puertas de bronce y cristal tallado, y pasaron junto a un mayordomo enfurecido y una doncella.

Nick adelantó a Liza en la carrera de ambos hacia el gran salón, donde se toparon con su excelencia, la duquesa y una joven dama. Liza se apresuró hacia el duque jadeante.

—¿Jocelin, dónde está?

El duque se levantó e hizo una señal al mayordomo y a los dos criados que habían ido a la caza de los intrusos. Miró por encima del hombro a Liza.

—¿Miss Elliot, no es así?

—Lady Radcliffe —rectificó Nick—, y usted ya lo sabe.

Liza no tenía tiempo para pequeñeces.

—¿Dónde está Jocelin?

—Señorita, no he visto a mi hijo desde que representó aquella escena desagradable con su tío.

—¿Entonces no ha estado aquí?

—No. ¿Serían tan amables de marcharse?

Ignorándolo, Liza se volvió a Nick.

—¿Entonces, adónde ha podido ir?

—Debe haber ido en busca de Yale —dijo Nick.

—¡Tonterías! Jocelin detesta al pobre Yale y se niega a verlo a menos que sea vea obligado —aclaró el duque—. Y en cualquier caso, mi hermano está en el club en Symmonds Street, no aquí.

Corrieron a través del tráfico de medio día del centro de Londres. Bajaron a toda velocidad por Strand, allí fueron retrasados por un vehículo de transporte público que había volcado y llegaron a Symmonds Street demasiado tarde. Nick preguntó en el interior del club, ya que las damas no eran admitidas. Liza esperó en un estado de nerviosismo hasta que Nick regresó al carruaje. Yale se había marchado hacía poco más de una hora. Jocelin y Asher lo habían llamado; a continuación se marcharon bruscamente cuando se hizo evidente que nadie en el club sabía su destino.

—Estoy preocupada —dijo mientras retorcía las manos en su regazo—. No viste a Jocelin con su tío.

—No tengo por qué verlos.

Nick tamborileó los dedos contra la ventana del carruaje. El repiqueteo fue reducido, luego se detuvo.

—Espera.

—¿Qué?

—Espera un segundo —Nick empezó a marcar un ritmo de nuevo con los dedos—. Jocelin ha tenido a Yale vigilado. Constantemente. Lo ha hecho durante años. Para asegurarse.

—¿Pero entonces por qué iba Asher…?

—El viejo Asher nunca se ha involucrado demasiado en las actividades de Yale.

Liza se agarró del brazo de Nick.

—¡Santo Dios! No se trata de Yale. Asher oyó que yo estaba espiando. Jocelin le contó mi opinión sobre las muertes.

—¡Maldita sea!

Sacudiendo el brazo de Nick, Liza le dijo con voz silbante:

—¡Es Asher, y tiene a Jocelin!

Capítulo 24

Cuando el carruaje dejó Whitechapel Road y giró al norte hacia Spitalfields, Jocelin tocó la empuñadura de marfil de su Colt. La había metido en el cinturón cuando salió de la casa con Asher.

Pasaron un bloque tras otro de ladrillos mugrientos y estructuras de chillas que tenían peor aspecto a la luz del sol de la tarde que en la penumbra. La basura se amontonaba en la base de los edificios. Las atarjeas rotas desprendían un hedor nauseabundo, y las calles se hacían cada vez más estrechas hasta el límite de que los edificios de ambos lados parecían inclinarse los unos sobre los otros. Las ventanas sucias y vacías lo miraban fijamente.

Un vendedor de cerillas arrastró los pies a lo largo del vehículo cuando éste se detuvo a causa de un carro de agua. Niños de pies descalzos y sucios golpearon el carruaje para luego alejarse a toda prisa riendo. El carruaje giró en una esquina fuera del bullicio de pies y del tráfico de vehículos y se detuvo en la esquina de Little Thyme Hill con Liverpool Lane. Asher se dispuso a salir, pero Jocelin colocó el brazo cruzando la puerta.

—¿Estás seguro de que el chico dijo Spitalfields? ¿En esta esquina?

—Naturalmente. ¿Crees que podría confundir Spitalfields?

Salieron del vehículo, Jocelin esperó a que Asher pagara al cochero para que los esperara. Echó un vistazo al muro a su espalda de ladrillos rojos. Su superficie estaba cubierta con anuncios de todo un siglo: carteles de representaciones teatrales, de venta de ganado, de tabaco. Echó un vistazo a Little Thyme Hill, una fila tras otra de casas de fachadas lisas. Se levantó una brisa y olió la esencia dulce y fuerte del opio.

—No lo entiendo —dijo cuando Asher terminó con el conductor—. ¿Por qué iba Mott a enviar a un chico con un mensaje de Yale a ti?

—Piensa —dijo Asher al tiempo que inspeccionaba los insalubres alrededores—. Yo subía los escalones de tu casa, y el chico me confundió contigo. Está claro que tu hombre no le había dado una descripción de ti.

Jocelin examinó las callejuelas y los almacenes de Liverpool Lane.

—No es propio de Yale venir a una zona como ésta.

—¡Mira, Jos!

Asher señaló hacia el otro lado de Little Thyme Hill.

—¡Bastardo, ha tirado por aquel callejón! ¡Vamos!

Sin esperar a Jocelin, Asher se sumergió en la calle. Jocelin le siguió, torció una esquina y se encontró en un callejón cuyas ventanas estaban tapadas con tablas y las puertas cerradas. Al final del mismo, había una intersección parcialmente bloqueada por una valla alta. Asher desapareció en ese momento tras ella.

—¡Espera, Ash!

Jocelin corrió tras su amigo. Empujando para pasar

por el hueco estrecho entre la pared y la valla, emergió en un patio lleno de sacos viejos de grano, de trozos de ropa mugrientos y de barriles rotos. Sólo había un camino de salida, a través de una puerta en la fachada de un edificio que Jocelin sabía que era mejor no traspasar. Desafortunadamente vio a Asher cruzarla hacia un pasaje oscuro.

No era momento de llamarlo a gritos. El loco se había metido a ciegas en uno de los tugurios. Habitados por completo por criminales, estos laberintos daban cobijo a los habitantes más peligrosos de Londres. Asesinos ingeniosos y ladrones habían hecho agujeros en los muros y en los techos, en los sótanos y en los tejados de forma que un hombre podía desaparecer en aquel laberinto y nunca ser encontrado. Jocelin empuñó su Colt, avanzó con sigilo hacia la puerta y escuchó.

Al principio no oyó nada. Acto seguido le llegó el sonido de pasos y la voz de Asher.

—¡Vamos, Mott está aquí!

Con el Colt por delante, Jocelin se introdujo en la oscuridad. Pudo ver una sombra vaga que debía ser Asher y fue hacia ella, furioso con su amigo por poner en peligro la seguridad de ambos. Abrió la boca para reprenderle, pero un dolor estalló en la parte de atrás de su cabeza. Cayó de rodillas, su mundo reduciéndose a la agonía de su cráneo. La oscuridad se transformó en un vórtice turbulento, y luego se hizo la nada.

Se despertó con náuseas boca abajo y quejándose por el dolor en la cabeza. Su rostro estaba enterrado en un jergón relleno de paja enmohecida. Sintió la bilis en la boca e inhaló un olor dulzón. Opio.

El instinto lo mantuvo en su posición sobre el estómago. A través de las pestañas intentó examinar los alrededores. Todo lo que pudo ver fue una lámpara encendida con un cristal ennegrecido en el suelo y un gran cajón vacío. Se encontraba en una habitación desprovista de muebles, y estaba solo.

Desafortunadamente también se hallaba atado. Una cuerda rodeaba sus muñecas en la espalda y le ataba también los tobillos. Dado que no sentía las manos ni los pies, debía haber estado en esa posición durante algún tiempo. Gradualmente, ejercitando las manos y pies, recobró la sensibilidad. A continuación intentó sentarse. Al girarse a un lado, escuchó pasos y Asher entró en la habitación. Tras él arrastraba a una joven de cabellos tintados de un rubio verdoso. Reía atontada y se tambaleaba mientras él tiraba de ella para que entrara.

Tambaleándose hacia Jocelin, la joven resopló y se dejó caer como un saco junto al jergón. Le llegó una ráfaga de cuerpo sin lavar y de perfume barato cuando ésta le dio unas palmaditas en la mejilla.

—Tienes razón, cachorrín —dijo entre gorgoritos—. No quiere hacerlo. ¡Anímate, cachorrito! Dentro de poco te habremos convertido en un fiambre, claro que sí.

—Ash —dijo Jocelin al tiempo que desviaba los ojos de la chica a su amigo—. ¿Ash, qué estás haciendo?

—¡Aquí lo tienes! —dijo Asher a la chica mientras extendía una botella de cristal marrón—. ¡Bebe un poco antes de que empecemos!

La joven agarró la botella y vació el contenido.

—Usted es todo un caballero. Claro que sí. —La chica dejó caer la botella, se alejó gateando para apoyarse contra la pared de enfrente y sonrió a los dos hombres burlona.

Jocelin repitió mientras ambos miraban a la chica.

—¿Qué estás haciendo?

—¿Haciendo? —daba la impresión de que Asher estaba concentrado en algo más—. ¡Ah, haciendo! Vas a suicidarte, naturalmente. Después de dar de beber demasiado brandy a esta pobre dama. Demasiado alcohol en la sangre, ¿lo entiendes? Remordimiento, sentimiento de culpabilidad, demasiado para ti.

Jocelin miró perplejo a su amigo, a continuación sacudió la cabeza.

—No, no eres tú. No cometiste todas esas muertes. No pudiste. No eres tú. No quiero creer que seas tú. ¡Maldito seas, Ash! ¡Maldito seas!

Asher no estaba escuchándolo. Se arrodilló junto a Jocelin y comprobó las ataduras. Acto seguido se puso en cuclillas y se frotó el rostro una y otra vez, como si no pudiera despertar de una pesadilla.

—Asher, deja que me vaya.

Con las manos en el rostro, Asher no le respondió. Jocelin pronunció otra vez su nombre, pero todo lo que obtuvo fue un lamento grave y quejumbroso, más bien como el de un lobezno hambriento. Aquel sollozo envió una sensación a los brazos y a la espalda de Jocelin semejante a las cucarachas huyendo hacia sus nidos. Entonces el sollozo se detuvo de repente, ahogado por lo que parecía a un gruñido. Las manos bajaron y Jocelin vio la agonía.

—¿Qué ocurre? —preguntó—. Ash, desátame.

Asher se negó con la cabeza.

—Oh, Dios, ¿por qué tenías que ser tú? Más tarde o más temprano hubieras escuchado a Liza.

Sin previo aviso Asher se levantó de un salto y fue a buscar una cuerda al otro lado de la puerta. Cuando regresó, jadeaba y sus ojos estaban clavados en la cuerda. La lanzó por encima de una viga expuesta del techo y, con manos temblorosas, le hizo un lazo. Desapareció tras la puerta con el otro extremo de la soga, evidentemente para atarla. Al regresar se arrodilló otra vez al lado de Jocelin. Mientras lo levantaba para que se sentara, Jocelin intentó forzar una respuesta.

—¡Maldita sea, respóndeme!

Asher lo puso en pie y lo apoyó en una pared. Empujó el cajón bajo el lazo y luego regreso junto a Jocelin. Cuando se aproximó, Jocelin se precipitó fuera de su alcance y cayó de nuevo en el suelo. Su cabeza casi estalló partida, o eso parecía, por el dolor que le produjo. Se quedó tumbado, jadeante hasta que Asher lo volvió sobre la espalda. Una mano delicada le apartó el pelo de los ojos. Respiraba acelerado, intentando luchar contra el dolor mientras Asher le acariciaba el pelo y la palma de la mano descansaba en la mejilla de Jocelin.

—Lo siento. Es la bestia. Olió el peligro.

Jocelin se mordió el labio y permaneció inmóvil. Por fin fue capaz de abrir los ojos y mirar a Asher.

—¡Ojalá hubieras dejado de recordar! —se lamentó Asher—. Si al menos no te hubieras casado con esa pequeña esclava. Antinatural, pequeña bestia fisgona, si no hubiera ido promulgando sus sospechas e inquietando tu recuerdo…, pero la hubieras escuchado antes o después, y como consecuencia ahora debo soltar a la bestia.

—Dios, Ash, ¿qué has hecho?

Asher se agachó junto a Jocelin, acariciando con delicadeza el pelo de su amigo, y comenzó a llorar.

—Perdí mi caballo en Balaklava, y tomé el de Cheshire. Yo, que provenía de generaciones de héroes militares, corrí, y tomé el caballo de otro hombre. Hubo tanta confusión, no creí que nadie me viera, excepto tú, y tú estabas herido y moribundo. Pero entonces Pawkins dijo algo, y tuve que matarlo, de lo contrario todo el mundo lo hubiera sabido. No podía soportar la desgracia.

—¡Oh, no! —Jocelin apretó los dientes ante el horror de lo que estaba oyendo. Asher continuó acariciando su pelo—. ¿Cuántos? ¿Cheshire, Pawkins, Airey, Elliot?

Asher sollozó y levantó a Jocelin de forma que ahora reposaba contra su solapa. Se meció hacia delante y hacia atrás, la cabeza inclinada sobre su prisionero, llorando.

—No imaginas cómo fue. Mi bisabuelo, mi abuelo, mi padre, todos héroes del regimiento; antepasado tras antepasado, podría contarte sobre cada uno de ellos: Waterloo, Italia, Francia, América. Triunfaron en todos los sitios, hasta que llegué yo.

—¡Ash, escúchame! —todo lo que oía eran sollozos. Cerrando su mente ante la locura absoluta, empujó con el hombro el pecho de Asher— ¡Ash!

Los sollozos se detuvieron con brusquedad. Jocelin sintió un golpecito de su mano en el rostro.

—Lo siento.

Jocelin maldijo cuando Asher lo levantó de nuevo y lo arrastró hacia el cajón. El lazo cayó sobre su cabeza y Asher lo tensó.

—No deseas hacerlo —no se atrevía a moverse para no arrojarse él mismo del cajón y tensar la cuerda.

Con una fuerza inesperada, Asher tiró de Jocelin para enderezarlo sobre el cajón. No había apenas espacio para los dos. Jocelin se balanceó, pero Asher lo paró y tensó aún más la cuerda alrededor del cuello.

Jocelin tenía que hacer que Asher lo mirara a los ojos, que lo escuchara.

—¡No! No se lo contaré a nadie. Eres mi mejor amigo.

—No, desde que vino ese tipo, Ross.

Asher apartó el cuello de la camisa de Jocelin de la cuerda para que el nudo se clavara en la carne desnuda.

Jocelin se esforzó por bajar la cabeza y atrapó la mirada de Asher.

—No puedes matarme. Si pudieras, lo hubieras hecho en Scutari.

Con las lágrimas corriendo, Asher le echó los brazos alrededor y lo abrazó.

—¡Desátame, Ash!

Con un bramido quejumbroso Asher se lanzó fuera del cajón y apoyó el hombro contra éste.

Jocelin gritó cuando la caja se movió. Aún llorando, Asher empujó de nuevo contra el cajón, éste crujió y fue arrastrado unos centímetros. Con las botas sin apoyo sólido y la garganta en llamas, Jocelin se quedó sin respiración e intentó recuperar el equilibrio. Volvió a resbalar cuando Asher dio otro empujón a la caja, acompañado de un grito de dolor y desesperación. Los pulmones de Jocelin prendieron en llamas y la cabeza estalló de nuevo en una agonía.

Escuchó otro grito, pero el cajón no se movió. Algo envolvió sus piernas al mismo tiempo que oyó el lamento enfurecido de Asher. El cajón fue deslizado de nuevo bajo sus pies. Percibió un disparo seguido de un golpe, al tiempo que alguien aparecía ante él. Con la visión turbia, todo lo que pudo ver fue un par de manos que se extendían hacia su cuello. La soga se soltó, y se desplomó desde la caja al suelo.

Alguien gritó su nombre, pero estaba inmerso en un

esfuerzo inmenso por respirar. Le asaltó el vértigo y perdió la conciencia. Cuando abrió los ojos, Liza y Nick estaban inclinados sobre él, con el ceño fruncido. Jocelin torció el gesto y les imprecó con voz ronca.

—Maldita sea, Liza, ¿qué estás… ahhum… haciendo aquí? —hizo una mueca de dolor. A continuación abrió los ojos de nuevo—. Asher.

Nick le ayudó a sentarse. Asher estaba tendido boca arriba, sangrando por un agujero en el pecho. Incorporado sobre él se encontraba un policía metropolitano, cuyos botones de cobre de la chaqueta resplandecían pálidamente a la luz de la lámpara.

—Ha muerto, señor. Sencillamente, no debería haber sacado ese revólver. Mr. Ross no tuvo otra elección.

Jocelin miraba fijamente el cuerpo inerte de su amigo cuando Liza deslizó la mano entre la suya.

—Lo siento —dijo ella—. No se hubiera detenido. Fue horrible. Rugía como un animal. Lo siento mucho, amor mío.

Mientras Nick hablaba a media voz con el policía, Jocelin continuó mirando el cuerpo de Asher.

—Tenías razón desde el principio —le dijo a Liza. Aquella criatura que había intentado matarle no era Ash. Hizo una mueca de dolor y apartó el rostro del cadáver. Sintió frío al recordar cómo su amigo se había transformado en aquella bestia de gruñidos y rugidos. Daba la impresión de que Asher se había dividido en hombre y animal. La parte humana contenía a su amigo, aquel que lo había salvado de su tío durante todos aquellos años. ¿El animal? ¿Quién sabría qué abusos e idiosincracias de la naturaleza habrían provocado que las capacidades de Asher se transformaran en aquella criatura?

Durante todo el tiempo, Ash los había acechado,

desde dentro de su círculo estrecho de amigos. Ash, que había sido un baluarte, más que un hermano, se había deformado, trastornado y corrompido sin que Jocelin jamás lo hubiera sospechado. Sus sentidos giraron vertiginosos por el esfuerzo de conciliar la bestia voraz con su amigo Ash. Y Liza, Liza había sido tenazmente insistente sobre la existencia de un asesino. Pero ni siquiera ella había imaginado la atrocidad con la cual se habían topado.

Él debería haberla tomado más en serio. Se lo merecía, también se merecía su respeto. Liza se sentó junto a él. Jocelin suspiró y la tomó de la mano.

Sin previo aviso Liza se arrojó en sus brazos y comenzó a llorar. Desconcertado, hizo caso omiso del dolor de cabeza y la estrechó fuerte en sus brazos.

—¡Pensé que estarías muerto! —dijo entre sollozos.

—Estuve muy cerca.

—Fuimos a casa de tu padre, y al club de Yale. Buscamos por las calles hasta que encontramos a un cochero que nos dijo que te había visto, y partimos en la dirección que habías tomado. Nos llevó horas, pero Nick encontró vuestro carruaje de alquiler. Había desistido de esperaros y se dirigía de vuelta al West End.

Jocelin se frotó las sienes, luego le dio unas palmaditas en su espalda temblorosa mientras ella continuaba:

—No puedo creerlo. He estado buscando a un asesino durante todo el tiempo, pero ahora que lo he encontrado... Pobre William Edward —levantó su rostro húmedo para mirarle a los ojos—. ¡No le devolverá la vida! ¡Dios santo, no le devolverá la vida!

Terminó de hablar con un sollozo desconsolado. Su cabeza se desplomó en el hombro de Jocelin, él la estrechó entre sus brazos con más fuerza mientras lloraba.

De repente él inclinó cuidadosamente la cabeza hacia atrás contra la pared, la vista nublándosele.

—Liza, gracias por salvarme; y lamento no estar en forma para ofrecerte el consuelo adecuado. Pero me da la impresión que tengo un endiablado dolor de cabeza.

Intentó permanecer despierto para escuchar su respuesta, pero de algún modo se sumergió en un estado de confusa semivigilia. Se despertó por unos instantes cuando Nick lo levantó, luego se volvió a despertar al ser introducido en el carruaje. El siguiente momento de conciencia le llegó cuando se encontraba en su propia habitación.

Estaba tendido de lado. Al abrir los ojos vio el damasco gris plateado y los rayos de sol. Sintió algo que le aprisionaba las piernas. Se movió, miró hacia abajo y encontró a Liza semiacostada encima de los cobertores, aún con su atuendo de doncella. Se sentó despacio, agradecido por sentir sólo unas ligeras punzadas en la cabeza. Frunció el ceño al contemplar el mandil y las manos trabajadas de Liza, a continuación pasó a examinar su cabello enmarañado y sus curvas engrandecidas.

Se le escapó un suspiro. Había perdido ya la batalla para permanecer firme y autoritario. Después de todo, ella le había salvado la vida, junto a Nick. Tendría que persuadirla de algún modo para que se condujera con corrección.

Además estaba Asher.

No podía aún conciliar a la bestia con el amigo. Tenía sueños despierto en los cuales los ojos de Ash aparecían, incorpóreos, frente a él. En su visión lo miraban sin reconocerlo con una crueldad viperina, depredadora, sin rastro de humanidad. Nunca sabría lo que había transformado a Ash en aquello. Qué clase de atrocidades insoportables habían sido cometidas contra él que habían creado una bestia semejante dentro de un hombre bueno, una bestia que podía ser invocada por el miedo a la muerte, por el miedo a la vergüenza.

Mientras se bañaba y se vestía, Jocelin finalmente se rindió a intentar comprender la enfermedad de Asher sólo para recordar a Liza. Ella le había salvado la vida. La querida y obstinada Liza de enaguas crujientes y fragancia a limón. Ahora podía comprender que sus temores acerca de sus negocios habían sido injustificados. Al menos eso creía. Loveday le dijo que Liza había permanecido despierta toda la noche junto a él. Ahora dormía profundamente en su lecho.

La policía vino, pasó horas recabando información de él sobre la muerte de Asher y se marchó. Nick lo visitó para asegurarse de la salud de Jocelin. Más tarde, para desgracia suya, llegó su familia. Estaba descansando en el sofá de la biblioteca con una cafetera al lado cuando su padre, su madre y su hermana le invadieron. Georgiana y la duquesa se deshacían en atenciones mientras su padre exigía un informe completo de la desgracia de Jocelin.

Cuando Jocelin terminó de contar la historia, Liza entró en la habitación, la imagen de la sociedad envuelta en seda estampada verde azulado que se ondulaba a su alrededor a medida que avanzaba. Jocelin parpadeó ante el cambio de doncella para todo a señora del vizconde. Hizo una reverencia con elegancia cuando Jocelin la presentó a sus padres y esbozó una sonrisa indecisa a su hermana. Pasaron una incómoda media hora inmersos en una conversación sin sentido. Su madre ojeaba a Liza como si esperara que de un momento a otro empezara a mascar tabaco y a eruptar.

—Bien —dijo su padre, sacando a Jocelin de su ensueño—, todo este tiempo has estado insistiendo en un desafortunado malentendido entre Yale y tú, mientras desde el principio tu mejor amigo era un asesino.

La cabeza comenzó a latirle con fuerza.

—¡Márchese, padre!

—¿Qué? —rugió el duque.

Se levantó del diván de un impulso para gritar a su padre en la cara.

—¡He dicho que fuera!

Con el cuerpo temblando en un esfuerzo por no golpear al duque en la nariz, Jocelin colocó el puño cerrado a la espalda, giró sobre sus talones y se dirigió a la chimenea. Se mantuvo de espaldas a la habitación, aunque no tenía que mirar de frente para ver cómo reaccionaba su padre. Hubo un largo silencio, durante el cual supo a ciencia cierta que su padre estaba controlándose el genio. No sería apropiado para un duque deshonrarse por segunda vez ante la nieta de un carnicero. Jocelin podía ver a Liza por el rabillo del ojo. Miraba a su padre con un ligero gesto de desdén bien aprendido que la hacía aparecer como si acabara de oler el excremento de un caballo en las botas de alguien.

Jocelin escuchó a Georgiana persuadir al duque para que abandonaran la habitación. El nudo entre sus hombros se relajó un poco, pero le dolía la cabeza y era incapaz de alejar las imágenes de Ash y Yale precipitándose sobre él de su mente. Necesitaba hablar con Liza. Hablar con ella siempre le proporcionaba tranquilidad, o al menos consuelo.

—Jocelin —su madre se le acercó, bajando la voz al tiempo que lanzaba miradas hacia la puerta cerrada tras la cual su marido había desaparecido—. Jocelin, realmente debes aprender a no enfrentarte con tu padre. Sólo consigues que se ponga peor, y se vuelve violento. Si al menos aprendieras a tener cuidado y a no ofenderlo.

Mientras su madre hablaba, Liza se acercó para colocarse a su lado. Cuando se movió, Jocelin escuchó el crujido y el frufrú de la seda, capturó la ligera brisa de enaguas almidonadas y del limón. Algo recorrió sus entrañas, como el movimiento de tierras de un terremoto. Jocelin desvió la mirada de Liza, que era como una pequeña máquina de vapor humeante, hacia su excitada madre. Su mente se iluminó. Nunca había culpado a su madre por no haber acudido en su ayuda contra su padre y Yale. Debería haberlo hecho. Todos sus esfuerzos se habían reducido a mantener la paz para sí misma: el precio para él había sido la vergüenza y la expulsión de la familia. Desorientado por este pensamiento, no intervino cuando Liza se dirigió a la duquesa.

—Su excelencia, los peleones no se detienen si te quedas quieto y dejas que te pisoteen.

—¡Joven!

—Lo siento —se disculpó Liza sin dar muestras de sentirlo lo más mínimo—. Pero si aceptas los abusos, invitas a que abusen de ti. Ahora bien, puede que a usted le guste ser continuamente tiranizada y maltratada, pero no puede esperar que a su hijo le guste.

La duquesa emitió un sonido semejante al de una gallina atrapada en medio de una tormenta de relámpagos.

—¡Jocelin, esta, esta persona ha insultado a tu madre!

Jocelin había estado sonriendo a su esposa y se volvió sacudiendo la cabeza a la duquesa.

—No, no la hecho, madre, sólo está en desacuerdo con usted. Hay una diferencia.

—¡Oh! —la duquesa se estremeció y salió de la biblioteca erizada haciendo aspavientos.

Jocelin se volvió hacia Liza, sonriendo, y le besó la mano. Ante su sorpresa ella se soltó, se deslizó tras el sofá y lo miró desde allí.

—¿Qué ocurre? —le preguntó él.

—No vas a besarme la mano ni ninguna parte de mí hasta que dejemos claras unas cuantas cosas.

—No es de buena educación que una esposa ordene a su marido.

Comenzó a avanzar hacia ella, pero se detuvo enfrente de ella con el sofá entre ambos cuando Liza empezó a retroceder. Jocelin levantó las manos en son de paz, a continuación se precipitó sobre ella. Atrapándola por la cintura, la levantó por encima del sofá. Se giró y se sentó con Liza en el regazo. Capturando sus brazos que no cesaban de agitarse, la agarró mientras ella daba saltos y lo golpeaba.

Finalmente, cuando se negó a escucharlo y a dejar de retorcerse, Jocelin se giró con rapidez y se lanzó encima de ella de forma que se encontraron tendidos a lo largo del diván.

—¿Te estarás quieta ahora? —le preguntó.

—No puedo respirar.

Él se elevó un poco para liberarla de su peso, y Liza inhaló una bocanada de aire. Acto seguido bajó su cuerpo de nuevo y ella jadeó.

—¿Vas a quedarte quieta y a escucharme?

—¡Sí… ah, sí!

Sujetando sus muñecas, la miró a los ojos. La seda verde azulado los había transformado en color pardo ceniciento, y Jocelin parecía una corriente oscurecida por la amenaza de una tormenta.

—Vamos a llegar a un entendimiento —dijo Jocelin en la mejor de sus voces de oficial—. No puedo tener una esposa comerciante.

—Pero…

—Y no voy a permitir que te vayas. Eres mi esposa, y tu lugar está a mi lado.

—Espera un momento…

—Y si alguna vez se te ocurre aventurarte de nuevo en East London, te azotaré hasta que no puedas reposar tus encantadoras nalgas en una silla durante una semana.

Liza lo miró airada.

—¡Inténtalo, y verás lo que sucede!

Él la examinó unos instantes.

—¡Vaya una amenaza más fascinante!

—No soy estúpida. No fui sola.

—Verdad.

—Pero no voy a…

—¿Vas a callarte o tengo que estrujarte como antes? Te advierto que me produce un gran placer.

Liza volvió la cabeza y se negó a mirarlo.

—Al fin estás empezando a comprender los beneficios de la cooperación. Me sorprende que alguna vez llegara a pensar que fueras una delicada cabecita de chorlito. ¿No contestas? Excelente. Ahora bien, como iba a decir antes de que me interrumpieras, no puedo permitir que mi esposa sea una empresaria. Sin embargo, no veo ninguna razón por la cual Mr. Hugo Pennant no deba continuar con sus actividades como de costumbre.

Ella volvió la cabeza y lo miró fijamente.

—Yo soy Pennant.

—Lo sé, pero soy el único que debe tener conocimiento de ello. Si la alta sociedad lo supiera, abandonarían Pennant como un rayo.

—George Sand.

—¿Qué?

Liza le sonrió.

—Las mujeres han tenido que ocultar sus capacidades durante mucho tiempo. George Sand, George Eliot.

—Hugo Pennant —él estudió sus labios, cansado de repente de discutir y mucho más interesado por llegar a un arreglo—. Liza, querida, ¿crees que podemos entendernos?

Liza recorrió su rostro con la mirada.

—¿Por qué has cambiado de parecer?

Él desvió los ojos, con la esperanza de que su rostro no estuviera tan sonrojado como sentía.

—¿Jocelin? —la voz de Liza se llenó de preocupación—. ¡Jocelin Marshall, te estás sonrojando!

Apretando la mandíbula, se volvió a ella.

—Si no guardas silencio, no te lo explicaré.

—Sí, milord.

Maldita fuera. Se estaba mordiendo el labio para controlar la risa. Él se lanzó a hablar antes de que el valor lo abandonara.

—Tenía mie... ¡Maldita sea! Tenía mie... —se detuvo, se aclaró la garganta, y miró su barbilla—. Tenía miedo de que quisieras más a esa condenada agencia que a mí.

Jocelin esperó, pero ella no se rió. Intercambió una rápida mirada y la encontró mirándolo fijamente incrédula.

—¿Estabas celoso de Pennant? ¡Dios santo!, ¿realmente pensaste que me preocupaba más el trabajo que tú? Jocelin Marshall, estás loco, y yo estoy loca por quererte tan desesperadamente que veo tu rostro en cada libro de cuentas, en cada contrato, oigo tu malvada risa en lugar de escuchar la conversación de mis empleados, deseando estar en tu cama en lugar de sentarme a mi mesa.

El alivio y la felicidad le embargaron el alma. Jocelin se escuchó a sí mismo haciendo una pregunta que nunca le había planteado a una mujer.

—¿Estás segura?

Los labios de Liza se abanlanzaron y aprisionaron los de él. Olvidó la pregunta. Estaba empezando a sentir un hormigueo en sus indisciplinadas ingles cuando ella se detuvo para hacerle una pregunta.

—¿Y ahora lo entiendes? ¿Has cambiado realmente de parecer?

—Soy capaz de cambiar y de comprometerme, mujer, incluso si tengo que ser golpeado en la cabeza para que así sea. También me he dado cuenta de que si hubieras sido una mujer indefensa y de cabeza hueca como se acostumbra a educar a las mujeres, ahora estaría muerto.

—¡Cielos, tienes razón! Nunca pensé en ello.

—Yo sí. Y luego está mi madre.

—Más le valdría llevar cosido en la espalda del vestido: «Pisotéame».

Él observó sus labios mientras hablaba.

—Liza.

—Sí.

—No quiero hablar sobre mi madre, ni de Pennant. En realidad no quiero hablar de nada en absoluto.

Liza se revolvió bajo él.

—Ahora que lo mencionas, yo tampoco.

Jocelin aplicó sus labios sobre los de ella y escurrió la lengua en el interior de su boca. Hundiéndose aún más sobre ella, sintió cómo sus piernas se separaban. Memorizando el rostro de Liza con la caricia de sus labios sobre su piel, Jocelin inhaló la fragancia a limón y a Liza.

—Jocelin, Jocelin, aquí no.

—Querida tienes que dejar de intentar colocar a las abejas en la colmena una vez que las has provocado.

Liza jadeó cuando él le mordisqueó la oreja.

—Lo estás haciendo otra vez, transformarte en el pistolero. Ahora deja de hacer eso, Jocelin Marshall. No…

La hizo callar apoderándose de su boca. Aspiró fuerte, encontró sus caderas y la estrechó contra él. Al levantar la cabeza, Liza intentó hablar otra vez, pero Jocelin cubrió sus labios con un dedo.

—¡Déjalo, querida! No sirve de nada dar órdenes cuando nadie te escucha.

—Entonces tendré que hacer que me escuches.

Se quedó mirando aquellos desafiantes ojos tricolor, advirtiendo la picardía en ellos. Sintió las caderas de Liza ondularse contra las de él mismo.

—¡Vaya, pequeña…

—¡Ejemm…!

Jocelin se apartó apresurado de ella. Liza se sentó de un lado y ambos miraron a Loveday.

—Llamé, milord, pero estábamos ocupados con otras cosas y no respondimos.

Jocelin tiró de su pajarita y se apartó el pelo de los ojos.

—¡Maldita sea, Loveday!

—Le ruego que me disculpe, milord, pero hay una persona que insiste en entrar en la casa.

—¿Una persona? —lanzó una mirada a Liza, pero ésta hizo un gesto negativo con la cabeza confundida.

La postura de Loveday, ya de por sí rígida, se enderezó a semejanza de las columnas acanaladas de Reverie.

—Una persona de bajo estatus que amenaza con armar jaleo, milord.

En aquel momento un voz alta retumbó hacia ellos desde el vestíbulo.

—¡Diablos! ¿Dónde está, endiablado ricachón? —Toby Inch irrumpió en la habitación, blandiendo un garrote—. ¡Señorita, aquí está!

Haciendo aspavientos con los brazos, pasó a toda velocidad junto a Loveday en dirección a Jocelin.

—¡Déjela en paz, ricachón en celo y engreído!

Liza gritó cuando Toby se abalanzó contra Jocelin. Éste suspiró, lo esquivó y estiró el pie. Toby tropezó y cayó al suelo. Se dio un golpe en la cabeza con su propia arma, y rugió. Jocelin colocó el brazo sobre los hombros de Liza y ambos inspeccionaron al quejumbroso intruso.

—Toby —dijo Liza—. Siento no haberte mandado un mensaje. El vizconde y yo nos hemos reconciliado.

Toby se sentó frotándose la cabeza.

—¡Podría habérmelo dicho, maldita sea!

—Controle su lenguaje en presencia de mi esposa —le reprendió Jocelin.

—¿Mi lenguaje? ¿El mío? ¿Ha oído el de ella?

Jocelin gruñó y miró a Liza.

—¿Es así como va a ser?

Ella presionó los labios y Jocelin pudo ver que estaba esforzándose por no reír.

—Me temo que Toby es bastante franco —Liza se estrechó más a él dentro del hueco de su brazo y posó una mano en su tórax—. ¿Puedes aceptarlo?

Él le sonrió con ironía.

—Si me proporcionas consuelo por esa carga.

—¡Ejemm! —intervino Loveday situándose por encima del refunfuñón de Toby—. ¿Milord, desea que conduzca a esta persona a la cocina donde puede ser atendido?

—¿A quién está llamando persona, ostra envarada?

—Una sugerencia excelente —dijo Jocelin.

Con una elevación de ceja, Loveday consiguió intimidar a Toby para que se levantara y saliera de la habitación arrastrando los pies. Loveday hizo una reverencia a Jocelin.

—¿Si me permite que subraye algo, milord?

Jocelin se encontraba echando de nuevo hacia atrás a Liza en el sofá. La empujó con suavidad y ella cayó sobre los cojines. Él colocó la rodilla en el cojín junto a su muslo.

—No es costumbre nuestra —continuó Loveday— llevar a cabo encuentros privados en la biblioteca.

Jocelin apenas escuchó al ayuda de cámara, debido a lo absorto que estaba en contar las pintas de los ojos de Liza. Ésta puso la mano en el muslo de él, y no hubiera podido hablar a Loveday si así lo hubiera deseado. Liza se sonrojó, acarició su muslo y a continuación lanzó una mirada por el lateral de Jocelin al ayuda de cámara.

—Estamos implantando una nueva costumbre, Loveday. Ahora, váyase.

Ambos rieron entre dientes cuando la puerta se cerró. Jocelin acarició la mejilla de Liza con la nariz.

—¡Espera! —dijo ella, apartándose de él.

Jocelin advirtió la firmeza de su barbilla y suspiró.

—Sé lo que vas a decir —se hundió en el sofá junto a ella, estiró las piernas y clavó una mirada fría en la punta de su bota. Después de unos segundos se giró hacia ella y le susurró—: Sinclair y los otros, no los asesiné, lo sabes. No tuve que hacerlo, pero, Liza, no quiero acabar como Ash.

Lanzándose a sus brazos, Liza empezó a besarlo al tiempo que le decía con un murmullo:

—Tenía tanto miedo de que no te dieras cuenta. Miedo de que fueras incapaz de rendirte, de abandonar esa cruzada vuestra —posó la mejilla contra la de él.

—Nick me dijo que no podía seguir, que me estaba destrozando.

—Tenía razón —admitió ella al tiempo que se apartaba de él para mirarle a los ojos—. No puedes seguir con esta cruzada, jugando a ser Dios.

—Pero no puedo sencillamente permitir que suceda.

Ella le sonrió.

—Ni yo tampoco puedo. Y no hay ningún motivo por el cual no podamos, entre nosotros dos, destruir a quien haya que destruir. Legalmente, eso es. Podemos todavía rescatar a aquellos que lo necesiten.

—Pero no es tan fácil permanecer equilibrado. Veo a esos depredadores, y deseo matarlos.

—No, no será fácil —Liza apretó su mano—. Quizá deberíamos crear un hogar y una fundación. No sé qué es lo mejor.

—Yo tampoco.

—Pero al menos —dijo ella mientras se volvía hacia él—, al menos podemos buscar una solución juntos.

Jocelin sonrió y la besó con apremio. A continuación su rostro se oscureció.

—¿Te das cuenta de que voy a tener que tratar con tu padre?

—¿Te refieres a desempeñar el papel de pistolero?

—¡Ajá!

Liza estrechó su mano.

—¿Podré mirar?

Jocelin sonrió y de repente su ánimo se levantó.

—Eres un soplo de aire fresco para mí, dulce y querida Liza. Me das tranquilidad.

Ella se inclinó sobre él y le puso la mano sobre el muslo. Jocelin aspiró una bocanada de aire.

Liza lo miró burlona.

—Bien, cielo —dijo arrastrando las palabras—, parece que al menos hay una parte en ti que no está tan tranquila.

Con una carcajada Jocelin se lanzó sobre ella, apoyándola sobre el sofá.

—No en este momento, cielo, pero lo estará. Dentro de poco.

Liza lo arrastró hacia sí. Mientras sus cuerpos se encontraban, Liza jadeó y le susurró:

—Puede que no dentro de tan «poco».

Sobre la autora

SUZANNE ROBINSON es doctora en antropología, especializada en arqueología de Oriente Medio. Tras pasar unos años en yacimientos arqueológicos en Estados Unidos y en Oriente Medio, Suzanne se interesó por la creación de los fascinantes personajes de ficción que son los protagonistas de sus inolvidables novelas históricas.

Suzanne vive en San Antonio con su marido y sus dos springer spaniels ingleses. Divide su tiempo entre la enseñanza y la escritura.

www.titania.org

Visite nuestro sitio web y descubra cómo ganar premios
leyendo fabulosas historias.

Además, sin salir de su casa, podrá conocer las últimas
novedades de Susan King, Jo Berverley o Mary Jo Putney,
entre otras excelentes escritoras.

Escoja, sin compromiso y con tranquilidad,
la historia que más le seduzca leyendo el primer capítulo
de cualquier libro de entre todas las colecciones Titania.

Vote por su libro preferido y envíe su opinión
para informar a otros lectores.

Y mucho más...